BASTEI
LÜBBE
TASCHENBUCH

Weitere Titel der Autorin:

Die Frauen von Tyringham Park

Titel in der Regel auch als E-Book erhältlich

Über die Autorin:

Rosemary McLoughlin ist gebürtige Australierin, lebt nun aber schon seit mehr als vierzig Jahren in Irland. Sie ist nicht nur passionierte Malerin, sondern auch eine talentierte Autorin: Ihr Debütroman DIE FRAUEN VON TYRINGHAM PARK wurde in gleich zwei Kategorien für den IRISH BOOK AWARD nominiert und stand wochenlang auf den irischen Bestsellerlisten. Derzeit schreibt sie an ihrem nächsten Roman.

Rosemary McLoughlin

RÜCKKEHR NACH TYRINGHAM PARK

Roman

Aus dem Englischen von
Heike Rosbach

BASTEI LÜBBE
TASCHENBUCH

BASTEI LÜBBE TASCHENBUCH
Band 17 156
Dieser Titel ist auch als E-Book erschienen

MIX
Papier aus verantwortungsvollen Quellen
FSC® C083411
FSC www.fsc.org

Vollständige Taschenbuchausgabe

Deutsche Erstausgabe

Titel der Originalausgabe: »Return to Tyringham Park«
First published in English by Poolbeg Press Ltd., Dublin, Ireland

Lektorat: Judith Mandt
Textredaktion: Anke Pregler, Rösrath
Titelillustration: © Richard Jenkins Photography
© Sandra Taufer, München, unter Verwendung von Motiven von shutterstock/Photoseeker; shutterstock/Brad Whitsitt; shutterstock/mrkob
Umschlaggestaltung: Sandra Taufer, München
Satz: Urban SatzKonzept, Düsseldorf
Gesetzt aus der Garamond
Druck und Verarbeitung: CPI books GmbH, Leck-Germany
Printed in Germany
ISBN 978-3-404-17156-9

5 4 3 2 1

Für Sam und Finn

Prolog

Ich hätte dir dorthin folgen sollen, mein Liebling.

Victoria, ich bin's. Charlotte. Deine große Schwester.

Ist es zu spät?

Wirst du kommen und mit mir sprechen?

Ich spüre deine Gegenwart, Victoria …

Danke, dass du so schnell gekommen bist. Du ahnst nicht, wie viel es mir bedeutet, dass du hier bist. Ich fürchtete, du würdest dich mit Abscheu abwenden, sobald du meine Stimme hörst. Es tut mir leid, dass ich dich ganz allein auf diese lange kalte Reise geschickt habe. Ich wünschte, ich hätte damals den Mut gehabt, mit dir zu gehen …

Ich habe gerade diese grässliche Schwester Dixon getötet. Das weißt du wahrscheinlich schon, da du auf der anderen Seite bist. Ich musste sie zum Schweigen bringen. Sie drohte, allen zu erzählen, was ich dir angetan habe, sodass mir Mary Anne weggenommen worden wäre.

Ich stieß sie mit Absicht über das Geländer vor dem Kinderzimmer. Ich könnte sagen, ihr Sturz sei ein Unfall gewesen. Ich könnte sagen, als ich dich ins Wasser stieß, sei das ebenfalls ein Unfall gewesen. Wer könnte mir widersprechen, da es doch keine Zeugen gab? Miss East und Manus würden wegen Dixon für mich lügen, das weiß ich. Sie würden schwören, dass ich nicht in der Nähe von Dixon war, als sie hinunterfiel. Habe ich das Recht, die beiden zu bitten, für mich einen Meineid zu begehen? Wohl kaum, da ich sie nie besuchen ging, und jetzt konnte ich den zweien nicht mal in die Augen schauen.

Auf Wiedersehen, Mary Anne. Du hast mir so viel Freude bereitet, dass ich es dir nur vergelten kann, indem ich dich verlasse. Deine Tante Iseult wird sich wundervoll um dich kümmern, bis dein Papa zurückkehrt, dann wird er Niamh heiraten, die gut und lieb zu dir sein wird, und du wirst dich nicht mal mehr daran erinnern, dass es mich überhaupt gegeben hat, während ich die ganze Zeit, ohne dass du es weißt, auf dich aufpassen und dich vor Schaden bewahren werde.

Auf Wiedersehen, Lochlann. Danke für das Glück, das du mir auf Kosten deines eigenen Glücks geschenkt hast. Bei der Aussicht, dich freizugeben, werde ich beinahe fröhlich.

Unsere Mutter kann auf meine guten Wünsche verzichten. Sie hat mich nie gemocht. Ich werfe ihr nicht vor, dass sie dich und Harcourt vorzog – sie hatte ihre Gründe, von denen ich dir erzählen werde, wenn wir uns sehen –, aber sie musste es nicht so offensichtlich tun. Sie wird froh sein, wenn ich weg bin, und meinen, sie könnte Mary Anne in ihre Finger kriegen. Ich würde gerne ihr Gesicht sehen, wenn sie mein Testament liest.

Kannst du mich von dort sehen, wo du bist, Victoria? Ich gehe zum Dark Waterhole. Es ist schwierig, genau festzustellen, wo ich bin. Ich werde erst sicher sein, dass ich am Hole bin, wenn ich den Absatz hinter mir lasse. Ich kann meine Füße nicht spüren, und das Wasser ist nicht besonders klar. Ich sehe dem Inhalieren des Wassers nicht freudig entgegen. Wie lange wird es dauern, bis ich aufhöre, nach Luft zu ringen? Werde ich sofort oder später zu Boden sinken oder an die Oberfläche kommen?

Wirst du beim lieben Gott ein Wort einlegen, damit ich nicht bei Dixon an jenem anderen Ort ende, wo ich hingehöre? Die Bitte eines kleinen Kindes wird er erhören.

Bald werde ich genau wissen, was du durchgemacht hast …

Deine Puppe steckt sicher in der Tasche unter meinem Arm. Ich werde darauf achten, dass ich sie nicht verliere.

Es ist Zeit. Atme aus.

Leite mich, Victoria, und strecke, wenn alles vorbei ist, die Hand aus, um mich einzufangen, damit ich nicht direkt an dir vorbeifliege. Ich möchte nicht im Weltall herumirren und für alle Ewigkeit nach dir suchen, ohne jede Hoffnung, dich in der Menge zu finden.

Bist du bereit?

Erster Teil

Mary Anne
Irland

1

Tyringham Park, Irland, 1943

Zu dem Zeitpunkt, da Manus sie im Dark Waterhole erreichte, schien Charlotte ohne Leben zu sein. Er hatte nach ihr gesucht, um ihr mitzuteilen, dass er wegen des Mordes, den sie soeben begangen hatte, zu lügen beabsichtigte. Er war bereit zu schwören, dass der tödliche Sturz der Kinderschwester ein Unfall und Charlotte währenddessen nicht in der Nähe des Kinderflügels gewesen war.

Als er die Gestalt erblickte, die flussaufwärts durchs Wasser strebte, konnte er nicht ausmachen, um wen es sich handelte, doch als er sich darauf konzentrierte, erkannte er mit einem Mal, dass es Charlotte war, die da bis zur Brust im Wasser stand, zu ihm zurückschaute und sich dann zielstrebig auf das tiefe Dark Waterhole zubewegte. Sie wandte das Gesicht von seinem entsetzten Blick ab, ging weiter und war nach wenigen Sekunden nicht mehr zu sehen.

Er rannte zum Ufer, warf Schuhe und Jackett ab, stieg ins Wasser, tauchte viele Male nach unten, fand sie schließlich in der Tiefe, zog sie an die Oberfläche und schleppte sie zu einem einsamen Abschnitt am Ufer, wo er sie ins Gras legte.

Sie atmete nicht.

Seine ausdauernden Versuche, sie wiederzubeleben, waren vergebens.

Nachdem er sich vergewissert hatte, dass niemand in der Nähe war, hob er sie vom Ufer hoch und trug sie durch die Doppeltüren des Stalls, über den Hof und in sein Büro, wo er sie auf den Holzboden legte. Dann ging er zurück und schloss die Doppeltüren, indem er sie mit einem Querriegel an der Innenseite sicherte, damit niemand hereinkommen konnte.

Der achtjährige Toby Prendergast, der Enkel des Gärtners von Tyringham Park, drückte die Eichentür auf und sah, auf den Natursteinen am Fuße der drei Treppen liegend, etwas Großes, das am Tag zuvor, als er sich hereingeschlichen hatte, um den verlassenen Kinderflügel zu erkunden, noch nicht da gewesen war. Über dem Gegenstand lag eine rote Decke, und da war etwas Rotes, das wie Blut aussah und sich überall auf dem Boden ausbreitete, weshalb er vermutete, dass der Haufen ein Leichnam sein musste. Er hatte keine Angst, denn er hatte schon viele tote Fische, Katzen und Hunde in seinem kurzen Leben gesehen und sogar drei tote Fischer, unten an den Kais von Cobh, und nie den Drang verspürt, sich bei solch einem Anblick abzuwenden. In Wahrheit fand er es interessant und betrachtete die Toten lange, vor allem die Fischer, wobei er sich fragte, wie sie sich, unmittelbar bevor sie starben, gefühlt haben mochten und ob sie erwartet hatten, dass sie in letzter Minute vor dem Ertrinken gerettet würden.

Er hob die Decke an und sah, dass all das Blut aus dem Hinterkopf einer Frau kam. Ihr Gesicht sah friedlich aus. Ihre Haut war cremefarben, und ihre Augen standen offen.

Verschiedene Dinge lagen auf dem Boden verstreut. Ein wenig ausländisches Geld. Ein Reisepass. Er konnte den Namen *Elizabeth Dixon* neben der Fotografie auf einem Innenblatt des Ausweises lesen. Eine umgedrehte, offene Handtasche. Jede Menge Papiere. Ein Lederbeutel, der fünf hübsche Sachen enthielt. Er nahm eine davon heraus, ein Bündel klare

Glasperlen, und hielt es hoch ins Licht, um es besser betrachten zu können. Jede Perle ließ ein Stückchen Wand gegenüber vom Fenster in Regenbogenfarben aufleuchten. Er würde die Perlen behalten. Die tote Dame würde sie nicht mehr brauchen, und seiner Mutter würden sie gefallen. Das dazu passende Armband wäre hübsch für seine neue Babyschwester, wenn sie groß genug war, es zu tragen. Die Perlen und die Ohrringe aus blauem Glas waren auch schön, doch er benötigte nur zwei Geschenke, deshalb steckte er den blauen Schmuck wieder in den Beutel und stopfte sich nur die farblosen Steine in seine Hosentasche.

Oben entdeckte er, dass der Gobelin-Kissenbezug und die rothaarige Puppe, die er am Tag zuvor gefunden hatte und nun holen wollte, fehlten. Auch egal, sagte er sich, ein Ausdruck, den seine Mutter häufig benutzte. Die Perlen wären wirklich gute Geschenke, auch ohne etwas anderes dabei. Er hoffte, dass der Geist von Miss Victoria, der in dem Flügel spukte, die Puppe gefunden hatte. Sie hatte ihn vielleicht von einem geheimen Platz aus beobachtet, wie er auf die Puppe stieß, und hatte gewartet, bis er ging, um sie für sich zu beanspruchen, und spielte nun genau in diesem Augenblick mit ihr. Genauso musste es gewesen sein. Ihm gefiel der Gedanke, dass sie durch ihn von der Existenz der Puppe erfahren hatte.

Nachdem er mit seiner leeren Leinentasche zum ummauerten Garten zurücklief, erwähnte er die Leiche gegenüber seinem Großvater Reg nicht, denn er wusste, er würde Schwierigkeiten bekommen, weil er in den Kinderflügel gegangen war, obwohl es ihm ausdrücklich untersagt worden war, sich dem Ort zu nähern. Er wollte nicht, dass seiner Mutter Schlechtes berichtet wurde. Ihr war daran gelegen, dass er eines Tages bei seinem Großvater auf Tyringham Park arbeiten würde, denn ein Fischer, wie sein Vater, würde er nie werden. Wenn er auch nur einen Fuß auf ein Fischerboot setzte, hatte er eine allergische Reaktion, sein Gesicht schwoll an, und er musste sich übergeben. Sein Vater meinte, die Allergie könnte sich auswachsen und er am Ende sogar den Geruch von Fisch mögen, aber Toby hoffte stark, dass das nicht der Fall sein würde.

Manus kehrte an die Stelle zurück, wo Charlotte lag, und starrte auf die Frau hinab, wobei ihm wieder einfiel, wie sie als Kind gewesen war. Sie war in die adlige Familie Blackshaw geboren worden, dazu bestimmt, ein privilegiertes Leben auf Tyringham Park zu führen, und da lag sie nun ausgestreckt im Alter von nur vierunddreißig Jahren tot zu seinen Füßen. Was konnte sie dazu getrieben haben, Dixon zu töten? Was hatte sie dazu getrieben, sich zu ertränken? Sie hatte ihn die Allee herunterkommen sehen, dessen war er sicher, hatte jedoch entschlossen ihren Weg zum Dark Waterhole fortgesetzt und war dort untergegangen. Sie musste sofort Wasser eingeatmet haben, da sie nicht wieder an die Oberfläche kam, nicht einmal für ein paar Sekunden.

Er konnte sich nicht denken, was der Anlass für eine derart extreme Tat hätte sein können. Er hatte sie als gutherziges und fügsames Kind in Erinnerung, und Dixon war eine freundliche und fürsorgliche Kinderschwester gewesen. Der Hass, den er in Charlottes Gesicht gesehen hatte, als sie Dixon ins Leere stieß, war ihm unerklärlich.

Als er sie noch länger betrachtete, begann er die Angelegenheit klarer zu sehen. Zwei Tote auf demselben Anwesen an ein und demselben Tag? Wie das erklären, ohne Charlottes guten Namen in Misskredit zu bringen? Um zwei derart ungewöhnliche Ereignisse zu vertuschen, verlangte es nach ungewöhnlichen Maßnahmen.

Er wusste, es war an ihm, eine Lösung zu finden, und langsam begann eine Idee in seinem Kopf Gestalt anzunehmen. Mithilfe von Lily East, einer Frau, die für ihre Vertrauenswürdigkeit bekannt war und bereits gesagt hatte, sie würde im Notfall lügen, um den guten Ruf ihrer innig geliebten Charlotte zu retten, bestand eine gute Aussicht auf Erfolg. So waren seine Gedanken.

Vor Kälte zitternd, nahm er trockene Kleidung aus dem Schrank und zog sie an, während er unablässig darüber nachdachte, was er zum Doktor und zur Polizei sagen würde, wenn er sie schließlich verständigen müsste.

Wie es vermeiden, die Wahrheit zu erzählen?

Sich den guten Ruf eines vertrauenswürdigen Menschen zunutze machen, damit alle ein komplexes Lügenmärchen schluckten, beide Tatorte so verändern, dass sie zu seiner erfundenen Geschichte passten, und dafür sorgen, dass Lily ihn deckte. So würde er es machen.

Er streifte Charlotte die Schuhe ab, trocknete sie mit einem Handtuch ab und stellte sie dicht an den dickbäuchigen Ofen, aber auch nicht zu dicht, damit sie nicht angesengt wurden. Er trocknete die Außenseite der Tasche, kippte ihren Inhalt aus, versteckte eine Strickjacke, ein Kopftuch, Handschuhe und etwas, das in einen Gobelin-Kissenbezug gewickelt war, in einem Schrank, trocknete die Tasche innen, stellte sie an den Ofen, trocknete die kleinen Dinge – Münzen, Geldscheine, Ticket, Puderdose – und steckte sie wieder in die Tasche. All dies, damit es so aussah, als wären die Schuhe und die Tasche nicht im Wasser gewesen, als habe Charlotte sich ihrer entledigt, bevor sie hineinsprang.

Nun zur Vervollständigung seines Plans. Er und Lily hatten als einzige Zeugen gesehen, wie Charlotte Dixon über das Geländer stieß, sodass diese unten auf den Natursteinfliesen den Tod fand. Niemand sonst würde dies jemals herausfinden, wenn sie beide, er und Lily, ihr Wissen für sich behielten und nicht ins Wanken gerieten.

Manus füllte die Schubkarre mit Pferdemist, legte zwei Handtücher und eine Pferdeplane darüber und schob die Karre in Richtung Kinderflügel, wobei er hoffte, dabei unbeobachtet zu bleiben.

Es war wohlbekannt unter den Dienstboten, die auf dem Anwesen arbeiteten, dass Manus die unsichtbare Linie zwischen dem Stall und dem Herrenhaus nicht überschritt, wenn es nicht von äußerster Wichtigkeit war, und hier schob er nun eine Schubkarre hinten am Haus entlang. Und sieht dabei obendrein sehr besorgt aus, dachte Reg.

»Irgendetwas ist hier los«, flüsterte Reg Toby zu, der erst zehn Minuten zuvor vom Betrachten einer Leiche zurückgekommen war.

Soweit Reg zurückdenken konnte, hatte Manus diese Linie nur einmal sonst überschritten, und das war vor sechsundzwanzig Jahren gewesen, als die kleine Miss Victoria vermisst wurde und Manus wie ein Verrückter zum Haus hochgeritten war, um die Nachricht zu überbringen und alle aufzufordern, sich auf die Suche nach dem Kind zu machen. Selbst wenn das Schieben einer Schubkarre für jeden, der mit den Sitten auf The Park nicht vertraut war, unschuldig ausgesehen hätte, so nahm Reg doch an, dass Manus einen schwerwiegenden Grund haben musste, die Regel zu brechen.

»Alles in Ordnung bei dir, Manus?«, rief Reg zu ihm hinüber und trat aus dem Eingang, in dem er gestanden hatte, in den ummauerten Garten. »Irgendwas los?«

Manus zuckte sichtlich beim Klang der Stimme zusammen.

»Nein, alles bestens, danke, Reg!«, rief er zurück und setzte hinzu: »Bringe nur ein bisschen Pferdemist für Lilys Garten.«

Pferdemist für Lilys Garten? Das glaub ich keine Minute lang, dachte Reg. Das hat er sich gerade erst ausgedacht.

Lily East holte sich regelmäßig selbst etwas Mist aus dem Stall, denn so hatte sie eine Ausrede, mit jedem, der ihr unterwegs begegnete, zu plaudern, vor allem mit Reg, da sie sich beide für Pflanzen begeisterten. Abgesehen von dieser Überlegung war die Ladung verdächtig groß für einen so kleinen Garten wie den von Lily.

Manus hat eindeutig irgendetwas vor, dachte Reg. Und warum liegt eine Pferdeplane über dem Mist?

Manus setzte die Schubkarre nicht auf dem Boden ab, sondern blieb mit den Griffen in den Händen stehen, um deutlich zu machen, dass er nicht vorhatte, sich auf ein Gespräch einzulassen.

»Komm rüber, Toby, damit du Manus kennenlernst, den berühmtesten Pferdekenner auf der ganzen Insel Irland. Manus, das ist Toby, der Sohn meiner Daisy. Du erinnerst dich an Daisy, nicht wahr?«

»Natürlich. Eine lebhafte junge Frau, hatte aber Angst vor Pferden, sodass ich von ihr nicht allzu viel zu sehen bekam.«

»Nun, dieser Bursche hier hat vor nichts Angst. Oder,

Toby? Er ist zu seinem ersten Besuch von Cobh hochgefahren, um bei mir auszuhelfen.« Reg zwinkerte Manus zu. »Daisy hat gerade ein kleines Mädchen auf die Welt gebracht, deshalb ist Toby gekommen, um mir zu helfen – um von all dem Wirbel wegzukommen. Er hat sich schon mit seinem Namen eingeschrieben, um bei mir zu arbeiten, wenn er groß ist, nicht, Toby?«

»So wie du aussiehst, sollte das nicht mehr lange hin sein. So ein feiner großer Bursche, wie du einer bist.« Manus ließ einen Griff los, um dem Jungen die Hand zu schütteln, setzte die Schubkarre aber immer noch nicht auf dem Boden ab. »Du hast schon Ähnlichkeit mit deiner Mutter, jetzt, wo ich dich so anschaue. Sehen wir mal nach, was ich hier für dich und deine kleine Schwester habe.« Manus steckte seine Hand in die Hosentasche und zog mehrere Münzen heraus, die er Toby gab. »Du musst deinen Großvater überreden, dich nach unten zu bringen, damit du dich im Stall umschauen kannst, wenn alle zurückkommen, Toby. Wer weiß, am Ende arbeitest du mal dort, anstatt in den Gärten.«

»Das ist ein freundliches Angebot, Manus. Sag ›Danke schön‹, Toby.«

»Danke schön«, sagte Toby, der fand, dass Reiten eindeutig aufregender wäre als zu gärtnern. Er steckte die Münzen in die Hosentasche und hörte, wie sie gegen die Glasperlen klimperten, die sich auch dort befanden. Er dachte an die Freude, die seine Mutter empfinden würde, wenn er ihr all diese Schätze zeigte. Er hoffte, die beiden Männer hatten das klimpernde Geräusch nicht gehört, zumal Reg weitersprach, während Manus dastand, als sei er zum Abmarsch bereit, und noch immer die Schubkarre in den Händen hielt. Toby wollte nicht gefragt werden, was er da bereits in seiner Tasche hatte.

Oftmals konnte er sich nicht schnell genug Geschichten ausdenken, um keine Schwierigkeiten zu bekommen, und gerade jetzt hatte er keine Ausrede zur Hand, und ihm wollte auch keine einfallen.

»Komm, Toby, wir lassen Manus seine Arbeit machen«, sagte Reg endlich.

Manus ging bereits weiter. »Viel Glück, Toby. War schön, dich kennenzulernen. Bis dann, Reg.«

Die beiden sahen zu, wie Manus die Karre über den Weg schob und dann um die Ecke bog.

»Da ist eindeutig irgendwas im Busch«, wiederholte Reg, »aber das geht mich nichts an. Steck deine Nase nicht in anderer Leute Angelegenheiten, sag ich immer, und du kriegst auch keine Schwierigkeiten, kleiner Toby. Wenn du außerdem meine zwei Regeln befolgst, natürlich.«

Jungs sind eben Jungs, und gegen die Natur kommt man nicht an, glaubte Reg. Doch wenn man Jungs an der langen Leine laufen ließ, musste man dafür sorgen, dass diese nicht so lang war, dass sie sich mit ihr strangulierten. Freiheit war schließlich nicht gleichbedeutend mit einem Freibrief, und deshalb hatte er Toby zwei einfache Regeln vorgegeben, die dieser zu befolgen hatte, solange er unter seiner Obhut stand.

Eine Minute später schlüpfte Toby aus dem ummauerten Garten, während sein Großvater beschäftigt war, und ging in die Richtung, die Manus eingeschlagen hatte.

Verflucht noch eins!, dachte Manus. Was für ein Pech. Er hatte nicht damit gerechnet, jemandem zu begegnen. Da die Familie Blackshaw, alle Stallburschen und ein Haufen Dienstboten augenblicklich in Killarney bei den Rennen waren und einige

Bedienstete ihren jährlichen Urlaub nahmen, der zufällig mit der Abwesenheit der anderen zusammenfiel, hatte er gedacht, er könnte Dixons Leichnam bewegen, ohne dabei beobachtet zu werden. Er hätte es besser wissen müssen. Bei einem Haus von der Größe einer Burg und einem Grundstück mit den Ausmaßen eines Kirchspiels war es schier nicht zu vermeiden, dass immer irgendwo jemand aus dem Fenster sah oder über eine Hecke spähte.

Er hatte vorgehabt, den Pferdemist auszukippen, Dixons Leiche in die Schubkarre zu legen und sie, unter der Pferdeplane verborgen, hinunter in sein Büro zu bringen, um sie neben dem Leichnam von Charlotte abzulegen. Jetzt, nachdem Toby und Reg ihn entdeckt hatten, blieb ihm nichts anderes übrig, als die Leiche noch eine Weile da zu lassen, wo sie war, und den richtigen Augenblick abzuwarten, um seinen Plan zu Ende zu bringen. Er hatte keine große Angst, dass jemand zufällig über sie stolpern würde, denn der Kinderflügel war seit fünfundzwanzig Jahren geschlossen, und angeblich spukte es dort. Die meisten Dienstboten hätten ihn nicht betreten, selbst wenn man sie dafür bezahlt hätte. Den Leichnam von dort ins Freie zu bringen war der wirklich riskante Moment. Falls Tobys intelligente Augen und sein wacher Gesichtsausdruck nicht trogen, käme niemand mit irgendeiner Heimlichkeit durch, solange der Junge in der Nähe war.

Manus stellte die Schubkarre neben Lilys vorn am Tor ab und beließ den Mist wie die Pferdeplane noch an Ort und Stelle. Er sah, dass Lily ihm vom vorderen Fenster aus zuwinkte. Er hatte gedacht, sie wäre noch im Kinderflügel und würde Dixons Leiche bewachen.

»Ist es dir gelungen, Charlotte zu finden?«, fragte sie sofort, als sie ihm die Tür öffnete.

»Ja.«

»Gott sei's gedankt. Wo ist sie?«

»Beim Stall. Setzen wir uns kurz hin, ich werde dir alles über sie erzählen.«

»Wie du siehst, habe ich meinen Posten im Kinderflügel verlassen – gleich nachdem du gegangen warst«, sagte sie, als sie ihn zu den zwei Sesseln beidseits des Kamins führte. »Es sind zu viele Erinnerungen in diesem Flügel. Ich hob ihre Tasche auf, um mir ihren Inhalt anzusehen und herauszufinden, ob sie irgendwelche nahen Verwandten hat, doch ich dachte, ich hörte sie reden, und ließ vor Angst die Tasche wieder fallen – ihre Sachen kullerten überallhin, und ich machte mich so schnell, wie meine alten Beine mich tragen wollten, auf den Rückweg hierher, ohne auch nur ein Stück aufzuheben. Es tut mir leid, ich hätte nicht weggehen sollen.«

»Das ist jetzt auch egal.« Er beugte sich zu ihr hinüber und umschloss ihre alten knotigen Finger mit seinen starken sonnengebräunten Händen, bevor er sagte: »Ich fürchte, ich habe eine sehr schlimme Nachricht für dich.«

2

Toby ließ sich nicht blicken, bis er Manus in das Haus der alten Frau gehen sah. Sobald sich die Tür hinter den beiden schloss, schlüpfte er in den Kinderflügel und bezog auf dem Treppenabsatz im dritten Stock Posten. Von dort schaute er auf die rote Decke hinab, die den Leichnam im Erdgeschoss bedeckte. Er fragte sich, ob Manus auftauchen und die Tote in der Schubkarre wegbringen würde oder ob der Körper blieb, wo er war, um dort zu verwesen. Wie lange es wohl dauern würde, bis die Maden kämen?

Während er wartete, überlegte er, was sein Großvater mit ihm machen würde, falls er herausfand, dass Toby die erste und wichtigste Verhaltensregel missachtet hatte. Ihn nicht zurück nach Hause schicken, hoffte er. Er wollte den ganzen Sommer auf The Park verbringen, um nicht dem Geschnatter seiner Mutter über das langweilige neue Baby lauschen zu müssen.

»Geh nicht in die Nähe des Kinderflügels, das stört den Geist, der dort haust«, hatte Reg am Tag zuvor zu ihm gesagt. »Das ist die erste Regel, an die du dich halten musst, während du bei mir bist.«

»Ein echter Geist?«

»Natürlich ist er echt. Sonst würde ich dich nicht warnen.«

»Was für eine Art von Geist ist das denn?«

»Der Geist eines kleinen Mädchens. Miss Victoria verschwand vor sechsundzwanzig Jahren, als sie noch keine drei Jahre alt war. Es war ein schrecklicher Tag, und ich werde ihn nie vergessen. Verschwand vom Angesicht der Erde, einfach so.«

»Spielt sie den Jungs Streiche?«

»Nicht, wenn sie tun, was man ihnen sagt. Es wird dich freuen zu hören, dass du frei wie ein Vogel bist, während du hier bei mir lebst – abgesehen von meinen zwei Regeln. Den Geist nicht zu stören ist die wichtigste.«

»Hast du ihn gesehen, Opa?«

»Nein, aber ich habe von denen gehört, die ihn des Nachts gesehen haben, wie er aus den Fenstern im dritten Stock schaute. Ich bin vernünftig genug, mich von dem Ort fernzuhalten, und du tust das auch, oder du wirst mich kennenlernen. Das ist Regel Nummer eins. Die zweite und einzig weitere Regel lautet: Es ist dir nicht erlaubt, mit Master William zu sprechen, wenn er von den Rennen zurückkommt.«

»Warum darf ich das nicht?«

»Weil Master William eines Tages, wenn er groß ist, The Park erben und dein Herr sein wird, wenn du hierher zum Arbeiten kommst. Folglich musst du ihm ein bisschen Respekt bezeugen, selbst wenn er jünger ist als du. Ist das klar?«

»Ja, Opa.«

»Gut. Also von diesen zwei einfachen Regeln abgesehen kannst du dich den ganzen Sommer über draußen aufhalten und tun, was du willst. Ich werde dir nicht auf Schritt und Tritt im Genick sitzen. Los, komm und gib mir die Hand darauf.«

Toby erinnerte sich daran, was der Großvater beim letzten Besuch in Cobh zu seiner Mutter gesagt hatte. Sie hatten nicht gemerkt, dass er lauschte. Das merkten sie nie.

»Du kannst einen Jungen in diesem Alter nicht im Haus einsperren«, hatte sein Großvater gesagt. »So etwas wie ein schlechtes Kind gibt es nicht, sag ich immer – nur ein gelangweiltes. Ich mach ihm eine Schleuder, dann kann er nach draußen und ein paar Elstern schießen, und ich bring ihm bei, wie man Kaninchen mit der Falle fängt. Sind von Natur aus Jäger, die Jungs. Das Leben in der Stadt engt sie ein. Überlass ihn mir, und mach dir keine Sorgen. Wir werden uns gut verstehen.«

»Ich hoffe es«, hatte seine Mutter geantwortet, sich aber nicht so angehört, als hätte die Zuversicht ihres Vaters sie überzeugt.

Manus sagte so sanft wie möglich, dass für Trauer keine Zeit sei, wenn sie Charlottes guten Namen retten wollten. Er hoffte, Lily würde sich einverstanden erklären, noch mehr Lügen zu erzählen als die, auf die sie sich bereits verständigt hatten.

»Da musst du doch nicht fragen. Du weißt, ich würde für Charlotte alles tun. Ich verspreche dir, ich werde nicht einknicken. Tu, was du jetzt tun musst, und erzähl mir später, was ich sagen soll.«

»Ich warte hier noch ein wenig, nur für den Fall, dass Regs Enkel sich draußen herumtreibt. Er hat sich für meinen Geschmack ein bisschen zu sehr für die Schubkarre interessiert und könnte mir gefolgt sein. Kann es mir nicht erlauben, ihm zu begegnen. Ich warte hier so lange, bis er Langeweile bekommt und verschwindet. Hast du ihn schon kennengelernt? Ein kluges Köpfchen. So wie der aussieht, lässt er sich nichts vormachen.«

Zwanzig Minuten verstrichen, bis Manus, der aus Lilys Vorderfenster hinaussah und niemanden entdecken konnte, es für ausreichend sicher befand, mit seinem Plan fortzufahren. Reg musste Toby eine Beschäftigung gegeben haben. Alles war still, bis auf Lilys gedämpftes Weinen im Hintergrund.

Manus verließ das Cottage und kippte den Pferdemist neben Lilys Garten aus der Schubkarre. Er legte die Pferdeplane wieder hinein und machte sich dann auf den Weg zum Kinderflügel, ohne unterwegs jemandem zu begegnen. Er betrat das Gebäude, verriegelte die Eichentür hinter sich und fühlte sich einstweilen vor Beobachtung sicher.

Er legte die Pferdeplane und die zwei Handtücher auf den Boden und sprach ein Gebet, wobei er sich bei Schwester Dixon für das, was er gleich tun würde, entschuldigte.

Infolge der Unebenheit des Bodens hatte sich das Blut aus der Wunde der toten Frau rund um ihren Kopf ausgebreitet und war dann hinter ihr weitergeflossen, sodass ihre Kleider frei von Flecken waren.

Er hob ihren Körper hoch. Als sich ihr Kopf von den Fliesen löste, entstand ein Sauggeräusch. Aus der Wunde floss frisches Blut durch ihr glanzloses Haar. Er legte die Frau in die Schubkarre, beugte ihre Beine und deckte sie mit der Pferdeplane so zu, dass diese den Körper ganz verbarg. Mithilfe der Handtücher und der roten Decke wischte er das trocknende Blut von den Natursteinfliesen, dann stopfte er die feuchten Tücher und die Decke unter die Plane, die er so zurechtrückte, dass sich der Körper darunter nicht abzeichnete.

Er hob drei Gegenstände auf, die auf dem Boden verstreut lagen, und schob sie in Dixons Handtasche, die er im Schrank unter der Treppe versteckte. Ihren Hut legte er in die Karre neben sie. Als Letztes kratzte er in einer Ecke eine Hand voll Staub zusammen und verstreute ihn über die Fläche, die er gerade gesäubert hatte, sodass sich diese, einmal getrocknet, nicht vom Rest des Bodens abheben würde.

Er ging nach draußen, um sich zu vergewissern, dass niemand in der Nähe war. Konnte er den Flügel verlassen, ohne dass ihn jemand sah, war er sicher, dass er auch den Rest des Weges gefahrlos schaffen würde, wenn er eine andere Route wählte. Im Bewusstsein des Grundsatzes, dass man eher mit etwas durchkam, wenn man dabei nicht den Erwartungen entsprach, schob er die Schubkarre auf dem Weg zurück zum Stall über den Kies vor dem Haus – ein undenkbares Verhalten, wenn die Familie Blackshaw sich hier aufgehalten hätte – und nicht hinten herum, wo die Dienstboten, vor allem Reg, ihn vermutlich eher sehen würden.

»Ei, ich dachte, das könntest du sein, so wie es sich angehört hat«, sagte Reg und reckte den Kopf hinter einem Myrtenstrauch hervor. Er stand von der Stelle auf, an der er die Rabatte unter einem Vorderfenster des Hauses von Unkraut befreit hatte, und kam näher.

»Wollte Lily den Pferdemist nicht?«, fragte er und deutete auf die Karre. »Du kannst ihn hier abladen, wenn du willst. Kann ich immer gebrauchen.«

»Nein. Ja, ja, sie hat sich darüber gefreut. Das ist Humus. Fairer Tausch. Kompost. Lilys bester. Sonniger Fleck an der Mauer. Ein paar Pflanzen.« Manus hielt sich an einem Griff fest, während er sich mit der freien Hand mit einem Taschentuch das Gesicht abwischte.

»Du musst nur fragen, und ich kann dir so viel Humus besorgen, wie du willst, jederzeit. Hab dich nie für einen Mann mit grünem Daumen gehalten.«

»Das wird sich erst noch zeigen.«

Reg hob seinen Spaten auf, stellte ihn auf den Kies und stützte sich darauf. »Ich hab vergessen, dich zu fragen. Hattest du schon Gewinner?«

Manus hielt sich an den Karrengriffen fest. »Nicht, dass ich wüsste. Ich hab die Ergebnisse gestern Abend im Radio verpasst.«

»Ich auch«, sagte Reg. »Ich hab ein Paar Shilling auf Sieg oder Platz von Bourbon Prince gesetzt, nachdem du gesagt hast, er sei eine sichere Sache.«

Toby tauchte neben Reg auf. Wo kommt der denn plötzlich her?, fragte sich Manus, der ihn nicht hatte kommen sehen.

»Du kannst sicher sein, dass ich das nicht gesagt habe, Reg. So etwas wie eine sichere Sache gibt es nicht.« Er tat, als wolle er weitergehen.

»Wie geht es Lily?«

»Ist in guter Verfassung«, sagte Manus und hielt aus Höflichkeit inne.

Toby schaute mit zur Seite geneigtem Kopf ein paar Sekunden lang intensiv auf die Pferdeplane, bevor er wieder Manus ansah.

»Vielleicht könnte ich später kurz rübergehen und sie fragen, ob sie für ihren Garten Hilfe braucht«, sagte Reg. »Ich könnte für sie den Pferdemist untergraben.«

»Ich würde heute nicht hingehen. Ihr Rheuma hat sich gemeldet, und sie hat eine schlechte Nacht hinter sich. Als ich ging, wollte sie sich gerade hinlegen. Sie ist auch nicht mehr so jung wie früher.«

»Du siehst selbst ein bisschen blass aus, Manus. Hoffe, du brütest nichts aus. Mit feuchten Haaren herumzulaufen kann dir nicht guttun.«

Manus hob eine Hand, um seine Haare zu befühlen, die nun beinahe trocken waren. »Standen hoch, deshalb hab ich sie nass gemacht. Ich fühl mich gut, aber ich muss los.« Er konnte es nicht ertragen, noch eine Sekunde länger stehen zu bleiben. Unfähig, sich einen Grund auszudenken, warum er es eilig haben könnte, sagte er nur: »Bis dann, Reg. Bis dann, Toby«, und hoffte, dass sich seine Worte nicht allzu abrupt anhörten.

Die beiden grüßten zurück und standen da, um zu beobachten, wie er Richtung Ställe ging.

Auf dem Rest des Weges blieb Manus aufmerksam, bemerkte aber nichts Besorgniserregenderes als flackernde Schatten in den Bäumen am Wegesrand.

Es war eine Erleichterung, durch die Doppeltüren zu gehen und sie hinter sich zu schließen. Das Geräusch des Riegels, als er an der Innenseite der Türen einrastete, war so befriedigend, dass Manus' Herzschlag sich sofort beruhigte. Der nervenaufreibendste Teil war geschafft. Von jetzt an würde er bei der Ausführung seines Plans nicht mehr unterbrochen werden.

Er war versucht, Dixons Leiche in die Pferdetränke auf dem Hof zu tauchen, befürchtete aber, dass sich das Wasser darin rot verfärben würde, wenn das geronnene Blut in ihrem Haar und das frische Blut aus ihrer Wunde sich darin auflösten. Es war einfacher, sie auf den Boden zu legen und mit Wasser aus dem Eimer nass zu machen. Er bemühte sich, so respektvoll wie unter den Umständen möglich vorzugehen, und betete währenddessen die ganze Zeit über für ihre Seele.

Hätte er kurz aufgeblickt, hätte er Tobys Kopf über das Dach der Stallburschenunterkunft spitzen sehen, von dem aus man den Hof überblicken konnte.

Manus hob Dixons Leiche vom Boden hoch und trug sie in sein Büro, wo er sie neben den Leichnam von Charlotte legte.

Dann holte er die Handtücher und die Decke, die voller Blut waren, und stopfte sie in die Mitte des Ofens, legte zwei Holzscheite darauf und schloss die Tür rasch, damit sich der Blutgeruch nicht im Raum ausbreiten konnte. Er hoffte, der Rauch aus dem Kamin würde hoch hinaufsteigen und sich in den oberen Luftschichten schnell auflösen.

Danach ging er hinaus ins Freie und stellte Charlottes fast trockene Schuhe und ihre Tasche irgendwo am Flussufer ab und kickte einen Klumpen Erde ins Wasser, bevor er aufsattelte, um nach Ballybrian zu reiten und einen zweifachen Unfall bei seinem Freund Inspector Declan Doyle zu melden, der gar nicht daran denken würde, den Wahrheitsgehalt der Geschichte anzuzweifeln, die er zu hören bekam.

Toby wartete, bis er Manus die Brücke überqueren sah, bevor er an einem Regenrohr in den Hof hinunterrutschte und zu Manus' Büro hinüberging. Die Tür war abgesperrt. Er schaute durchs Fenster und sah die Leiche der Frau aus dem Kinderflügel auf dem Boden liegen und daneben eine zweite Leiche. Es war die einer jüngeren Frau, die etwa genauso alt wie seine Mutter war. Wo kam diese Leiche her?

Er würde in der Nähe warten und schauen, ob er es herausfinden konnte.

Inspector Declan Doyle befragte niemanden außer Manus. Der kleine Toby schob sich heran, um während der Vernehmung neben dem Polizisten zu stehen, blickte bewundernd zu diesem auf und beobachtete, was er in sein Notizbuch schrieb.

Toby besaß jene Art von Präsenz, die nach einer Weile niemand mehr bemerkt, denn er konnte lange Zeit fast reglos stehen bleiben und harmlos dreinschauen. Der Inspector schob ihn zwei Mal mit dem Fuß weg, doch Toby schlich sich jedes Mal nach ein paar Minuten wieder an ihn heran, und danach schien niemand mehr von ihm Notiz zu nehmen.

Manus erklärte, was geschehen sein musste, und tat es auf eine Art, dass Declan sagte, der ganze Fall sei eindeutig, wie jeder sehen könne. Manus meinte, er habe die beiden Frauen an der Uferkante stehen gesehen, wo Gerüchten zufolge Charlottes Schwester, die kleine Victoria Blackshaw, vor sechsundzwanzig Jahren verschwunden sein könnte. Sie sahen aus, als ob sie beten würden, deshalb ließ Manus sie in Ruhe und ging zurück in den Hof, um sie nicht zu stören. Der Rest war eine logische Rekonstruktion dessen, was geschehen sein musste.

Tobys Gesicht glühte vor Interesse, doch das fiel keinem der Männer auf, denn beide konzentrierten sich auf die Geschichte, und Declan schrieb in sein Notizbuch.

Die Erde hatte unter Dixons Gewicht nachgegeben – »Siehst du den fehlenden Klumpen?« –, und sie war ins Wasser gefallen, führte Manus aus. Angeblich nahm er an, dass sie diejenige war, die hineinfiel, denn sie trug noch ihre Schuhe. Charlotte, die wusste, dass ihre alte Kinderschwester nach ihren Erlebnissen im Waisenhaus einen Horror vor Wasser hatte – wo die Aufseherinnen ihr zur Strafe den Kopf in der Badewanne unter Wasser gedrückt hatten –, hatte sich die Schuhe ausgezogen – »Siehst du sie dort?« – und war ihr nachgesprungen, um sie zu retten. Dann musste Charlotte von der panischen Dixon nach unten gezogen worden sein. Er hatte die beiden Leichen dann später unten am Wehr gefunden. Dixon hatte sich dort den Kopf angeschlagen. Ihr Arm hatte noch um Charlottes Hals gelegen, wodurch sie ironischerweise den Kopf ihres früheren Schützlings vor Schaden bewahrte. Er hatte um Hilfe gerufen, bevor er sie beide wiederzubeleben versuchte, aber es war niemand in der Nähe, der ihn gehört hätte. Er hatte sich dann zuerst um Charlotte gekümmert, doch wie sich herausstellte, war es für beide zu spät.

Zwischen dem Moment, als er sie betend am Ufer gesehen hatte, und dem Zeitpunkt, als er wieder nach draußen ging, um sie zu fragen, ob sie auf eine Tasse Tee in sein Büro kommen wollten, war ziemlich viel Zeit verstrichen. Manus erzählte Declan die letzten Details, während er die Schuhe und die Tasche aufhob und sie, um sicherzugehen, dass Declan sie bemerken würde, mit hineinnahm und neben Charlotte auf dem nassen Boden des Büros abstellte. Dort saugten sie noch mehr Wasser auf, was ihre Feuchte zu kaschieren half.

»Sie kommt mir bekannt vor«, sagte Declan und betrachtete Dixons Gesicht.

»Das sollte sie auch. Du hast sie verhört, als die kleine Victoria verschwand, und es wurde gemunkelt, du hättest Gefallen an ihr gefunden.«

»Ah, so war es auch. Ich erinnere mich gut, jetzt, da du es erwähnst. Sie ging bald danach weg, aus welchem Grund auch immer. Was für ein Jammer, sie in diesem Zustand wiederzusehen, und was für ein Jammer, dass ihr Kopf vom Wehr verletzt wurde. Sie war damals eine gut aussehende junge Frau.« Er studierte ihr Gesicht lange, beobachtet von Toby, bevor er wieder in sein Notizbuch schrieb.

Manus blieb dicht bei ihm und ebenso beim Arzt, nachdem dieser eingetroffen war, und erzählte seine Geschichte ein weiteres Mal voller Überzeugung. Keiner der beiden Männer hatte einen Grund, ihm nicht zu glauben.

Als der Polizist und der Arzt gegangen waren und ein Rettungswagen die Leichen mitgenommen hatte, saß Manus allein in seinem Büro. Das Gefühl der Klarheit, das er in den letzten paar Stunden gehabt hatte, verschwand aus seinem Kopf, und er wunderte sich, wie er darauf gekommen war, das zu tun, was er getan hatte, und wie er es geschafft hatte – wie er sich getraut hatte, für die Behörden einen falschen Tatort anzulegen. Er hatte den Lauf der Gerechtigkeit verkehrt, und es tat ihm nicht leid. In Wirklichkeit war er stolz darauf, dass er dazu imstande gewesen war.

Jetzt musste er noch dafür sorgen, dass die Lügen für immer geglaubt wurden, vor allem von Charlottes Ehemann und später von dem kleinen Mädchen, wenn es alt genug war, um Fragen nach seiner Mutter zu stellen.

Lily musste all ihre Kraft zusammennehmen, um Dixons Handtasche aus dem Kinderflügel zu holen, da Manus sich mit solch einem femininen Gegenstand nicht blicken lassen konnte. Sie holte die Tasche unter der Treppe hervor, hängte sie sich über den Arm, als wäre es ihre eigene, und brachte sie in ihr Cottage, wo sie in der Intimität ihrer Küche ungestört den Inhalt durchgehen konnte. Sie suchte die Briefe, die Dixon erwähnt hatte, als sie in ihr Haus gekommen war. Die Briefe, die Unterstellungen enthielten, Charlotte habe ihre kleine Schwester Victoria absichtlich in den Fluss gestoßen und ertränkt. Lily wollte nicht, dass derartige Informationen der Polizei in die Hände fielen, die dann das zweifache Ertrinken am Nachmittag in einem anderen Licht sehen könnte. Und schon gar nicht wollte sie, dass Manus herausfand, dass die Charlotte, auf die er so große Stücke hielt, als sie ein Kind war, diejenige war, die für den Tod der kleinen Victoria, die er geliebt hatte, verantwortlich war.

Da waren keine Briefe. Charlotte musste sie alle an sich genommen haben, bevor sie davongerannt war. Bitte, lieber Gott, mach, dass sie sie zerrissen hat, bevor sie in den Fluss ging, oder dass sie sie wenigstens mit sich genommen hat. Lass die Briefe davonschwimmen, sodass die Tinte im Wasser zerfließt und sie unlesbar sind, wenn irgendjemand sie zufällig findet. Manus hatte sie mit keinem Wort erwähnt, was ein gutes Zeichen war.

Sie griff zu Dixons Reisepass und blätterte ihn durch, wobei ihr die australischen Stempel und Dixons erst jüngst erfolgte Einreise nach Irland auffielen. Hinten war Raum freigehalten für den Namen des nächsten Angehörigen, der in einem Notfall benachrichtigt werden sollte. Der Eintrag lautete: *Keine Verwandten. Niemanden benachrichtigen*, was bestätigte, dass sich Dixon, wie sie Lily auch gesagt hatte, als ganz allein auf der Welt betrachtete.

Es gab eine Rechnung, die an eine Beth Hall gerichtet war, unterzeichnet von Mrs O'Mahoney aus der Pension im Dorf, was Lily vermuten ließ, dass Dixon einen anderen Namen für ihren Aufenthalt dort verwendet hatte. In einem Lederbeutel lagen eine Saphirkette und dazu passende Ohrringe, die Lily als jene wiedererkannte, die Lady Edwina Blackshaw vor fünfundzwanzig Jahren gestohlen worden waren.

Sie muss die Diamanten verkauft haben, dachte Lily und stellte sich vor, dass Dixon irgendwann während ihres Exils harte Zeiten hatte durchmachen müssen. Schade für die Blackshaws, einen so wertvollen Familienschmuck wie diesen zu verlieren, aber zumindest waren die Saphire in Sicherheit. Sie würde sich einen Weg ausdenken, wie sie den Schmuck zurück ins Haus brachte, ohne dass es jemand merkte.

Für den Fall, dass Dixon noch weitere Briefe hinterlassen hatte, bat Lily Manus, Mrs O'Mahoney aufzusuchen und Dixons Habseligkeiten zu holen, damit sie, und nicht die Behörden, sie als Erste durchsehen konnte.

Manus machte sich Sorgen, dass Lily, sollte jemand aus der Familie von Charlottes Mann nach The Park fahren und sie befragen, nicht in der Lage wäre, mit der Wahrheit hinterm Berg zu halten, da sie keine Übung darin hatte, überzeugend zu lügen, gleichgültig wie fest sie es sich auch vornahm. Nachdem er Dixons einzigen Koffer Lily übergeben hatte, schrieb er an ihre Stieftochter, die in Dublin im Stadtteil Inchicore wohnte, und bat sie, herzukommen und Lily nach der Beerdigung mit zu sich nach Hause zu nehmen und sich um sie zu kümmern, bis sich die alte Frau von dem Schock der zwei Todesfälle erholt hätte. Damit wäre sie aus dem Weg für jene, die zu gerne Details über die Todesfälle durch Ertrinken hörten und nur zu neugierig waren, etwas über das Leben der beiden Frauen zu erfahren, die Lily besser gekannt hatte als alle anderen auf The Park. Manus hoffte, niemand würde Lily bei der Beerdigung irgendwelche Fragen stellen. Er würde bis zu ihrer Abreise in ihrer Nähe bleiben, um etwaige an sie gerichtete Nachfragen abzuwehren.

Erst am nächsten Tag fielen ihm die Kleidung und der eingewickelte Gegenstand wieder ein, den er aus Charlottes Handtasche genommen und in seinem Büro in Sicherheit gebracht hatte. Er holte alles hervor, um es zum Trocknen auszubreiten, damit er die Sachen später in Charlottes Tasche stecken konnte, die er dann hoch zum Haus schicken würde, damit die Familie sie bekam. Er rollte den Gobelinbezug auseinander und schaute hinein. Seine Hand verharrte in der Luft. Ein flüchtiger Blick auf rotes Haar. Er dachte, wenn er es berührte, würde er sich die Finger daran verbrennen. Er ließ den Gegenstand aus seiner Hülle auf den Schreibtisch gleiten.

Das war ohne jeden Zweifel die rothaarige Puppe der kleinen Victoria, feucht, aber gut erhalten. Wie war Charlotte in ihren Besitz gelangt, wenn sich die Puppe das letzte Mal, als sie gesehen wurde, in den Armen von Klein-Victoria befunden hatte? Und er vermutete, dort war sie auch geblieben, wo immer das Kind am Ende auch hingekommen war.

3

Edwina schäumte, da der Tod ihrer Tochter sie in jeder Hinsicht auf dem falschen Fuß erwischte. Charlotte hatte sie nicht einmal informiert, dass sie nach Tyringham Park reisen würde, gar nicht davon zu reden, dass sie Mary Anne in der Obhut von Iseult Farrelly, der Schwester ihres Mannes, zurückgelassen hatte, anstatt sie im Dubliner Stadthaus der Blackshaws den Dienstboten anzuvertrauen. Infolgedessen stand sie wie eine Idiotin da, als die zwei Polizisten in ihre Räume vorgelassen wurden, um ihr die Nachricht zu überbringen, dass ihre Tochter auf Tyringham Park ertrunken war. Nicht, dass die Ansichten von Polizisten sie geschert hätten, doch sie wollte nicht, dass die Männer zu dem Schluss gelangten, sie wüsste nicht, was in ihrer eigenen Familie vor sich ging.

So wird also Iseult Farrelly diejenige sein, die es Mary Anne sagt, dachte Edwina säuerlich, und sie wird zweifelsohne von Himmel, Engeln und Harfen reden. Wenn ich es tun würde, wie es von Rechts wegen sein müsste, würde ich sagen: »Deine Mutter ist gestorben. Sie wird nicht zurückkommen, es hat also keinen Sinn, viel Gewese darum zu machen.« Eine Zweieinhalbjährige mit der Intelligenz von Mary Anne hätte kein Problem, diese schnörkellose Darstellung der Tatsachen zu akzeptieren.

Es war an Iseult, es ihr zu sagen, so feinfühlig sie es konnte und mit Worten, die ein kleines Kind verstand. Und es war die hochschwangere Iseult, die entschied, nicht zur Beerdigung zu fahren, sondern stattdessen in Dublin zu bleiben und sich um Mary Anne zu kümmern, da sie zu dem Schluss gelangt war, eine Trauerfeier sei nichts für ein kleines Kind.

Auf dem Gelände rund um die kleine Privatkapelle, die vor dreihundert Jahren auf dem Grund und Boden von Tyringham Park errichtet worden war, hatten sich zahlreiche Dorfbewohner und frühere Pächter versammelt, als Edwina und ihr Mann Lord Waldron Blackshaw eintrafen. Die Leute am Wegesrand traten einen Schritt zurück und murmelten Beileidsbekundungen, als ein Diener Edwina vorbeischob und ein Offiziersbursche Waldron in die Kirche führte. Die Kirchenbänke waren bereits voll besetzt, mit Ausnahme der ersten Reihe, die für die engste Familie freigehalten wurde.

Lokaljournalisten drückten sich im Hintergrund herum. Wegen Waldrons Ruhm und seiner großen Bekanntheit, dem Verschwinden seiner Tochter Victoria und dem Heldentod seines Sohns Harcourt im Krieg hatte es der Tod durch Ertrinken seines letzten noch lebenden Kindes in die überregionalen Nachrichten geschafft.

Charlotte hat vielleicht nicht gut gelebt, aber das hat sie wettgemacht, indem sie gut gestorben ist, dachte Edwina, die reglos in ihrem Rollstuhl im Gang saß, das Gesicht mit einem schwarzen Schleier verhüllt, damit neugierige Augen nicht herausfinden konnten, ob sie weinte oder nicht. Sie weinte nie in der Öffentlichkeit – das war ein Gebot, das ihr ihre Erziehung vorschrieb und das sie auch nicht in Zweifel zog –, doch die Leute wären überrascht gewesen, hätten sie gewusst, dass sie auch im privaten Rahmen keine Tränen vergoss.

Die Blackshaws von Cork füllten die zweite, dritte und vierte Reihe. Die Carmodys, Charlottes angeheiratete Verwandtschaft, saßen auf der gegenüberliegenden Seite weiter hinten im Kirchenraum. Der Platzanweiser hatte nicht gewusst, wer sie waren, weshalb sie nicht gebeten wurden, sich nach vorn zu setzen.

Nach dem Gottesdienst schaffte es Waldron, der immer mal einen Schluck Whiskey aus seinem Lieblings-Flachmann kippte, der früher jemandem aus dem Königshaus gehört hatte, gestützt von seinem Offiziersburschen aufrecht am offenen Grab zu stehen, dem Vikar zuzuhören und ab und an, wenn auch nicht immer an den richtigen Stellen, zustimmend zu nicken.

»Miss Charlotte, wie wir sie kannten und liebten, als sie hier als kleines Kind lebte«, sagte der Vikar, wobei er die Tonlage anhob und seine Vokale in die Länge zog, »war eine Frau, die alles hatte, für das es sich zu leben lohnt: einen guten Ehemann, Dr. Lochlann Carmody, der im Medizinkorps der britischen Armee dient und heute leider nicht bei uns sein kann, um seiner geliebten Frau Lebewohl zu sagen, und ihre kleine Tochter Mary Anne, die nun so grausam ihrer liebenden Mutter beraubt wurde.«

Schluchzer waren überall aus der Trauergemeinde zu hören.

Waldron begann zu schwanken. Edwina zischte dem Offiziersburschen etwas zu, der Waldron am Arm nahm, ihn festhielt, umdrehte und an den Trauernden vorbei wegführte, die zur Seite wichen, um Platz zu machen. Waldron kam zweimal aus dem Tritt, doch sein Aufpasser vermochte ihn aufzufangen und aufzurichten.

»Armer Mann, begräbt sein letztes Kind«, flüsterte einer der Trauergäste, der einen Schritt zurückgetreten war, um ihn durchzulassen.

»Kein Wunder, dass er fix und fertig ist«, sagte jemand anders.

»Fix und fertig, so ein Quatsch«, sagte ein Dritter. »Bist du von gestern, oder was?«

Der Vikar wartete, bis Waldron, der nun hickste, schließlich fort und das Murmeln verstummt war, bevor er erneut zu sprechen anhob.

Es wird Zeit, dass er mit dem Reden aufhört, dachte Edwina. Er versucht die Katholiken zu beeindrucken, nun, da er sie in den Krallen hat. Es ist kalt hier draußen im Wind. Gott sei Dank war ich so vorausblickend, meinen Nerz anzulegen.

Sie wollte mit Manus sprechen. Sie konnte ihn nicht sehen. Sie dachte, er würde sich in der Nähe aufhalten wegen seiner Verbindung zu ihr in der Vergangenheit und seiner Ergebenheit Charlotte gegenüber. Hinter der Menschenmenge, auf einer Anhöhe, konnte sie diese alte Hexe sehen, die East, oder wie auch immer sie sich dieser Tage nannte, gestützt von einem haarigen Mann. Sie hatte nicht die Absicht, mit ihrer alten Wirtschafterin zu reden, wenn sie es vermeiden konnte.

Sobald der Vikar zu sprechen aufgehört hätte, würde sie sich nach Manus umsehen. Dachte er immer noch schlecht von ihr, weil sie die neun Jahre alte Charlotte einst dazu gezwungen hatte, einen Hengst zu reiten, den sie nicht kontrollieren konnte?

Selbst wenn er das immer noch tat, am Ende würde sie ihn schon herumkriegen. Das war ihr stets gelungen. Sie brauchte ihn auf ihrer Seite, wenn aus Mary Anne eine meisterhafte Reiterin werden sollte, wie es dem Erbe der Blackshaws entsprach, zu denen das Mädchen wenn schon nicht dem Namen, so doch dem Blut nach gehörte.

Endlich war die Zeremonie vorüber.

Edwina blieb, wo sie war, während die Menschenmenge an ihr vorbeizog, um ihr das Beileid auszusprechen. Waldron war nicht zurückgekehrt. Wahrscheinlich war er hoch ins Haus gegangen und dort geblieben. Edwina vernahm, wie sich weiche musikalische Akzente aus Cork mit den durchdringenden Tönen der Gentry abwechselten, bis sie ganz konfus wurde, vor allem, da sie sich nicht verpflichtet fühlte, den Kopf zu heben, und die Kondolierenden demzufolge nur bis in Brusthöhe sah.

Lochlanns Eltern, Dr. Grace und Dr. Rory Carmody, stellten sich selbst vor, als die Reihe an ihnen war. Sie hatten Edwina seit dem Morgen der Hochzeit nicht mehr gesehen. Sie bedauerten, sofort wieder zurück nach Dublin fahren zu müssen, sagte der Vater, aber sie konnten es sich nicht erlauben, den nächsten Zug zu verpassen, da er früh am nächsten Morgen Rufbereitschaft habe. Ihr Lob für Charlotte war überschwänglich. Eine Gruppe von Lochlanns Schul- und Medizinerfreunden sprach ihr Beileid aus und folgte dann seinen Eltern, die sich von der Kirche entfernten.

Die Reihe der Kondolierenden war lang, und diese East-Frau, zitternd vor Nervosität, kam als Nächste und beugte sich hinunter, um zwischen Schluchzern etwas Unverständliches zu murmeln. Hat sie jeden Funken Selbstbeherrschung verloren, wunderte sich Edwina. Wenn dieser behaarte Mann sie nicht hielte, wäre die überreizte Frau ihr am Ende noch auf den Schoß gefallen. Die Stimme des Mannes klang vertraut. Muss einer der Pächter aus meiner Zeit sein, dachte sie. Er, wer immer er war, beugte sich nicht zu ihr herunter, weshalb sie nur seinen kräftigen Händedruck wahrnahm. Wie allen anderen in der Schlange dankte sie ihm für sein Kommen.

Danach machten sich die meisten Dorfbewohner auf den Weg, durch die Haupttore hinaus und nach links Richtung Ballybrian, während der geladene Adel aus der Umgebung zu einer Erfrischung hoch ins Haus gebeten wurde.

Beim Leichenschmaus erwähnte Edwina gegenüber Harriet, der Schwägerin ihres Mannes und augenblicklichen Herrin von Tyringham Park, dass Manus der Einzige aus dem Dorf gewesen sein müsse, der nicht zur Beerdigung gekommen war.

»Aber er war doch da«, sagte Harriet.

»Und er kam nicht her, um mit mir zu reden?« Edwina konnte nicht glauben, wie stark das Gefühl der Erregung in ihrem Magen bei dem Gedanken war, dass er ihr so nah gewesen war, und wie tief die Enttäuschung, dass er sich ihr nicht vorgestellt hatte.

»Ich sah ihn in der Schlange. Er hat Lily East die ganze Zeit über gestützt. Wie ich höre, hat die Sache sie schrecklich mitgenommen, und sie befindet sich nach wie vor in einem Zustand der Verwirrung.«

»Der Mann neben ihr, das war Manus? So behaart?« Zum ersten Mal an diesem Tag verlor Edwina beinahe die Fassung, doch sie beherrschte sich aus Angst, sich vor Harriet eine Blöße zu geben.

»Das war wohl Manus, wenn ich ihn auch nicht als ›behaart‹

bezeichnen würde. Bärtig, ja, aber nicht das, was man ›behaart‹ nennen würde.«

»Ich erkannte ihn nicht wieder. Ich dachte, er wäre ein Pächter oder sonst jemand aus der Vergangenheit. Na ja, genau genommen habe ich ihn nicht richtig gesehen. Als ich ihn kannte, war Manus glatt rasiert.«

»Tatsächlich? Ich kann mich fast nicht mehr so weit zurückerinnern. Ich hätte der armen Frau einen Stuhl bringen lassen sollen. Ziemlich nachlässig von mir. Bin nicht an Frauen bei Beerdigungen und auch nicht an eine so große Menschenmenge gewöhnt. Ein großartiges Kompliment für deine Charlotte, muss ich sagen.«

»Ja, das war es wohl.«

»Nun, hier sind meine Urenkel. Das Kindermädchen hat sie eigens gebracht, damit sie dich kennenlernen. Du bist vermutlich vollkommen verwirrt, wer hier zu wem gehört, da so viele von uns unter ein und demselben Dach leben.«

Und so wenige von uns, dachte Edwina. Ist sie schadenfroh?

»Das sind die Kinder von Giles und Georgina. Giles ist der Sohn von Nicholas, welcher der Sohn von Charles ist.«

»Ich weiß, wer das ist, Harriet. Noch bin ich nicht senil.«

»Natürlich nicht, doch selbst ich bringe zuweilen die Generationen durcheinander. Dieses kleine Mädchen ist Jane, im selben Alter wie Mary Anne. Das ist Nigel, der gut aussehende, und das hier ist William, der nach Waldron, Charles, Nicholas und Giles Erbe sein wird. So, ich denke, jetzt ist alles klar. Natürlich, wenn Harcourt nicht so heldenhaft sein Leben hingegeben hätte, würden wir jetzt alle irgendwo anders zur Miete leben.«

Wenigstens ist ihr das klar, dachte Edwina.

»Zu schade für Waldron, dass ihr keinen weiteren männlichen Erben hattet. William ist sieben Jahre alt. Kommt nächstes Jahr in England ins Internat. Danke, Nanny. Das ist alles. Sie können sie jetzt wegbringen.«

Edwina fühlte sich zu erschöpft, um zu sprechen. Harriet spielte bei ihr die große Herrin. Wenn Harcourt nicht so edelmütig für sein Land gestorben wäre – anders als Giles, der lediglich mit einem Fuß weniger entlassen worden war –, wäre er nun der Erbe und könnte der Vater dreier prächtiger Kinder sein, die in jeder Hinsicht diesen drei ordinären Gören überlegen wären, die gerade vor ihr aufmarschiert waren. Auch fühlte sie sich betrogen, weil Mary Anne an diesem Tag nicht bei ihr war, sodass sie hätte vorgestellt werden können und mit ihrer Exzellenz ihre Cousins und Cousine überstrahlt und Harriet auf ihren Platz verwiesen hätte.

Harriet bemerkte Edwinas ärgerliche Miene und wechselte das Thema, indem sie fragte, wer auf Mary Anne aufpasse, bis ihr Vater aus dem Krieg zurückkehren würde.

»Mary Anne hat, seit die Familie von Australien nach Hause kam, im Stadthaus gelebt, und ich sehe keinen Grund, warum sich das ändern sollte«, sagte Edwina. »Queenie ist an das Kind gewöhnt und kann sich allein um die Kleine kümmern, bis ich eine junge Kinderfrau einstelle, die ihr dabei hilft. Heute wäre ein guter Zeitpunkt, die Nachricht von meiner Suche nach einer solchen Frau in Umlauf zu bringen, da alle hier versammelt sind. Du könntest es erwähnen und sagen, es sei dringend. Unter den gegebenen Umständen wird das jeder verstehen.«

»Natürlich. Das ist das Mindeste, was ich tun kann. Ich freue mich, wenn ich helfen kann«

»Ich wäre dir äußerst dankbar. Falls also der Doktor nicht

aus dem Krieg heimkehrt, wird Mary Anne im Stadthaus ein sicheres Zuhause gefunden haben und dort unter meiner Aufsicht leben.«

»Und wenn der Doktor wiederkommt?«

Mit etwas Glück wird er das nicht, dachte Edwina. Er ist der Einzige, der das Recht hat, mir Mary Anne wegzunehmen. Laut sagte sie: »Dann kann er kommen und mit seiner Tochter wieder im Stadthaus leben. Er lebte schon einmal eine Woche lang in Charlottes Wohnung, als er aus Australien zurück und noch nicht in den Krieg gezogen war.«

»Das wäre schön für dich.« Harriet betrachtete die Gäste im Raum, die Tee tranken und Sandwiches verzehrten. »Guck dir nur mal all die Grauköpfe an. Einschließlich unserer eigenen natürlich. Wir werden alle älter. Wenn ich du wäre, Edwina, Liebes, würde ich mir nicht die Mühe machen, den Pelzmantel zurück auf den Speicher zu bringen, wenn du wieder in Dublin bist. So wie Waldron aussieht, denke ich, wird er recht bald wieder benötigt werden.«

»Ja, sie werden umfallen wie die Fliegen«, sagte Edwina und setzte im Geiste Harriet und ihren Mann Charles, Waldrons jüngeren Bruder, gleich hinter Waldron selbst auf die Wettliste für eine Totenmesse. Sie waren alle Anfang achtzig, ihr selbst um Jahre voraus. Im Vergleich zu ihnen war sie mit nur sechsundfünfzig ein Kind. Der Gedanke gab ihr Befriedigung. Einen dreißig Jahre älteren Mann zu heiraten hatte etwas für sich.

Während die Trauergäste sich im Salon einfanden, ging Lily East durch den ihr vertrauten Dienstbotentrakt in die große Halle, hob unter großer Mühe die Sitzfläche der schwarzen

Mönchsbank aus Eiche hoch, auf der sich Mäntel türmten, ließ den Saphirschmuck in deren dunkles Inneres fallen und verschwand auf demselben Weg, auf dem sie gekommen war. Wahrscheinlich würden Jahre vergehen, bis er gefunden wurde, doch wenigstens musste Lily sich wegen der Juwelen jetzt keine Gedanken mehr machen.

4

Am nächsten Tag wurde die ehemalige Kinderschwester Elizabeth Dixon am Rande des Friedhofs von The Park bestattet. Charles Blackshaw kam für den Sarg und die Dienste des Vikars auf. Nur Charles, der Vikar und Inspector Declan Doyle waren anwesend. Manus stand mit gesenktem Kopf hinten unter der ersten Baumreihe. Reg und sein Enkel Toby warteten in respektvoller Entfernung, bereit, das Grab zuzuschütten, sobald die Würdenträger gegangen wären.

Toby starrte weiter mit einem Ausdruck verwunderter Konzentration zu Manus hin und dann zu Inspector Declan Doyle und ließ seinen Blick mehrmals von einem zum anderen wandern.

»Wenn ich groß bin, will ich kein Fischer werden und auch kein Gärtner oder Pferdetrainer. Ich will Polizist werden«, sagte Toby zu seinem Großvater, als die Beerdigung vorüber war und die drei bedeutenden Persönlichkeiten sich entfernt hatten, nicht ohne dass der Polizist zuvor zu Manus hinübergegangen war und mit ihm ein paar freundliche Worte gewechselt hatte. »Kriminalbeamter.«

»Warum nicht?«, sagte Reg. »Das sollte für einen klugen jungen Burschen wie dich kein Problem sein, wenn ich auch sagen muss, ich hatte gehofft, du würdest hier bei mir arbeiten und die lange Familientradition fortführen.«

»Ich möchte nur Polizist werden«, wiederholte Toby.

»Mach, was du willst. Du hast noch jede Menge Zeit, deine

Meinung zu ändern. Auf jeden Fall musst du dich hinter deine Bücher klemmen, denk dran. Keine Nachlässigkeit. Ach, da bist du ja, Manus. Traurige Sache.«

Manus pflichtete ihm bei.

»Komisch, dass die beiden Frauen ertrunken sind, obwohl sie noch hätten stehen können, meinst du nicht, Manus?«, fragte Reg und stützte sich auf seinen Spaten, als wolle er sich auf eine ausgiebige Unterhaltung einlassen. »Das wollte ich dir noch sagen. Es ist ja nicht so, dass sie in der Nähe des Dark Waterhole gewesen wären. Sie hätten einfach aufstehen und ans Ufer waten können.«

»Komisch, stimmt«, sagte Manus, »aber anscheinend nicht ungewöhnlich. Declan Doyle fragte die Experten von der Wasserschutzbehörde in Dublin, ob sie sich den Vorfall erklären könnten. Wie es scheint, haben sie mehr als nur ein paar Leute in flachem Wasser ertrinken sehen.«

Manus war aufgefallen, wie Tobys Kopf hochgefahren war und der Junge ihn angestarrt hatte, als die Worte »beiden Frauen ertrunken« fielen, und wie Tobys Blick dann weiter unverwandt auf ihm ruhte.

»Sie meinten«, fuhr er fort, »dass Menschen, die nicht schwimmen können, in Panik geraten und sich dann nicht mehr aufrichten können, und so schlagen sie in horizontaler Position um sich, unfähig, Boden unter die Füße zu bekommen, bis sie schließlich Wasser in die Lunge kriegen und untergehen. Und jeder, der sie retten will, muss vorsichtig sein, damit er nicht mit hinuntergezogen wird. Ein Ertrinkender hat viel Kraft und keinen Verstand.«

»Da hast du es also. Das erklärt alles. Toby, du wirst solche Fälle lösen können, wenn deine Zeit gekommen ist.« Er zwinkerte Manus zu. »Hab ich dir gesagt, dass Toby hier Kriminalbeamter werden will, wenn er groß ist? Was hältst du davon?«

»Ich finde, das wäre genau seine Kragenweite«, sagte Manus. »Ich würde meinen, dass deinen wachen Augen nicht sehr viel entgeht, nicht wahr, Toby?« Während er sprach, studierte er Tobys Gesicht und suchte nach einem Hinweis, was der Junge wohl gerade dachte. Toby schaute ihn ruhig an. »Reg, warum schickst du Toby nicht runter zum Stall? Nicht nur, damit er sich umschaut, sondern um zu lernen. Natürlich nur wenn du ihn entbehren kannst. Er kann bei den Reitstunden mitmachen, die die Blackshaw-Kinder den Sommer über wochentags von acht bis zehn haben. Würde dir das gefallen, Toby?«

»Darf ich dann mit ihnen reden?«

»Klar darfst du das.«

»Großvater sagte, ich darf es nicht. Nicht wahr, Opa?«

»Das hab ich, und ich sag es immer noch, solange du bei mir bist. Aber Manus ist sein eigener Herr, und wenn du bei ihm bist, tust du, was er sagt.«

»Das ist ein guter Vorschlag«, sagte Manus. »Wir sind da nicht so förmlich. Dort ist das Pferd König.«

Tobys Lider flatterten, als fiele es ihm schwer, seinen starren Blick beizubehalten.

»Also sehe ich dich dann morgen, Toby?«

»Danke, Manus«, sagte Reg. »Das ist sehr freundlich von dir. Ich werde das Angebot bestimmt annehmen. Er wird beim Gärtnern unruhig. Du wirst da sein, nicht wahr, Toby?«

Toby nickte.

»Ich denke, die Arbeit mit den Pferden könnte für ihn genau das Richtige sein«, sagte Manus zu Reg.

Während sein Großvater sprach, schaute Toby weiter Manus

an, da er kaum glauben konnte, dass ein Mann wie er, ein Mann mit nettem Gesicht und freundlichem Auftreten, dem Polizisten am Unglücksort jede Menge Lügen erzählt hatte – Lügen, die er gerade gegenüber Reg wiederholt hatte. Er fragte sich, ob er, wenn er groß war und als Polizist Dienst tat, in der Lage wäre zu erkennen, wenn ihn jemand anlog. Oder würde er so leicht zu täuschen sein, wie Inspector Declan Doyle von Manus getäuscht worden war?

Manus schloss das Tor hinter den Stallburschen, die die Zweijährigen im Galopp ausreiten wollten. Als er sich umwandte, sah er Toby mit hellwachem Gesichtsausdruck in der Mitte des Hofs stehen, wie er interessiert die nach draußen strebenden Reiter beobachtete.

Er könnte mein jüngeres Ich sein, dachte Manus. »Du bist also gekommen«, sagte er. »Das freut mich.«

Toby fixierte Manus mit einem offenen, furchtlosen Blick.

»Ich habe genau das richtige Pony für dich. Es braucht noch wesentlich mehr Führung als jetzt, bevor es zu seinem neuen Besitzer geht. Ich wäre froh, wenn ich dich als Lehrling annehmen könnte. Wir beginnen mit einer Woche auf Probe, um zu sehen, wie du dich machst. Passt dir das?« Manus benutzte das Wort »Lehrling« mit Absicht, damit von Anfang an klar war, dass er für den Unterricht, den er dem Jungen erteilen würde, kein Geld erwartete.

Toby kaute auf seiner Lippe herum, um sein aufgeregtes Lächeln zu verbergen.

»Was ist das da um deinen Hals?«, fragte Manus. »Etwa eine Schleuder? Komm, lass mich mal einen Blick darauf werfen.«

Toby zog sich die Schleuder über den Kopf und reichte sie Manus.

»Hat Reg die gemacht? Sie ist ein Kunstwerk.« Manus hielt die Basis des gegabelten Holzstöckchens und spannte den daran befestigten Gummi. Er lächelte vergnügt. »Das erinnert mich an meine Kindheit, obwohl ich nicht behaupten kann, dass ich jemals so eine gut gemachte Schleuder wie diese gehabt hätte. Gehen wir raus, sammeln wir ein paar Kieselsteine und machen ein paar Schüsse. Warte, bis William und Nigel das sehen. Sie werden Reg nerven, damit er jedem von ihnen auch eine macht. Vielleicht überrede ich ihn sogar, um der alten Zeiten willen eine für mich anzufertigen. Dann fühl ich mich bestimmt wieder jung. Ah, da sind sie ja.«

Die drei Blackshaw-Kinder rannten in den Hof. Sie wirkten überrascht und neugierig, als sie Toby dort sahen. Sie hatten ihn auf dem Anwesen aus der Ferne bemerkt, aber bislang noch nicht mit ihm gesprochen.

»Kinder, das ist Toby«, sagte Manus. »Er wird ab jetzt für Jester zuständig sein. Kommt, probiert mal diese kleine Waffe aus und schaut, wer die Silberbirke am anderen Ufer trifft. Ist dir das recht, Toby?«

In Dublin ließ am selben Tag Mary Annes Tante Iseult eine Notiz für Edwina im Stadthaus, in der sie fragte, ob sie um vier Uhr vorbeikommen und ein paar Kleider und Spielsachen für Mary Anne abholen könne, deren auf zwei Tage angelegter Besuch sich auf eine Woche ausgeweitet hatte. Edwina sandte ihr eine Nachricht per Dienstboten, um mitzuteilen, dass ein Besuch seitens Iseult genau richtig käme, da sie den Wunsch habe, mit ihr zu sprechen. *Ich nehme an, du bringst Mary*

Anne mit. Queenie wird auf sie aufpassen, während wir einige Familienangelegenheiten klären.

Edwina erinnerte sich daran, wie sie unwillkürlich eine Welle der Erleichterung erfasst hatte, als sie erfuhr, dass ihre Tochter tot war. Nie mehr diese mürrische Charlotte im Zimmer. Keine Demonstrationen mütterlicher Zuneigung mehr, die als Verhöhnung gedacht waren und deren bevorzugte darin bestand, Mary Anne hochzuheben und sich freudig an deren Hals zu schmiegen, während sie über die Schulter des Kindes hinweg zu Edwina sah, mit einem Gesichtsausdruck, in dem sich für Edwina Triumph und Hass gleichermaßen spiegelten, als wolle Charlotte sagen: »Diese Liebe wird nie dir gehören, Mutter. Du wünschst sie dir verzweifelt, aber du kannst sie nicht haben. Sie gehört mir. Du hast deine Chance mit einem Kind gehabt – mit mir – und hast mir nur Verachtung entgegengebracht. Glaub nicht, ich hätte die Absicht, dir noch eine weitere Chance zu geben.«

Doch hier bekam sie nun ihre zweite Chance. Wie befriedigend es war, sich auf den uneingeschränkten Zugang zu Mary Anne zu freuen, nun da die besitzergreifende, schadenfrohe Charlotte weg war.

Edwina hatte bei der Beerdigung in Umlauf gesetzt, dass sie ein Kindermädchen brauchte, und bald war eines gefunden. Es war nicht schwer. Viele Kindermädchen waren begierig, das Leben auf dem Land hinter sich zu lassen und eine Stellung in der Großstadt anzunehmen.

Edwina wartete ungeduldig darauf, Mary Anne zum ersten Mal seit einer Woche zu sehen.

Sie würde gleich da sein – diese perfekte kleine Person mit

ihrer Schönheit, ihrer wunderbaren Haut, ihren klaren Augen, ihrem vertrauensvollen Wesen, ihrer liebevollen Berührung, lebhaften Wärme und musikalischen Stimme. Hatte es je solch ein Kind gegeben? Wie konnte sich Charlotte nur selbst etwas vormachen, wenn sie auch nur eine Minute lang glaubte, sie hätte in ihrer Kindheit dieselbe Vollkommenheit besessen wie ihre Tochter und dasselbe Maß an Bewunderung hervorgerufen?

Als der Zeitpunkt des Wiedersehens näher rückte, begann Edwinas Herz zu schlagen, als wäre sie wieder jung und stünde kurz davor, sich mit ihrem Schatz zu treffen. Wie befriedigend, Iseult Farrelly mitteilen zu können, dass bereits ein Kindermädchen eingestellt worden war und Mary Anne, sobald die Frau eingezogen war, den Haushalt der Farrellys verlassen und zurückkehren konnte, um auf Dauer in dem Stadthaus zu leben, in das sie gehörte.

Edwina hörte die Klingel, und dann folgte eine lange Wartezeit, als Queenie mit langsamen Schritten zur Tür ging. Die vordere Eingangstür wurde geöffnet. Es gab Begrüßungsworte, die mit lauten Willkommensrufen Queenies durchsetzt waren.

Halte sie nicht auf, Queenie.

Kleine, laufende Schritte.

Sie ist begierig, mich zu sehen. Sie rennt zu mir. Die Erwachsenen rufen sie zurück. Haltet sie nicht auf. Lasst sie laufen! Schnell, Mary Anne.

Mary Anne raste voller überschäumender Erwartung durch die Halle, vorbei an Edwinas Tür, zwei Treppen hoch und einen Korridor hinunter zu Charlottes Räumen auf der dritten Etage und rief dabei immer wieder »Mami, Mami!«. Sie war außer sich vor Aufregung, als sie die Tür erreichte, und tanzte vor Ungeduld, während sie darauf wartete, dass Queenie sie einholte und die Tür aufmachte, um sie hineinzulassen.

Iseult folgte langsamer und ließ den Kopf hängen, damit ihre Nichte die Tränen nicht sah. Sie spürte bereits, wie niedergeschmettert Mary Anne sein würde, wenn sie entdeckte, dass Charlotte nicht in ihren Räumen war. Es war verständlich, dass ein Kind in diesem Alter keine rechte Vorstellung von der Endgültigkeit des Todes hatte. Mary Anne war gesagt worden, dass ihre Mutter im Himmel sei, dass sie nicht wiederkäme, aber jetzt, in der gewohnten Umgebung, erwartete das Mädchen, dass sie da war. Iseult wünschte, sie hätte das Kind abgelenkt, anstatt stehen zu bleiben und mit Queenie zu sprechen, wodurch Mary Anne Zeit hatte, so weit voraus zu rennen, dass sie nicht mehr zu stoppen war.

Es war zu früh, in das Haus zurückzukehren, in dem Charlotte, die nicht vorgehabt hatte, es für immer zu verlassen, als sie das letzte Mal die Tür hinter sich schloss, noch überall präsent war.

Bitte, lieber Gott, hilf mir, mich zu beherrschen, betete Iseult. Mach, dass ich nicht weine. Ich möchte das Kind mit meiner Trauer nicht beunruhigen. Die Tränen müssen warten, bis ich allein bin.

Sie konnte die Sehnsucht des Kindes nach seiner Mutter spüren, seine Erwartung, die immer größer wurde und gleich auf grausame Weise zerstört würde, das schmerzhafte Gefühl der Verlassenheit.

»Deine Mama ist nicht da drin«, würgte Iseult hervor. »Lass uns an einem anderen Tag wiederkommen.«

»Nein. Mami hier. Mami, Mami.« Mary Anne streckte sich und versuchte den steifen Türknauf umzudrehen.

Queenie, die ebenfalls weinte, sah Iseult hilfesuchend an.

»Machen Sie sie auf«, sagte Iseult.

»Guten Tag, Eure Ladyschaft. Es tut mir leid, dass ich zu spät komme«, sagte Iseult, die sich immer noch schwach fühlte, nachdem sie Mary Annes herzzerreißenden Kummer miterlebt hatte, als diese ihre Mutter nicht fand. Es hatte lange gedauert, bis sich die Kleine wieder beruhigt hatte.

Es war das erste Mal seit Charlottes und Lochlanns Hochzeit, dass die zwei Frauen sich trafen, und das erste Mal, dass Iseult Edwinas Räume aufsuchte. Es war Queenie, die ihr Anweisungen bezüglich des Kindes gegeben hatte.

»Guten Tag, Mrs Farrelly«, sagte Edwina und bemerkte, dass Iseult hochschwanger war. »Sie kommen dreißig Minuten zu spät. Pünktlichkeit ist die Höflichkeit der Könige, aber offenbar nicht der Hausfrauen. Wo ist Mary Anne?«

»Queenie hat sie mit hinunter in die Küche genommen, solange wir die Familienangelegenheiten besprechen, die Sie vorhin erwähnten.«

»Das wird nicht lange dauern. Ich möchte Sie um einen Gefallen bitten. Wären Sie so nett, Mary Anne noch für ein paar Tage bei sich zu behalten, bis das Kindermädchen, das ich angestellt habe, im Haus ist? Ich fürchte, Queenie ist der Aufgabe allein nicht gewachsen, wenngleich sie dem neuen Kindermädchen eine unschätzbare Hilfe sein wird.«

Iseult schaute unbehaglich drein und schien nicht zu wissen, was sie sagen sollte.

»Habe ich zu viel verlangt? Oder wäre das für Sie in Ihrem Zustand nicht möglich?«

»Nein, nein, natürlich ist das kein Problem.«

»Warum dann das Zögern?«

»Ich glaube, da besteht ein Missverständnis, Eure Ladyschaft. Charlotte erwartete, dass ich und mein Mann in einem solchen Fall Mary Anne ein Heim bieten würden, bis Lochlann zurückkehrt und über ihre Zukunft entscheidet.«

»Und wann hat sie Ihnen das mitgeteilt, wenn ich so unverschämt sein darf, dies zu fragen?« Edwinas Stimme klang frostig.

»Eine Woche bevor sie nach Tyringham Park fuhr.«

»Sie wird von ein paar Tagen gesprochen haben, und Sie haben sie missverstanden.«

»Nein, sie sagte, bis Lochlann aus dem Krieg zurückkommt, und falls er nicht zurückkehrt, soll Mary Anne ganz bei mir bleiben.«

»Bei Ihnen? Anstatt bei mir?«

»Ja.«

»*Ich glaube Ihnen nicht!* Sie müssen das falsch verstanden haben. Eine Großmutter mütterlicherseits hätte stets Vorrang vor den Großeltern väterlicherseits. Eine Tante der Vaterseite würde nicht einmal in Erwägung gezogen.« Edwinas Gesicht hatte sich gerötet, und sie legte die Hände auf die Armstützen des Rollstuhls, als wolle sie aufstehen. Ihre Reaktion war so heftig, dass es Iseult nicht überrascht hätte, wenn Edwina tatsächlich hoch in den Stand geschossen wäre.

»Ich habe sie nicht falsch verstanden, Eure Ladyschaft.«

»Erwarten Sie, dass ich glaube, Charlotte habe Mary Anne Ihnen anvertraut? Sie wusste nicht, dass sie ertrinken würde, als sie nach The Park abreiste. Sie ließ das Kind für einen

Tag und eine Nacht bei Ihnen, nicht für den Rest seines Lebens.«

Iseult konnte es fast nicht ertragen, in Edwinas gequältes Gesicht zu blicken. »Es tut mir leid, Eure Ladyschaft, aber was ich sage, ist wahr.«

»Ich habe dafür nur Ihr Wort. Sie meinen, Sie können mir irgendeine Geschichte als wahr verkaufen, nun, da Charlotte nicht mehr hier ist, um sie zu bestätigen. Für mich sieht es so aus, als hätten Sie hinter meinem Rücken ein Komplott ausgeheckt. Sie wollen die Kleine in Ihrer papistischen Herde behalten. Ich weiß, dass Ihre Kirche den Verlust von Mitgliedern nicht dulden kann, schon gar nicht den von Kindern.«

»Ich werde über Ihre unglückliche Wortwahl hinwegsehen und wiederhole noch einmal, dass es mir aufrichtig leidtut, Eure Ladyschaft. Ich wollte nicht diejenige sein, die es Ihnen sagt, aber da ich sehe, dass Sie mein Wort darauf nicht akzeptieren, sollten Sie Folgendes wissen. Charlotte hat alles in ihrem letzten Willen aufgeschrieben. Er ist rechtsgültig und bindend.«

»Ihr letzter Wille? Ich habe nichts von einem Testament gehört. Wann hat sie ihr Testament gemacht?«

»Eine Woche bevor sie starb.«

»Wollen Sie mir sagen, sie wusste, dass sie sterben würde, als sie nach The Park fuhr?«

»Nein, natürlich wusste sie das nicht. Wie hätte sie das gekonnt? Sie hat ihr Testament gemacht, weil sie sich freiwillig als Spezialagentin gemeldet hatte. Sie erzählte mir, die durchschnittliche Lebenserwartung eines Agenten in Frankreich betrage drei Monate. Colonel Hardcastle habe sie angeworben, als er herkam, um zu berichten, dass Harcourt nicht mal einen Monat durchgehalten hat, bis er gefangen wurde.«

»Und gefoltert und erschossen. Das weiß ich alles. Sie müssen mir nichts über das Schicksal meines Sohnes oder das Pflichtbewusstsein meiner Familie erzählen. Ich war dabei, als der Colonel uns die Einzelheiten erläuterte. Wenn mein Gedächtnis mich nicht trügt, und es ist so klar wie eh und je, teilte Charlotte dem Colonel mit, sie stünde nicht zur Verfügung. Dass ihre oberste Pflicht die Sorge um Mary Anne sei. Und Sie wollen mir nun erzählen, sie hätte ihre Meinung geändert?«

»Ja, sie dachte darüber nach und änderte ihre Meinung. Sie hatte Angst, sie würde vielleicht nicht lebend aus Frankreich zurückkehren, und deshalb machte sie ihr Testament.«

Edwina fragte mit einer hässlichen Schärfe in der Stimme: »Waren Sie zufällig Zeugin bei diesem Testament, und Cook ebenfalls? War es ein inoffizielles Testament? Ein selbst verfasstes? Unter diesem Dach geschrieben?«

»Nein, ich habe es nicht bezeugt. Charlotte ging in Mr Dunwoodys Räume und ließ es dort bezeugen.«

»Dunwoody hat es aufgesetzt?«

»Er wird es irgendwann verlesen, und dann werden Sie es selbst hören können.«

»Zügeln Sie sich, Mrs Farrelly.« Edwinas Blick war voller Ablehnung. »Glauben Sie auch nur eine Minute lang, ich würde Mary Anne kampflos aufgeben? Ich werde das Testament anfechten. Charlotte war offensichtlich verwirrt, als sie es schrieb. Sie hatte vergessen, wer sie war und woher sie kam. Sie muss Mr Dunwoody Sand in die Augen gestreut haben, was nicht allzu schwer gewesen sein dürfte, da er ein alter Junggeselle ist, der sich auf Eigentumsübertragungen spezialisiert hat. Er hat nicht die geringste Ahnung von falschen Weibern, sonst hätte er mehr Verstand gehabt, als solch eine unmögliche Verfügung niederzuschreiben.«

So viele Beleidigungen auf einmal. Iseult fiel es schwer, ruhig zu bleiben. Wären Edwinas Alter und Behinderung nicht gewesen und nicht auch Mitleid ihrerseits wegen der Verluste, die sie erlitten hatte, hätte Iseult ihre Zunge wohl nicht im Zaum zu halten vermocht.

Charlotte hatte zu dem Zeitpunkt, als sie mit Iseult sprach, voller Befriedigung gesagt, sie würde zu gerne das Gesicht ihrer Mutter sehen, wenn das Testament verlesen wurde – so dieser Fall eintreten sollte. »Behalte sie im Auge«, hatte sie gesagt, »und achte auf ihre Reaktion. Bring ihr keinerlei Mitgefühl entgegen, und gib ihrem Drängen unter keinen Umständen nach. Lass dich in deiner Gutmütigkeit nicht von ihr ausnutzen. Wenn sie Mary Anne in die Finger kriegt, kannst du sicher sein, dass sie das Leben des Kindes genauso zerstören wird, wie sie meines zerstört hat. Nur die Freundlichkeit der Dienstboten hat mich vor der Verzweiflung bewahrt.« Charlotte hatte an der Stelle innegehalten, um tief durchzuatmen, bevor sie fortfuhr. »Es ist nicht so, dass ich erwartet hatte, dass meine Mutter mich persönlich betreuen würde. Zu so einer niederen Aufgabe hätte sie sich nie herabgelassen. Aber sie hätte ein Auge auf mich haben sollen. Tatsächlich überließ sie mich der Gnade einer grausamen Fremden. Ich erzählte ihr einmal, dass Schwester Dixon mir wehtat. Meine Mutter gab das amüsiert an sie weiter, und Dixon sagte, wenn ich noch ein einziges Mal Geschichten erzählen würde, würde sie mir am Hinterkopf, wo man es nicht sehe, ein Büschel Haare mit der Wurzel ausreißen. Überflüssig zu sagen, dass ich das meiner Mutter nicht mitgeteilt habe.« Charlotte fixierte ihre Schwägerin mit einem flehenden Blick. »Deshalb versprich mir, Iseult, dass meine Mutter niemals Mary Annes Vormund wird.«

»Ich verspreche es«, hatte Iseult geantwortet.

Mr Dunwoody verlas einige Tage später mit zittriger Stimme das Testament.

Im Falle meines Todes, verfügte der letzte Wille, *soll meine Mutter Edwina, Lady Blackshaw, keinen Einfluss auf die Erziehung von Mary Anne Carmody haben. Mary Annes Tante, Iseult Farrelly (geb. Carmody), soll ihr bestellter Vormund sein, bis Dr. Lochlann Carmody zurückkehrt, und falls er nicht wiederkommt, soll Iseult Farrelly (geb. Carmody) die Vormundschaft behalten, bis das Kind mündig wird.*

Die Krankenschwester, die neben dem Rollstuhl stand, suchte in ihrer Tasche nach Riechsalz und hielt es Edwina hin, die die ausgestreckte Hand wegstieß.

Queenie, die draußen hatte warten sollen, aber gelauscht hatte, schlich sich in den Raum, starrte auf Edwina und hörte währenddessen, dass sie, Cormac Delaney, Lily (East) Cooper und Manus jeweils fünftausend Pfund erben sollten. Queenie bekam wacklige Knie und musste sich setzen.

Edwina funkelte den Anwalt an. »Charlotte war nicht bei Verstand, als sie dieses Testament schrieb, und Sie sollten sich schämen, Mr Dunwoody, dass Sie ihr erlaubten, es abzufassen.«

Mr Dunwoodys Gesicht lief rot an.

»Ich werde es anfechten«, verkündete Edwina mit einschüchternder Stimme. »Ich bin sicher, Sie wurden mehrfach darüber informiert, dass meine Tochter nie geistig gesund war. Dafür gibt es eine Fülle an Beweisen. Sie führte vorsätzlich meinen Unfall herbei und machte mich so zum Krüppel. Sie weigerte sich, zur Schule zu gehen, und wurde von einem verrückten Bohemien unterrichtet, den mein Mann ausgesucht hatte. Sie hatte nie eine Freundin. Sie hat sich drei Jahre lang eingeschlossen und sich die Größe eines Elefanten angefressen. Sie lehnte einen Ebenbürtigen ab, um einen Papisten aus dem einfachen Volk zu heiraten. Sie ließ einen Arzt ins Haus schmuggeln, als sie einige Tage vor ihrem Tod einen ihrer hysterischen Anfälle hatte, und dann setzte sie ihrem Leben ein Ende, indem sie in flachem Wasser ertrank. Wenn das nicht die Taten einer Geistesgestörten sind, dann weiß ich auch nicht. Ich bin sicher, es gibt noch weitere Vorfälle, die mir im Augenblick nicht einfallen, aber ich werde eine Zusammenstellung machen und Ihnen vorlegen, Mr Dunwoody.« In Edwinas Mundwinkeln hingen Schaumbläschen. »Dieses Testament kann keinen Bestand haben.«

»Eure Ladyschaft«, sagte Mr Dunwoody, sah über seine halbrunden Brillengläser zu Edwina und richtete die vor ihm liegenden Papiere gerade aus, »wir erwarten Ihre –«

»Unterbrechen Sie mich nicht. Ich bin noch nicht fertig. Mrs Farrelly steht kurz vor der Niederkunft mit ihrem zweiten Kind, dem zweifelsohne noch viele weitere folgen werden, wie es bei diesen Leuten Brauch ist. Ihr Haus verfügt nur über drei Schlafzimmer. Meine Enkelin wird unter diesen Umständen nicht genügend Aufmerksamkeit erhalten und Privatsphäre haben. Wie Sie wissen, Mr Dunwoody, ist das Stadthaus geräumig, und ich habe bereits eine ausgezeichnete Kinderschwester engagiert, deren einzige Aufgabe die Betreuung von Mary Anne sein wird, ohne jede Ablenkung durch Haushaltspflichten oder die Wünsche eines Ehemannes und anderer Kinder. Sie wird die ganze Zeit unter meiner Aufsicht stehen. Charlottes letzter Wille wurde nur verfasst, um mich zu ärgern, Mr Dunwoody, wegen einer kleinen Meinungsverschiedenheit, die wir vor Jahren hatten, obwohl ihre einzige Sorge dem Wohlergehen von Mary Anne hätte gelten sollen.«

Mr Dunwoodys Triefaugen blickten hinüber zu einer wütenden hochschwangeren Iseult, dann seufzte er tief auf und verließ den Raum.

5

Lochlanns erster Gedanke, als er auf dem Militärstützpunkt einen Brief seines Vaters erhielt, in dem dieser ihm Charlottes Tod mitteilte, war, dass er das Kind würde zurückgeben müssen. Für sein Empfinden gab es nun, da Charlotte gestorben war, keine Rechtfertigung mehr, es zu behalten. Er hatte das Kind für sie genommen, nicht für sich, und jetzt hatte er keine andere Wahl, als es persönlich zurückzubringen, sobald er vier Monate am Stück Zeit hatte. Australien war eine ganze Ecke entfernt, und es würde mindestens vier Monate dauern, mit dem Schiff hin- und wieder zurückzureisen und dann noch von Sydney aus mit dem Zug die Küste hochzufahren, um an sein Ziel zu gelangen. Sobald er wieder zu Hause in Irland war, würde er alle Arrangements treffen.

Die Geburt von Iseults zweitem Kind war alles andere als einfach gewesen, und ihr war für die folgenden Monate ausgiebige Bettruhe verordnet worden. Ihr Mann zögerte es hinaus, Mary Anne im Stadthaus abzuholen, und entschied dann, sie dort zu lassen, bis Iseult wieder bei Kräften war. Matthew, ihren Erstgeborenen, schickte er zu seiner Schwester, damit diese sich um ihn kümmerte.

In dieser Zeit wurde ein Anwaltsbrief bei den Farrellys abgegeben, im häuslichen Chaos aber verlegt. Als er dann gefunden wurde, war es zu spät, gegen die Anordnung, dass Mary

Anne im Stadthaus bleiben müsse, Widerspruch einzulegen. In dem Bescheid wurde verfügt, dass die Farrellys nur Umgang mit ihr haben sollten, wenn die Kinderschwester allwöchentlich einen halben Tag freihatte.

»Ich habe nicht die Kraft, dagegen zu kämpfen, selbst wenn ich glauben würde, dass wir eine Chance hätten«, sagte Iseult zu ihrem Mann, nachdem sie den Brief gelesen hatte. »Die stecken doch alle unter einer Decke. Ich hätte wissen müssen, dass Edwina gewinnen wird. Aber wenigstens ist diese Regelung nur vorübergehend. Lochlann wird die Kleine für sich beanspruchen, sobald er heimkommt. Er wird immer das Vorrecht auf sie haben, Gott sei Dank.«

Als Lochlann nach Dublin zurückkam, waren seit Charlottes Tod sechs Monate vergangen. Iseult befand sich im Anfangsstadium ihrer dritten Schwangerschaft, und Mary Anne lebte nun ständig im Stadthaus.

Grace und Rory Carmody erkannten ihren bärtigen Sohn kaum wieder, der ihnen nicht in die Augen sehen konnte und nur eine Grimasse zog, wenn er zu lächeln versuchte.

»Er ist nicht so schlimm dran, wie es aussieht«, meinte der Soldat, der ihn an ihrer Tür ablieferte. »Ihm fehlt nichts, was nicht mit vier Wochen Schlaf und ein paar Pfund gutem Steak zu beheben wäre.«

»Kommen Sie, geben Sie ihn mir«, sagte Rory, wobei er seine Beunruhigung wegen Lochlanns unstetem Blick, seinem offen stehenden Mund und dem ausgemergelten Körper zu verbergen versuchte.

Die beiden Männer nahmen Lochlann in die Mitte, schleppten ihn die Treppe hoch und legten ihn auf sein altes Bett. Grace versorgte ihn und kontrollierte seinen Blutdruck und den Puls, während Rory den Soldaten nach unten begleitete, wo er erfuhr, dass Lochlann anscheinend die Fähigkeit zu schlafen, zu sprechen und zu essen verloren hatte und, als ihn seine Kameraden auflasen, einen körperlichen Zusammenbruch erlitten hatte.

»Vollständige Erschöpfung, schlicht und einfach«, erklärte der Soldat. »Seine Batterien sind offenbar schon seit Monaten leer. Es war der Tod seiner Frau, wissen Sie ... äh, klar wissen Sie das ... der das Fass zum Überlaufen brachte. Als wir ihn zum ersten Mal sahen, fragte er ständig, wann sie aus Uganda zurückkommen würde. Dachte, sie sei noch am Leben, der arme Kerl. Offensichtlich ist die Nachricht nicht tief genug in sein Bewusstsein gedrungen.«

»Danke, dass Sie uns informiert haben. Zumindest wissen wir jetzt, was uns erwartet«, sagte Rory.

»Hoffe, Sie haben ein Beruhigungsmittel für ihn. Wir haben alles aufgebraucht, als wir herüberkamen. Hatte noch keine Chance, die Vorräte aufzufüllen.«

Der Soldat konnte nicht länger bleiben. Er überprüfte, ob er tatsächlich Lochlanns Seesack übergeben hatte, und verschwand.

Rory ging wieder nach oben und erzählte Grace nicht, dass Lochlann in seinem Delirium nicht nach Charlotte, sondern nach seiner alten Liebe Niamh McCarthy gefragt hatte.

Lochlann spürte, wie sein Arm für eine Injektion vorbereitet wurde, und versuchte erneut zu sprechen, konnte jedoch weder seinen Kiefer schließen noch den Mund bewegen.

»Wenn du aufwachst, wird Mary Anne da sein«, sagte

Grace. »Sie ist das hübscheste und gutherzigste Kind, das es gibt.«

In Lochlanns Augen spiegelte sich Freude. Er war froh, dass er ein hübsches gutherziges Kind zurückgeben würde, und kein kleines verzogenes Gör.

Er schlief siebzehn Stunden lang. In den letzten Stunden quälten ihn Albträume, in denen sich Bilder von im Kampf Verwundeten, die er behandelt hatte, und verwaisten Babys, die nach ihren Müttern schrien, zu einer einzigen schwirrenden scharlachroten Masse vermengten.

Ein Kind mit Locken spitzte um den Türrahmen, und für eine Minute dachte Lochlann, er sei wieder in Australien und würde dort von einem kleinen Hogan-Mädchen genau unter die Lupe genommen.

»Hallo«, flüsterte er mit unsicherer Stimme.

Der Kopf verschwand, und er hörte ein Kichern und Wispern.

Iseult kam herein und hatte das Kind an der Hand, das zurückblieb und ihn unter dem Pony hervor schüchtern ansah.

»Sag Hallo zu deinem Papa«, sagte Iseult zu dem Kind. Sie lächelte ihren Bruder an. »Sie hat oft hereingeschaut. Sie hat nicht geglaubt, dass du echt bist.«

»Da könnte sie recht haben. Was für ein kleiner Schatz. Komm nicht zu dicht heran, Mary Anne. Nur Gott weiß, welche Infektionen ich habe. Lass dich nur mal genau anschauen.« Er hatte sie fast zwei Jahre lang nicht gesehen. Das arme mutterlose Schätzchen, wie hübsch es war. Seine ursprüngliche Absicht, sie nach Australien zurückzubringen, erschien ihm in seinem augenblicklichen Zustand weder durchführbar noch erstrebenswert.

Mary Anne schüttelte den Kopf und drückte sich enger an ihre Tante.

»Ich werde dich später rasieren und dir die Haare schneiden«, sagte Iseult, »und du kannst ein frisches Hemd anziehen, damit du wieder wie ein Mensch ausschaust, und dann erkennt Mary Anne dich vielleicht anhand der alten Fotografien wieder. Im Moment siehst du so wild aus, dass du sogar einem Erwachsenen eine Heidenangst einjagen würdest, und einem kleinen Mädchen sowieso.«

Später, nachdem Iseult Mary Anne ins Stadthaus gebracht hatte und allein zurückkam, um sich an sein Bett zu setzen und ihm Gesellschaft zu leisten, fragte Lochlann sie in neutralem Tonfall, wie er hoffte, ob sie irgendetwas Neues von Niamh McCarthy gehört hätte.

»Ja, sie ist aus Uganda zurück und nach London gegangen, um dort für die Dauer des Krieges zu arbeiten.«

»Geht es ihr gut?«

»Sie hat eine Menge Gewicht verloren. Wir haben alle Malaria vermutet, aber sie sagt, es gehe ihr gut.«

»Schön, das zu hören«, sagte Lochlann und schloss die Augen. »Ich bin froh, dass sie wieder da ist und dass sie nicht an Malaria erkrankt ist.«

6

Nachdem er in den sechs Wochen seiner Genesung ein Stück weit zu seiner alten Vitalität zurückgefunden hatte, führte Lochlann der erste Ausflug, den er unternahm, nach Tyringham Park, wo er mit Manus über Charlottes Tod sprechen wollte. Manus wiederholte seine Lügen überzeugend. Lochlann war vor allem daran gelegen, Lily East zu treffen, um ihr für die erwiesene Freundlichkeit gegenüber Charlotte zu danken. Manus erzählte ihm, Lily lebe nun bei ihrer Stieftochter, die kürzlich umgezogen war, und so leid es ihm tue, aber er müsse gestehen, dass er ihre Adresse verlegt habe. Lily werde nicht nach The Park zurückkehren. Sie musste ihr Häuschen sowieso im Januar räumen, weshalb das nicht so schlimm sei, wie es sich anhörte. Ihre Habseligkeiten waren im Kinderflügel eingelagert worden, sodass sie jederzeit abgeholt werden konnten, und ihr Cottage war ein paar Monate früher als geplant von einem jungen Arbeiter mit Familie übernommen worden.

Lochlann hatte keinen Grund anzuzweifeln, was Manus über die Todesfälle oder die verlegte Adresse gesagt hatte.

Als Nächstes holte Lochlann den Film hervor, den er auf dem Boden seines Seesackes versteckt hatte, und brachte ihn zu einem Drogisten im Norden der Stadt, um ihn entwickeln zu lassen. Als er dann die Bilder abholte, sagte der Drogist, dass ein Zettel beigelegen hätte, dass es nur vier Fotografien gäbe und der Film zufällig zurückgespult worden sein musste.

Lochlann wusste, dass auf dem Film nur vier Fotos gewesen waren, denn er war es gewesen, der ihn vorsätzlich zurückgespult und aus der Kamera genommen hatte, damit ihn Charlotte nicht fand, entwickeln ließ und Fotos sähe, die sie niemals zu Gesicht bekommen sollte.

Er wartete, bis er wieder auf der Straße stand, bevor er sich die Schnappschüsse anschaute. Sie waren sogar noch verfänglicher, als er gedacht hatte. Da war das neugeborene Baby, Alison Hogan, und da in der Gruppe war ein Mädchen, das er als Hanna erinnerte, die wie eine Kopie von Mary Anne, wie sie heute war, aussah, was nicht überraschte, war sie doch ihre Schwester. Die Familienähnlichkeit war stark ausgeprägt, selbst bei den Jungs. Leider war das älteste Mädchen, Zita, im Internat gewesen, weswegen sie nicht mit auf den Fotos war. Er hätte sie gerne, genauso wie Hanna, mit Mary Anne verglichen. Das zweite Foto war eine Nahaufnahme von Nell mit Alison auf dem Arm, das dritte zeigte ihn und Dan zu Pferd, und das vierte war eine Ansicht des von Bäumen umstandenen Hogan-Hauses.

Betroffen sah er sich die Fotos mehrmals an, bevor er sie in seine innere Brusttasche steckte und sie später oben in einem der Bücherregale seiner Eltern in einem veralteten Anatomie-Lehrbuch versteckte, bei dem es sich um einen Restposten handelte, den niemand mehr aufschlagen würde.

Die Bilder blieben ihm im Kopf. Die Erkenntnis, wie ungeheuerlich sein Verbrechen war, die er manchmal zu verdrängen vermochte, traf ihn nun mit aller Macht. Er war ein Mann, der seine Vertrauensposition ausgenutzt hatte, um ein Kind zu stehlen. Er konnte so viele plausible Argumente konstruieren, wie er wollte, um seine Schuld so klein wie möglich wirken zu lassen, und doch war nicht daran zu rütteln, dass er genau das getan hatte.

An jenem Abend saß er bei dem Versuch, sein Gewissen zu besänftigen, allein bis zwei Uhr morgens im Wohnzimmer seiner Eltern und trank Whiskey, bis er das Bewusstsein verlor.

Lochlann war dankbar, den Krieg dafür verantwortlich machen zu können, dass er keine Entscheidung über Mary Annes unmittelbare Zukunft treffen musste.

Manchmal, im Anfangsstadium der Trunkenheit, die nun häufiger wurde, gestattete er sich die Vorstellung, wie er zur Hogan-Farm in New South Wales hochfuhr, während Mary Anne hinten auf der Rückbank des Mietwagens schlief. Sie hätte keine Angst, wenn sie allein in der fremden Umgebung aufwachte, da er ihr die Farm detailliert beschrieben und ihr mehrfach auf dem Weg erklärt hätte, dass sie zu dieser bestimmten Farm unterwegs wären, um ihre echte Mutter und ihren echten Vater und viele Brüder und Schwestern kennenzulernen. »Schau sie dir auf diesen Fotografien an. Findest du nicht, dass du wie sie aussiehst?« Er würde ihr erzählen, dass sie bei ihrer echten Familie auf Pferden reiten dürfte, genauso wie sie bald in Tyringham Park auf Ponys reiten würde, nur dass es noch aufregender sein würde, da sie dort auch Kängurus jagen könnte.

Er würde den Weg zur Tür entlanggehen, während die angebundenen Hunde so laut bellten, dass sie das Kind aufzuwecken drohten, bevor er so weit war, es zu präsentieren. »Jemand zu Hause?«, würde er rufen, wie es die Leute dort taten, und Nell würde an die Tür kommen und sich dabei die Hände an der mit Mehl bestäubten Schürze abwischen, und er würde sagen: »Ich muss Ihnen etwas sagen, und ich habe jemanden dabei, den Sie kennenlernen sollten. Sie schläft im Augenblick im Auto.« Und er würde Nell in die Küche folgen, und dann, nachdem sie den Kessel aufgesetzt und die Keksdose aus dem Schrank geholt hatte, würde er sagen: »Als Erstes muss ich Ihnen erzählen, was geschah, als ich das letzte Mal hier war. Ist Dan zu Hause oder in der Nähe?«

Oder würde er das Kind aufwecken und neben sich haben, wenn er rief? Nell würde ihnen entgegenblicken und sagen: »Alison, was hast du mit deinen Haaren angestellt?«, oder: »Alison, wo hast du das Kleid her?«, und dann würde sie zu ihm hochschauen und ganz schüchtern werden und sagen: »Dr. Carmody, ich habe nicht gedacht, dass wir Sie jemals wiedersehen würden. Bitte kommen Sie herein.« Und sie wäre völlig durcheinander und würde sich fragen, ob sie für eine zusätzliche Person zum Abendbrot genug zu essen hätten. Und wenn dann Dan zu ihnen stieß und sie sich hinsetzten, um Tee zu trinken, würde er sagen: »Lieber Dan, liebe Nell, ich bin den ganzen weiten Weg von Irland gekommen, um Ihnen mitzuteilen, dass es eine unglückselige Verwechslung gegeben hat, als Alison geboren wurde. Ich habe aus Versehen das falsche Baby mitgenommen.« Nell würde sagen: »Aber wir haben Alison doch«, und er würde sagen: »Ich meine nicht sie. Ich meine ihre Zwillingsschwester, Dolores.« Dan würde sagen: »Dolores? Aber sie ist doch tot.« Und er würde sagen: »Das tote Baby war Charlottes Kind.« Und in diesem Augenblick würde Mary Anne beschließen, durch die offene Tür hereinzukommen, und er würde rechtzeitig aufspringen, um Nell aufzufangen, wenn sie ohnmächtig zu Boden sank.

Es bestünde keine Notwendigkeit zu beichten, dass die Verwechslung absichtlich geschehen war. Was würde das auch bringen? Warum diese Menschen mit Informationen belasten, die vielleicht in ihnen den Wunsch weckten, über den Kummer zu schimpfen, den sie unnötigerweise gelitten hatten? Warum die Dinge noch schlimmer machen? Durch eine Lüge mehr würde seine Seele auch nicht schwärzer werden, als sie es eh schon war.

»Alisons Zwillingsschwester ist nicht gestorben. Hier ist sie.«

Doch natürlich würde er nicht unerwartet auftauchen, sondern ihnen zuvor schreiben: *Liebe Nell und lieber Dan, ich bin zu der außergewöhnlichen Erkenntnis gelangt, dass das Kind, das Charlotte und ich mit nach Hause brachten, Ihres sein muss, denn sie sieht wie eine Hogan aus. An dem Tag, als die Babys geboren wurden, muss es zu einer Verwechslung gekommen sein.*

Die Fragen und Antworten würden über die zwölftausend Meilen, die sie voneinander trennten, hin- und hergehen.

»Warum hat es so lange gedauert, bis das entdeckt wurde?«

»Ich war im Krieg. Ich fuhr eine Woche nach unserer Ankunft ab, als das Baby erst zehn Wochen alt war. Erst als ich wieder heimkehrte, sah ich die Ähnlichkeit. Sie war unmissverständlich. Sie ist eine Hogan. Meine Frau konnte das nicht wissen, denn sie hat die Farm nie besucht.«

»Und was hat die arme Mrs Carmody gesagt, als Sie ihr davon erzählten?«

»Das ist der Punkt, wissen Sie. Die arme Charlotte ist tot.«

Sie wären über die Neuigkeit erschüttert. *»Sie war eine gute Frau. Das wusste jeder. Die ganze Stadt freute sich, als sie ein gesundes Baby zur Welt brachte, und nun erzählen Sie mir, Mary Anne ist nicht ihr, sondern unser Kind? Dass Ihre Frau eine zweite Totgeburt hatte?«*

In einigen Szenarien, die er sich ausmalte, bekam er als

Reaktion auf seine Enthüllungen von Dan einen Schlag ins Gesicht, weil er Nell so viel Kummer bereitet hatte. Einen Schlag, den er duldend hinnahm. In einem anderen Szenario entging er dem erwarteten Faustschlag wegen des Respekts, den Dan vor ihm als Arzt hatte. Die Hogans waren demütige Leute, und sie akzeptierten demütig seinen Fehler als ein Versehen, hatten mehr Mitleid mit ihm als mit sich selbst. Und am Ende einer jeden Szene baten sie ihn, Mary Anne zu behalten, damit sie auch weiterhin das privilegierte Leben führen konnte, das er ihr bieten konnte.

Nach diesen Gedankenspielen kam er stets zu dem Entschluss, alles so zu lassen, wie es war, und empfand ein Gefühl des Friedens, das stundenlang anhielt, bis sein schlechtes Gewissen ihn erneut zu quälen begann. Wenn sein achtwöchiger Genesungsurlaub vorbei wäre, würde er nach England zum Medizinkorps zurückfahren, diesmal endlich mit dem Ziel Kontinentaleuropa, sodass er, selbst wenn er wollte, nicht die Zeit hätte, das Kind zurück nach Australien zu bringen.

Wenn er in London war, würde er liebend gerne in dem Krankenhaus vorbeischauen, in dem Niamh arbeitete, um sie zu sehen und mit ihr zu sprechen. Wie seine Schulfreunde ihm erzählt hatten, war sie immer noch ledig, und das zu hören machte ihn traurig. Seine einzige Angst war, dass er ihr Leben zerstört hatte, was noch viel trauriger war als die Tatsache, dass er sein eigenes zerstört hatte, als er vor fünf Jahren zugelassen hatte, von ihr getrennt zu werden – damals hatte er sich gezwungen gesehen, Charlotte zu heiraten. Er würde nicht telegrafieren, dass er vorbeikäme, aus Angst, sie könnte ihm aus dem Weg gehen.

Sie hatte ihn seit der Hochzeit nicht zu kontaktieren versucht. Durfte er seinem zerrissenen Herzen nachgeben und sie ein letztes Mal für einige wenige Minuten sehen, bevor er hinüber auf den Kontinent gebracht wurde? Welche Auswirkung könnte ein kleiner Besuch auf die Geschicke des Planeten Erde haben, der in diesem gewaltigen Konflikt blutete und in seiner Achse erbebte?

Er dachte an die Hunderte von Männern, denen er in den vergangenen zwei Jahren das Leben gerettet hatte, an die Tausende, die nicht zu retten gewesen waren, und an die Millionen, die im Krieg erschossen, in die Luft gejagt, vergast, verhungert, erfroren, zerbombt, eingeäschert, ertrunken, hingerichtet, verstümmelt, gefoltert, versengt, zu Waisen gemacht, beraubt, vertrieben und entmenschlicht worden waren, und er war verblüfft, dass das eine Gesicht, das sich so oft vor sein inneres Auge schob, unter den vielen anderen, die ihn in seinem Delirium und in seinen Träumen verfolgten, jenes von Nell Hogan in dem Augenblick war, als er ihr die Lüge erzählte, dass eine ihrer Zwillingstöchter tot sei.

Lochlann stattete Edwina im Stadthaus einen Höflichkeitsbesuch ab und schaute bei Mary Anne im Kinderzimmer vorbei, als er dort war, unternahm ansonsten aber keinen weiteren Versuch, sie zu sehen.

»Sie ist glücklich«, rechtfertigte er sich gegenüber Iseult. »Sie weiß doch überhaupt nicht, wer ich bin. Ich bin zu lange fort gewesen, und ich bin bald wieder weg. Es ist nicht so, dass sie mich vermissen wird. Sie ist in guten Händen. Das Kindermädchen ist keine Schwester Dixon, also hör auf, dir Sorgen zu machen.«

Insgeheim fürchtete er, wenn er Mary Anne öfter sehen würde, könnte er sich zu eng an sie binden, und dann würde es ihm noch schwerer fallen, sie nach dem Krieg nach Australien zurückzubringen.

Das heißt, falls er wirklich vom Kontinent zurückkehrte, was er, wie er in vielerlei Hinsicht hoffte, nicht tun würde. Wie viel einfacher wäre es doch, wenn seine Schuld irgendwo auf dem Kontinent mit ihm begraben werden würde, vorzugsweise in Frankreich, sodass sie ihn nicht für den Rest seines Lebens Tag und Nacht verfolgte.

Dass er so viel trank, beunruhigte ihn nicht. Das war nur eine vorübergehende Maßnahme, um sein Gewissen zu betäuben und die Zeit zwischen einem Kriegseinsatz und dem nächsten zu überbrücken. Er war sicher, dass er nicht die Suchtpersönlichkeit eines Alkoholikers besaß.

7

London, Mai 1944

Niamh McCarthy erblickte Lochlann durch die Glasscheibe in der Holztür, als sie den langen Korridor hinunterschritt, doch er sah sie nicht. Er war in Uniform und stand am Empfangstresen des Krankenhauses, wo er mit der Rezeptionistin sprach. Niamh ging, nachdem sie ihn entdeckt hatte, weiter in seine Richtung und behielt ihn im Blick, wobei sie sich fragte, ob das wirklich Lochlann war oder nur jemand, der ihm ähnlich sah. Nach fünf Jahren, in denen sie ihn nicht gesehen hatte, war sie sich nicht sicher.

Jetzt befand sie sich direkt an der Glasscheibe, und nun, da sie regungslos stehen blieb, um sich besser zu konzentrieren, erkannte sie das geliebte Profil eindeutig. Es war ohne jeden Zweifel Lochlann.

Lochlann hier in London?

Sie lehnte sich gegen die Wand, um Halt zu finden. Ein älterer Mitarbeiter des Hol- und Bringdienstes tauchte hinter ihr auf und berührte sie am Arm, damit sie ihm ihre Aufmerksamkeit schenkte. Sie wandte ihm den Kopf zu, um zu erfahren, was er wollte. Er sprach mit ihr, doch sie konnte nicht verstehen, was er sagte, denn seit dem Moment, da sie Lochlann erkannt hatte, dröhnte in ihren Ohren ein lautes pulsierendes Pochen. Das Gesicht des Krankenhausmitarbeiters, das einmal klar vor ihr stand und dann wieder verschwamm, wirkte besorgt. Sie presste die Hand auf ihre Brust, in der sie eine Enge spürte, die sie am Atmen hinderte. Ihre Beine wurden schwach, und der Mann stützte sie. Sie merkte, dass sich die Sorge in seinem Gesicht in Beunruhigung verwandelt hatte.

»Soll ich einen Arzt holen, Doktor?«, hörte sie ihn wie durch einen Tunnel mit hallendem Echo fragen. »Oder einen Stuhl? Oder ein Glas Wasser?«

Fünf Jahre. Sie streckte eine Hand aus, um sich an der Schulter des Mannes festzuhalten, und vermochte schließlich wieder zu atmen.

»Nein, danke«, sagte sie. »Es geht schon wieder.«

Niamh beschlich die Befürchtung, Lochlann sei nicht ihretwegen gekommen, sondern um jemand völlig anderen zu treffen, und könnte gleich in einem der Korridore verschwinden oder, schlimmer noch, durch den Vordereingang hinausgehen und niemals erfahren, dass sie dort im Krankenhaus auf der anderen Seite der Glastür gestanden und zu ihm hingesehen hatte.

Er schrieb irgendetwas auf einen Zettel, den er dann der Frau am Empfang übergab. Er sagte etwas zu ihr. Er drehte sich um und wollte gehen.

»Laufen Sie zu dem Mann, der gerade den Empfangstresen verlässt, und sagen Sie ihm, er soll nicht weggehen, ohne mich gesehen zu haben.«

Der Mitarbeiter schaute nach draußen in den Eingangsbereich, dann wieder zu ihr. Er war unsicher. Er blieb, wo er war, hielt sie fest und rührte sich nicht.

»Schnell«, sagte sie. »Es ist wichtig. Es geht um Leben und Tod. Der Mann dort ist die Liebe meines Lebens, und wenn er jetzt geht, sehe ich ihn vielleicht nie wieder. Schnell. Halten Sie ihn auf, und bringen Sie ihn hinten herum in mein Büro. Erzählen Sie ihm nicht, was ich soeben gesagt habe. Dr. Niamh

McCarthy, zweite Etage. Fragen Sie am Empfang. Gehen Sie. Mir geht's gut. Sein Name ist Lochlann. Ich werde Ihnen das nie vergessen. Gott segne Sie.«

Der Mann lockerte seinen Griff, und sie presste sich fest an die Wand, damit sie nicht auf den Linoleumboden sank. Er drückte die Tür auf, blickte durch die Scheibe zurück, um zu sehen, ob sie noch immer aufrecht stand, und lief dann so rasch, wie seine alten Beine es zuließen, quer durchs Foyer. Lochlann hatte das erste Paar der Verdunklungsvorhänge zur Seite geschoben und war durch sie hindurch in den dahinterliegenden Raum getreten, als der Mitarbeiter den Empfangsbereich erst zur Hälfte durchquert hatte.

Beeil dich, Alter, um Himmels willen, oder du verlierst ihn. Du kannst mit deinen alten Augen nicht erkennen, welche Richtung er einschlägt, wenn du ihn dort in die Dunkelheit entkommen lässt.

»Lochlann!«, brüllte der alte Mann in die Stille, womit er die Frau am Empfang erschreckte.

Lochlann tauchte wieder auf und schaute, wer seinen Namen gerufen hatte. Er sah, dass der alte Mann ihm zuwinkte, und wartete, bis dieser durch die Vorhänge kam. Dann beugte er den Kopf hinunter, um zu erfahren, was der Mann zu sagen hatte. Lochlann nickte und sah sich um, entdeckte Niamh aber nicht.

Er schüttelte dem Mann die Hand und bedeutete ihm, ihm den Weg zu zeigen.

Niamh hatte sich oft gefragt, wie sie reagieren würde, wenn sie ihm jemals wieder von Angesicht zu Angesicht gegenüberstehen würde, und nun wusste sie es. Sie würde ihn nicht fertigmachen oder sich kalt von ihm abwenden, wie die meisten ihrer Freunde ihr dringend geraten hatten, sondern ruhig dasitzen und ihm die Chance geben zu reden. Das hieß, wenn sie sich lange genug unter Kontrolle hätte, um es zurück in ihr Büro zu schaffen.

Sie stieß im Korridor dreimal gegen die Wände, bevor ihre Beine wieder so viel Kraft hatten, dass sie geradeaus gehen konnte. Bis zur Begegnung mit ihm waren es nur noch wenige Augenblicke. Sie erreichte die Sicherheit ihres Büros, wo sie sich vorbeugte, um sich an der Schreibtischkante festzuhalten, bevor sie auf ihren Stuhl sank.

Sie entschied ... tief Luft holen ... sie würde Lochlann die Hand entgegenstrecken, sobald er hereinkam, sodass es keinen unbehaglichen Moment gäbe, falls ... tief durchatmen ... er dachte, sie würde von ihm erwarten, dass er sie auf die Wange küsste. Es mochte unfreundlich wirken, so auf dem Stuhl zu sitzen und den Arm über den Schreibtisch auszustrecken, aber so wäre es sicherer, falls ihre Beine nachgaben, wenn sie sich endlich wieder gegenüberstanden.

Als sie diese Entscheidung getroffen hatte, hörte sie das vertraute Klopfen an der Tür, das sie als Lochlanns wiedererkannte. Fünf Jahre später klopfte er noch immer auf dieselbe Weise, und sie erinnerte sich daran.

Als der Türknauf sich drehte, saß sie in einem Vakuum der Stille, wobei sie bereits merkte, wie unnatürlich sich ihre starre Haltung anfühlte. Sie wollte aufspringen, auf ihn zueilen und ihn in die Arme schließen, doch sie hielt sich zurück und blieb auf ihrem Stuhl sitzen, wie sie es sich vorgenommen hatte.

Er sah zu ihr hin, als er hereinkam, und es war, als würde er in die Sonne blicken und die Orientierung verlieren. Sie streckte ihm die Hand entgegen und ließ sie in der Luft hängen, bis er sie sah und in die seine nahm.

»Danke, dass du gekommen bist«, sagte sie. »Ich denke, ich hab dem Mann einen gehörigen Schrecken eingejagt.«

»Überhaupt nicht. Es machte ihm Freude, dein Bote zu sein.«

Niamh zog ihre Hand zurück, und Lochlann setzte sich, nachdem sie ihn dazu aufgefordert hatte.

»Was hat er gesagt?« Bitte, lieber Gott, mach, dass er ihm nicht erzählt hat, dass er die Liebe meines Lebens ist, dachte sie. Ich habe das gesagt, ohne vorher nachzudenken. Ich musste etwas Starkes sagen, um den Mann dazu zu bringen, sich in Bewegung zu setzen.

»Er meinte, eine Frau Doktor McCarthy wolle mich in ihrem Büro sehen. Er sagte, du hättest mich entdeckt und wolltest mit mir reden. Ich sei ein alter Freund.«

Was für ein kluger und taktvoller Mann, dachte Niamh. Dafür wird er belohnt werden. »Was du ja auch bist«, sagte sie. »Trotz allem. Ich wollte nicht im Foyer auf dich zugehen, wo die Rezeptionistin alles beobachten kann. Deshalb habe ich den Mitarbeiter geschickt.« Sie hielt inne, dann fragte sie: »Warum bist du hier?«

»Um dich zu sehen, natürlich.«

»Wer hat dir gesagt, dass ich hier bin?«

»Iseult – sowie Pearse und Liam und Colin aus der Schule und Sam und Seb und Malachy vom College und ungefähr zehn andere Leute, als sie hörten, dass ich auf meiner Reise durch London komme.« Er lächelte, als er sprach.

Er hat sich verändert, dachte sie. Ist trauriger, trotz des Lächelns. Wie wäre er andernfalls?

Sie hat sich verändert, dachte auch er. Ist trauriger, trotz des Lächelns. Das habe ich ihr angetan.

Sie sahen sich über den Schreibtisch hinweg an. Lochlann

wandte den Blick nicht von ihr ab, doch Niamh musste immer wieder wegschauen, denn die Spannung zwischen ihnen war so intensiv, dass sie es kaum aushielt.

»Ich bin nur auf der Durchreise. Wir bekommen morgen unsere Befehle. Die Frau am Empfang sagte, du hättest heute keinen Dienst, und ich wollte schon wieder gehen. Ich hatte Glück, dass du mich gesehen hast.«

»Ich bin für jemanden eingesprungen. Ich sollte nicht hier sein.« Das Glück steht mir zur Seite.

»Du siehst wundervoll aus. Iseult sagte, du hättest eine Menge Gewicht verloren und alle seien besorgt, dass du dich in Uganda mit Malaria angesteckt haben könntest.«

»Nichts derart Schlimmes. Die tropische Hitze ist mir nicht bekommen, das ist alles. Sie hat mir alle Energie ausgesaugt. Ich weiß nicht, wie ich das zwei Jahre lang ausgehalten habe. Nie wieder. Aber jetzt fühle ich mich großartig. Ich bin wieder die Alte.« Als ob das jemals der Fall sein könnte. »Es hat mir leidgetan, das von Charlotte zu hören.«

»Danke. Ja, das war eine schlimme Sache. Harcourt ist auch tot. Schwer zu glauben, dass einer einzigen Familie so viel Unglück widerfahren kann.«

»Und du hast ein kleines Mädchen.«

»Ja, Mary Anne. Ein süßes kleines Ding.«

»Wie alt ist sie jetzt?«

»Fast drei.«

»Das ist ein schönes Alter. Ich habe gehört, sie ist ein reizendes Kind und dein Ebenbild.«

»Sie ist schon reizend, aber ich würde nicht so weit gehen zu behaupten, dass sie aussieht wie ich.«

Nun kann ich ihr alles erzählen, nun, da das Thema Kind aufgekommen ist, und dann kann sie entsetzt sein und gehen und mich vergessen und denken, was für ein Glück sie hat, mir entronnen zu sein.

Aber jetzt ist nicht der richtige Zeitpunkt, um ihr davon zu erzählen. Warum irgendetwas sagen, wenn die Möglichkeit besteht, dass ich die Invasion nicht überlebe und sie vielleicht auch nicht überlebt, wenn es noch mehr Bombenangriffe gibt? Wieso sie mit Informationen belasten, die ihr nachgehen werden, vor allem wenn ich nicht zurückkehre und sie dann die Einzige ist, die von der Sache weiß? Wieso komme ich überhaupt auf die Idee, ihr etwas zu erzählen? Ich habe das Recht, mich ihr anzuvertrauen, vor Jahren verwirkt.

Sie sprachen über ihre damaligen Mitschüler und darüber, was diese nun taten, und über ihre Familie und seine Familie.

»Ich wollte dir schreiben«, sagte Lochlann.

»Ach ja?« Niamh hoffte, sie hörte sich nicht zu sehnsüchtig an.

»Ja, aber das, was ich zu sagen habe, konnte ich nicht zu Papier bringen. Ich musste dich persönlich sehen. Ich wollte nicht weggehen, ohne dir zu sagen, dass ich nie aufgehört habe, dich zu lieben, nicht, dass uns das jetzt irgendwie helfen würde. Ich möchte nicht über Charlotte sprechen, Gott hab sie selig, aber ich möchte dir, und niemandem sonst, sagen, ich habe Charlotte auch später nicht geliebt. Alle wussten, dass ich sie nicht liebte, als ich sie heiratete, dass ich nur großes Mitleid mit ihr hatte wegen des traurigen Lebens, das sie führte. Möge sie in Frieden ruhen. Und ich möchte auch nichts entschuldigen. Alles, was ich sagen will, ist, dass ich dich immer noch liebe und gerne da weitermachen würde, wo wir aufgehört haben. Doch ich glaube nicht, dass das möglich ist. Ich bin nicht mehr der Mann, der ich einmal war, und ich habe ein paar schlimme Dinge getan, und ich erwarte nicht, dass du mir die Sache mit Charlotte verzeihst, und ich gehe davon aus, dass sich deine Gefühle für mich ohnehin geändert haben.« Himmel, warum sitze ich hier und brabble vor mich hin? Warum sitzt sie dort und ich hier? Was würde ich dafür geben, ihr kehliges Lachen zu hören, anstatt diesen verletzten Ausdruck auf ihrem Gesicht zu sehen? Warum stehe ich nicht auf und gehe um den Schreibtisch herum und nehme sie ein letztes Mal in die Arme?

»Ich habe dir wegen Charlotte verziehen. Ich glaube nicht, dass du in der Lage bist, vorsätzlich etwas Schlimmes zu tun, Lochlann. Doch Charlotte hat vorsätzlich etwas Schlimmes getan, und das werde ich ihr nie verzeihen. Niemals. Ich weiß, im Leben und vor allem im Krieg geschehen schreckliche Dinge, aber so ist der Krieg nun mal. Du musst Befehle befolgen.«

»Das habe ich nicht gemeint.« Er schwieg kurz. »Ich würde dich gerne heiraten ...«

Niamh schaute weg.

»... aber ich kann dich nicht heiraten, und auch keine andere.«

Niamh schaute ihn wieder an und erschauderte. »Warum? Was ist los?« Ihr erster Gedanke war, dass er im Kampf eine Verletzung im Intimbereich erlitten haben musste.

»Ich kann es dir nicht sagen. Ich darf mein Geheimnis nicht verraten. Es tut mir leid.«

»Oh.«

»Ich musste dir das sagen. Du wirst einen anderen Mann finden, wenn du das nicht schon hast. Ich habe gehört, unser alter Freund Malachy steht immer noch auf dich. Der geborene Gentleman. Ich dachte, du und er, ihr hättet euch vielleicht zusammengetan, während ich weg war. Du könntest es wesentlich schlimmer treffen.«

Aber auch wesentlich besser, dachte Niamh und sah voller Sehnsucht, wie er sich erhob, um zu gehen, und wollte ihn festhalten, damit er nicht ging.

»Ich muss los, leider. Ich habe Befehle, und ich muss heute Abend noch viele Meilen weit fahren.«

»Ich bringe dich zum Ausgang.« Warum bist du nicht gestern gekommen? Wir hätten einen Tag und eine Nacht zusammen haben können. Warum hast du einem ausgehungerten Hund so einen winzigen Brocken hingeworfen?

Sie stand auf und ging um den Schreibtisch herum, nun zuversichtlich, dass sie nicht straucheln würde. Er hielt ihr die Tür auf, und ihre Blicke trafen sich, als sie hinausging. Wie traurig und gebrochen er aussieht, dachte sie.

Er nahm ihren Arm und hakte sie unter und legte seine Hand auf die ihre.

So haben wir es immer gemacht, wenn wir als Studenten die Grafton Street entlangliefen, dachte sie, und die Leute sind über ihre eigenen Füße gestolpert, wenn sie ihn sahen, haben ihn angestarrt und gemeint, er müsste ein Filmstar sein. Sie gab ungewollt ein Geräusch von sich, als das Bild von ihnen beiden in diesen alten, glücklichen, unschuldigen Zeiten vor ihrem geistigen Auge erschien.

»Alles in Ordnung?«, fragte er und drückte ihre Hand noch fester.

»Ja«, sagte sie. »Mir geht es gut.«

Sie schritten den Korridor entlang. Als sie die Verdunklungsvorhänge am Ausgang erreichten, legte Lochlann einen Arm um sie und küsste sie auf den Scheitel. Er hielt sie ganz fest, bevor er sie freigab und durch die Vorhänge nach draußen verschwand.

8

Irland 1944

Edwina dachte, ihr »Beerdigungs-Nerz« drohe zu verschleißen. Wie sie vorausgesehen hatte, fielen die Hochbetagten um wie die Fliegen. Ihre ältere Schwester Verity war die Erste, die ging, dicht gefolgt von Lord Waldron, der im Alter von fünfundachtzig Jahren an Leberzirrhose starb. Sie vermisste ihre Schwester mehr als ihren Ehemann.

Waldrons Leichnam wurde von Dublin nach Tyringham Park überführt, wo er in der Familiengrabstätte neben Charlotte beigesetzt werden sollte. Es war auf den Tag genau ein Jahr, dass sie dort bestattet worden war.

Edwina trug dieses Mal keinen Schleier, denn sie wollte den Dorfbewohnern zeigen, wie man sich bei einer Beerdigung benahm. Bei Charlotte war bei Weitem zu viel geweint worden. Edwina dachte und hoffte, durch ihr Vorbild würde es bei Waldrons Bestattung überhaupt keine Tränen geben.

Doch ihre Vorbildlichkeit war nicht vonnöten, denn vor der kleinen Kirche auf dem Anwesen standen keine Dorfbewohner und ehemaligen Pächter, um dem Verstorbenen ihren Respekt zu erweisen. Die Erinnerung in diesem Teil des Landes reichte weit zurück, und der besondere Hass, den man Waldron entgegenbrachte, seit er das Unverzeihliche getan und empfohlen hatte, die Anführer des Osteraufstandes zu füsilieren, war im Laufe der Jahre nicht geringer geworden. Wer eine ebenso große Menschenmenge wie bei Charlottes Beerdigung erwartet hatte, wurde enttäuscht. Nur einige Adlige und ein paar Militärs waren bei der Messe anwesend.

»Fürchterlich armselige Zahl an Besuchern«, sagte einer der örtlichen Adligen, als er sich ungläubig umschaute. »Man würde meinen, bei einem Mann seines Ansehens wären es mehr.«

»Wenn die Militärs nicht wären, sähe es aus wie ein Armenbegräbnis«, sagte ein anderer.

»Das ist ein wenig übertrieben, aber ich verstehe, was Sie meinen«, sagte Lady Beatrice, die Waldron schon nicht gemocht hatte, als sie in ihrer Kindheit auf benachbarten Ländereien aufwuchsen. »Ich kann nicht behaupten, dass ich überrascht bin. Warum sollte den Dorfbewohnern ein Grundherr am Herzen liegen, der nur hierherkam, um zu kontrollieren, dass die Pacht eingezogen wurde, und um ab und an eine Jagd zu veranstalten, und der in der ganzen Zeit, die er hier war, betrunken war und nie für jemanden auch nur das Geringste getan hat.«

»Sie haben also keine Bedenken, schlecht über den Toten zu sprechen?«

»Wenn mir etwas Gutes einfiele, was ich über ihn sagen könnte, würde ich es tun«, sagte Beatrice.

»Es war der Schock über Charlottes Tod, der ihn am Ende umgebracht hat«, sagte ein Trauergast, der bei einer Gruppe neben Beatrice stand.

»Erzählen Sie doch nicht so einen Quatsch. Es war die Trinkerei. Er wäre vielleicht früher gestorben, wenn der Whiskey nicht Teile von ihm konserviert hätte, während er gleichzeitig die Leber zerfraß.«

»Sehen Sie Lady Edwina? Ist sie nicht für uns alle ein Vorbild. Ihre Haltung ist höchst bewundernswert.«

»Und sehr praktisch«, antwortete sein Freund.

Lord Charles erbte den Titel seines älteren Bruders genauso wie das Anwesen Tyringham Park, das er gemietet hatte, seit Waldron vor vielen Jahren in das Stadthaus in Dublin umgezogen war. Am Tag nach der Beerdigung rief er den Offiziersburschen zu sich, der sich jahrelang um Waldron gekümmert hatte und nun haltlos herumlief, gab ihm einen Zehn-Pfund-Schein und befahl ihm zu verschwinden, wobei er meinte, sie kämen hier auch gut ohne Leute wie ihn zurecht.

Edwina verfolgte für Mary Anne langfristig den Plan, dass sie ihren Cousin William Blackshaw heiraten sollte, den künftigen Erben von Tyringham Park. William würde einen Titel und ein Anwesen in die Ehe mit einbringen, und Mary Anne würde Geld beisteuern, eine seit Langem bewährte Lösung für ein häufig auftretendes Problem. William würde The Park mit seinem ausgelaugten Ackerland erben. Mary Anne würde das Vermögen ihrer Mutter erben, das Dubliner Stadthaus und die Investments, die es Waldron erlaubt hatten, in Indien und London ein extravagantes Leben zu führen. Auf diese Weise könnten sie das mächtigste Paar des Landes werden.

Die Heirat mit Mary Anne würde William davor bewahren, sich eine reiche amerikanische Braut suchen zu müssen, was oftmals mehr Probleme verursachte, als es Vorteile brachte, wenn die betreffende Frau Heimweh hatte oder nicht gewillt war, die eng begrenzte Rolle zu übernehmen, die ihr zugewiesen wurde, oder, schlimmer noch, sich nicht für Pferde interessierte.

Wer weiß, dachte Edwina, ich könnte den Tag noch erleben. Sie rechnete aus, dass sie nur noch achtzehn Jahre durchhalten müsste, was nicht schwierig sein sollte, da sie noch keine sechzig Jahre alt war. Die meisten Mädchen gaben ihre Verlobung an ihrem einundzwanzigsten Geburtstag bekannt. Das wäre doch ein Ziel, für das es sich zu leben lohnte: zu wissen, dass Mary Anne dann den verhassten Namen Carmody loswurde und endlich offiziell eine Blackshaw war.

9

Tyringham Park 1945

Als Mary Anne vier Jahre alt war, nahm Edwina sie für die Dauer des Sommers mit nach Tyringham Park, damit Manus sie mit dem Leben im Sattel vertraut machen konnte. Von klein auf gutes Benehmen zu lernen war von entscheidender Bedeutung, und vier Jahre waren das perfekte Alter dafür. Das Kindermädchen würde Mary Anne für die ganze Zeit, die sie dort waren, nicht von der Seite weichen, sodass sie gut betreut wäre. Für die Blackshaws von Cork, und vor allem für William, wäre es gut, wenn sie ihre einzige Dubliner Cousine kennenlernten. Dann, im Herbst, würde Mary Anne, mit Beginn der guten Ausbildung durch Manus auf den drei Morgen, die Edwina am Rand von Dublin gekauft hatte, ihr eigenes Pony haben.

Edwina verspürte ein Gefühl der Nostalgie und des Glücks, als sie am Stall vorbeigeschoben wurde, da sie wusste, dass sie in den nächsten drei Monaten Zugang und Umgang mit Manus hätte. Später am Nachmittag würde sie Manus von Angesicht zu Angesicht sehen, und diesmal würde sie wissen, wer er war, ob nun bärtig oder glatt rasiert. Wie würde er ihr gegenübertreten, wenn sie unbeobachtet waren? Mit Ehrerbietung, wie es ihrem Status entsprach? Voller Mitgefühl, wegen ihrer Behinderung? Voller Zuneigung, in Erinnerung an ihre frühere Verbindung?

Giles Blackshaw hatte Tyringham Park in jungen Jahren geerbt, nach dem viel zu frühen Krebstod seines Vaters

Nicholas und vier Wochen bevor der damalige Herr über das Anwesen, Lord Charles Blackshaw, an Altersschwäche starb. Giles war es nun, der Edwina und ihre große Entourage willkommen hieß. Wegen Mary Anne hatte Edwina beschlossen, zu dem jungen Besitzer und seiner Frau Georgina freundlich zu sein, aber so weit, sich für deren Gastfreundschaft dankbar zu zeigen, würde sie nicht gehen, denn diese empfand sie als ihr Anrecht.

Giles sagte, leider sei Georgina im Augenblick unpässlich, diese freue sich aber darauf, sie beim Abendessen zu sehen, und die Kinder wären von ihrem täglichen Spaziergang mit dem Kindermädchen wieder zurück, wenn sich die Gäste in ihren Zimmern eingerichtet hätten.

Edwina widmete ihren Haaren und ihrer Kleidung besondere Aufmerksamkeit, bevor sie von einem Diener hinunter zum Stall geschoben wurde.

Giles hatte Manus benachrichtigt, dass Mary Anne sich, in Begleitung ihrer Großmutter, ihren Cousins William und Nigel sowie ihrer Cousine Jane zum täglichen zweistündigen Unterricht anschließen würde, der ausschließlich von Manus gegeben und an keinen der Stallburschen übertragen werden dürfe, ganz gleichgültig für wie kompetent sie gehalten wurden.

Mary Anne ging mit ihrem geraden Kreuz und ihrem schönen lächelnden Gesicht, das von dunklen Locken gerahmt war, neben dem Rollstuhl her. Manus erwartete wahrscheinlich eine pummelige, reizlose, watschelnde Kopie der kleinen Charlotte mit glanzlosem Haar. Edwina konnte es nicht abwarten, seine Verblüffung zu sehen, wenn er erstmals dieses zauberhafte Kind erblickte, das nun erfreulicherweise ihre Hand hielt.

Die Doppeltüren standen offen. Manus, inzwischen glatt rasiert, sah aus wie sein früheres Selbst, abgesehen von dem Grau in seinen Haaren und einer gewissen Gesetztheit in seinem Gebaren. Er sprach gerade zu einem erstaunlichen Jungen, schlecht gekleidet und mit wilden Haaren, der lachend auf einem eindrucksvollen Hengstfohlen saß. Edwina bemerkte sofort, dass der Junge einen natürlich eleganten Sitz hatte. Das sah man auf den ersten Blick. William, Nigel und Jane Blackshaw warteten auf ihren Ponys im Hintergrund und sahen fähig, aber gewöhnlich aus.

Manus entdeckte das Paar vor dem Torbogen – der Diener war entlassen worden – und kam auf sie zu. Edwina errötete in Erwartung seiner Begrüßung.

»Guten Morgen, Ma'am«, sagte Manus, als er außer Reichweite eines Händedrucks stehen blieb.

Sein Gesichtsausdruck wirkte kalt. Ja sogar feindselig. Es muss sich um eine Sinnestäuschung durch das Licht handeln, dachte Edwina, bei der die Schatten in den Falten seines sechzig Jahre alten Gesichts hervortreten.

»Das ist also Charlottes Tochter«, sagte er und wandte sich Mary Anne mit einem freundlichen und liebevollen Lächeln zu. »Was für ein wunderhübsches Mädchen du bist. Du bist genauso schön wie deine Mutter in deinem Alter, und sie war etwas ganz Besonderes.«

Was für ein irisches Gesäusel, dachte Edwina.

Manus blickte wieder zu ihr, und der kalte Gesichtsausdruck kehrte zurück. »Miss Mary Annes Pony steht für sie bereit, wie Lord Blackshaw es gewünscht hat, Ma'am.«

»Danke, Manus«, sagte Edwina. »Wer ist der Junge dort?«

»Das ist Toby Prendergast.«

»Ich habe nicht nach seinem Namen gefragt. Ich will wissen, wer er ist.«

»Ein Freund der Kinder.«

»Aber wer *ist* er?«, wiederholte Edwina und blickte an Manus vorbei zu dem kleinen Jungen, der nun mit William scherzte.

»Sie müssen mich entschuldigen, Ma'am. Ich muss zurück. Kommst du mit mir, Mary Anne, damit du dein neues Pony kennenlernst? Es wartet in seinem Stall auf dich, damit du ihm einen Namen gibst.«

Mary Anne nahm seine Hand und hüpfte mit ihm davon, womit sie Edwina sich selbst überließ, die noch unter der Demütigung durch Manus' Unfreundlichkeit litt.

Manus und das Kind betraten den Stall, und es dauerte nicht lang, da führte Manus Mary Anne auf einem kastanienfarbenen Pony wieder heraus.

»Halte die Hände tiefer!«, rief Edwina Mary Anne zu.

»Ich nenne es Chestnut«, sagte Mary Anne, die zu beschäftigt war, um auf Edwinas Worte zu hören.

»Das ist ein hervorragender Name«, sagte Manus. »Das ist der beste Name, den er kriegen kann. Nun halt deinen Rücken schön gerade, während wir einmal im Kreis gehen.«

»Mächtig gut machst du das«, sagte William.

»Du musst das schon mal gemacht haben«, sagte Toby.

»Manus, du musst die Steigbügel um mindestens einen Zoll verlängern!«, rief Edwina.

»Los, Team, gehen wir auf die Koppel«, sagte Manus, als habe er sie nicht vernommen, und führte Mary Anne durch das Tor zum Bogengang auf der anderen Seite des Hofes.

Er muss mich nicht gehört haben, dachte Edwina. Ich werde es noch einmal erwähnen, wenn sie zurückkommen.

Als er Edwina bei Charlottes Beerdigung nach vielen Jahren wiedergesehen hatte, hatte Manus in Hinblick auf ihre alte Freundschaft nichts empfunden. Der Überschwang der jungen Jahre, in denen sie zusammengearbeitet hatten und miteinander intim gewesen waren, war dahin, und mit gutem Grund, wie er glaubte.

Am Tag nach dem Jagdunfall, der Edwina für den Rest ihres Lebens zum Krüppel machte, war er früh mit einem Clydesdale-Zugpferd zu dem toten Mandrake zurückgekehrt, um den Kadaver auf den Pferdefriedhof beim Stall zu schleppen. Die drei Stallburschen waren bereits dabei, ein Grab auszuheben.

Als Manus den Wallach auf den Schlitten lud, der an dem Clydesdale befestigt war, entdeckte er an der Flanke des Tiers Striemen. Dort war die Haut aufgerissen, und das Fleisch quoll hervor.

Er suchte und fand Edwinas Reitpeitsche im Weißdorn an der Wand. Wenn er nicht danach gesucht hätte, hätte er sie nicht bemerkt. Und da, in den weichen Lederfalten am Ende der Peitsche, steckten, wie er vermutet hatte, ein Dutzend lange, mit getrocknetem Blut und Hautfetzen verkrustete Stahlstachel.

Lady Beatrice, die vor Kurzem gestorben war, hatte Edwina damals die Behauptung nicht abgenommen, dass Charlotte ihren Unfall verursacht habe, und sie hatte die Stallburschen, Charlotte selbst und viele Jäger befragt, bis sie den Vorfall rekonstruieren konnte. Sie teilte Manus ihre Schlussfolgerung mit, dass Edwina ihren Sturz selbst herbeigeführt hatte. Von Eifersucht getrieben, hatte sie Charlotte gezwungen, einen Mischling zu reiten, der sich nicht kontrollieren ließ, während sie den perfekt trainierten Mandrake für sich beanspruchte, der auf die schlechte Behandlung – durch die Stacheln in Edwinas Reitpeitsche – reagierte, indem er zu früh vor der Hecke absprang und von den Vorderbeinen des Mischlings getroffen wurde. Edwina machte die neunjährige Charlotte für die katastrophalen Folgen verantwortlich, obwohl ihre Tochter in Wahrheit unschuldig war.

Dass sie dies herausgefunden hatte, verursachte Beatrice großen Schmerz. Sie hatte sich mit Edwina angefreundet, als Waldron diese als junge Braut nach Tyringham Park brachte (bevor er sie prompt dort sitzen ließ, um nach Indien zu fahren), und hatte stets versucht, nur Gutes von ihr zu denken. Doch diesmal gab es keinerlei Rechtfertigung für das, was Edwina getan hatte, und Beatrices Sympathien galten der reizlosen Charlotte, die sich stets bemühte zu gefallen.

Als er Beatrices Beweisführung hörte, zerriss das Band, das Manus mit Edwina verband, und sollte nie wieder zusammengefügt werden.

Wenn sich in ihm beim Gedanken an Edwina ein Gefühl der Nachsicht regte, musste Manus, um es zu verbannen, nur an den herrlichen Mandrake mit seinem gebrochenen, lose baumelnden Bein denken, der ihn traurig ansah, während er, der Trainer und Master des Wallachs, ihm geradewegs zwischen die Augen schoss, nachdem der betrunkene Waldron auf diese Stelle gezielt und sie verfehlt hatte.

Am Ende der Einführungsstunde teilte Manus Edwina mit sanfter Stimme mit, dass er es vorziehen würde, wenn sie den Rest des Unterrichts nicht beaufsichtigen würde, denn er wisse aus Erfahrung, dass sie unterschiedliche Trainingsmethoden hätten, und er wolle nicht, dass sein System durch die Kritik, die sie möglicherweise später gegenüber Mary Anne äußern würde, unterminiert würde.

Edwina nahm seine Worte als Herausforderung, ignorierte seine Bitte und tauchte am nächsten und am übernächsten Tag wieder auf. Sie war zuversichtlich, dass die Erinnerungen an die alten Tage ihn dazu bringen würden, seine Meinung zu ändern, und er sich schließlich darauf freuen würde, sie täglich zu sehen.

Am vierten Tag von Mary Annes Unterricht fragte Georgina, die Mutter von William, Nigel und Jane, Edwina in traurigem Tonfall, ob es ihr schrecklich viel ausmachen würde, wenn von jetzt an nicht sie, sondern das Kindermädchen Mary Anne zum Stall begleiten würde.

»Auf wessen Bitte hin?«

»Der Kinder, fürchte ich.«

»Welcher Kinder?«

»William war der Sprecher. Er sagte nicht, wer genau dahintersteckt.«

»Mary Anne kann es nicht sein. War das dieser Junge, Toby?«

»Wie ich schon sagte, William hat diesbezüglich nichts gesagt.«

»Ich wette, es war dieser Junge. Wer ist er, wenn ich so unverschämt sein und fragen darf? Manus wollte mir keine eindeutige Antwort geben.«

»Er ist der Enkel des Gärtners, Reg, an den du dich vielleicht erinnerst. Tobys Vater ist Fischer in Cobh. Toby verbringt die Sommer hier bei seinem Großvater, der ihn ausbildet, damit er eines Tages an seine Stelle tritt. Unsere Kinder halten große Stücke auf ihn.«

»Das habe ich gemerkt. Wenn er Gärtner wird, warum verschwendet er dann Manus' Zeit, damit dieser ihm das Reiten beibringt?«

»Es war Manus' Idee. Die Kinder sind so gute Freunde, dass er Toby, der sich als seinen Lehrling bezeichnet, nicht außen vor lassen wollte.«

»Gibt Manus jetzt hier die Befehle? Was habt ihr, du und Giles, dazu zu sagen?«

»Wie es sich trifft, sehr wenig. Seit so viele Morgen an die Pächter verkauft wurden, haben wir keine Rinder oder Schafe und kein Wild mehr. Oder irgendwelche Pachteinkünfte, was das angeht. Nur die Pferde. Sie halten The Park flüssig, und all das ist Manus zu verdanken, der uns landesweit als Züchter und durch die Ausbildung von Kinderponys und Rennpferden bekannt gemacht hat.«

Ein Verdienst, der nicht ihm, sondern mir zugekommen wäre, wenn ich nicht nach meinem Unfall aus medizinischen Gründen nach Dublin hätte ziehen müssen. Edwina knirschte mit den Zähnen, wenn sie an ihre nicht anerkannte, nicht genutzte Expertise dachte.

»Was die Reitstunden angeht«, fuhr Georgina fort, »was für einen Unterschied macht ein Kind mehr, vor allem wenn es so eifrig ist wie Toby? Der Junge ist für meine drei ein gutes Vorbild.«

»Es ist nicht richtig, dass er sich hier herumtreibt. Ich habe schon genug Probleme mit der bürgerlichen Seite von Mary Annes Familie in Dublin, da muss ein einfacher Fremder mir hier nicht auch noch in die Quere kommen. Ich würde mir wegen des Einflusses, den dieser Junge auf Mary Anne haben könnte, wenn sie älter wird, Sorgen machen.«

»Nach dem, was ich gesehen habe, kann sein Einfluss nur Gutes bewirken. William sagt, dass er besonders nett zu Mary Anne ist, weil sie keine Mutter hat. Du musst zugeben, dass das Zeichen eines guten Charakters ist.«

Edwina schnaubte. »Ein richtiger kleiner Charmeur durch und durch, so wie es sich anhört. Er muss Mary Anne nicht beschützen – ihr fehlt es nicht an Menschen, die sich um sie kümmern möchten. Bezahlt er für seine Reitstunden?«

»Edwina! Ich werde so tun, als hätte ich diese Frage nicht gehört. Es ist Zeit, nach dem Tee zu klingeln. Möchtest du Brombeermarmelade oder Honig zu deinen Scones?«

10

Dublin 1945

Im Juni, einen Monat nachdem der Krieg in Europa beendet war, war Lochlann vom Kontinent im gleichen Zustand der Erschöpfung zurückgekommen wie zuvor aus Afrika. Die erste Frage, die er seiner Schwester stellte, als sie zu ihm kam, war, ob Niamh McCarthy sich in Sicherheit befand. Iseult bejahte sie. Er lächelte und sank in einen langen, friedlichen Schlaf.

Lochlann besuchte Mary Anne nicht auf The Park, wo sie den Sommer in Edwinas Obhut verbrachte. Stattdessen besorgte er sich innerhalb von zwei Wochen nach seiner Heimkehr eine Stelle in der Verwundetenabteilung des Mater Hospital. Dabei half ihm die Empfehlung eines seiner alten Tutoren, der meinte, Lochlanns Kriegserfahrung würde ihn für solch eine Stelle prädestinieren.

Lochlann arbeitete lange Tage. Manchmal schlief er nachts im Krankenhaus, doch zumeist fuhr er heim ins Haus seiner Eltern, wo er große Mengen Whiskey trank, um die anklagenden Stimmen in seinem Kopf zum Schweigen zu bringen. Nun, da der Krieg vorbei war, hatte er keine Ausrede mehr dafür, dass er die zwei wichtigsten Probleme in seinem Leben nicht anging: Wie sollte er *mit* Mary Anne und *ohne* Niamh McCarthy leben können?

Ende August erwachte Lochlann auf der Wohnzimmercouch und stellte fest, dass die vierjährige Mary Anne, die vor Kurzem nach Dublin zurückgekehrt war, ihm direkt ins Gesicht schaute. Was für ein wunderschönes, hinreißendes Kind sie doch ist, staunte er durch den Nebel seines Katers.

Mary Anne rannte davon, um ihrer Großmutter mitzuteilen, dass ihr Papa wach sei, und um ihm den Tee zu bringen.

Grace kam ein paar Minuten später mit einem Tablett herein. Mary Anne half ihr, indem sie einen Teller mit Sodabrot zum Tee trug.

»Erzähl deinem Vater, wo du im Sommer gewesen bist.« In Graces Stimme klang wegen des Kindes gespielte Heiterkeit. Sie hatte Lochlann in diesem Zustand schon zu oft gesehen, um Mitgefühl mit ihm zu haben.

»War auf The Park mit Weena.«

»Wer ist Weena?«

»Das ist der Name, den sie für Edwina hat«, antwortete Grace für sie. »Die Kleine ist die Einzige, die sie so nennen darf.«

»Weil du etwas Besonderes bist«, sagte Lochlann. »Hat dir The Park gefallen?«

»Ja.«

»Bist du auf einem Pony geritten?«

»Ich habe Chestnut geritten. Er ist mein eigenes Pony. Weena hat ihn mir geschenkt.«

»Das ist gut. Da hast du großes Glück.«

»Erzähl deinem Papa, wen du auf der ganzen Welt am liebsten hast«, forderte Grace sie auf.

»Toby«, sagte Mary Anne.

Grace lächelte Lochlann über Mary Annes Kopf hinweg an.

»Wer ist das?«, fragte Lochlann.

»Das ist mein Freund.«

»Wo lebt er?«

»Auf The Park.«

»Was gefällt dir an ihm?«

»Er ist lustig, und er spielt Piraten.«

»Jetzt setz dich wie ein gutes Mädchen hierhin, Mary Anne«, sagte Grace, »und erzähl deinem Papa alles, was du getan hast, seit er wegging. Ich werde nachschauen, ob dein Kindermädchen schon da ist, um dich ins Stadthaus zurückzubringen.« Und ich hoffe, Lochlann, das Geplauder deiner Tochter macht deine Kopfschmerzen noch schlimmer, als sie eh schon sind, und ich hoffe auch, dass dir das eine Lehre ist.

Grace fragte sich, wie lange Lochlann noch so weitermachen konnte, bis seine Arbeit darunter zu leiden begann. Er zeigte für niemanden außerhalb des Krankenhauses Interesse, abgesehen von seiner Tochter, und selbst das nur begrenzt. Er schob seiner ungeselligen Arbeitszeit die Schuld zu, dass er so wenig von ihr sah.

Grace nahm an, sein untypisches Verhalten sei die direkte Folge seiner Kriegserlebnisse, und sie befürchtete, wenn er nicht wieder zu dem geselligen Trinker werden würde, der er einmal gewesen war, könnte er in den Abgrund der Alkoholsucht schlittern und seine Seele dabei verlieren.

Als sie und Iseult ihn darauf hinwiesen, dass er jetzt seine Tochter von Edwina zurückfordern konnte, da sie dachten, dies könnte ihm einen Fokus im Leben geben und ihn vom Trinken ablenken, sagte er, das Mädchen sei da, wo es war, glücklich und er könne ihm ohnehin kein Heim bieten. Weshalb also die Dinge nicht einfach so lassen, wie sie waren?

Lochlann wusste, er konnte es nicht riskieren, im Stadthaus

zu leben. Edwina würde ihn von den Dienstboten ausspionieren lassen. Die langen Arbeitstage und seine Trinkerei würde sie als Beweis dafür verwenden, dass er kein geeigneter Vater sei, und das dauerhafte Sorgerecht beantragen. Bei ihrem Einfluss würde sie damit vermutlich Erfolg haben. Eine Kinderfrau einzustellen, die sich im Haus seiner Eltern um die Kleine kümmerte, war nicht ideal, da Grace, Rory und er selbst lange arbeiteten. Die Kinderfrau wäre an den meisten Tagen über zehn Stunden oder länger unbeaufsichtigt. Wenn er sich ein eigenes Haus kaufte, wäre es das Gleiche. Edwina würde die Fremdbetreuung dort ihrer eigenen ständigen Anwesenheit sowie der von Queenie, dem Kindermädchen, und der Köchin im Stadthaus gegenüberstellen, von all den anderen Bediensteten gar nicht zu reden. Iseult mit ihrer wachsenden Familie und dem schrumpfenden Platz war bereits von der Liste gestrichen worden.

Nach nicht einmal einem Jahr stellte Edwina ein neues Kindermädchen ein und entließ das erste mit der Behauptung, sie habe sich als unpassend erwiesen. Der wirkliche Grund, warum sie die Frau loswerden wollte, war der, dass Mary Anne sie zu gern hatte, ihre Hand hielt, sie umarmte und die ganze Zeit mit ihr zusammen sein wollte. Edwina hielt jemanden wie Schwester Dixon für erstrebenswerter.

11

Dublin 1946

Bevor er um zwei Uhr morgens seinen Dienst beendete, wollte Lochlann noch einmal nach dem jungen Mann sehen, dessen Brust von der Spitze eines Zaunpfostens durchbohrt worden war, als er beim Klettern abrutschte. Lochlann hatte ihn am Morgen des Vortags verbunden. Der Junge schlief. Seine Gesichtsfarbe war gut, und sein Gesicht sah entspannt aus. Er würde sich vollständig erholen, und es würde lediglich eine Narbe zurückbleiben, die ihn an sein missglücktes Abenteuer erinnerte.

Was mehr war, als Lochlann für sich selbst erwarten konnte.

Während er auf das unschuldige Gesicht des jungen Mannes blickte, gestattete er sich, an jene Zeit vor sieben Jahren zurückzudenken, als er verzweifelt war, weil er Niamh verloren hatte, als er sich gezwungen sah, die schwangere Charlotte zu heiraten. Damals hatte er sich gefühlt, als wäre auf seine Brust eine Kanonenkugel abgefeuert worden, während er barfuß und ohne Mantel auf dem Eis der Arktis in einem frostigkalten Wind stand und einem nicht enden wollenden Winter entgegensah. Die Kugel war direkt durch seinen Körper gegangen und hatte ein gähnendes Loch hinterlassen. Damals hatte er sich nur eines gewünscht: dass Niamh ihre Hand auf seine Wunde presste, sodass er für einen Moment seine Zukunft vergessen könnte, die in unterschiedlichen Schattierungen von Schwarz gemalt war.

Das gähnende Loch war noch immer da, und es war keine Niamh in der Nähe, die ihre Hand daraufgelegt und das Loch geschlossen hätte.

Er war nicht davon ausgegangen, dass er den Krieg überleben würde, und aus diesem Grund hatte er es sich erlaubt, Niamh in London in der Woche vor dem D-Day aufzusuchen und ihr zu gestehen, dass er sie immer noch liebte. Aber er hatte überlebt, und jetzt wünschte er, er hätte es ihr nie erzählt.

Wenn du ein Geheimnis bewahren willst, darfst du es niemandem erzählen, nicht einmal deinen engsten und liebsten Freunden, denn sie könnten eines Tages nicht mehr deine engsten und liebsten Freunde, sondern deine schlimmsten Feinde sein, die dich, ausgestattet mit dem Wissen, das du mit ihnen geteilt hast, zerstören. Der Satz hatte ihn sehr getroffen, als er ihn in einem Roman las, und dass er wahr war, hatte sich bestätigt, als sein Vater Lochlann erzählte, er sei gebeten worden, eine Abtreibung bei einem Mädchen vorzunehmen, das vergewaltigt worden war. Dieser verzweifelten Frau den Abbruch zu verweigern war eine der schwierigsten Entscheidungen, die er in seiner beruflichen Laufbahn hatte treffen müssen, doch er lehnte ab, auch wenn er aus Mitgefühl versucht war, es zu tun und dem Ganzen einen anderen Namen zu geben. Doch das Risiko, womöglich nicht mehr praktizieren zu dürfen, weil er so etwas getan hatte, war ein zu hoher Preis, den er dann vielleicht hätte bezahlen müssen. Obwohl ihm klar war, dass sich die Frau nach einer schlechteren, ja gefährlichen Alternative würde umschauen müssen, war er standhaft geblieben und hatte sein Herz verschlossen. Er sagte, wenn er den Eingriff vorgenommen hätte, hätte die Frau irgendwann später jemandem davon erzählt, höchstwahrscheinlich einer anderen Frau in der gleichen misslichen Lage, die verzweifelt Hilfe suchte. Wie konnte sie den Namen des Arztes, der ihr geholfen hatte, nicht weitergeben – und so eine Kettenreaktion in Gang setzen?

Selbst wenn derartige Schilderungen allein Lachlann noch nicht überzeugt hätten, sagte ihm doch sein gesunder Menschenverstand, dass Geheimnisse nicht für immer Geheimnisse blieben. Wie oft hatte er bereits jemanden zu einer schockierten Gruppe von Menschen sagen hören: »Oh, war das etwa ein Geheimnis? Ich dachte, das wüssten alle«, und damit zum Beispiel enthüllt, dass irgendjemandes Vater seine Familie verlassen hatte, um sich eine neue Frau zu nehmen. Und auch wenn die Enthüllung nicht so offenkundig war, verrieten sich die Menschen durch unpassende Antworten oder ein Schweigen im falschen Augenblick, durch ein Zucken im Gesicht, die Unfähigkeit, über etwas hinwegzugehen, den Drang zu beichten, das Bedürfnis, etwas zu dramatisieren, den Wunsch zu verletzen und, unausweichlich, indem sie unter dem Einfluss von Alkohol indiskret wurden.

»Beichte deine Sünden niemals einem Priester, der trinkt«, hatte ein Onkel Lochlann vor Jahren gewarnt.

Dies zu hören war für Lochlann ein Schock gewesen, da er in dem Glauben aufgewachsen war, das Beichtgeheimnis sei unverletzlich, selbst unter Androhung von Gefängnis oder Tod. War es tatsächlich möglich, dass die Wirkung von Alkohol so mächtig war, dass sie das Bewusstsein ausschalten und die Zunge eines Mannes lösen konnte, der einen heiligen Eid geschworen hatte, niemals zu offenbaren, was er in der Beichte gehört hatte?

Lochlann wusste nur zu gut, dass Alkohol Hemmungen abzubauen vermochte, nachdem er unter dessen Einfluss zwei

Kinder gezeugt hatte. Dennoch glaubte er nicht, dass er selbst jemals die ärztliche Schweigepflicht brechen würde, so tief hatte er sie verinnerlicht, doch wie konnte er sich dessen sicher sein, wenn er nach heftigem Alkoholkonsum unter partiellem Gedächtnisverlust litt?

Schließlich überzeugte er sich selbst davon, allein zu bleiben und allein zu trinken wären notwendig, damit er niemals irgendjemandem gestand, dass Mary Anne das Kind anderer Leute war, das er als sein eigenes ausgab. Er führte seinen vollen Dienstplan an, wenn er von seinen alten Freunden Einladungen erhielt, und trank weiter in der Dunkelheit des elterlichen Wohnzimmers, überzeugt davon, dass sein Geheimnis nur auf diese Weise sicher sei.

Er versuchte nicht, mit Niamh Kontakt aufzunehmen. Das Beste, das er für sie erhoffen konnte, war, dass sie schließlich nachgeben und Malachy Glynn heiraten würde, den einzigen Junggesellen, den es in ihrem Jahrgang noch gab, den treuen Freund, der, wie Lochlann und viele andere, Niamh schon seit ihrer Studentenzeit liebte.

12

1946

Nach ihrer ersten Woche in der Schule sagte Mary Anne, sie sei die Einzige in der Klasse, die keine Mami habe und die nicht bei ihrem Papa oder Opa lebe. Sie fragte ihre Tante Iseult, die erst kürzlich mit ihrem vierten Kind aus dem Krankenhaus nach Hause zurückgekehrt war, ob sie sie »Mami« nennen und ob Lochlann kommen und im Stadthaus bei ihr leben könnte, anstatt bei Oma und Opa Carmody zu wohnen.

»Natürlich kannst du mich nicht ›Mami‹ nennen«, sagte Iseult, wobei ihre Stimme schärfer klang als beabsichtigt. Ihr tat das mutterlose Kind mit dem unfähigen Vater leid. »Ich bin deine Tante. Ich kann nicht auch noch deine Mutter sein. Und dein Papa kann nicht im Stadthaus leben.«

»Warum nicht?«

Weil das nicht mit seiner Trinkerei zusammenginge, dachte Iseult für sich. Laut sagte sie: »Er wartet, bis er es sich leisten kann, ein Haus zu kaufen, in dem ihr beide zusammen leben könnt.«

»Wird Ivy sich dann immer noch um mich kümmern?«, fragte Mary Anne, und meinte damit ihr neues Kindermädchen Ivy Golding.

»Das werden wir sehen.«

»Ich will, dass sie mitkommt.«

»Hast du sie gern?«

»Ja.«

»Wie sehr?«

»So sehr«, sagte Mary Anne und breitete die Arme aus.

»Das ist gut«, sagte Iseult. »Du weißt, ich hätte dich nur zu gerne hier bei mir. Oma und Opa Carmody möchten dich auch bei sich haben, aber Weena ist die Glückliche. Sie hatte die Wahl, weil sie die Mutter deiner Mutter ist. Wir alle wollen dich haben. Alle lieben dich, weil du etwas ganz Besonderes bist.«

»War meine Mami etwas Besonderes?«

»Ja, etwas ganz Besonderes. Sie liebte dich mehr als alles auf der Welt. Jetzt werde ich diesen kleinen Schatz in seine Wiege legen, während du dir die Schuhe ausziehst, und dann kannst du neben mich ins Bett hüpfen, und ich erzähle dir eine Menge Geschichten über deine liebenswerte Mutter.«

Mary Anne plapperte in den wenigen Stunden, die sie an Wochentagen im Haus der Farrellys verbrachte, nur von »Weena« und »Ivy Golding«. Weena tat dies, Weena tat das, Weena sagte dies, Weena kaufte ihr das, Weena versprach ihr dies und jenes. Und am aufregendsten: Weenas Yorkshire Terrier würde Junge bekommen.

Später in jenem Monat hörte Iseult verblüfft, wie Mary Anne das Wort »Mami!« rief, und war dann noch überraschter, als Ivy Golding auf den Ruf reagierte. Zunächst dachte Iseult, sie habe sich verhört oder Mary Anne sei ein Versprecher unterlaufen, als sie Ivy Golding »Mami« nannte, doch in den folgenden Wochen hörte sie das Kind das Wort häufig und völlig natürlich benutzen, und Ivy Golding korrigierte sie nicht.

Es war unschwer zu erkennen, warum das Kind sein neues

Kindermädchen so sehr mochte. Die Frau war amüsant und brachte Mary Anne spielerisch dazu, zu tun, was man von ihr wollte, nicht indem sie Anweisungen gab, sondern sie beschwatzte, genau wie Iseult es konnte, wenn sie stabil und rundum gesund war, was mit vier Kindern unter fünf Jahren in jenen Tagen nicht oft der Fall war.

Edwina hat sich zum zweiten Mal verrechnet, dachte Iseult, als sie sich eine andere Kinderfrau genommen hat, die Mary Anne nun ebenfalls liebt.

Iseult wünschte, Lochlann würde sich zusammenreißen, mit dem Trinken aufhören, sich ein Haus kaufen, Niamh McCarthy finden und sie heiraten, wenn sie nicht bereits verheiratet war, und einen Hausstand gründen, in dem Mary Anne eine Mami und einen Papa hätte, die im selben Haus lebten.

Am Telefon sprach Edwina die Idee an, dass Mary Anne in ein Internat gehen solle, wenn sie acht Jahre alt wurde. Es sei notwendig, ihr lang im Voraus einen Platz zu sichern, da die Schule so beliebt wäre.

Lochlann hörte ihr zu, ohne sie zu unterbrechen.

Es sei gut für das Kind, wenn sie für das Leben, zu dem sie bestimmt war, erzogen würde, lautete Edwinas Hauptargument. »Ich ging auf ebendiese Schule, die mir vorschwebt, und sie machte mich zu der Frau, die ich heute bin. Deshalb wäre sie ideal für Mary Anne.«

Was sie nicht sagte, war, dass sie wollte, dass Mary Anne ihren Dubliner Akzent loswurde, genauso ihren Katholizismus und ihre Bindung an alle Carmodys sowie ihr Talent, alle Kindermädchen dazu zu bringen, dass sie sie liebten, ihre

Freude an ihren hiesigen Schulfreundinnen und ihren Mangel an Einsicht – es schickte sich nicht, zu jedem, der einem über den Weg lief, nett zu sein.

Lochlann sagte, so dies der Fall wäre, würde er es Edwina überlassen, die notwendigen Arrangements zu treffen.

»Kluge Entscheidung«, sagte Edwina, die nicht erkannte, dass sie mit einem Mann sprach, der stark betrunken war.

Lochlann vergaß das Gespräch, sobald es vorüber war.

13

»Lochlann scheint den Kontakt zu all seinen Freunden abgebrochen zu haben.«

Malachy Glynn saß am Küchentisch im Haus von Iseult Farrelly.

»Ich weiß«, sagte Iseult, die ihm geschrieben und ihn gebeten hatte, sie das nächsten Mal, wenn er in Dublin wäre, zu besuchen, um über Lochlann zu reden. »Er hat sich in mehr als einer Hinsicht zurückgezogen.«

»Hat er eine Kriegsneurose?«

»Etwas in der Richtung, vermuten wir. Der Krieg zehrt auf verschiedene Art an seinen Nerven. Wir wissen, dass er bei der Befreiung eines Konzentrationslagers dabei war. Das allein reicht schon aus, um einen in den Nervenzusammenbruch zu treiben, wenn du mich fragst. Er spricht nicht darüber, und auch nicht über andere Dinge, die er durchgemacht hat. Wir machen uns Sorgen, dass es mit ihm weiter bergab geht und er am Ende seine Karriere ruiniert. Falls das passiert, wird ihn das endgültig zerstören.«

»So weit wird es nicht kommen. Er ist als Arzt zu pflichtbewusst, um etwas Dummes anzustellen.«

»Ich wünschte, ich wär mir da so sicher wie du. Seine Arbeit ist bei Gott das Einzige, das ihn die ganze Zeit aufrecht gehalten hat.« Sie schaute Malachy voller Dankbarkeit an. »Ich kann dir gar nicht sagen, wie froh ich bin, dich zu sehen, Malachy. Einen guten Freund von früher. Du bist vielleicht der

Einzige, der zu ihm durchdringen und ihn zur Vernunft bringen kann. Wann hast du ihn das letzte Mal gesehen?«

»Vorhin, im Haus deiner Eltern auf dem Weg zu dir. Konnte nicht widerstehen, aufs Geratewohl dort vorbeizuschauen. Genau wie in alten Zeiten. Davor hatte ich ihn nicht gesehen, seit er aus Nordafrika zurückgekommen ist. Damals wirkte er in Ordnung.«

»War er auch. Die große Veränderung kam später. Wie hat er auf dich gewirkt?«

»Ich hab ihn fast nicht wiedererkannt. Er schaut aus wie fünfzig. Konnte nicht glauben, dass er um elf Uhr vormittags schon besoffen war. Hilflos und kaum in der Lage zu sprechen. Das sieht ihm gar nicht ähnlich. Er liebte es, wie wir anderen auch, ab und zu über die Stränge zu schlagen, aber das jetzt ist besorgniserregend. Du sagtest in deinem Brief, dass ich helfen kann. Ich kann mir nicht vorstellen, dass ich ihm eine große Hilfe bin, wenn ich da oben in Sligo sitze.«

»Ich möchte, dass du ein Treffen zwischen ihm und Niamh McCarthy arrangierst.«

Malachy reagierte sichtlich auf die Nennung des Namens. »Niamh McCarthy?«, fragte er und wurde rot. »Da müsste ich mich sputen, denn sie plant, nach Kanada auszuwandern.«

Malachy sagte weiter, es sei kein Geheimnis, dass er Niamh seit ihrem ersten Jahr am College geliebt, aber gewusst habe, dass er keine Chance bei ihr hätte, solange Lochlann da war. Und genauso sei es auch gewesen. Er habe versucht, sie dazu zu überreden, sich mit ihm zufriedenzugeben, ohne ihn zu lieben – er wolle sie unter allen Umständen heiraten –, aber sie habe sich nicht überzeugen lassen. Er wusste, sie ging nach

Kanada, da sie die Hoffnung aufgegeben hatte, dass Lochlann sich bei ihr melden würde.

»Hat sie je daran gedacht, ihn selbst zu kontaktieren?«

»Nicht nach dem, was er ihr unmittelbar vor dem D-Day in London gesagt hat.«

Iseult wusste nicht, dass sich die zwei getroffen hatten.

»Er sagte ihr, dass er nie heiraten könne – weder sie oder jemand anderen. Dass er etwas Unverzeihliches getan hätte. Hast du eine Ahnung, wovon er geredet hat?«

»Nein, keine Ahnung.«

»Niamh auch nicht.«

»Ich weiß, ich bin die Schwester, die sich ungefragt eingemischt hat, und Lochlann spricht vielleicht nie wieder mit mir, wenn er herausfindet, dass ich dir geschrieben habe, aber ich denke, einen Versuch ist es wert.«

»Da bin ich bei dir. Was kann schlimmstenfalls passieren? Wenn es schiefläuft, geht Niamh wie geplant nach Kanada und Lochlann säuft weiter.«

Malachy drehte sich um, als Ivy Golding durch die bodentiefe Doppeltür aus Glas eintrat, mit einem Kind auf dem Arm und vier weiteren um sich herum. Sie war gekommen, um Mary Anne zu ihrem wöchentlichen Besuch abzuliefern, und die Farrelly-Kinder zeterten, sie solle bleiben. Sie schien zu glühen, durch die Sonne von hinten angestrahlt, die durch die offenen Türen hereinschien.

Iseult stellte das Kindermädchen, ihre vier Kinder sowie Mary Anne vor, die von Malachy mit Interesse betrachtet wurde.

»Na, am besten geh ich jetzt mal«, sagte er dann. »Ich treffe meinen Bruder in Ranelagh zum Mittagessen. Morgen fahre ich nach Sligo zurück, folglich könnte ich Lachlann später noch einmal besuchen.«

»Mach dir keine Mühe«, sagte Iseult. »Er wird nur in noch üblerer Verfassung sein. Du musst ihn erwischen, kurz bevor er zur Arbeit geht oder sofort danach, sonst vergeudest du nur deine Zeit. Wir hören voneinander.«

Malachy und Ivy Golding gingen gemeinsam hinaus, wobei sie sich unterhielten, und vierzig Minuten später redeten sie immer noch, während sie neben Malachys Wagen standen.

Niamh McCarthys Vater glaubte, *Dracula* könne nur in Irland geschrieben worden sein, wo Bram Stoker, der als Kind ans Bett gefesselt war, mit Geschichten über herzlose Grundherrn gefüttert worden war, die bei den Pächtern, die sie schlecht behandelten, als Blutsauger galten, und er zögerte nicht, diese Überzeugung an seine Kinder weiterzugeben.

Niamhs Urgroßeltern, wie auch all die anderen Pächter auf einem Anwesen in der Grafschaft Donegal, waren während der Großen Hungersnot von einem Grundherrn vertrieben worden, der nicht für ihre Versorgung aufkommen wollte, als die Kartoffelernte ausfiel. Um zu verhindern, dass sie zurückkamen, bauten Gerichtsdiener an ihren Häuschen – kaum mehr als Bruchbuden – die Dächer ab und rissen Fenster und Türen heraus.

Der Urgroßvater, der damals dreißig Jahre alt und bereits von der harten Arbeit und vom Hunger ausgelaugt war, war einer von einer Million Menschen, die verhungerten, während ganze Waggonladungen Getreide an Speicher im ganzen Land geliefert wurden. Die Regierung in London untersagte es, etwas davon der hungernden Bevölkerung zu geben, falls dadurch der Markt durcheinandergeraten würde. Die Rindfleisch- und Getreideexporte strömten kontinuierlich von Irland nach Britannien, und es wurde auch Getreide nach Irland zur Herstellung von Brot eingeführt, das sich die Armen zu kaufen nicht leisten konnten.

Niamhs Urgroßmutter schaffte es mit ihrem vier Jahre alten Sohn bis ins Haus ihres Bruders in Bellmullet im County Mayo. Sie vermutete, ihr Mann habe jedes bisschen Nahrung, das er auftreiben konnte, ihr und ihrem Sohn überlassen und nichts für sich einbehalten. Nach seinem Hungertod konnte auch die geschwächte Mutter sich im Haus ihres Bruders nicht mehr erholen und starb bald darauf an Fleckfieber.

Der Onkel zog den Jungen auf, der wie er selbst Fischer werden sollte, und der Junge schickte, als er ein Mann war, seinen Sohn weg, damit er Arzt würde, und dieser Arzt war Niamhs Vater.

Iseult hatte diese Geschichte von Lochlann gehört, der sie von Niamh gehört hatte, als Harcourt Blackshaw erstmals die junge Frau ins Stadthaus eingeladen hatte und sie sich gegen die Idee, irgendetwas mit »diesen Leuten« zu tun zu haben, gesperrt hatte. Niamh erzählte Lochlann, warum sie so reagierte, sagte Harcourt aber nichts davon. Am Ende gab sie nach und wurde Stammgast in Harcourts Räumen, da sie ihn zu mögen und zu bewundern begonnen hatte, als sie ihn näher kennenlernte.

Es besteht keine Gefahr, dass Niamh Edwina zu mögen und zu bewundern beginnen wird, wenn sie sie näher kennenlernt, dachte Iseult. Viel wahrscheinlicher als freundliche Gefühle wäre im Laufe der Zeit ein offener Kriegszustand zwischen den beiden. Es gab zahlreiche Gründe, warum Iseult wollte, dass Lochlann und Niamh wiedervereint wurden, doch das

Sahnehäubchen wäre es für sie, wenn es Edwina dann mit einer starken Gegnerin wie Niamh zu tun bekäme.

Sie musste lediglich warten, bis Malachy – der selbstlose, treue Malachy – Niamh unter dem einen oder anderen Vorwand dazu bringen konnte, mit ihm nach Dublin zu fahren.

14

»Heute habe ich ein Passendes für Chuck Murray gefunden«, sagte Father Crowley, der bei den Carmodys am Esstisch saß.

Lochlann gab sich die seltene Ehre, am Abendessen teilzunehmen, nachdem er gerade aus dem Krankenhaus zurückgekommen war.

»Das ist gut«, sagte Rory. Father Crowley war ein Schulfreund von ihm.

»Ein bisschen ungewöhnlich, aber bitte schön.«

»Wovon reden wir eigentlich?«, fragte Lochlann und wünschte, sein Vater würde ihm einen Drink anbieten.

»Von einem Baby«, sagte Rory. »Chuck Murray aus Marblehead. Ursprünglich aus Stamullen in der Grafschaft Meath. Du erinnerst dich vielleicht, dass ich von ihm gesprochen habe. Er und seine Frau haben nun über ein Jahr lang ein Baby gesucht.«

»Sie sind da drüben verrückt nach irischen Babys, und ich sagte ihm, ich würde für ihn und Colleen die Augen offen halten«, sagte Father Crowley. »Und heute habe ich ein Kind für sie gefunden.«

»Das ist das Erste, was ich darüber höre«, sagte Lochlann und beobachtete, wie sein Vater dem Priester einen zweiten Whiskey reichte. »Sprecht ihr von den Vereinigten Staaten?«

»Ja, die katholisch-irischen Amerikaner wollen irische

Babys, und natürlich wollen wir katholische irisch-amerikanische Eltern, und so sind alle glücklich.«

»Was ist dabei so ungewöhnlich?«

»Die Mutter ist verheiratet. Sie hat schon neun Kinder und gerade Zwillinge zur Welt gebracht, und da hat sie die Hebamme gefragt, ob diese eines von den zweien nehmen könnte, denn sie hat finanzielle Sorgen. Die Hebamme hat sich an mich gewandt.«

Lochlann spürte, wie ihm von Kopf bis Fuß eiskalt wurde.

»Das passiert mir andauernd«, sagte Grace. »Vor allem in den Mietskasernen. Die Mütter bitten mich, das Neugeborene zu nehmen. Wenn dort schwere Entbehrung herrscht und die Mutter bereits eine große Brut zu Hause hat und fix und fertig ist, gehen die Gefühle den Bach hinunter. Zwillinge sind da oftmals der letzte Tropfen, der das Fass zum Überlaufen bringt.«

»Wie arrangierst du das?«, fragte Lochlann, der sich darauf konzentrierte, mit der Gabel ein Muster auf der Tischdecke nachzuziehen.

»Die Hebamme, die vor Ort ist – na ja, keine ausgebildete Hebamme, sondern eine Nachbarin, die hilft –, versucht Verwandte dazu zu bringen, das Baby zu nehmen«, sagte Grace. »Oft springen Großeltern und Tanten dann als Pflegeeltern ein. Aber viele Mütter bitten mich persönlich, das Kind zu nehmen, damit es aus dem Armenviertel herauskommt und einen guten Start ins Leben hat. Manchmal, wenn die Mutter wieder zu Kräften kommt, ändert sie ihre Meinung. Doch wenn sie das nicht tut und die Familie ohnehin überlastet ist, informiert die Hebamme die örtlichen Nonnen, die das Kind zu den Babys von unverheirateten Müttern stecken, die auf eine Adoption warten. Eine Mutter ist durchaus dankbar, wenn ihr Kind nach Amerika geschickt wird, da sie so darauf hoffen kann, dass das Kleine einer strahlenden Zukunft entgegensieht.«

»Ist es legal, ein Kind einfach so abzugeben?«

»Dagegen gibt es kein Gesetz«, sagte Father Crowley. »Man hört, der Staat will Adoptionen legalisieren, aber noch ist das nicht geschehen. Bis dahin ist der Staat froh, die Babys in den Händen der religiösen Körperschaften, der katholischen wie der protestantischen, und in der Obhut weltlich eingestellter Priester wie uns zu lassen.«

»Wechselt dabei Geld den Besitzer?«

»Nicht in meinem Fall, nein. Ein gutes katholisches Zuhause für ein unerwünschtes Kind zu bekommen ist Bezahlung genug.«

Lochlann fragte sich, warum er sich erleichtert fühlte. Wenn andere Leute taten, was er getan hatte, konnte das dann bedeuten, dass seine Schuld ein bisschen weniger groß war? Es fühlte sich jedenfalls so an, als ob das der Fall wäre. Die drei am Tisch behandelten das Abgeben von Babys so sachlich, dass ihm das Hoffnung gab.

Dennoch bestand da ein großer Unterschied. In all den angesprochenen Fällen hatten die Mütter Dokumente unterschrieben, mit denen sie ihre Zustimmung gaben, wohingegen Mary Annes Mutter keine Ahnung hatte, dass der Diebstahl überhaupt stattgefunden hatte.

Es sah nicht so aus, als würde sein Vater ihm einen Drink anbieten, weshalb sich Lochlann, unter den Blicken von drei Augenpaaren, gezwungen sah, vom Tisch aufzustehen und sich selbst ein Glas einzuschenken.

15

Als Niamh bis Weihnachten 1946 nichts von Lochlann gehört hatte, gab sie schließlich die Hoffnung auf, dass er sie jemals wieder aufsuchen würde. Sie schmiedete Pläne, nach Kanada auszuwandern, wo sie sich im Winter warm einwickeln und sich der eisigen Wildnis stellen würde, wo sie vor Kummer in den Wind heulen könnte und niemand sie hören würde. Sie wollte sich nicht mit einem Leben ohne Kinder abfinden, doch genauso wenig wollte sie sich für einen Mann entscheiden, den sie nicht liebte, nur um welche zu haben. Sie dachte, die Übersiedlung in ein anderes Land, vor allem in ein schneesicheres, könnte ihre andauernde Obsession für Lochlann beenden, sodass sie sich schließlich in einen Mountie oder einen Holzfäller oder in irgendeinen anderen Kanadier, der sie nicht an ihn erinnerte, verliebte. Sie wusste nur sehr wenig über das Land und kannte niemanden, der dort lebte, und zum Teil erschien es ihr gerade deshalb so attraktiv.

Wie einfach das Leben doch wäre, wenn sie nur eine Möglichkeit fände, sich in den ehrenwerten, freundlichen Malachy zu verlieben.

Malachy bot an, Niamh zu ihrer Befragung in die kanadische Botschaft zu fahren. Er hatte in der Hauptstadt einiges geschäftlich zu erledigen, erzählte er ihr, und er würde ihre Begleitung schätzen. Sie nahm gerne an.

Als sie Dublin erreichten, sagte er, ihm sei gerade eine Idee gekommen. Würde es ihr etwas ausmachen, wenn sie Iseult einen kurzen Besuch abstatteten? Sie hätten jede Menge Zeit, und es wäre eine gute Möglichkeit herauszufinden, wie es Lochlann gehe. Malachy hatte Lochlann bis zu diesem Zeitpunkt mit Absicht nicht erwähnt.

»Ist irgendetwas mit ihm?«, fragte Niamh sofort beunruhigt und wandte sich ab, um aus dem Fenster zu schauen, falls Malachy sehen wollte, wie sie auf die Erwähnung des Namens reagierte. »Ich habe von niemandem auch nur das Geringste gehört.«

Irgendwie hoffte sie, mit Lochlann würde etwas nicht stimmen, damit sie eine Erklärung hätte, warum er sich in der Zeit, seit er aus dem Krieg zurück war, nicht bei ihr gemeldet hatte. Sie konnte die berührende Liebeserklärung nicht vergessen, die er ihr unmittelbar vor dem D-Day im Krankenhaus in London gemacht hatte.

Malachy hatte ihr von seinem früheren Besuch bei Iseult nichts erzählt. »Ich habe Gerüchte gehört«, sagte er. »Deshalb möchte ich zuerst bei Iseult herausfinden, wie viel an ihnen dran ist, bevor ich Lochlann selbst kontaktiere. Ich möchte nicht ins Fettnäpfchen treten.«

Ganz egal, wie oft Niamh ihre Fragen zu Lochlanns gesundheitlicher Verfassung auch umformulierte, Malachy konnte ihr keine Details mitteilen.

Niamh hatte Iseult seit sieben Jahren nicht gesehen. Sie waren damals eng befreundet gewesen und hatten sich darauf gefreut, Schwägerinnen zu werden.

»Warum setzt du mich nicht an der Botschaft ab, und wir treffen uns dann später im Bewley's, und du kannst mir dort berichten, was Iseult dir erzählt hat?«

Malachy fiel auf, dass Niamh nervös den Riemen ihrer Handtasche um ihre Finger drehte.

»Das Hin- und Herfahren kostet mich zu viel Zeit«, antwortete er. »Es dauert nur eine Minute, denn es liegt fast auf unserem Weg.«

»Ich will dir keine Umstände machen. Du kannst mich auch an einer Bushaltestelle absetzen.«

»Das kann ich nicht. Ich verspreche, es dauert nur eine Minute.«

»Also gut. So lange bleibe ich im Wagen.« Niamh sah sich um. »Die Gegend hier sieht bekannt aus.«

»Das sollte sie auch. Iseult wohnt nur ein paar Straßen von ihrem Elternhaus entfernt.«

Die Finger an Niamhs rechter Hand waren weiß von der Einschnürung durch die Handtasche.

»Wir kommen auf unserem Weg später noch dort vorbei. Ah, da sind wir schon. Das ist die Straße, in der Iseult lebt.«

»Dann park außer Sicht des Hauses, und ich bleibe hier und warte auf dich.«

Malachy fuhr an den Straßenrand und stellte den Motor ab. Während er weiter stur geradeaus sah, argumentierte er, da sie bald nach Kanada aufbreche, wäre dies doch eine ideale Gelegenheit, sich von Iseult zu verabschieden, mit der sie früher eine herzliche Freundschaft gepflegt hatte und über dic sie Lochlann ihre besten Wünsche zukommen lassen könnte.

»Es wäre eine schmerzlose Möglichkeit, das Kapitel abzuschließen«, sagte er. »Ein paar Minuten. Keine Förmlichkeiten. Keine Verlegenheit. Ich übernehme das Reden, wenn dir nicht danach ist. Wir trinken nicht einmal Tee, falls wir gefragt werden. Vertrau mir.«

»Ich vertrau dir doch«, sagte Niamh.
»Also dann komm.«

Iseult, die die Eingangstür ihres Hauses aufriss, sobald die Türklingel läutete, begrüßte Niamh voller Zuneigung.

Sie ist nicht überrascht, mich zu sehen, war Niamhs erster Gedanke.

Iseult und Malachy wechselten einen Blick.

Die beiden stecken unter einer Decke, wurde Niamh klar. Ich bin in eine Falle getappt.

Iseult brachte sie ins Wohnzimmer, wo man durch das Erkerfenster das vordere Tor sehen konnte.

»Geht es Lochlann nicht gut?«, fragte Niamh.

Iseult sah auf ihre Armbanduhr. »Das kannst du ihn selbst fragen. Er wird gleich hier sein.«

Niamh wurde bleich und schaute Malachy vorwurfsvoll an. »Das alles ist ein Trick?«, fragte sie.

»Ich fürchte, ja.«

»Ich dachte, du sagtest, ich könnte dir vertrauen.«

»Das kannst du auch, wenn es darum geht, dass mir dein Wohl am Herzen liegt. Ich hoffe, du machst jetzt nicht all unsere Bemühungen zunichte, indem du davonläufst.«

»Ich habe Lochlann erzählt, ich sei krank, als ich anrief und ihn vorbeizukommen bat«, sagte Iseult. »War nicht richtig von mir, ich weiß, aber sonst wäre er nicht gekommen. Ich muss hinüber nach Palmerston Park und nachschauen, wie Ivy Golding mit meinen Rabauken zurechtkommt. Sie war so nett, mir diesen Gefallen zu tun.«

»Ich komme mit«, sagte Malachy eifrig. »Ich hole dich in einer Stunde wieder ab, Niamh.«

»Ich schließe die Tür nicht ab«, sagte Iseult und verschwand eilig. Sie stellte sich vor, wenn sie bliebe und zwischen Niamh und Lochlann hindurchgehen müsste, könnte die Wucht der Spannung sie umhauen, die, wie sie sicher war, noch immer zwischen ihnen bestand.

Niamh sah zu, wie die beiden gingen. Ihre Augen waren vor einer köstlichen Angst weit aufgerissen. Sie erinnerte sich, wie sie Lochlann aus der Ferne in dem Londoner Krankenhaus gesehen hatte und wie ihre Beine unter ihr nachgegeben hätten, wenn der Mann nicht gekommen wäre und ihr seinen Arm als Stütze angeboten hätte. Und hier war sie nun, von Neuem außerstande, sich zu bewegen, selbst wenn sie es gewollt hätte.

Genau wie damals sah sie ihn, bevor er sie sah. Er schritt die Straße entlang, öffnete dann das Tor und kam den Weg hinauf.

Sie hörte, wie seine Schritte an der Eingangstür verstummten, die Tür aufging, eine vertraute Stimme leise Iseults Namen rief. Dann sah sie, wie die Tür ins Wohnzimmer aufschwang, und da war er – ein Mann, der von der Figur her Lochlann glich, der jedoch wie ein verzweifelter alter Mann aussah. Wenn sie ihn nicht schon mit Haut und Haaren geliebt hätte, wäre sie vielleicht zurückgezuckt, und wenn sie bis dahin nicht geglaubt hätte, dass er sie immer noch liebte, so glaubte sie es jetzt, als sie das Staunen und die Freude in seinem Gesicht sah, als er sie betrachtete. Ohne zu zögern, sank sie in seine offenen Arme und ließ es zu, dass er ihre linke Hand ergriff und sie auf seine schier platzende Brust drückte.

16

1947

Edwina hatte einen Traum, in dem sie in einer Rüstung steckte, im Herrensitz auf dem Pferd saß und mit einer Turnierlanze auf Charlotte losstürmte, die auf sie zugaloppierte, ohne Sattel ritt, ein weißes Kleid trug und Victoria als Schild vor sich hielt. Genau in dem Moment, als ihre Lanzenspitze Victoria in die Brust traf, wachte Edwina auf und brüllte die Nachtschwester an, augenblicklich Dr. Carmody zu holen.

»Ich kann nicht atmen!«, rief sie.

Lochlann wäre vielleicht nicht so ruhig geblieben, weil er zum dritten Mal in einem Monat zu ihr gerufen wurde, hätte er nicht selbst auch an Albträumen gelitten. Er wusste nur zu gut, dass die Vernunft des Tages über die Schrecken der Nacht keine Macht besaß.

»Sie müssen, wenn Sie geheiratet haben, kommen und hier wohnen«, sagte Edwina, die noch immer seine Hand hielt, nachdem sie sich wieder beruhigt hatte. »Zu wissen, dass Sie im Haus sind, wird mir Seelenfrieden geben. Sie wissen, Sie werden Ihren eigenen Eingang und ausreichend Privatsphäre haben, deshalb weiß ich nicht, was es dagegen einzuwenden gäbe.«

»Das ist ein sehr freundliches Angebot.«

»Sie können sich aussuchen, welchen der vier Eingänge, die auf unterschiedliche Straßen führen, Sie bevorzugen. Es gibt hier jede Menge Platz für ein Sprechzimmer und Warteräume und was Ärzte sonst noch benötigen, und Sie wissen doch bereits, wie bequem und geräumig Ihr Wohnbereich sein würde.«

»Ja, ich erinnere mich.«

»Mary Anne hat sich sehr gut im Stadthaus eingelebt. Das sollte für Sie ein zusätzlicher Anreiz sein, hier einzuziehen. Sie aus ihrer gewohnten Umgebung herauszureißen wäre eine Schande.«

»Ich verstehe, was Sie meinen«, sagte Lochlann.

Niamh verstand das nicht, als er ihr Edwinas Wunsch mitteilte.

Zwei Monate nach ihrer Wiedervereinigung besprachen Lochlann und Niamh die Einzelheiten für ihre bevorstehende Hochzeit. Die Zeremonie sollte in der Rathmines-Kirche stattfinden, gefolgt von einem Empfang für einhundertzwanzig Personen im Shelbourne Hotel. »Halt dich nicht zurück«, hatte Lochlann Niamh ermuntert. »Es soll ein Fest mit allem Drum und Dran werden. Es ist für mich das zweite Mal, aber für dich das erste Mal.«

»Genau das hat mein Vater auch gesagt. Er ist so aufgeregt. Der arme Mann dachte vermutlich, er würde mich in meinem Alter nie mehr los.« Sie sah in Lochlanns Gesicht, das mit einem Mal ernst geworden war. »Was ist?«

»Ich hab nur überlegt. Ich würde gerne Malachy bitten, mein Trauzeuge zu sein. Denkst du, das wäre taktlos?«

»Meinst du? Nein. Ich denke, er ist vollkommen darüber hinweg, Gott sei Dank. Es geht doch nichts über eine neue Liebe, die die alte vertreibt.«

»Was sagst du da?«

»Ich denke, Malachy hat endlich seine wahre Liebe gefunden.«

»Nach all den Jahren jetzt auf einmal?«

»Es war offenbar Liebe auf den ersten Blick, bei beiden.«

»Na gut, spann mich nicht auf die Folter. Wer ist es? Jemand, den wir kennen?«

»Du kennst sie sehr gut. Es ist Ivy Golding.«

»Mary Annes Kindermädchen?« Lochlann schüttelte ungläubig und vergnügt den Kopf. »Schön, schön. Wer hätte das gedacht?«

»Iseult, zum Beispiel. Sie hat miterlebt, welche Wirkung die beiden aufeinander hatten. Sie haben sich augenscheinlich gleich bei der ersten Begegnung auf Anhieb gut verstanden und sich ewig lang unterhalten.«

»Na, wenn das keine gute Nachricht ist! Und ich dachte, er würde sich immer noch nach dir verzehren. Jetzt kann ich ihn ohne Bedenken bitten, mein Trauzeuge zu werden. Mein Trauzeuge, mein bester und auch ein besserer Mann«, sagte er in aller Aufrichtigkeit.

Nach der Hochzeit kauften Lochlann und Niamh ein georgianisches Reihenhaus mit sechs Schlafzimmern sowie vier Empfangsräumen, das nicht weit vom Stadthaus und gleich um die Ecke von Iseults viel kleinerem Heim lag. Das Paar beabsichtigte, eine große Familie zu haben, und es wurden auch Räume für ein Sprech- und das Wartezimmer auf einer der Etagen nötig. Lochlann nahm eine Hypothek mit langer Laufzeit auf, um Charlottes Erbe nicht antasten zu müssen.

Das Haus war im Vergleich zum Stadthaus, das verschachtelt war und über eine sehr große Fläche und zahlreiche Räume verfügte, die durch kalte Korridore miteinander verbunden waren, kompakt und warm.

Edwina verzog das Gesicht, als Lochlann sie aufsuchte, um ihr noch einmal für das freundliche Angebot zu danken und ihr mitzuteilen, dass er und Niamh ein Haus gekauft hatten.

»Sie müssen vorhaben, der katholischen Tradition zu folgen und viele Kinder zu bekommen«, sagte sie, als sie hörte, wie viele Zimmer das Haus hatte.

»Nicht allzu viele. Wahrscheinlich fünf«, antwortete Lochlann, der Gesundheit und Optimismus ausstrahlte. »Gesegnet ist der Mann, dessen Köcher voll ist, wie die Bibel sagt.« Und gesegnet ist der Mann, der das Glück hat, mit Niamh McCarthy verheiratet zu sein, fügte er im Stillen hinzu.

»Und wo bleibt dann Mary Anne?«

Es wurde schließlich vereinbart, dass Mary Anne bei ihrem Vater leben sollte, der nur seine Absichten kundtun musste, um seine legalen Rechte in Anspruch nehmen zu können.

»Niamh liebt sie bereits hingebungsvoll. Wir kommen sie und ihre Sachen abholen, sobald der Umzug abgeschlossen ist.«

»Liebt sie hingebungsvoll, sagen Sie. Das hat sie Sie also glauben gemacht.« Edwinas Augen wurden zu Schlitzen. »Ich weiß aus gut unterrichteter Quelle, dass Stiefmütter nur vorgeben, ihre Stiefkinder zu lieben.«

Edwina machte diese gehässige Ansage mit Absicht, da Niamh, wie sie annahm, diejenige war, die es rundweg ablehnte, im Stadthaus zu leben.

»Sie tun das, um sich bei ihren Ehemännern einzuschmeicheln«, fuhr sie fort, »und dann später, wenn sie eigene Kinder haben, schließen sie das Stiefkind aus. Manche machen sich nicht einmal mehr die Mühe, ihrem Ehemann etwas vorzutäuschen und geben der angeblichen Boshaftigkeit des Kindes die Schuld, dass es in Ungnade gefallen ist.«

»Ich denke nicht, dass Sie sich deswegen Sorgen machen müssen, Ma'am. Sie haben offenbar noch nie jemanden getroffen, der so großherzig ist wie Niamh, oder Sie würden sich nicht bemüßigt fühlen, diese zweifelhafte Behauptung weiterzugeben. Niamh ist durch und durch gut.«

»Das sagen Sie jetzt. Wir werden sehen, ob ich nicht doch recht habe. Ich denke dabei nur an das Wohl des Kindes. Mary Anne wäre hier, wo sie die ungeteilte Aufmerksamkeit von uns allen hat, viel besser aufgehoben, anstatt von zwei vielbeschäftigten Leuten in den Hintergrund geschoben zu werden, die beabsichtigen, viele weitere Kinder großzuziehen.«

Lochlann suchte nach etwas Tröstlichem, das er der alten Frau sagen konnte, die, wie er wusste, Mary Anne aufrichtig liebte, doch er stellte fest, dass ihm nur Allgemeinplätze über die Lippen kamen.

Mary Anne war sechs Jahre alt, als sie auf Dauer zu ihrem Vater und ihrer Stiefmutter zog, nachdem sie einen Monat lang zwischen dem Stadthaus und dem neuen Heim hin- und hergependelt war, damit die Umstellung nicht allzu abrupt ausfiel. Sie verbrachte weiterhin viel Zeit bei Edwina, beaufsichtigt von der frisch verlobten Ivy Golding, und die Sonntagnachmittage zusammen mit allen Carmodys in deren Elternhaus.

In spätestens zwei Jahren wird sie wieder uns gehören, tröstete Edwina sich am letzten offiziellen Tag ihrer Vormundschaft, bevor sie das Kind an Lochlann übergab. Sobald sie acht geworden ist, werden zehn Jahre Internat und die Sommer auf Tyringham Park ja wohl ausreichen, um den ganzen irischen Einfluss auszumerzen.

17

1948

Anfang Januar erhielt Manus einen Brief von Lilys Stieftochter Catherine Cooper, die in Inchicore in Dublin lebte. Anders als er Lochlann erzählt hatte, damit der Doktor nicht mit Lily Kontakt aufnahm, hatte sich ihre Adresse seit dem Zeitpunkt, als sie Tyringham Park verlassen hatte, nicht geändert.

Lieber Manus, stand da,

vielen Dank für Ihre Briefe, die Sie Lily nach wie vor schreiben. Sie liest sie immer wieder. Doch mir fällt auf, dass sie aufgehört hat, Ihnen zu antworten. Ich schreibe Ihnen, um Ihnen mitzuteilen, warum. Ihr Kopf ist nicht mehr so klar wie früher, wenngleich sie sich dessen nicht bewusst ist. Sie spricht die ganze Zeit von der Vergangenheit, als sei es gestern gewesen. Ich höre den lieben langen Tag nichts anderes als Charlotte, Charlotte und Manus, Manus. Nicht, dass ich ein eifersüchtiger Mensch wäre. Sie betet viel. Sie macht sich Sorgen um ihre Seele. Sie weiß nicht, was sie Gott am Tag des Jüngsten Gerichts sagen soll. Sie steigt immer wieder in den Bus zum örtlichen Garda-Revier. Sie erzählt den Polizisten eine Menge unglaubliche Geschichten. Sie rufen mich an, sobald sie dort auftaucht, damit ich komme und sie abhole. Sie sagen, sie hätte zu viele Schauergeschichten gelesen. Ich erzähle Ihnen das nur für den Fall, dass sie Ihnen insgeheim doch Briefe schickt und Sie sich Gedanken machen, was eigentlich los ist. Bitte schrei-

ben Sie ihr auch weiterhin, selbst wenn sie nicht antwortet. Ihre Briefe heben ihre Stimmung enorm. Vielleicht möchten Sie sie eines Tages sogar besuchen. Ich würde damit nicht allzu lange warten.

Ich hoffe, dieses Jahr wird für Lily ruhiger werden als das letzte.

Mit freundlichen Grüßen
Catherine

Iseult schaute sich beim Neujahrstreffen der Carmodys um und konnte nicht glauben, was sich in einem Jahr doch alles ändern konnte. Niamh hatte sich so problemlos in den Kreis der Familie eingefügt, dass ein Leben ohne sie kaum noch vorstellbar war. Lochlann hatte gesundheitlich wieder zu seiner Bestform zurückgefunden, zweifelsohne dank des Einflusses von Niamh und ihrer glücklichen Ehe. Mary Anne wuchs und gedieh.

»Du hast mehr Mütter als alle anderen, die ich kenne«, sagte Iseult zu Mary Anne, als das Essen vorbei war. »Und sie alle lieben dich. Du hast deine Mutter droben im Himmel, mich, Edwina und Grace, die zwar Omas sind, sich aber verhalten wie Mütter, Ivy Golding, Queenie, und jetzt hast du auch noch Niamh.« Sie zählte sie an den Fingern ab. »Sieben! Sieben Mütter! Mehr Glück kannst du doch gar nicht haben.«

Iseult hob oft hervor, wie viel Liebe Mary Anne zuteilwurde, um dem Kummer des kleinen Mädchens angesichts seiner Mutterlosigkeit wenigstens etwas entgegenzusetzen. Ihr war aufgefallen, dass Mary Anne jetzt Niamh »Mami« nannte und Ivy Golding mit »Ivy« ansprach, doch sie kommentierte es nicht. Sobald Malachy die Kinderfrau geheiratet hätte, würde Mary Anne sie zweifelsohne »Tante« nennen, wie es in ihren Kreisen üblich war.

Lochlann schaute zu. Nimm noch eine Mutter mit dazu, und es sind acht, dachte er. Ich frage mich, wie sie reagieren würden, wenn ich ihnen erzählte, dass es noch eine andere Mutter gibt, die in vielerlei Hinsicht wichtiger ist als all jene, die Iseult genannt hat? Ihre biologische Mutter, Nell Hogan, die zwölftausend Meilen weit weg lebt und von Mary Annes Existenz nichts ahnt, so wie ihr alle hier nichts von dieser Frau ahnt.

»Wir wollten alle, dass du bei uns lebst«, fuhr Iseult fort und umarmte das Kind, »aber dein Vater ist dein Vater, und die letzte Entscheidung lag bei ihm. Er und Niamh wollten dich von uns allen am meisten, deshalb müssen wir anderen uns fügen.« Sie spielte ein dramatisches Weinen vor, und Mary Anne lachte und umarmte sie ebenfalls.

Später setzte Mary Anne sich neben Niamh und drückte sich an sie. Niamh legte einen Arm um sie und begrüßte sie voller Zuneigung.

Iseult lächelte zu ihrem Bruder hinüber, der nickte, um ihren wohlgefälligen Blick zu bestätigen.

So muss es also sein, sagte sich Lochlann voller Staunen. Wie hätte er wissen sollen, dass die Ehe so voller Freude, so richtig, so befriedigend sein konnte?

Wie konnte eine einzelne Person so freundlich, so großherzig, glücklich, intelligent, verständnisvoll, leidenschaftlich und zartfühlend sein? Wie konnte er sich jemals ihrer Freundschaft würdig fühlen?

Nicht mehr jedes Mal länger tief durchatmen und sich wappnen zu müssen, wenn er nach der Arbeit zur Eingangstür hereinkam. Nicht mehr länger gezwungen sein, seine

Gefühle hinter einer Maske zu verstecken, wie er es hatte tun müssen, als er mit der armen, unglücklichen Charlotte verheiratet gewesen war, deren Charakter ihm so fremd erschienen war. Er wollte nicht länger Vergleiche zwischen der ausgedörrten Wüste seiner ersten Ehe, wenn man sie denn überhaupt so nennen konnte, und dem fruchtbaren Garten ziehen, in dem er sich nun wiederfand, und so versuchte er, die Erinnerung an früher zu verdrängen. Und so, wie er es vor langer Zeit entschieden hatte, sprach er auch nicht negativ über Charlotte. Das war nicht sonderlich schwierig, denn er sprach überhaupt nicht über sie, wenn ihm nicht jemand eine direkte Frage zu ihr stellte, auf die er antworten musste.

Und allein der Gedanke, dass er ohne Iseults und Malachys Intervention – manche würden sagen Einmischung – Niamh verloren hätte und sein augenblickliches Glück nicht erleben würde, ließ ihn frösteln. Kluge Schwester. Und der selbstlose Freund, der seinen Lohn erhalten hatte, ohne dass er danach gefragt oder ihn erwartet hatte.

Lochlann hatte in der Sekunde, da er Niamh wiedergesehen hatte, beschlossen, sich vom Alkohol fernzuhalten. Das geschah nicht aus Liebe zu ihr, wenn das auch ein Nebengedanke gewesen sein mochte, und auch nicht aus Liebe zu seinem Beruf. Es geschah, um sicherzustellen, dass der Alkohol ihm in den intimen Augenblicken, die er mit Niamh haben würde, niemals die Zunge lösen würde.

Er hatte entschieden, die Sache nicht zu beichten. Als Buße für seine Sünde hatte er vor, ein Leben in Nüchternheit zu führen, Niamh ein guter Ehemann zu sein und für Mary Anne ein richtiger Vater zu werden, und er hoffte, dies wäre genug, um die anklagende Stimme in seinem Kopf zum Verstummen zu bringen.

Er hatte keine Angst davor, enttarnt zu werden. Dan und Nell Hogan würden sich die Reise nach Europa niemals leisten können, selbst wenn sie es gewollt hätten. Vielleicht könnten ihre Kinder die Fahrt später unternehmen, nachdem sie es dank einer guten Ausbildung zu Wohlstand und Erfolg gebracht hätten, dennoch würden sie keinen Grund sehen, ihn zu besuchen. Er wäre für jene, die er einst getroffen hatte, nur eine eher uninteressante Erinnerung, und die Jüngeren würden sich überhaupt nicht an ihn erinnern.

Es gab nur zwei Dinge, die zu seiner Entlarvung führen konnten, falls doch jemand nach ihm suchen sollte. Erstens standen aus beruflichen Gründen sein Name und seine Adresse für seine Patienten im Telefonbuch, und das würde sich wahrscheinlich auch nicht ändern. Zweitens, und wichtiger: Jeder, der Alison Hogan kannte, konnte nicht eine Sekunde lang daran zweifeln, dass Mary Anne ihr Zwilling war, so der Betreffende zufällig Letztere sah. Was für ein Jammer, dass die beiden Mädchen nicht zweieiige Zwillinge waren, die sich nicht mehr glichen als andere Geschwister auch. Dann hätte sie nur eine Ähnlichkeit verbunden, die nicht unbedingt auffiele, vor allem nicht bei ihren keltischen Gesichtszügen, die denen von Millionen anderen Menschen ähnelten, die in Irland lebten.

Aber es würde niemand nach ihm suchen. Warum auch?

18

Manus blieb Edwina gegenüber höflich, aber distanziert, wenn sie nach The Park zu Besuch kam. Es war ihr nicht gelungen, ihn wieder für sich einzunehmen. Sie war sich nun sicher, dass er sie aus dem Stall verbannt hatte, und nicht die von Georgina unterstützten Kinder. Um ihn auf seinen Platz zu verweisen, tauchte sie weiter beim sommerlichen Unterricht im Stall auf und fuhr damit fort, Mary Anne Anweisungen zuzurufen, wann immer sie bemerkte, dass Manus ihr einen vermeintlich falschen Rat gab.

Georgina und Giles sagten ständig: »Solange du Gast in diesem Hause bist, fühl dich hier bitte wie daheim«, wobei sie das Wort *Gast* betonten.

Ein spitzerer Stachel in ihrem Fleisch als Manus, Georgina und Giles zusammen war jedoch weiterhin dieser begabte junge Reiter Toby Prendergast, der nun dreizehn Jahre alt war, während Mary Anne sieben war. Nachdem William vier Jahre im Internat gewesen war, behandelte er Toby nach wie vor als Freund, wenn sie in den Sommerferien auf The Park vereint waren, und fügte sich auch weiter dessen Führung, genau wie Nigel, Jane und Mary Anne, die Toby geradezu hörig blieb. Wenn die Kinder ihn als eine Art Hofnarren behandelt hätten, hätte Edwina das verstanden, aber sie schienen an seinen Lippen zu hängen und stimmten seinen Plänen zu, die sie offenbar unwiderstehlich fanden.

Anstatt sich über Tobys Dialekt lustig zu machen, ahmten

die Blackshaws gutmütig seinen Akzent nach und Toby den ihren, und sie konnten sich ganze Tage lang auf einen der Dialekte konzentrieren, bevor sie am folgenden Tag zum anderen wechselten. William, ein begabter Imitator, war besonders gut darin, Tobys Singsang von Cork wiederzugeben, und manchmal, wenn Lady Edwina in der Nähe war, übertrieben er und Toby diese eigentümliche Sprachmelodie, um sie zu ärgern. Edwina wandte unweigerlich ihr verzerrtes Gesicht, alles andere als amüsiert, von ihnen ab und tat so, als hätte sie es nicht gehört.

Es war Toby, der die Kinder nach den Reitstunden auf ihren Ponys herumtoben ließ. Sie spielten dann Cowboy und Indianer, fuhren auf dem Fluss herum, wo sie vorgaben, sie seien Piraten, knoteten Taue an Bäume und schwangen sich über Gräben, sprangen von den Dächern der Nebengebäude, verkleideten sich, probierten lustige Dialekte aus und führten Stücke aus dem Stegreif auf.

Nur zum Essen und Schlafen kehrten die Blackshaws ohne Toby ins Haupthaus zurück. Toby ging dann ins Cottage seiner Großeltern, selbst wenn seine Freunde ihn aufforderten, bei ihnen zu bleiben.

Bei ihrem letzten Besuch hatte Edwina Manus angewiesen, Toby nicht mehr zu unterrichten und ihn wegzuschicken, damit der Junge seinem Großvater im Garten half.

Manus hatte sie traurig angesehen und gesagt: »Reg ist froh, dass Toby hier im Stall ist, denn er hätte gern, dass er nach Abschluss der Schule auf The Park arbeitet, und wenn ihm die Gärten nicht liegen, dann aber mit Sicherheit die Pferde.«

»Reg ist froh? Wen schert es, ob Reg froh ist oder nicht? Ich bin nicht froh, und allein das zählt. Ich denke, er hat einen schlechten Einfluss auf Mary Anne.«

»Ich weiß nicht, wie Sie darauf kommen, Ma'am. Ich kann an ihm nichts Falsches finden.«

»Ich würde dich auch nicht als guten Menschenkenner bezeichnen. Du konntest auch an Charlotte nichts Falsches finden.«

Manus sah Edwina mitleidig an. »Sie werden die Angelegenheit mit Lord Giles und Lady Georgina Blackshaw regeln müssen«, sagte er dann. »Sie sind mit dem augenblicklichen Arrangement vollkommen zufrieden.«

Edwina wusste, dass es keinen Sinn hatte, mit Giles und Georgina zu reden, da sie Toby bewunderten, und so war sie gezwungen, ihren Kummer für sich zu behalten.

»Welchen Jungen magst du am liebsten?«, fragte Edwina Mary Anne auf ihrem Weg zurück nach Dublin nach dem Sommer auf The Park.

»Toby«, antwortete Mary Anne.

»Der zählt nicht. Wen magst du von deinen Cousins lieber?«

»Nigel.«

»Das wird sich ändern müssen. Es ist William, den du heiraten wirst, damit du für immer in The Park bleiben kannst.«

»Das ist in Ordnung«, sagte Mary Anne. »Solange Toby und Nigel auch auf The Park bleiben. Und Jane auch. Ich möchte, dass sie alle bleiben. Und ich werde jedem von ihnen ein großes Boot kaufen, damit wir auf dem Fluss Piraten spielen und hinunter bis nach Cobh fahren können.«

Es gab noch eine Frau, die Mary Anne für sich beanspruchte, und das war Williams Mutter Georgina. Sie und Edwina waren hinsichtlich einer Heirat von William und Mary Anne einer Meinung.

Georgina für ihren Teil sprach oft mit William über The Park und darüber, wie sehr es sich lohnen würde, das Haus in seiner ursprünglichen Pracht wiederherzurichten. Es sei eine Ehre und ein Privileg, wenn er auf Lebenszeit als dessen Kustos fungieren und es mit seinem Tod in einem besseren Zustand an die nächste Generation übergeben würde. Sie zeigte ihm Kunstwerke, die sich seit vierhundert Jahren im Besitz der Familie befanden, und beklagte die Möglichkeit, dass einige vielleicht verkauft werden mussten, um die Renovierungen bezahlen zu können, die nicht mehr viel länger aufzuschieben waren. Die 18 000 Morgen, die an die Pächter verkauft worden waren, sowie der daraus sich ergebende Pachtverlust ließen ihnen keine andere Wahl.

»Mary Anne wird dir helfen, The Park zu restaurieren, deshalb musst du sie heiraten, wenn die Zeit dafür gekommen ist«, erzählte Georgina dem zwölf Jahre alten William. »Sie wird sich mit viel Energie in das Projekt einbringen.«

Georgina war zu gut erzogen, um das Wort »Geld« zu verwenden, weshalb sie stattdessen von »Energie« sprach.

Sie fand außerdem, dass Mary Annes gutes Aussehen ein netter zusätzlicher Pluspunkt wäre, um die Blackshaw-Linie zu verbessern, wenn der Zusammenschluss erfolgte. Alles, was sie bis dahin tun musste – abgesehen davon, William zu ermuntern –, war, die Zähne zusammenzubeißen und Edwina in jedem Sommer auf The Park willkommen zu heißen.

19

1949

Jedes Mal, wenn Mary Anne das Stadthaus besuchte, sprach Edwina mit ihr darüber, wie wünschenswert es doch sei, dass sie ins Internat ginge. »Du wirst Freundinnen aus der ganzen Welt finden. Sie werden alle wohlhabend und bedeutend sein und aus hochgeborenen Familien wie die Blackshaws stammen. Alle Mädchen dort werden mächtige Männer heiraten, die die Länder regieren, in denen sie leben. Du wirst lernen, wie du dich richtig benimmst, wie du richtig sprichst und dich kleidest, und wie du eine Tafel eindeckst und Blumenarrangements steckst.«

Mary Anne hörte ernst zu, ohne alles zu verstehen, was ihre Großmutter sagte, aber ihr war klar, dass es wichtig war.

Edwina betonte, die Schule vermittle eine unverzichtbare Grundlage, sodass man danach für den Rest seines Lebens niemals Zweifel habe, wie angemessenes Verhalten auszusehen habe.

»Hat meiner Mutter das Internat gefallen?«

»Ja, das hat es«, log Edwina.

»Wie war Mutter?« *Mami* war der Begriff, den Mary Anne für Niamh benutzte, *Mutter* war für Charlotte reserviert.

»Sie war äußerst reizlos.« Edwina war verschnupft darüber, dass sich Charlottes Ruf weiter verbessern würde, und beeilte sich, eine ihrer Meinung nach realistische Einschätzung abzugeben. »Ja richtiggehend ängstlich.« Wenn Geschichten über Charlotte von einer Person an die nächste weitergegeben wurden, wurde sie immer erfahrener als Reiterin, liebenswerter, heldenhafter und sah sogar immer besser aus, wohingegen jedermann die frühere Schönheit Edwinas vollkommen vergessen zu haben schien.

»Oh.«

»Sie war nicht so hübsch wie du. Du siehst aus wie meine andere Tochter, die kleine Victoria, die mit Ausnahme der dunklen Locken mein Ebenbild gewesen ist. Hat dir irgendjemand schon einmal von der kleinen Victoria erzählt?«

»Ja, Tante Iseult.«

»Nun, das hätte sie nicht tun sollen. Sie hat nicht das Recht dazu. Das geht sie nichts an. Das hätte sie mir überlassen müssen.« Ihre Stimme wurde weicher. »Victoria war so ein gutes Kind.«

»War Mutter auch gut?«, fragte Mary Anne und wiederholte damit eine Frage, die sie ihrer Tante schon häufig gestellt hatte, wobei sie sich eine gleichlautende Antwort erhoffte.

»Nein, das war sie nicht. Sie hat immer versucht, sich bei Manus lieb Kind zu machen, und als sie kaum älter als du jetzt war, hat sie meinen Unfall verursacht und mich fürs Leben zum Krüppel gemacht, und sie wollte nie zugeben, dass sie im Unrecht war.«

Mary Annes Gesicht sah immer trauriger aus, bevor sie schließlich in Tränen ausbrach.

»So ein Theater deswegen aufzuführen hat keinen Sinn. Tränen ändern nichts an der Vergangenheit. Jetzt trockne dir die Augen und benimm dich wie die Lady, die du eines baldigen Tages sein wirst. Eine Lady zeigt niemals ihre Gefühle.«

Queenie, die am Fenster saß und wie alle guten Dienstboten für Edwina nicht sichtbar war, ließ still ihr Strickzeug im Schoß ruhen und schloss die Augen, als ob sie dösen würde.

Nach dem Tee ging Queenie an jenem Abend zu Lochlanns Haus, um ihm zu berichten, was Edwina gesagt und wie Mary Anne darauf reagiert hatte. Lochlann war nicht daheim, deshalb erzählte sie es Niamh, die sich schon gewundert hatte, warum Mary Anne seit ihrer Rückkehr aus dem Stadthaus am Nachmittag so niedergedrückt war. Queenies Loyalität hatte stets Charlotte und Mary Anne gegolten und nicht Edwina.

Niamh suchte umgehend Edwina auf, um ihr mitzuteilen, wenn sie nochmals etwas Abwertendes über Charlotte zu Mary Anne sagte, würden deren Besuche im Stadthaus eingeschränkt und beaufsichtigt, und sich bei Lochlann darüber zu beschweren habe keinen Zweck, denn er stehe hundertprozentig hinter ihren Entscheidungen.

Später am Abend bat Niamh Lochlann, mit Mary Anne über Charlotte zu sprechen und dabei hervorzuheben, wie bewundernswert sie gewesen sei, wie froh, ein Baby zu bekommen, und wie zärtlich sie es versorgt habe. Es sei wichtig für Mary Annes Glück, ein positives Bild von ihrer Mutter zu haben.

Lochlann sagte, er werde sein Bestes tun.

Edwina, die annahm, dass es Queenie war, die über sie Geschichten erzählt hatte, entließ diese fristlos.

Queenie wäre obdachlos und ohne Zukunftsperspektive gewesen, wäre da nicht das Legat gewesen, das Charlotte ihr hinterlassen hatte. Nach einem tränenreichen Abschied von Mary Anne fand sie einen Platz in einem Altersheim für die Landbevölkerung, wo sie sich darauf freuen konnte, für den Rest ihres Lebens wie eine Lady behandelt zu werden. Das war eine nette Abwechslung.

Edwina schickte einen Schrankkoffer mit Uniformen und Sportkleidung ihrer alten Schule Borderline, einer prestigeträchtigen Privatschule für protestantische Mädchen der englischen Oberschicht, zu den Carmodys. Sie hatte niemandem gegenüber erwähnt, wie elend sie sich an diesem Ort gefühlt hatte, als man sie mit vier Jahren von Indien aus dorthin schickte, wo sie bleiben sollte, bis sie achtzehn war. In jener Zeit sah sie ihre Eltern nur zwei Mal, als diese im Urlaub nach England kamen.

Bislang war es ihr gelungen, sich zu beherrschen und Mary Anne nicht zu erzählen, dass Charlotte nach nur einem Quartal wegen gewalttätigen Verhaltens aus der Einrichtung geflogen war. Es könnte zu einem späteren Zeitpunkt praktisch sein, ihr das zu eröffnen.

Dem Schrankkoffer lag ein Brief von Edwina bei, in dem sie Lochlann mitteilte, sie habe bereits das Schulgeld für das erste Jahr bezahlt und werde auch die folgenden neun Jahre übernehmen.

Lochlann war sprachlos, als er den Brief las. Er konnte sich nicht daran erinnern, seine Zustimmung gegeben zu haben, doch er musste sich vor Jahren im Zustand der Trunkenheit dazu bereit erklärt haben. Das war die einzige Erklärung, die ihm einfiel.

Ein Jammer, wirklich. Es täte ihm leid, Mary Anne gehen zu sehen, doch er nahm an, dass sie das musste, wenn sie ihren Platz in dieser anderen Welt einnehmen sollte, zu der sie gehörte. Einer Welt, die ihm nach wie vor verschlossen blieb, was allerdings kein großer Verlust war, denn sie gefiel ihm ohnehin nicht. Er würde Mary Annes lebhaftes fröhliches Wesen im Haus vermissen, denn er hatte sie sehr ins Herz geschlossen, seit sie bei ihm und Niamh lebte.

Allerdings würde er nicht tolerieren, dass Edwina das saftige Schulgeld bezahlte. Eher würde er einen Kredit aufnehmen, als zuzulassen, dass dies geschah.

Er fragte sich, was Niamh sagen würde, wenn sie nach Hause kam und den Schrankkoffer sah.

Sie sagte eine Menge, angefangen damit, dass Lochlann seine Tochter nicht weggehen lassen dürfe.

»Aber ich habe mein Wort gegeben.«

»Dann brich es. Mary Annes Glück ist wichtiger als dein Wort.«

»Vielleicht muss sie dorthin, um sich auf das Leben vorzubereiten, für das Edwina sie vorgesehen hat.«

»Du darfst sie nicht gehen lassen, Lochlann. Mit zwölf, da könnte ich das eventuell dulden, aber mit acht? Sie ist zu jung. Es ist ja nicht so, dass wir irgendwo auf dem Land leben. Es gibt genug gute Schulen in der Umgebung. Du weißt, dass Charlotte dem nie zugestimmt hätte.«

»Das weiß ich. Sie war entschieden dagegen, das Kind wegzuschicken.«

»Und das bin ich auch. Mary Anne würde von uns getrennt. Sie würde geformt von Fremden, um eine von ihnen zu werden. Und wenn sie unglücklich ist, werden wir es nie erfahren, denn man wird ihr erzählen, dass es ein Vermögen kostet, sie ins Internat zu schicken, und dass es ein großes Privileg ist, dort zu sein, und es undankbar und feige sei, sich zu beschweren. Sie könnte dort schikaniert werden, ohne jemanden zu haben, an den sie sich wenden kann. Ihr Akzent wird sich ändern. Er hat sich bereits jedes Mal nach ihren Aufenthalten auf Tyringham Park und ihrer Zeit im Stadthaus verändert. Sie wird den Kontakt zu ihren hiesigen Freundinnen verlieren.«

»Sie wird neue finden.«

»Aber die werden irgendwann über die ganze Welt verstreut sein, und sie wird sie wahrscheinlich nie wiedersehen, wenn sie einmal von der Schule abgegangen sind. Wenn sie hierbleibt, werden ihre Freunde für sie Freunde fürs Leben sein, und sie wird weiterhin ihren Cousins und ihrer Cousine nahestehen. Was ist mit deiner Vereinbarung mit Edwina, dass Mary Anne im Sommer nach Tyringham Park geht? Würde das dann noch gelten?«

»Das würde es. Ich habe dem bereits zugestimmt.«

»Das bedeutet, wir würden Mary Anne nur noch zwei Wochen an Weihnachten und zwei Wochen zu Ostern sehen. Im Grunde würden wir sie im Stich lassen. Das ist schon schlimm genug für ein normales Kind, aber für eines, das seine Mutter verloren hat, hätte das schwerwiegende psychische Konsequenzen.«

»Ich bringe den Schrankkoffer zurück«, sagte Lochlann und küsste Niamhs erregtes Gesicht. »Du hast mich überzeugt.«

Edwina war nicht glücklich, als Lochlann ihr den leeren Schrankkoffer brachte und ihr für das freundliche Angebot dankte.

»Sie nehmen Ihr Wort zurück«, sagte sie.

»Das tue ich, denn die Dinge liegen nun anders. Damals war nichts klar, doch nun wohnt Mary Anne auf Dauer bei Niamh und mir und hat sich bestens eingelebt. Ich möchte sie in diesem Stadium nicht entwurzeln.«

»Das ist die schlimmste, einem Gentleman nicht geziemende Kehrtwende, die ich je erlebt habe«, sagte Edwina, die überzeugt war, dass Lochlann ihr nachgegeben hätte, wenn da nicht seine republikanische Ehefrau wäre, die ihr ständig einen Strich durch die Rechnung machte.

»Es tut mir leid, dass ich Ihnen das nicht früher mitgeteilt habe«, sagte Lochlann, der keinen Grund sah, ihr zu gestehen, dass er zum Zeitpunkt seiner Zustimmung zweifelsohne betrunken gewesen war.

»Es ist ein wenig erbaulicher Anblick, einen Mann wie Sie unter der Fuchtel einer Frau stehen zu sehen«, sagte Edwina.

»So nennen Sie das?« Lochlann lachte.

Seine Antwort auf ihre Beleidigung ärgerte sie sichtlich.

»Wenn nur die ganze Welt unter Niamhs Fuchtel stünde«, sagte er, »dann wäre sie in einem besseren Zustand, als sie es im Augenblick ist.«

20

Edwinas Theorie über Stiefmütter wurde weder bewiesen noch widerlegt, da Niamh nicht schwanger wurde. Es wurden Tests durchgeführt und Verfahren in die Wege geleitet, doch ein Monat nach dem anderen verging, ohne dass sich ein positives Ergebnis einstellte. Das war ein großer Kummer für Niamh und für Lochlann, der sich die Schuld dafür gab – war das Gottes Strafe für die von ihm begangene Sünde? Für Niamh war klar, dass es nicht an ihm lag, da Mary Anne ja der lebende Beweis für seine Fruchtbarkeit war. Er suchte die Schuld wohl bei sich, damit sie sich besser fühlte, doch sie wünschte, er täte es nicht, denn es war unlogisch und hatte zur Folge, dass sie sich nur noch schlechter fühlte.

Da sie kein eigenes Kind hatte, um das sie sich kümmern konnte, hatte Niamh bereits Mary Anne zum Mittelpunkt ihres Lebens gemacht. Aus Angst, das Mädchen könnte nach der Trennung von ihren Cousins und Ivy Golding, die Malachy geheiratet hatte und nun in Sligo lebte, einsam sein, verfolgte sie das Prinzip eines offenen Hauses und hieß Verwandte und Freunde willkommen, wann immer sie vorbeikommen wollten. Mary Annes beste Freundinnen, Patricia und Jo, die in der Nähe wohnten, blieben so oft über Nacht, dass sie ihre eigenen Betten erhielten. Es war ja nicht so, dass im Carmody-Haus ein Mangel an Schlafzimmern geherrscht hätte.

Niamh arbeitete von neun Uhr morgens bis ein Uhr mittags in einer Hausarztpraxis und hatte keine Probleme, dies mit ihren anderen Pflichten unter einen Hut zu bringen, da ihr Mrs Kaye half, eine nette ältere Frau, die täglich kam und sich um den Haushalt kümmerte.

Nachdem Niamh ihren kinderlosen Zustand akzeptiert hatte, gab es jedoch noch ein anderes Problem. Sie musste erkennen, dass Lochlann nicht der Mann von einst war, wie er sie vor der Heirat selbst gewarnt hatte. Er war nach wie vor liebevoll und fürsorglich. Um die Wahrheit zu sagen, sie fand an ihm nichts auszusetzen, mit Ausnahme der Zeiten, wenn er sie im Geiste zu verlassen und von ihr wegzudriften schien. Ein Ausdruck der Trauer legte sich dann auf sein Gesicht. Wenn sie in ihn drang und mit ihm zu sprechen versuchte, strengte er sich sichtlich an, ihr seine Aufmerksamkeit zu schenken.

»Was ist los?«, fragte sie dann.

»Nichts«, antwortete er stets. »Ich war tief in Gedanken versunken.«

»Das war offensichtlich. Über was hast du nachgedacht?«

»Über den Krieg«, erwiderte er stets.

Der Krieg war die Antwort auf alles, was nicht stimmte, und sie konnte ihn nicht detaillierter befragen, weil sie nicht selbst im Kampf gestanden hatte. Doch eigentlich glaubte sie auch gar nicht, dass der Krieg auch nur das Geringste mit seinen Durchhängern zu tun hatte. Sie vermutete, die Ursache reichte weiter zurück und hatte ihren Ursprung in Australien und auch irgendwie mit Charlotte zu tun.

Wann immer Niamh ihn nach seiner Zeit dort fragte, gab er ausweichende Antworten und wechselte das Thema.

»Hörst du eigentlich jemals etwas von irgendwem da drüben? Was ist mit der Farmerfamilie, von der Iseult behauptet, du hättest sie so sehr gemocht? Melden sie sich ab und zu?«

»Nein, ich höre von niemandem etwas. Ich war nicht lange genug dort, um enge Freundschaften zu schließen.«

Sie erwähnte Charlottes Namen nicht, denn er hatte verlangt, dass sie nicht über sie sprechen sollten, wenn sie allein waren.

Trotz dessen, was er ihr erzählt hatte, begann Niamh den Verdacht zu hegen, dass er Charlotte nach der Heirat dann doch geliebt hatte. Die Totgeburt des ersten Kindes, Benedict, und die Geburt von Mary Anne mussten eine irgendwie geartete Bindung geschaffen haben. Sie hätte gerne Iseult dazu befragt, wollte sich gegenüber Lochlann jedoch keinesfalls der Illoyalität schuldig machen.

21

1953

Im Alter von zwölf Jahren entschied Mary Anne selbst, nicht in ein Internat zu gehen, da all ihre Freundinnen von der örtlichen Grundschule auf die weiterführende Tagesschule Sacred Heart Convent überwechselten und sie von ihnen nicht getrennt sein wollte. Mary Annes Zuhause war weiterhin ein Treffpunkt, an dem sich zahlreiche Mädchen nach der Schule zu Tee und Keksen und viel Geplauder einfanden, bevor sie nach Hause gingen.

Lochlann konnte sich nicht vorstellen, dass eine biologische Tochter ihm mehr bedeutet hätte, als es Mary Anne tat. Sie war alles, was man sich von einer Tochter nur wünschen konnte, und er fragte sich, wie er nur jemals mit der Idee gespielt haben konnte, sie nach Australien zurückzubringen oder sie auch nur in ein Internat zu schicken.

Mary Anne verbrachte weiterhin die Sommer auf Tyringham Park, selbst wenn sie von Schulfreundinnen gebeten wurde, diese und ihre Familien in die an der Küste gelegenen Grafschaften Galway, Donegal, Sligo, Wexford, Waterford, Kerry und Clare zu begleiten. Umgekehrt hätte sie ihre Freundinnen gerne nach Tyringham Park eingeladen, aber Edwina blieb unerbittlich. Keine von ihnen sollte Mary Annes Zeit in Anspruch nehmen, die allein den Blackshaws vorbehalten war.

Während Mary Anne verreist war, verbrachte Lochlann gemeinsam mit anderen Ärzten, die sich freiwillig gemeldet hatten, jedes Jahr einen Monat in Afrika. Zu Anfang gingen sie ins Missionskrankenhaus, wo Niamh einst gearbeitet hatte – die Nonnen hatten sich bei ihr gemeldet und sie um Hilfe gebeten –, doch später gelang es ihnen, auch andere Gegenden in Uganda medizinisch zu betreuen. Die meisten Ärzte und Zahnärzte steuerten fünf Jahre lang ihre Fachkenntnisse bei, bevor sie, zumeist aus familiären Gründen, ausschieden, wobei sie vor ihrem Weggang dafür sorgten, dass andere ihren Platz einnahmen. Doch Lochlann machte weiter, ließ kein einziges Jahr aus und wurde am Ende leitender Koordinator der Initiative.

Niamh fuhr nicht mit. Sie wollte und konnte die tropische Hitze nicht noch einmal ertragen und fühlte sich auch nicht dazu gedrängt. Sie fand, dass sie ihrer Pflicht zur Wohltätigkeit genügt hatte, indem sie ihr bereits zwei Jahre ihres Lebens geopfert hatte. Stattdessen arbeitete sie in Lochlanns Abwesenheit ganztags, wobei sie für ihre Kollegen einsprang, wenn diese ihren alljährlichen Sommerurlaub nahmen.

Niamh fiel auf, dass Lochlann nach seiner Rückkehr aus Afrika jedes Mal in sich zu ruhen schien, wie ein Büßer, der seine Sünde durch Leiden gesühnt hatte. Dieser Seelenfrieden hielt jedoch nicht lange an. Nach ein paar Wochen kehrten die traurigen Rückzugsphasen stets wieder.

Es ging das Gerücht, dass er in Anerkennung seiner Benefizarbeit für einen Preis nominiert werden sollte. Als er davon hörte, verdüsterte sich seine Stimmung, statt sich aufzuhellen, wie Niamh auffiel.

22

Tyringham Park 1953

Auch ohne sie je zuvor gesehen zu haben, wusste Toby, dass die beiden hochgewachsenen breitschultrigen Männer, die in den Hof kamen, Kriminalbeamte waren, und noch bevor sie den Mund aufmachten, war ihm klar, dass sie Manus suchten. Dafür haben sie aber lange gebraucht, dachte er. Zehn Jahre, um genau zu sein.

»Kripo«, flüsterte er Mary Anne und den drei jungen Blackshaws zu, die die Morgenübung beendet hatten und nun herumstanden und sich unterhielten.

Manus, der einen Jährling auf den Hof führte, blieb wie angewurzelt stehen, als er die zwei Männer in ihren beigefarbenen Trenchcoats erblickte, die so aussahen, als wären sie einem Detektivroman entstiegen. Sofort erinnerte er sich an die Ereignisse, die zehn Jahre zuvor auf The Park geschehen waren, und an die Rolle, die er und Lily East dabei gespielt hatten.

Lily muss sie überzeugt haben, dass sie die Wahrheit sagt, war sein erster besorgter Gedanke beim Anblick der zwei Männer. Ihre Stieftochter muss das falsch verstanden haben, als sie meinte, die Gardaí würden Lily nicht glauben.

Er hatte oftmals befürchtet, dass Lily einknicken könnte, so zartbesaitet, wie sie war.

»Übernimmst du ihn für mich, bitte?«, fragte er und hielt Toby die Zügel des Jährlings hin, während er darauf wartete, dass die Männer näher kamen.

Bitte, lieber Gott, hilf mir, dass ich bei meiner Geschichte bleibe und überzeugend lüge. Bitte lass mich nicht auch noch in die Knie gehen, betete er.

»Kann ich Ihnen helfen?«, fragte Manus die Männer, die sich so sehr glichen, dass sie als Brüder hätten durchgehen können.

Detective Inspector Dan Quirke stellte den jüngeren Mann als Ronan Walsh und anschließend sich selbst vor. Sie waren von der Special Detective Unit in Dublin, und sie suchten einen Mann namens Manus.

Die drei älteren Stallburschen betrachteten die beiden Fremden interessiert, bevor sie beschlossen, sich aus dem Staub zu machen, auf ihre Pferde stiegen und zur Koppel ritten, um ein paar Sprints zu absolvieren. Sie gingen davon aus, der Besuch habe etwas mit Manus' Mitgliedschaft in der Irischen Republikanischen Bruderschaft in seiner Jugend zu tun. Mit der jüngsten Zunahme von Rebellenaktivitäten musste es zu einer neuen Enthüllung gekommen sein. Es wurde gemunkelt, Manus hätte in der IRB eine derartige Autorität besessen, dass er es war, der Tyringham Park davor bewahrt hatte, während des Unabhängigkeitskrieges niedergebrannt zu werden.

Manus gab sich zu erkennen, und der ältere Mann fragte, ob es einen Ort gebe, an dem sie ungestört reden konnten.

»Mein Büro«, sagte Manus. »Gleich da drüben. Toby, sorgst du dafür, dass wir nicht gestört werden?«

Toby, dem die kranke Blässe in Manus' Gesicht auffiel, nickte knapp.

»Ihr anderen geht heim und kommt später wieder?«

Die drei Blackshaws gingen davon, wobei sie sich aufgeregt unterhielten. Mary Anne, die Tobys unterschwellige Unruhe spüren konnte, blieb, wo sie war.

Halb auf dem Hügel wandte William sich um, um etwas zu Mary Anne zu sagen, und musste feststellen, dass sie nicht bei ihnen war. Das überraschte ihn nicht. Sie blieb an Tobys Seite, wann immer sich ihr die Möglichkeit dazu bot.

Die beiden Männer folgten Manus ins Büro und schlossen die Tür hinter sich.

»Übernimmst du bitte für mich hier, Mary Anne?«, fragte Toby und übergab ihr die Zügel des Jährlings. »Ich werde sie belauschen, um herauszufinden, was los ist. Verrat mich nicht, und komm ja nicht in die Nähe des Büros. Ich erzähl dir später alles.«

Er wollte, dass sie den Jährling in seine Box führte, ihm Sattel und Zaumzeug abnahm und das Tier abrieb, doch Mary Anne blieb regungslos im Hof stehen, wo er sie zurückgelassen hatte, und hielt die Zügel fest.

Toby schritt lässig durch die Doppeltüren nach draußen, dann rannte er um die Außenmauern des Stalls, bis er sich direkt hinter dem Büro befand. Er glitt über die Mauer und stand zwischen dem Unkraut in dem engen Raum zwischen der Wand und dem Büro neben dem Fenster und lauschte angestrengt. Das Fenster war offen, und er hatte keine Probleme, die klare Baritonstimme von DI Quirke zu verstehen, der freundlich mit Manus sprach. Toby machte sich im Geiste eine Notiz über den Tonfall des Kriminalbeamten, damit er darauf zurückgreifen konnte, wenn seine Zeit gekommen war und er selbst Verdächtige befragte. Bis jetzt hatte er gedacht, Kriminalbeamte würden wie im Film knallharte Fragen mit heiserer Stimme stellen, bevor sie einen Faustkampf provozierten, den sie unweigerlich gewannen.

»Wir waren in der Gegend und haben uns gedacht, wir könnten vorbeischauen und Ihnen einige Fragen stellen, Manus. Niemand hat Sie wegen irgendetwas beschuldigt, aber uns wurde eine Sache von einer Mrs Cooper zur Kenntnis gebracht, die sagte, Sie würden sie als Lily East kennen.«

»Ich erinnere mich gut an sie. Wir waren gute Freunde, bis wir uns aus den Augen verloren, nachdem sie in Ruhestand gegangen war und das Anwesen verlassen hatte.«

»Das hat sie uns erzählt. Sie hat eine formelle Aussage bei ihrem örtlichen Garda-Revier in Dublin gemacht, und uns bleibt keine andere Möglichkeit, als diese zu überprüfen, da die Behauptungen schwerwiegend sind. Es geht um den Tod von …«, DI Quirke sah hinunter in die aufgeschlagene Akte, »… Charlotte Carmody, geborene Blackshaw, Tochter von Lord Waldron und Lady Edwina Blackshaw, und ihrer ehemaligen Kinderfrau Elizabeth Dixon vor zehn Jahren hier auf dem Anwesen. Hier steht, die Todesursache bei beiden Frauen war unbeabsichtigtes Ertrinken.«

»So war es. Eine traurige Sache«, sagte Manus, wobei er sich bemühte, seine Stimme fest klingen zu lassen.

»Wir haben einen Durchschlag des Berichts, den Inspector Declan Doyle damals erstellte. Ich glaube, er war mit Ihnen befreundet.«

»Das war er und ist es noch«, sagte Manus. »Ein vernünftiger Mann.«

»So hat man uns informiert. Wir werden ihn später befragen. Der Bericht behauptet, Sie waren die einzige Person am Ort des Geschehens.«

»Das stimmt. Ich habe den Unfall nicht wirklich gesehen, aber ich traf gleich danach ein und fand die beiden Leichen flussabwärts, wo sie gegen das Wehr geschlagen waren. Wie sich herausstellte, waren sie zu dem Zeitpunkt, als ich sie aus dem Wasser zog, beide schon tot. Ich rief um Hilfe, aber es war niemand in der Nähe. Ich versuchte sofort, Miss Charlotte wiederzubeleben, doch es war zu spät, und bei Schwester Dixon – so haben wir sie immer genannt – habe ich es nicht einmal versucht, denn sie hatte eine große Wunde am Hinterkopf und war eindeutig ohne Leben.«

»Können Sie die Ereignisse noch einmal von Anfang an schildern? Wir haben eine Abschrift Ihrer beeideten Aussage hier, aber wir würden es gerne in Ihren eigenen Worten hören, falls Sie sich noch so weit zurückerinnern können.«

»Ich kann mich an alles ganz klar erinnern. Als ob ich das je vergessen könnte.«

Manus begann, seine zurechtgelegte Geschichte zu erzählen, die er noch immer, lange nachdem er sie sich ausgedacht hatte, Wort für Wort hersagen konnte.

Er sagte, als er die zwei Frauen das letzte Mal lebend gesehen habe, hätten sie an der Stelle gestanden, an der, wie viele glaubten, die kleine Victoria Blackshaw, Charlottes jüngere Schwester, Jahre zuvor in den Fluss gefallen war.

Er war diskret zum Stall zurückgegangen, um die beiden Frauen nicht zu stören, die sich seit fünfundzwanzig Jahren nicht gesehen hatten. Als er sie allein ließ, waren sie in düsterer Stimmung, dachten an das verlorene Kind und standen im Begriff, für die Kleine zu beten. Als er einige Zeit später zurückkam – er wusste nicht, wie viel Zeit genau vergangen war –, befanden sich beide im Wasser am Wehr, wobei Dixons Arm eng um Charlottes Hals lag.

»Daraus haben Sie geschlossen, steht hier, dass es Elizabeth Dixon war, die zu nah ans Ufer trat und als Erste ins Wasser fiel.«

»Ja. Sie hatte noch ihre Schuhe und den Mantel an, als ich sie fand. Das steht alles in meiner Aussage. Ihr muss nicht bewusst gewesen sein, dass an der Uferkante ein Überhang war. Er gab nach, als sie dort stand, und sie fiel ins Wasser. Der fehlende Klumpen Erde war auf dem Boden des Flusses sichtbar, als ich mir später den Ort ansah.«

Er erinnerte sich, dass er den Klumpen selbst losgetreten hatte, dass er darauf geachtet hatte, keine Absatzabdrücke zu hinterlassen, und dass er zugesehen hatte, wie der Brocken auf den Grund sank und dort liegen blieb, sodass ihn Inspector Declan Doyle später bemerken würde.

»Augenscheinlich konnte die Frau an der Stelle noch stehen.«

»Ja. An dem Tag reichte ihr das Wasser ungefähr bis zur Schulter. Sie hätte herauswaten können, wenn sie einen kühlen Kopf bewahrt hätte, doch es war bekannt, dass sie Angst vor Wasser hatte. Die Aufseherinnen im Waisenhaus, wo sie aufwuchs, bestraften sie offenbar, indem sie ihr den Kopf in der Badewanne unter Wasser drückten, bis sie aufhörte, sich dagegen zu wehren.« Manus war von dieser Erklärung gerührt, obwohl er sie sich selbst ausgedacht hatte, als er zum ersten Mal von Inspector Declan Doyle befragt worden war.

»Arme Frau. Kein Wunder, dass sie nicht geradeaus denken konnte. Hier steht ausführlich beschrieben, wie eine Person im Zustand der Panik in seichtem Wasser ertrinken und eine Gefahr für jeden darstellen kann, der sie zu retten versucht, wie es Charlotte Carmody offenbar versucht hat. Wir nehmen das wie gelesen, vor allem nach dem, was Sie uns erzählt haben, und machen weiter. Wie kam es, dass Sie als Einziger zu dem Zeitpunkt hier waren?«

»Die Familie Blackshaw und die drei Stallburschen sowie

einige Dienstboten waren bei den Rennen in Killarney. Ich wurde für so etwas zu alt. Die jungen Leute liebten es, also ließ ich sie gehen und blieb hier, um ein Auge auf die Dinge zu haben.«

»Niemand ist die Allee herauf- oder hinuntergegangen?«

»Nein, nicht eine Menschenseele. Das ist nachmittags nicht ungewöhnlich, selbst wenn viel Betrieb herrscht. Wie ich schon sagte, rief ich um Hilfe, aber es kam keine Antwort.«

»Hm. All dies stimmt mit dem Bericht von Inspector Doyle überein. Hundertprozentig. Das einzige Problem ist, dass Mrs Lily Cooper behauptet, an dem Bericht sei nicht ein einziges Wort wahr. Sie sagt, an jenem Tag sei niemand aus Versehen ertrunken. Sie sagt, sie habe mit eigenen Augen gesehen, wie Charlotte Carmody Elizabeth Dixon ermordete, indem sie diese im dritten Stock des Kinderflügels über das Geländer stieß. Und dass Sie Zeuge dessen waren, genauso wie Sie dabei waren, als sich Charlotte Carmody vorsätzlich im Dark Waterhole ertränkt habe, dass Sie aber nicht rechtzeitig zu ihr gelangen konnten, um sie zu retten. Was sagen Sie dazu?«

Manus war darauf gefasst, diese Behauptung zu hören, doch er hatte die Wirkung unterschätzt, die sie auf ihn haben würde, als sie tatsächlich ausgesprochen wurde. Ihm war übel, und er wusste, dass sein Gesicht vor Hitze rot anlief.

DI Quirke sah ihn an, und DI Walsh blickte in die Akte.

»Ich bin schockiert. Ich kann nicht glauben, dass Lily sich so eine Geschichte ausdenken würde. Ich bin baff, milde ausgedrückt. Ich würde sagen, die arme Lily hat zu viele Kriminalgeschichten gelesen und hat sich von ihrer Fantasie mitreißen lassen. Oder sie ist senil geworden.«

Es tut mir leid, dass ich deinen guten Namen beschmutze, Lily, liebe alte Freundin. Ich verstehe deinen Wunsch, dein

Gewissen zu erleichtern, bevor du stirbst, aber ich muss um Mary Annes willen bei unserer ursprünglichen Version bleiben.

»Genau das haben wir zu Anfang auch gedacht«, sagte DI Quirke, »doch sie berichtete so stimmig und klar von den Einzelheiten an jenem Tag, als wir sie befragten, dass einiges für sie spricht.«

»Sie macht wirklich keine halben Sachen, wenn sie mit einer verrückten Geschichte wie dieser daherkommt«, sagte Manus mit überzeugend gespielter Ungläubigkeit. »Sie verwandelt einen Unfall in einen Mord? Das ist schockierend. Warum sollte Miss Charlotte so etwas Undenkbares wie einen Mord begehen?«

»Um Elizabeth Dixon zum Schweigen zu bringen. Offenbar wusste diese, was mit dem vermissten Kind geschehen war. Sie hat es von einer früheren Dienerin erfahren, die jetzt im Ausland lebt ...«

Eine Dienerin, die im Ausland lebt? Teresa Kelly? Das muss sie sein. Wer sonst sollte es sein? War nach Australien ausgewandert. Sie wusste es. Warum hat sie es uns nicht erzählt? Wann hat sie es Dixon gesagt?

»... und sie drohte damit, es allen hier zu erzählen. Sie hatte es Mrs Cooper nur kurze Zeit zuvor gesagt.«

Lily hat es gewusst und es mir nicht erzählt?

Manus stand auf und ging zum vorderen Fenster, um sein Gesicht vor den Männern zu verbergen.

Das ist schier nicht zu ertragen. Lily wusste, dass ich immer noch nach Victoria suche. Dass ich nicht glauben kann, dass der kleine Schatz ertrunken ist. Um Himmels willen, sagt mir, was sie gesagt hat, und erlöst mich von meinen Qualen.

Er fühlte sich schwach und krank, als er die wenigen Schritte gemacht hatte. Er hielt sich am Fenstersims fest. Obwohl er sich bemühte, normal zu sprechen, versagte seine Stimme, als er fragte: »Was für eine verrückte Geschichte hat sie denn vorgebracht?«

»Mrs Cooper sagte, sie wolle nicht, dass Sie es jemals erfahren.«

»Was soll das nach fünfunddreißig Jahren für mich ändern? Sie können mir genauso gut sagen, was sie behauptet hat, denn es ist wahrscheinlich genauso weit hergeholt wie ihre Mordgeschichte. Wenn ihre Vorwürfe nicht derart tragische Geschehnisse betreffen würden, wären sie zum Lachen.«

»Wir dachten, dieser Teil ihrer Geschichte wäre tatsächlich ein bisschen weit hergeholt. Laut Dixon hob Charlotte ihre kleine schlafende Schwester aus dem Kinderwagen, während Sie und Lady Blackshaw sich um ein verletztes Stutfohlen kümmerten. Charlotte brachte sie hinunter zum Fluss und stieß sie ins Wasser, wo sie ertrank.«

Manus merkte, dass er wankte, und hatte das Gefühl, sich gleich übergeben zu müssen.

Also ist sie tot. Und ich klammere mich immer noch an die Hoffnung, dass ich ihr liebes Gesicht wiedersehen werde, bevor ich sterbe.

Er konnte nicht darauf vertrauen, dass er einen Ton herausbrachte. Um Zeit zu gewinnen, öffnete er die Tür seines Büros und ging wackelig zu Mary Anne hinüber, die noch immer am anderen Ende des Hofes stand und die Zügel des Jährlings festhielt.

»Wo ist Toby?«, fragte er.

»Er ist fort«, sagte Mary Anne.

Das passt nicht zu Toby, dachte Manus. Er selbst hatte ihn

gebeten, Wache zu halten. Und es war seltsam, dass er Mary Anne allein gelassen hatte.

»Kümmere dich um den Jährling«, sagte er zu ihr, »und dann geh hinauf zum Haus und zu den anderen, sei ein gutes Mädchen. Es kann noch eine Weile dauern.«

Mary Anne führte den Jährling weg.

Manus erweckte den Anschein, als beobachte er Mary Anne, doch was er sah, befand sich nicht vor seinen Augen, sondern in seinem Kopf. Es war der Anblick der rothaarigen Puppe, die er in Charlottes Tasche an dem Tag, als sie ertrank, gefunden hatte. Er hatte damals zwischen der Tatsache, dass Charlotte sie besaß, und Victorias Tod keine direkte Verbindung hergestellt, und hier wurde ihm nun mitgeteilt, dass diese sehr wohl bestand. Soweit ihm zu der Zeit bekannt war, hatte Charlotte sich an jenem Nachmittag nicht in der Nähe des Flusses aufgehalten.

»Es tut mir leid«, sagte er zu den Polizisten, als er zurückkehrte und sich darauf konzentrierte, ruhig zu wirken. »Das Mädchen, mit dem ich soeben sprach, ist die Tochter von Charlotte Carmody. Ich weiß, sie stand ein Stück weit weg, aber bei diesen Kindern und ihren jungen Ohren kann man nie wissen, was sie vielleicht doch aufschnappen. Es würde sie umbringen, wenn sie hört, was für Sachen da über ihre Mutter gesagt werden.«

»Das werden wir nicht mehr in der Hand haben, fürchte ich, wenn wir beweisen können, dass das, was Lily Cooper behauptet hat, wahr ist.«

»Wahr? Dass Charlotte die kleine Victoria ins Wasser gestoßen hat? Lily ist eindeutig nicht mehr bei klarem Verstand, sich so einen Unsinn auszudenken. Charlotte war ein gutes Kind. So etwas hätte sie niemals getan.«

»Genau das ist es, was auch die alte Frau glaubt. Sie sagte, Charlotte sei nicht dazu fähig gewesen, so etwas Böses zu tun. Sie sagt, das kleine Mädchen müsse zufällig hineingefallen sein und Charlotte hätte zu viel Angst gehabt, es jemandem zu erzählen. Aber Dixon schätzte den Charakter des Kindes falsch ein, so behauptet Mrs Cooper, und muss angenommen haben, dass das Ganze vorsätzlich geschehen sei.«

DI Walsh las Lilys Aussage zu dem durch, was Teresa Kelly gesehen hatte, und dazu, wie Dixon die Teile zusammengesetzt und ihre eigenen Schlüsse gezogen hatte. Die falschen, wie Lily glaubte. Aber unstrittig war, dass Charlotte Schwester Dixon viele Jahre später umgebracht hatte und dass Lily und Manus Zeuge der Tat gewesen waren.

»Die Frau faselt unsinniges Zeug«, sagte Manus überzeugend, wie er hoffte.

»Das ist das, was auch die Stieftochter der alten Frau dachte, weshalb sie ihr keine Aufmerksamkeit schenkte. Die Geduld mit ihr verlor. Am Ende musste Mrs Cooper den Bus zum örtlichen Revier nehmen, um dort ihre Geschichte zu erzählen, was sie immer dann tat, wenn ihre Stieftochter nicht zu Hause war. Aufgrund der Bekanntheit der Blackshaws und der Schwere der Vorwürfe zog das Revier uns hinzu. Wir konnten die Geschichte nicht erschüttern. Deshalb sind wir hier.«

»Warum berichtet Mrs Cooper erst jetzt davon?«

»Sie hat das Gefühl, nicht mehr lange auf dieser Welt zu sein, und sie will die Dinge in Ordnung bringen.«

»Lily hat nie in ihrem Leben auch nur eine Lüge erzählt, und sie würde auch jetzt nicht lügen, wenn sie bei Verstand wäre. Sie muss nun um die neunzig sein.«

»Achtundachtzig, um genau zu sein. Sie sagt, Sie hätten die

Beweise gefälscht und sich eine völlig falsche Geschichte zum Ablauf der Ereignisse ausgedacht.«

»Warum hätte ich das tun sollen?«

»Um Charlottes Namen zum Wohl ihrer Tochter zu schützen. Sie sehen unser Dilemma, Manus. Lily Coopers Geschichte und die Ihre können nicht beide wahr sein. Es ist schade, dass an jenem Tag nicht noch jemand anders da war, der gesehen hat, was tatsächlich geschah.«

Hinter dem Bürogebäude war ein Schlurfen zu hören. Die drei Männer im Innern unterbrachen ihr Gespräch und lauschten. Schritte, dann ein Fummeln an der Türklinke. Die Tür öffnete sich, und Toby stand im Rahmen.

»Aber da war jemand«, sagte er. »Ich war dort. Ich habe gesehen, was geschehen ist, mit eigenen Augen, und ich bin hier, um Ihnen alles zu sagen.«

Das ist mein Ende, dachte Manus. Ich wandere ins Gefängnis. Meine Ehe wird zerbrechen, und Sinéad wird den Tag verfluchen, an dem ich die Interessen der Blackshaws über die ihren stellte. Ich bringe Schande über unsere Familie.

Mit gesenktem Kopf hielt Manus sich hinter dem Rücken am Stuhl fest und sank dann auf die Sitzfläche.

Deine intelligenten Augen haben also alles gesehen. Ich hab mich oft gewundert, ob es so war, konnte dich aber nicht fragen.

Der jüngere Polizist schrieb Tobys Namen und Personalien auf.

Sag, was du zu sagen hast, Toby, bring es hinter dich.

Manus hielt den Kopf gesenkt. Er wollte Toby nicht ansehen, für den Fall, dass die Kriminalbeamten den Ausdruck in seinem Gesicht als drohend interpretieren würden oder, schlimmer noch, als flehentlich.

»Kannst du das wiederholen, Toby?«, hörte Manus, als das Rauschen und Brausen in seinen Ohren nachgelassen hatte. »Es ist sehr wichtig, also wähle deine Worte mit Sorgfalt.«

»Ich kann es nicht anders ausdrücken. Alles, was Manus sagt, ist wahr. Ich sah eine Dame in den Fluss fallen und um sich schlagen, und ich sah, wie die andere Dame die Schuhe auszog und hinterhersprang und beide ertranken.«

»Warum hast du nicht um Hilfe gerufen?«

»Außer Manus war niemand in der Nähe. Ich war auf einem Baum, um Vogeleier zu klauen. Manus wusste nicht, dass ich da war. Ich durfte dort nicht sein. Ich hatte mich heimlich dahin verdrückt. Mein Großvater hätte mich umgebracht, wenn er dahintergekommen wäre. Ich sollte ihm im ummauerten Garten helfen. Als ich dann vom Baum kletterte, zog Manus die Damen gerade aus dem Wasser.«

»Du hast nicht daran gedacht, hinzulaufen und ihm zu helfen?«

»Darauf bin ich gar nicht gekommen. Erst ein paar Jahre danach kam mir in den Sinn, dass ich es vielleicht hätte tun sollen – obwohl das auch nichts gebracht hätte, wie sich herausstellte. Als Achtjähriger dachte ich, Manus würde mit allem allein fertig.«

»So scheint es«, sagte der ältere Polizist.

»Was für ein Glück für Manus, dass du alles gesehen hast«, meinte der jüngere.

»Ja, das ist es«, sagte Toby, und seine Augen leuchteten voller Wärme. »Stellen Sie sich vor, was mit ihm passieren würde, wenn ich nicht da gewesen wäre.«

Als die jungen Leute mit den aufregenden Neuigkeiten, dass zwei Kriminalbeamte aufgetaucht waren und nach Manus gefragt hatten, zum Haus hochrannten, befahl Edwina ihnen, sie sofort hinunter zum Stall zu schieben. Sie traute Manus nicht zu, dass er so entschieden und kraftvoll argumentieren konnte wie sie.

Sie nahm an, dass die Männer wegen des Betrugs gekommen waren. Im Monat zuvor war Rough Silk nach einer Besprechung in einem Vorgaberennen durch Blue Diamond ersetzt worden und hatte mit 20:1 um eine Länge gewonnen. Die Buchmacher hatten ausbezahlt. Erst als ein Stallbursche aus dem Nachbarstall die Aufmerksamkeit auf die Tatsache lenkte, dass die Blesse des Gewinners mit Farbe vergrößert worden war, damit sie genauso groß war wie die des langsameren Pferdes, das eigentlich hatte laufen sollen, wurde der Betrug bekannt. Der Besitzer des Pferdes, das als Zweiter durchs Ziel ging, klagte wegen des Preisgeldes und auf Auszahlung der Wetten. Die Zeitungen hatten die Geschichte aufgenommen. Rough Silk war auf The Park gezüchtet und trainiert, aber zwei Wochen vor dem Betrug verkauft worden, als der Tausch offenbar bereits geplant war. The Park war in keiner Weise verantwortlich für das eklatante Fehlverhalten des neuen Besitzers. Diese Tatsache musste den Kriminalbeamten klargemacht werden.

»Er ist nicht dafür zur Rechenschaft zu ziehen«, sagte Edwina, deren Rollstuhl am Eingang zum Stall abgestellt worden war und die von den vier jungen Leuten flankiert wurde.

Die zwei Ermittler wussten durch Lily Coopers Beschreibung, wen sie vor sich hatten, als sie den Akzent hörten und den Rollstuhl sahen. Sie stellten sich vor.

»Ich könnte nicht behaupten, dass wir bereits das Vergnügen hatten, Ma'am«, sagte DI Quirke.

»Das hat nichts mit ›Vergnügen‹ zu tun. Es ist nicht so, dass mir Manus' Reputation am Herzen läge. Er nimmt sich in jüngster Zeit zu wichtig, doch mir liegt am Ruf der Vollblutpferde von The Park, das dieser junge Mann hier eines Tages erben wird.« Sie wies mit einem Winken ihrer Hand auf William.

»Sie müssen sich keine Sorgen machen, Ma'am«, sagte DI Quirke. »Seine Reputation ist nicht gefährdet. Alles wurde zu unserer Zufriedenheit aufgeklärt.« Er nickte Toby zu, der hinter ihm stand und auf der Hut war. »Und wer sind diese großartigen jungen Leute?« Er war begierig darauf, einen Blick auf Mary Anne Carmody zu werfen, deren Leben beinahe zerstört worden wäre.

Er fragte sie nach ihren Namen und ihrem Alter, und sie antworteten der Reihe nach.

»William Blackshaw, sechzehn.«

»Nigel Blackshaw, vierzehn.«

»Jane Blackshaw, zwölf.«

»Mary Anne Carmody, zwölf.«

»Zwillinge?«, scherzte DI Quirke.

»Nein.« Mary Anne lächelte zurück. »Cousinen.«

Toby ging zu ihr und stellte sich neben sie, und sie wandte sich ihm voller Freude zu, um ihn in ihr Lächeln mit einzubeziehen, und rückte noch dichter an ihn heran.

»Das ist also das Mädchen, zu dessen Schutz die beiden lügen wie gedruckt.«

»Das kann man ihnen nicht verdenken. Sie hat solch ein

süßes, vertrauensvolles Gesichtchen und so ein strahlendes Lächeln. Erinnert mich an meine Róisín. Es wäre ein Verbrechen, ihr all die Unschuld zu nehmen. Es ist nicht so, dass es zu etwas gut wäre, wenn man schlecht über ihre tote Mutter redete.«

»Na gut, und was halten Sie von ›dem göttlichen Manus‹?«, fragte DI Walsh, indem er Lily Cooper zitierte.

»Beeindruckender Typ. Über das ›Göttliche‹ kann ich nichts sagen. Er hat sehr gut gelogen, bis das Schicksal des toten Kindes zur Sprache kam, ab da war es eine andere Geschichte. Haben Sie sein Gesicht gesehen? Er wusste tatsächlich nicht, dass sie ertrunken ist.«

»Armer Mann. Nicht gerade wünschenswert, es von uns unter diesen Umständen zu hören.«

»Wenigstens kann er jetzt aufhören, nach ihr zu suchen. Ich war erleichtert, dass Sie nicht erwähnt haben, dass er laut Lily Cooper der Vater ist und wir davon wissen.«

»Gestehen Sie mir ein bisschen Feingefühl zu. Ich bin sicher, er würde nicht wollen, dass Toby das weiß.«

»Oder das Mädchen. Oder was das angeht, irgendjemand sonst. Und was ist mit der Alten im Rollstuhl? Ich muss sagen, mein Vertrauen in Lily Coopers Geschichte geriet bei ihrem Anblick ins Wanken, von ihrem Ton ganz zu schweigen. Schwer zu glauben, dass sie und Manus mal etwas miteinander hatten. Ein Kind könnte ich ja verstehen – Unfälle passieren –, aber zwei? Der Junge auch? Das kann ich nicht nachvollziehen, außer es wurde Manus befohlen.«

»Ach, vergessen Sie nicht, dass die beiden damals jung waren. Das macht viel aus. Und was ist mit dem jungen Toby? Wir werden ein Auge auf ihn haben müssen, wenn er tatsächlich der Polizei beitritt. Er wird es noch weit bringen.«

»Das können Sie laut sagen.«

Die Männer waren bei ihrem Wagen angelangt. Sie blieben stehen und sahen sich die uralten Bäume und das burgähnliche Gebäude oben auf dem Hügel an.

DI Quirke warf die Akten auf den Rücksitz.

»Es sieht so aus, als könnten wir den Bericht archivieren. Hat keinen Zweck, unsere Zeit damit zu verplempern, uns den Tatort anzuschauen oder die Fakten mit Doyle abzugleichen. Niemand wird das Wort einer Achtundachtzigjährigen über das eines geachteten Mannes und eines aufgeweckten Achtzehnjährigen stellen, der jedes seiner Worte bestätigt. Zum Glück für Manus.«

Lily nahm ein weiteres Mal den Bus zum Garda-Revier, um nachzufragen, ob die Angelegenheit auf Tyringham Park endlich geklärt wäre.

Der örtliche Constable kam vor an den Tresen, um sie in einen nicht öffentlichen Raum zu bitten, wo er ihr das Ergebnis der Nachforschungen mitteilte. Er erzählte ihr, dass die Polizisten eine sorgfältige Ermittlung durchgeführt hätten und dass sie sich keine Sorgen mehr machen müsse und das Revier mit einem guten Gewissen verlassen könne. Mit Manus habe man sich befasst.

»Ich hoffe, Ihre Kollegen haben ihm nichts Schlimmes angetan. Er ist im Grunde ein guter Mensch.«

»Davon sagten sie nichts, aber wenn die Männer vom Special Branch sagen, sie hätten sich mit jemandem befasst, so haben Sie mein Wort darauf, dass das auch stimmt. Sie meinten, sie seien Ihnen dankbar dafür, dass Sie sie informiert haben.« Das alles sagte er mit lauter deutlicher Stimme, als ob sie taub wäre und nicht alle Tassen im Schrank hätte.

»Ich wollte nie, dass Manus Schwierigkeiten bekommt, aber ich konnte diese Lügen nicht mit meinem Gewissen vereinbaren.«

»Vollkommen verständlich, Mrs Cooper«, sagte der Constable und nickte, um ihr zu zeigen, dass er es aufrichtig meinte.

»Er war immer ein guter Freund.«

»Und das ist er noch. Er schickt Ihnen seine herzlichsten Grüße.«

Als sie wieder nach Hause kam, sagte ihre Stieftochter zu ihr, sie solle aufhören, die Polizei zu belästigen. »Das sind vielbeschäftigte Männer. Sie könnten dich eines Tages dafür einsperren, dass du ihre Zeit verschwendest, wenn du nicht aufpasst.«

»Es ist alles in Ordnung, Liebes«, sagte Lily. »Ich muss da nicht mehr hin. Diese netten Männer haben sich mit der Sache befasst, und ich kann nun in Frieden sterben.«

»Solange du das nicht allzu bald tust, Ma«, sagte die Stieftochter und küsste sie auf die Wange, wobei sie an die liebevolle Fürsorglichkeit dachte, mit der sie großgezogen worden war. »Ich für meinen Teil würde es nur zu gern sehen, wenn du hundert wirst.«

23

»Hat dein Vater angerufen?«, fragte Niamh, als sie die Lebensmittel auf dem Küchentisch abstellte.

Mary Anne, die erst am Tag zuvor aus Tyringham Park zurückgekehrt war, hob den Kopf von dem Buch, in dem sie las, und schaute zerstreut ihre Stiefmutter an.

»Was?«, fragte sie.

Niamh wägte normalerweise ihre Worte sorgfältig ab, wenn sie mit Mary Anne in deren erster Woche zurück in Dublin sprach, sagte aber nun, bevor sie Zeit zum Nachdenken hatte: »Bitte sag nicht ›Was?‹ zu mir, Mary Anne. Das klingt unhöflich.«

»Oh, tut es das? Weena sagt, es ist das Richtige, wenn man will, dass jemand etwas wiederholt.«

»Ich weiß, dass sie das tut. Ich habe es sie oft genug sagen hören, sogar wenn sie offensichtlich verstanden hat, was gesprochen wurde.«

Alljährlich im September kehrte Mary Anne nach ihrem dreimonatigen Aufenthalt auf Tyringham Park nach Dublin zurück, wo sie sich den Hänseleien ihrer Freundinnen stellen musste, da sich ihr Akzent und ihr Wortschatz verändert hatten. Sie lachte mit ihnen darüber und kehrte bald zu ihrer alten Sprechweise zurück.

Mary Anne sprach und verhielt sich, wie Edwina es von ihr erwartete, während sie bei ihr war. Mit der alten Frau über irgendetwas zu streiten war fruchtlos, denn Edwina sah sich aufgrund ihrer aristokratischen Wurzeln stets im Recht, und sie war entschlossen, Mary Anne ihre Gewissheiten einzuimpfen.

»Aber Wenna kann ›Wie bitte?‹ nicht leiden. Es ist gewöhnlich, sagt sie.«

»Ich habe nicht gesagt, dass du ›Wie bitte?‹ sagen sollst, aber ›Was?‹ hört sich in meinen Ohren ungehobelt und unfreundlich an. Ich weiß, Lady Edwina stimmt mir da nicht zu, weil sie in einer anderen Tradition steht, doch könntest du mir zuliebe statt ›Was?‹ einen ganzen Satz sagen wie ›Es tut mir leid, ich habe dich nicht gehört‹ oder ›Würde es dir etwas ausmachen, das noch mal zu wiederholen?‹«

»Aber so zu sprechen dauert so lange.«

»Ich weiß, aber das ist es wert, vor allem wenn du es in einem netten Tonfall sagst. So, und was außer ›Wie bitte?‹ darf ich außerdem nicht sagen?« Niamh unterdrückte jeden Anflug von Sarkasmus in ihrer Stimme.

»Sie fällt über jeden her, der ›Serviette‹ oder ›Parfum‹ sagt. Sie korrigiert sie auf der Stelle, ganz egal, wer es ist.«

»Zwei französische Wörter, wie mir auffällt. Es würde mich nicht wundern, wenn Lady Edwina noch immer über den Verlust der Normandie betrübt wäre.«

»Darüber haben wir in Geschichte noch nicht gesprochen, deshalb kann ich nichts dazu sagen. Weena sagt auch, dass wir auf eine bestimmte Aussprache achten sollen.«

Niamh verdrehte die Augen. »Davon kannst du mir ein andermal erzählen. Im Augenblick ist es für mich wichtiger zu wissen, wann dein Vater nach Hause kommen wird, damit ich abschätzen kann, wann ich den Braten in den Ofen schieben muss.«

»Er hat vorhin angerufen. Ich soll dir sagen, dass es bei ihm später wird. Offenbar hat Weena den Füller *verlorrren*, den ich ihr zu Weihnachten geschenkt habe, und er ist *losmarrrschiert*, um ihr einen neuen zu kaufen, in der Hoffnung, dass ich den Unterschied nicht merke.«

»Wie *schrrrecklich* böse von ihm, dir das zu sagen und die List Ihrer Ladyschaft zu verraten«, sagte Niamh und lächelte.

»Was?« Mary Anne lachte, legte ihr Buch nieder und sprang auf, um ihre Stiefmutter zu umarmen.

24

Im Alter von achtzehn Jahren, als er die Schule abgeschlossen und ein Jahr lang im Stall von The Park gearbeitet hatte, trat Toby in die Garda Síochána ein.

»Was für einen Sinn haben dann das ganze Training mit Manus und all die Erfahrungen, die er dabei sammeln konnte, gehabt?«, fragte Reg, nachdem er gehört hatte, dass Tobys Bewerbung angenommen worden war. Er hatte schon vor langer Zeit die Hoffnung aufgegeben, dass Toby sich fürs Gärtnern interessieren würde, sich aber mit dem Gedanken getröstet, dass er weiter im Stall arbeiten und eines Tages dessen Leitung übernehmen würde, wenn es für Manus an der Zeit war, in den Ruhestand zu treten. »Alles für die Katz.«

»Ich wollte immer nur eines werden, Opa, und zwar Kriminalbeamter. Weißt du noch?«

»Ich dachte, das wäre nur Gerede, so wie Kinder sagen, dass sie Feuerwehrmann oder Lokführer werden wollen.«

»Nein, das war ernst gemeint.«

Der Wunsch war in ihm erwacht, als er sah, wie Manus eine Leiche in eine Schubkarre packte und sie zum Stall hinunterschob, wo er sie mit Wasser begoss und neben einem anderen Leichnam auf den Boden legte. Würde da nicht jeder den Grund für dieses seltsame Verhalten wissen wollen? Er hatte seine Antworten bekommen, als die beiden Polizisten aus Dublin Manus befragt hatten, doch da war die Entscheidung bereits gefallen, ohne dass er etwas daran zu ändern vermochte.

»Warum bist du so darauf festgelegt?«, fragte Reg.

»Ich möchte herausfinden, warum auch gute Menschen Böses tun.«

»Das ist die Eine-Million-Dollar-Frage. Respekt, wenn du auf sie eine Antwort findest. Und was wirst du tun, wenn du es nicht herausfindest? Ich frage nur so aus Interesse?«

»Ich werde auf sie aufpassen.«

Reg lachte. »Ich dachte, deine Aufgabe wäre es, sie zu verhaften und einzusperren, und nicht, auf sie aufzupassen. Bist du sicher, dass du weißt, auf was du dich da einlässt?«

Rathmines in Dublin war Tobys erster Posten nach der Ausbildung. Das möblierte Zimmer, das er glücklicherweise in der Nähe des Reviers fand, lag fußläufig zum Carmody-Haus, sodass er mit Mary Anne in Kontakt bleiben konnte, ohne dass allzu offensichtlich wurde, wie ungeduldig er darauf wartete, dass sie erwachsen wurde, damit er sie bitten konnte, ihn zu heiraten. Er hatte eine ausschließliche, starke und beschützende Zuneigung für sie empfunden, seit er sie zum ersten Mal getroffen und erkannt hatte, dass sie die Tochter der ertrunkenen Frau war, die er ausgestreckt auf dem Boden in Manus' Büro hatte liegen gesehen. Aus seinem Mitgefühl für das mutterlose Kind war im Laufe der Jahre Liebe geworden, und ihre liebenswerte Art führte dazu, dass sie geliebt wurde, nicht nur von ihm, sondern von allen, mit denen sie in Kontakt kam. Sie verströmte eine Wärme und Lebendigkeit, von denen sich jedermann angezogen fühlte.

Im Haus traf er häufig William Blackshaw, der Student am Trinity College war.

Mary Annes großer Kreis an Freundinnen, der seine Freizeit meist im Haus der Carmodys verbrachte, schwärmte für die zwei älteren Besucher, und die Mädchen fanden es schwierig zu entscheiden, wen von den beiden sie lieber mochten.

Mary Anne und William waren oft im Stadthaus eingeladen, wo William vor Edwina so tat, als habe er seine jüngere Cousine besonders gern. Mary Anne dachte, dass es ein übler Streich sei, den er der alten Frau da spiele. William meinte, sie würde noch früh genug dahinterkommen, dass sie getäuscht worden war, und im Übrigen geschehe es ihr nur recht, da sie sich weigerte, Toby in ihr Haus einzuladen, selbst wenn sie ausdrücklich fragten, ob er nicht ab und an mitkommen dürfte. Edwina war bei ihrer Entscheidung geblieben, nie ein einziges Wort mit dem Sohn eines Fischers zu wechseln, der sich wie ein Wurm seinen Weg in das Leben von Tyringham Park gebohrt hatte, hauptsächlich dank Manus' Protektion.

Toby hatte beschlossen, Mary Anne zu fragen, ob sie ihn heiraten wollte, sobald sie achtzehn Jahre alt wurde. Er machte sich Sorgen, dass sie ihm, wenn sie die Mädchenschule verließ und an die Universität ging, um wie geplant Medizin zu studieren, von einem hoffnungsvollen Medizinstudenten gleich am ersten Tag weggeschnappt werden würde.

25

Edwina wollte Mary Annes achtzehnten Geburtstag mit dem extravagantesten Ball begehen, den The Park je gesehen hatte und der alles in den Schatten stellte, was die Blackshaws von Cork in ihrer Zeit dort veranstaltet hatten. Doch Mary Anne sagte, der Ball könnte bis zu ihrem einundzwanzigsten Geburtstag warten. Am besten würde ihr eine Ausstellung der Gemälde ihrer Mutter im Ballsaal von Tyringham Park gefallen. Keine amateurhafte Ausstellung, sondern eine, die von dem Akademiker David Slane professionell organisiert wurde. Fünfzehn Jahre zuvor hatte dieser angeboten, bei einer geplanten Ausstellung als Kurator zu fungieren und die Hängung zu beaufsichtigen. Das Projekt war damals wegen Charlottes Tod abgesagt worden.

Der Künstler Cormac Delaney war erfreut zu hören, dass die Ausstellung nun doch endlich stattfinden sollte. Er erwähnte häufig in seinen Briefen an David, dass er aus Paris anreisen würde, wenn sie jemals zustande käme, da es ihn befriedigen würde, wenn seine talentierte frühere Schülerin endlich öffentliche Anerkennung fand.

Mary Anne war darauf bedacht, dass die Veranstaltung nicht in Dublin, sondern in Cork stattfand, und hatte dafür zwei Gründe. Zum einen wollte sie sicherstellen, dass Tobys Großvater Reg sie besuchen konnte. Er litt an einem Emphysem, weshalb man nicht von ihm erwarten konnte, dass er reiste, und sie wollte nicht, dass er die Ausstellung verpasste.

Zum anderen, und das war ihr noch wichtiger, wollte sie an diesem Tag Blumen auf das Grab ihrer Mutter legen. Sie hatte keine Erinnerungen an Charlotte, sich aber ein Bild von ihr gemacht, nach dem, was ihr Lochlann, Niamh, Iseult und die Großeltern Carmody erzählt hatten, und ihr wurde warm ums Herz, wenn sie an sie dachte. Den Schilderungen nach war Charlotte eine bemerkenswerte Frau gewesen, auf die Mary Anne ohne jede Einschränkung stolz sein konnte. Sie hatte eine schwache Erinnerung daran, dass Weena etwas Böses über sie gesagt hatte, doch diese war so undeutlich, dass Mary Anne annahm, sie hätte es nur geträumt.

Toby bat Mary Anne, ihn zu heiraten, und sie sagte mit Freuden und ohne Zögern Ja.

Wie zu erwarten, waren sich beider Eltern darin einig, dass die zwei gut zusammenpassten. Lochlanns einziger Vorbehalt war, dass er nicht wollte, dass Mary Anne ihr Studium einer frühen Ehe opferte.

»Ich mache mein Examen, bevor wir heiraten«, versicherte sie ihm. »Es wird eine lange Verlobungszeit geben. Toby möchte sich in einigen Jahren um die Aufnahme in die Special Detective Unit bewerben, sodass wir beide noch einiges zu erledigen haben. Die Hochzeit hat keine Eile.«

Tobys Vater beschloss, nicht zu dem Bankett zu gehen, das sich an die Ausstellung anschließen sollte. Er würde dafür sorgen, dass er zu dem Zeitpunkt viele Meilen weit draußen auf dem Meer beim Fischfang war. Er hatte große Lust, auch der Hochzeit fernzubleiben, und fragte sich, ob ihm nicht ein

Motorschaden als Ausrede dienen könnte, wenn es so weit war. Es war nicht so, dass er persönlich etwas gegen Mary Anne, eine gutherzige fürsorgliche junge Frau, gehabt hätte, aber er konnte sich nicht vorstellen, aufgetakelt wie eine Fregatte mit den Adligen Konversation zu machen oder, schlimmer noch, ihnen zuhören zu müssen. Das Leben wäre um vieles einfacher gewesen, wenn Toby beschlossen hätte, die Tochter eines Fischers aus Cobh zu heiraten.

Tobys Mutter Daisy fragte sich, wie sie ihre Rolle als Mutter des künftigen Bräutigams ausfüllen sollte. Was würde sie sagen? Was würde sie anziehen? Wie würde sie auftreten? Sie war erleichtert, dass ihr Mann nicht dabei wäre, denn er würde bestimmt das Falsche sagen und es nicht einmal merken. Das zumindest war eine Sorge weniger.

Auch wenn sie im Cottage des Gärtners auf dem Anwesen groß geworden war, hatte sie doch das Haus nie von innen gesehen. Der Gedanke, es als Dienstbotin zu betreten, war schon einschüchternd genug, doch es als Gast zu betreten, machte ihr entschieden Angst.

Daisy ging in ihr Schlafzimmer, kniete sich neben ihr Bett und zog eine Schachtel darunter hervor. In der Schachtel befand sich, in weiches Tuch eingeschlagen, die Halskette aus Glas, die Toby ihr geschenkt hatte, als er noch ein kleiner Junge gewesen war. Sie hatte bis jetzt nie eine Gelegenheit gehabt, sie zu tragen. Toby hatte sie seit jenem Tag, als er sie angeblich an einem Benefizstand für ein paar Shilling erstanden hatte, nie mehr erwähnt, und sie fragte sich, ob er sie vergessen hatte. Sie würde ihm gegenüber nicht über die Kette sprechen. Er wäre gerührt und überrascht, wenn sie beim Bankett damit erscheinen würde und sie so prächtig damit aussah, dass er sich ihrer nicht im Geringsten schämen müsste.

Auch für Mary Anne wollte sie ihr Bestes geben, diesem Juwel von einer jungen Frau, die – unglaublich, aber wahr – eines Tages ihre Schwiegertochter werden würde. Es war nicht so, dass sie dachte, Mary Anne sei zu gut für Toby, doch Mary Anne hatte unter den Höchsten des Landes wählen können. Es sagte eine Menge über ihre Charakterstärke aus, dass sie Toby allen anderen vorgezogen hatte.

»Du wirst das glänzend machen«, hatte Toby seine Mutter ermutigt, als sie ihm erzählte, wie nervös sie war. »Du bist eine Lady im wahrsten Sinn des Wortes, und du musst dich vor niemandem verstecken. Das Bankett ist nur ein Abendessen mit einem komischen Namen an einem komischen Ort. Mary Anne und ich werden direkt neben dir sitzen, sodass du nichts zu befürchten hast. Was soll schon passieren?«

Zweiter Teil

Alison
Australien

26

New South Wales 1941

Das neugeborene Baby gedieh nicht. Dan vermutete, dass es denselben Defekt in sich trug, der zur Totgeburt seiner Zwillingsschwester geführt hatte. Er hatte keine große Hoffnung, dass dieses Kind überleben würde, und fragte sich, ob Nell den Verlust eines zweiten Kindes verkraften würde. Die sieben älteren Kinder der Familie waren von Anfang an robust gewesen, sodass der Unterschied zu diesem dünnen, schwächlichen Säugling selbst für ihn, der Babys normalerweise keine große Aufmerksamkeit schenkte und deren Betreuung vollständig Nell überließ, unübersehbar war.

Es war ihre Nachbarin Cheryl, die bei einem Besuch darauf hinwies, dass das Kind am Verhungern sei.

Nell vergaß immer wieder, es zu füttern, und infolgedessen ließ der Milchfluss bei ihr nach.

»Gibt es hier irgendwo Fläschchen?«

Cheryls Tonfall, als sie die Frage stellte, war so dringlich, dass drei der Kinder sofort vom Tisch aufsprangen und in den Küchenschränken nachschauten.

»Wir müssen schleunigst ein bisschen Milch in das Baby hineinkriegen. Nell, weißt du, ob es hier irgendwelche Fläschchen gibt?«

»Weiß ich nicht«, sagte Nell mit teilnahmsloser Stimme. »Ich verwende normalerweise keine. Du könntest es im Schuppen probieren.«

»Warum sollten welche im Schuppen sein?«

»Weiß ich nicht«, sagte Nell. »Dort schaue ich immer nach, wenn ich etwas suche.«

»Stevie, such im Schuppen«, sagte Dan zu dem Neunjährigen.

Der fünf Jahre alte Jack, den die in der Luft liegende Panik ebenfalls erfasst hatte, sauste zur Tür hinaus. »Fläschchen für das Baby, Fläschchen für das Baby«, wiederholte er immer wieder, als er am Schuppen vorbei zum Melkraum rannte, um die schmutzverschmierte übergroße Flasche mit dem dazu passenden Sauger zu holen, die zum Füttern der noch nicht entwöhnten Kälber benutzt wurde.

In den Küchenschränken und im Schuppen war kein Babyfläschchen zu finden.

»Ich geh heim und hol eines«, sagte Cheryl. »Wenn ihr ein Fläschchen finden würdet, wären die Sauger mittlerweile wohl eh nicht mehr zu gebrauchen. Ich bin gleich wieder da.«

Dan kam sich unbeholfen vor und hatte auch ein schlechtes Gewissen, als er loszog, um als letzte Möglichkeit im elterlichen Schlafzimmer nachzuschauen. Es war ihm nicht in den Sinn gekommen, dass Nell Alison nicht stillte. Nell war, selbst ihm gegenüber, so sittsam, dass sie das Baby im Schlafzimmer fütterte, allein und bei geschlossener Tür. Dass Alison so wenig weinte, hatte er als Zeichen genommen, dass sie satt und zufrieden war, wohingegen sie die ganze Zeit immer schwächer wurde und nun keine Kraft mehr zum Schreien hatte.

Jack trieb die Flasche im Melkraum auf, rannte mit ihr zurück, füllte sie mit Milch aus dem Krug, ohne viel zu verschütten, und schaffte es auch, den Sauger aufzusetzen. Er war kaum groß genug, um von der Seite in den Kinderwagen langen zu können und den Sauger auf Alisons Mund zu richten. Das Loch darin war so groß, dass die Milch dem Baby übers ganze Gesicht lief, sodass es nach Luft schnappte, als würde es gleich ertrinken. Seine Kleidung und das Bettzeug waren tropfnass. Nell, die neben dem Kinderwagen saß, schaute zu, griff aber nicht ein.

Cheryl, die nur eine halbe Meile weiter oben an der Straße wohnte, war in wenigen Minuten zu ihrem Haus und wieder zurück gefahren. Sie und Dan sprachen draußen flüsternd miteinander, bevor sie gemeinsam wieder in die Küche kamen, wo sie sahen, wie Jack den riesigen Sauger der nun leeren Flasche in Alisons winzigen Mund zu zwängen versuchte.

»Jack, gib sie mir«, sagte Dan und schnappte sich die Flasche aus der Hand des Jungen.

Jack wich zurück und brach in Tränen aus.

»Benimm dich nicht wie ein Mädchen, Jack, einfach wegen nichts zu heulen«, sagte Cheryl. »Hör auf, dich wie ein großes jammerndes Baby aufzuführen.«

Jack lief zu seiner Mutter und vergrub das Gesicht in ihrem Schoß. Nell strich ihm über den Hinterkopf, ohne auf ihn hinunterzublicken.

Dan fühlte sich von all dem Weiberkram um ihn herum überfordert.

»Mach dich nützlich, Dan, und koch diese Fläschchen fünf Minuten lang aus, um sie zu sterilisieren.« Cheryl gab ihm zwei Fläschchen und zwei Sauger, und er legte sie in einen Kochtopf voller Wasser auf den Herd. »Ich werde alles wechseln müssen. Wo wird die saubere Kleidung aufbewahrt?«

Dan und die drei Jungs, die mit leeren Händen dastanden, sahen sie verständnislos an. Nell sagte, sie befände sich in der Waschküche.

Cheryl zog Alison aus, nahm das vollgesogene Bettzeug aus dem Kinderwagen und wusch ihn von innen aus. Dann trug sie das Baby hinten hinaus und zur Waschküche und stieß dort auf dreckige Kleidung und Windeln, die bis zum Fenster getürmt auf einem Haufen lagen und einen fürchterlichen Gestank verströmten. Wenigstens hatte Nell es geschafft, die verschmutzten Sachen an den richtigen Ort zu bringen, und hatte sie nicht überall im Haus auf dem Boden herumliegen lassen. Dafür musste man dankbar sein.

Cheryl streckte den Kopf wieder in die Küche und sagte: »In der Waschküche liegt ein Berg dreckige Wäsche – hat wohl keinen Sinn, euch zu fragen, wie lange der da schon liegt, denn ihr würdet es eh nicht wissen. Heiz den Waschkessel an, Dan, und ich koche alles kräftig aus.« Sie fühlte sich wohl, weil sie Dan herumkommandieren konnte. Seit sie einen Mann aus der Gegend geheiratet hatte und in diesem Distrikt lebte, bewunderte sie Dan und seine strengen Prinzipien. Sie hoffte, ihre beiden Kinder würden sich als genauso aufgeweckt und einfühlsam wie die der Hogans erweisen. Ihr älterer Sohn machte in der Schule Probleme, doch sie schob es auf seinen Lehrer, der nicht wusste, wie er ihn behandeln musste. »Meinst du, du kannst die Klamotten draußen auf die Leine hängen, nachdem ich sie gewaschen habe, und sie hereinholen, sobald sie getrocknet sind?«

»Ich denk, du kannst mir vertrauen, dass ich das hinkriegen werde.«

»Ich begann mich gerade zu fragen, ob Nell euch alle zu sehr verwöhnt hat – das ist euer Problem. Dem Himmel sei Dank, dass wir einen schönen trockenen Tag mit ordentlich Wind haben.«

Cheryl wischte Alison mit einem angewärmten Flanelltuch

sauber, nahm ein Geschirrtuch als Windel, wickelte das Kind dann in ein Schultertuch und setzte es sich auf die Hüfte, während sie ein sterilisiertes Fläschchen zu einem Viertel mit warmer Milch füllte, der sie einen Teelöffel voll Zucker hinzufügte. »Das sollte seinen Zweck erfüllen«, sagte sie, womit sie den Zucker meinte. »Schau mir zu, Larry«, sagte sie zu dem Zehnjährigen. »Dann weißt du, was du beim nächsten Mal machen musst. Ich betraue dich mit dieser Aufgabe. Das erste Füttern übernehme ich besser selbst. Sie hat vielleicht Probleme, sich an die Flasche zu gewöhnen. Sieh zu, wie es gemacht wird.«

Aller Augen außer Nells beobachteten, wie Cheryl dem Baby den Sauger in den Mund schob. Keinerlei Reaktion zeigte sich auf dem leblosen Gesichtchen. Cheryl wackelte mit dem Sauger nach oben und nach unten, dann bewegte sie ihn immer wieder im Kreis. Als sie ihn vollständig in den Mund des Babys schob, gab Alison ein würgendes Geräusch von sich, gefolgt von einem schwachen Husten.

»Diese gestillten Babys sind echte Plagegeister«, sagte Cheryl und zeigte sich verärgert, als habe das Kind mit Absicht getrotzt. »Sie entwickeln eine zu enge Bindung an ihre Mütter – das ist ihr Problem. Ich möchte das Loch nicht noch größer machen, sonst haben wir am Ende wieder die Milch auf den Händen, aber ich gebe mich noch nicht geschlagen. Ich hab noch ein paar Tricks auf Lager.«

Cheryl bat Larry, das Honigglas zu holen und den Deckel zu öffnen. Sie stippte den Sauger in den Honig und steckte ihn Alison rasch in den Mund, bevor der Honig auf das Tuch tropfen konnte. Für ein paar Sekunden war es still, dann hörten sie alle, wie Alison ein Schluckgeräusch von sich gab. Jack jubelte, und seine Brüder sagten, er solle den Mund halten. Er begann zu heulen und vergrub erneut sein Gesicht in Nells Schoß. Das Saugen des Babys war schwach, aber doch so wirkungsvoll, dass das Kind schließlich die Hälfte der von Cheryl zubereiteten Portion getrunken hatte.

»Das ist ein guter Anfang. Du lässt sie ein Bäuerchen machen, Larry. Halte sie so, und rubbele ihr dann so über den Rücken. Das ist es. Ich mach mit der Wäsche weiter. Danach muss ich nach Hause. Wann kommt Zita heim?«

»In drei Wochen.«

Cheryls Augen wurden groß. »So lange noch? Ich dachte, sie müsste jetzt irgendwann zurückkommen.« Sie bedeutete Dan, mit ihr nach draußen zu gehen, wo sie ungestört reden konnten. »Nell ist in keiner guten Verfassung. Ich finde, du solltest sofort nach Zita schicken lassen«, sagte sie in dramatischem Flüsterton, sobald sie außer Hörweite waren.

»Sie früher aus der Schule nehmen? Ich weiß nicht, ob ich das tun kann. Es ist ein entscheidendes Jahr für sie, sie macht ihr Intermediate Certificate.« Er erzählte Cheryl nicht, dass es Zitas Ziel war, ein Stipendium zu erhalten und an die Universität zu gehen. Er wollte keine sarkastische Bemerkung über junge Mädchen mit extravaganten Ansichten und großem Ego hören.

»Es ist nur für ein paar Wochen, bis Nell wieder auf dem Damm ist.«

»Ich bin sicher, die Jungs und ich schaffen das auch allein, nun, da wir wissen, was zu tun ist.«

»Ich denke nicht, dass ihr das könnt, mit den Kühen, die kurz vorm Kalben sind, und alldem. Das Baby und Nell werden eine Vollzeitaufgabe sein, bis Nell ihre Wochenbettdepression überwunden hat.«

»Das ist es, was sie hat?« Dan war froh, dass er einen Namen dafür hatte. »Ist das was Ernstes?«

»Nein, ich hatte das selbst bei beiden Kindern. Es verschwindet nach einer Weile von selbst, aber während du das hast, bist du nervlich ein Wrack. Ich glaube nicht, dass du eine Wahl hast, Dan. Das Baby braucht viel Pflege, und wie du siehst, ist Nell nicht in der Lage, sich um das Kind zu kümmern. Zita ist das richtige Mädchen für diese Aufgabe. Du und deine Jungs, ihr mögt gute Farmer sein, aber im Haushalt taugt ihr nichts. Wenn ich selbst nicht alle Hände voll zu tun hätte, könnte ich euch mehr helfen, aber ich kann mich nur mittags freimachen, und das auch nicht jeden Tag.«

»Ich weiß deine Sorge zu schätzen und auch, was du heute Nachmittag für uns getan hast. Ich werde mich morgen früh als Erstes ans Kloster wenden.«

27

Die vierzehnjährige Zita kehrte zwei Tage später mit dem Bus nach Hause zurück, und ein rotgesichtiger Larry warf ihr das schreiende rotgesichtige Baby geradezu in die Arme, sobald sie ihren Koffer abgestellt hatte. Er hatte sich Alisons Weinen zu Herzen genommen, da sie damit, soweit er es beurteilen konnte, erst angefangen hatte, nachdem er ihre Betreuung übernommen hatte. Bevor ihm Zita noch irgendwelche Fragen stellen konnte, flitzte er durch die Tür hinaus zu seinen Brüdern, die ihn in den zwei nicht enden wollenden Tagen gehänselt und ihm den Spitznamen »Mami« gegeben hatten.

Es waren noch drei Wochen bis zu den Septemberferien, sodass Zita davon ausging, dass sie im Ganzen sechs Wochen der Schule fernbleiben würde. Die Nonnen versicherten ihr, sie würden alle wichtigen Unterrichtsmaterialien für sie aufbewahren, damit sie nicht im Stoff zurückfiel. Sie versprachen auch, für Nells rasche Genesung zu beten.

Dan dachte, jetzt, da Zita wieder zu Hause war, sei alles gut.

Nachdem Zita gesehen hatte, in welcher Verfassung sich ihre Mutter und Alison befanden, sah sie ein, dass Dans Entscheidung, sie aus der Schule zu nehmen, richtig gewesen war. Dennoch hatte sie nichts als Groll gegenüber ihren Brüdern empfunden, als die Ehrwürdige Mutter sie ins Sprechzimmer gerufen hatte, um ihr mitzuteilen, dass sie zu Hause gebraucht würde, und ihr klar wurde, dass ihre Brüder nicht um dasselbe Opfer gebeten wurden.

»Der liebe Gott sieht alles und weiß alles, deshalb hat er seit Anbeginn der Zeit gewusst, dass dir diese Last auferlegt werden würde«, sagte die Ehrwürdige Mutter. »Vielleicht wurdest du deshalb am Tag der heiligen Zita geboren und nach ihr benannt. Mit Gottes Gnade wird die Erkrankung deiner Mutter nur kurze Zeit dauern, und du wirst nach den Ferien wieder bei uns sein. Vor dir liegt eine hoffnungsvolle akademische Laufbahn.«

Zita wünschte, sie wäre am Tag des heiligen Lukas geboren worden, des Schutzpatrons der Ärzte, und nicht am Tag der heiligen Zita, der Schutzpatronin der unverheirateten Hausmädchen.

Mit Frühlingsbeginn lief die Produktion im Melkraum bald auf Hochtouren. Dan und die Jungs waren viele Stunden am Tag draußen, und in Zita, die wusste, wie hart sie arbeiteten, legte sich der Groll, den sie anfangs verspürt hatte, als sie nach Hause geholt worden war. Im Geiste ihrer Schutzheiligen und dem Vorbild der Jungfrau Maria folgend erfüllte sie ihre Aufgaben bereitwillig und mit frohem Herzen. Immerhin wäre es ja nur für kurze Zeit, wenn sie Cheryl glauben durfte, die oft vorbeikam, um nach dem Rechten zu sehen.

»Füttere sie an«, riet Cheryl Zita mehrfach.

Nell unternahm kaum einmal den Versuch, das Baby zu füttern. Sie verhielt sich, als habe Alison nichts mit ihr zu tun, und wenn sie sich um das Kind kümmern sollte, ging sie weg und ließ es unbeaufsichtigt.

Tante Cat, die aus Sydney kam, um ihre Schwestern, die in nahe gelegenen Landstädtchen wohnten, und ihren Bruder zu besuchen, der auf der alten Farm der Familie Hogan lebte, fragte Dan erneut, ob sie Alison adoptieren könnte – »um Nells Bürde zu lindern«, wie sie sich ausdrückte. Cat hatte alle Zeit der Welt, um ein Kind großzuziehen. Ihr Mann arbeitete in seinem gutgehenden Kramladen am Strand im Osten Sydneys sechzehn Stunden am Tag, sieben Tage die Woche, das ganze Jahr hindurch, und das galt auch für den Weihnachtstag. Er band sie nie in irgendeiner Weise in seine Arbeit mit ein, was auch gut war, denn sie hatte den Anblick des Ladens hassen gelernt. Sie hatte nacheinander mit Sticken, Möbelrestaurieren, Töpfern, Quilten, Kunstbetrachtung sowie Schnitzen die Lücke in ihrem Leben zu füllen versucht, die sich durch ihre Kinderlosigkeit aufgetan hatte, doch jede dieser Beschäftigungen hatte sie schließlich wieder aufgegeben.

Dan fiel es schwer, ihr eine höfliche Antwort zu geben. »Siehst du denn nicht, dass es der Verlust des anderen Babys ist, der sie so sein lässt? Ich will mir gar nicht vorstellen, wie es wäre, wenn sie beide verlieren würde. Das könnte sie um den Verstand bringen.«

»Ich habe nur zu helfen versucht«, sagte Tante Cat, womit sie darauf hinweisen wollte, dass Nell, soweit sie es beurteilen konnte, ihren Verstand bereits verloren hatte. Doch beim Anblick von Dans wütendem Gesicht hielt sie sich zurück. Welchen Grund hat Nell überhaupt, mit ihren acht gesunden, intelligenten, hübschen Kindern in eine Depression zu verfallen?, überlegte Cat. Während andere unglückliche Frauen wie sie selbst gar keine Kinder hatten.

»Inzwischen sollte sie darüber hinweg sein«, flüsterte eine andere Tante Cat später zu, als Dan das Zimmer verlassen hatte. »All die Wochen nur herumzusitzen und nichts zu tun – das ist ein bisschen maßlos, wenn du mich fragst. Es ist Zeit, dass sie sich zusammenreißt.«

»Dich hat niemand gefragt, wenn ich mich recht erinnere«, sagte eine dritte Tante. »Offenbar ist es etwas, gegen das du nichts machen kannst. Ich hörte von einer Frau, der es ein ganzes Jahr lang so ging. Sie hat sich am Ende das Leben genommen.«

»Wir kommen auch ohne solche Geschichten aus, danke vielmals, Lizzie«, sagte Cat.

»Das tun wir mit Sicherheit«, pflichtete ihr die andere Tante bei. »Es ist ja nicht so, dass Nell so etwas jemals tun würde.«

»Natürlich würde sie das nicht«, sagte Cat. »Sie weiß genauso gut wie wir, dass das eine Todsünde ist, auch wenn sie nur eine Konvertitin ist.«

Nell, die auf ihrem Bett lag und zu erschöpft war, um in die Küche zu gehen und mit Dans Schwestern zu reden, hörte durch das offene Fenster, wie ihr Schwager zu seiner Tochter sagte: »Geh da nicht hinein. Warte hier draußen auf deine Mutter. In dem Haus läuft eine Verrückte frei herum.«

28

Die Thompsons waren wohlhabende Viehzüchter, die acht Meilen westlich von der Farm der Hogans auf 20 000 Morgen geerbtem Land lebten. Sie hatten eigentlich vorgehabt, einen Dauerbrandherd, der vollkommen in Ordnung war, noch ein Jahr lang zu behalten, bevor sie ihn durch ein neueres, viel größeres Modell ersetzen würden, doch als sie von Nells Notlage erfuhren, fragten sie Wombat Churchill, einen Mann, der alles konnte, ob er den Herd unverzüglich zerlegen und in der Küche der Hogans installieren könne. Der Herd würde Nells Arbeitsbelastung ganz entschieden mindern und ihre Stimmung heben. Da dies über Wombat geschah, einen Freund der Hogans und den guten Samariter der Stadt, wirkte das Ganze weniger wie ein Almosen. Dan verstand sich aufs Bauen, doch für Installationsarbeiten hatte er kein Händchen, deshalb fühlte er sich auch nicht in seinem Stolz verletzt, als Wombat mit den einzelnen Teilen erschien, ohne vorher mit ihm darüber gesprochen zu haben.

Wombat brachte den Herd innerhalb eines Tages in Gang. Die Familie war sich darin einig, dass er mit seiner Beschichtung aus schwarzer und weißer Emaille, den glänzenden Chromgriffen, den zwei Kochplatten, zwei tiefen Bratröhren, einem Trockengestell und einem Boiler, der das Haus mit heißem Wasser versorgte, das Schönste und Nützlichste war, das die Hogans je besessen hatten. Alle dachten, Nell würde, nachdem sie so viele Jahre lang auf offenem Feuer gekocht hatte, darüber ins Schwärmen geraten und dankbar sein.

Nell versuchte jedoch gar nicht erst, ihn zu benutzen, und behandelte ihn wie ein Hindernis, das aus der Küche entfernt werden sollte, damit sie sich nicht dauernd daran stieß.

Alison schlief im Kinderwagen. Zita vermengte die Zutaten für den Teig mit einem hölzernen Löffel in der Rührschüssel, und Nell starrte ins Leere, als Wombat die Küche betrat. Er deutete an, er würde auf Dan warten, doch in Wirklichkeit war es Zita, die er sehen wollte. Er hoffte, ihm würde die gewohnte Auswahl an Zitas selbst gebackenen Plätzchen angeboten.

Wombat gehörte seit einem Jahr zum Hogan-Haushalt, nachdem er als einziger junger Mann in Redmundo nicht eingezogen worden war, als er sich mit seinen Mannschaftskameraden der Rugby-Liga hatte melden wollen. »Unfähigkeit zu sprechen« war der Grund, aus dem er abgelehnt wurde, und nicht etwa »missgestaltetes Gesicht«, wie er es halb erwartet hatte. Der Rekrutierungssergeant sagte zu Wombat, er leiste bereits seinen Beitrag zum Krieg, indem er in der Butterfabrik arbeite, doch falls er noch mehr tun wolle, könnte er sich einen Farmer suchen und diesem am Wochenende zur Hand gehen. Die Agrarerzeuger wären für den Kriegsgewinn genauso wichtig wie die Soldaten, meinte der Sergeant.

Der Gemeindepfarrer, Father Daly, brachte Wombat mit Dan Hogan zusammen, einem anderen seiner Schäfchen, der auf einer Milchfarm zwanzig Meilen außerhalb der Stadt lebte. Father Daly dachte, Wombat, der seit dem Tod seiner

Mutter im Jahr zuvor ganz allein in der Welt stand, könne eine Ersatzfamilie brauchen, und das Ehepaar Hogan, mit seinen sieben Kindern, sei für Wombat genau das Richtige.

In jenem Jahr kümmerte sich Wombat nach der Arbeit unter der Woche um den Garten von Dr. Carmody, und am Samstag und manchmal auch am Sonntag fuhr er hinaus zur Familie Hogan, anfangs um seine patriotische Pflicht zu erfüllen und später zum Vergnügen, um sich mit den Menschen zu treffen, die gute Freunde geworden waren. Besonders gern hatte er Nell, und von ihrem jüngsten Baby, Alison, war er ganz hingerissen, seit es auf die Welt gekommen war.

Wombat hielt zumeist Distanz zu Kindern, denn sie neigten dazu, laut zu ihren Müttern zu sagen: »Warum ist das Gesicht des Mannes so schrecklich? Was ist ihm passiert?«, und dann taten ihm die peinlich berührten Mütter, die ihre Kinder wegwedelten, mehr leid als er sich selbst.

Wenigstens konnten Babys nicht sprechen, und er fühlte sich in Alisons Gegenwart wohl, da er sie seit ihrer Geburt jedes Wochenende gesehen und dabei beobachtet hatte, wie sie wuchs und gedieh, dann immer weniger wurde und dann wieder gedieh.

Er beugte sich über den Kinderwagen, um ihre jüngst gewonnene Pummeligkeit zu bewundern. Alison quäkte laut. Wombat wandte sich in einem Reflex ab. Zita merkte, dass er sich gekränkt wegdrehte und sich sein Hals rot färbte. Sie hob die schreiende Alison, die gerade erst gefüttert worden war, heraus und legte sie Wombat in die Arme, wobei sie ihn anwies, sich in den Schaukelstuhl zu setzen und das Kind eine Weile an seine Schulter zu halten. Zita war klar, dass Alison noch zu klein war, um sich des entstellten Gesichts von Wombat bewusst zu sein, und das Weinen wahrscheinlich von einer schmerzenden Blähung verursacht wurde. Zita kontrollierte oft nicht, ob die Kleine mit dem Aufstoßen fertig war, so ungeduldig war sie, die nächste Aufgabe auf ihrer langen Liste anzugehen.

»Klopf ihr auf den Rücken, so«, sagte Zita, nahm Wombats Hand und führte sie in einer streichenden und klopfenden Bewegung über den Rücken des Babys.

Als sie dicht neben ihm stand und sich über ihn beugte, um seine Hand zu führen, errötete Wombat noch mehr.

Nach etwa einer Minute machte Alison ein kräftiges Bäuerchen und hörte auf der Stelle zu weinen auf. Zita gratulierte Wombat, der zufrieden über den Erfolg seiner Technik aussah.

Der arme Trottel, dachte sie, womit sie genau das dachte, was sie ihre Eltern oftmals sagen gehört hatte. Er ist so kinderlieb und wird wohl doch nie eigenen Nachwuchs haben. Eine grausame Aussicht für so einen jungen, starken Mann. Seine einzige Hoffnung war, eine blinde, taube Frau zu treffen, hatte eine Nachbarin gesagt, die kein Blatt vor den Mund nahm, womit sie in Worte fasste, was andere, taktvollere Menschen nicht laut aussprachen.

Aus der Dankbarkeit in Wombats Augen, als sie ihm das erste Mal Alison gab, schloss Zita, dass keine Mutter genug Vertrauen in ihn hatte, um ihn ihr Baby halten zu lassen. Nell hätte es ihm zugetraut, jedoch würde auch sie nicht auf die Idee kommen, ihm ein Baby in den Arm zu legen. Sie wäre der Ansicht, es sei nicht recht, einen Mann zu demütigen, indem sie ihn Frauenarbeit machen ließ.

Wombat nahm, unter Zitas Anleitung, Alison von der Schulter, bettete sie sich in die Armbeuge und sah auf sie hinab, als wäre sie das heilige Kind. Alison schaute zu ihm hoch und wandte den Blick nicht ab, wie die meisten Leute, wenn sie ihn sahen, sondern lächelte ihn an. Als er und das Baby sich weiter in die Augen sahen, kamen ihm still die Tränen.

Als das Backen beendet war, alle Plätzchen auf den Abkühlgittern lagen und die Küche wie zu Hause duftete, zeigte Wombat mit einer Bewegung, dass er Alison gerne weiter in seinen jetzt sicheren Armen halten würde, während er, Zita, Nell und Dan, der sich inzwischen zu ihnen gesellt hatte, am Tisch saßen, um Tee zu trinken und Gebäck zu essen. Wombat legte vier Plätzchen nebeneinander auf seinen Teller, lehnte aber den Tee ab aus Angst, das Baby zu verbrühen, wenn zufällig seine Tasse umkippen sollte. Nell sah mit verblüfftem Gesicht immer mal wieder zu Wombat hinüber.

»Du bist ein Naturtalent«, kommentierte Dan Wombats Umgang mit dem Kleinkind. Dieser gab ein schnaubendes Geräusch von sich, das Freude anzeigte. »Hast du gehört, Zita, dass die Frau des irischen Doktors Wombat geküsst hat, bevor sie wegfuhr, weil er so gut mit Babys kann?«

Bei der Erwähnung des irischen Arztes wurde Nell munter.

Wombat machte mit der Hand und dem Kopf Bewegungen, als wolle er sagen: »Das war doch nichts.«

Zita hatte das noch nicht gehört, da sie zu der Zeit in der Schule gewesen war. Jetzt wollte sie unbedingt Näheres erfahren, da sie geglaubt hatte, sie wäre die Erste, die Wombat ein Baby anvertraute. Dan erzählte ihr, wie Charlotte Carmody, die Frau des Doktors – Zita hatte die beiden nie gesehen –, Wombat auf die Wange geküsst hatte und ihn das Baby hatte halten lassen, unmittelbar bevor sie und ihr Mann vor einigen Monaten abgefahren waren, um nach Irland zurückzukehren. Die Frau muss eine Heilige sein, wenn sie dieses Gesicht geküsst hat, dachte Zita mit einem Schaudern. Sie konnte sich nicht vorstellen, das jemals zu tun. Wer hätte gedacht, dass die Frau, die für ihre Hochnäsigkeit und ihren eingebildeten Akzent bekannt war, etwas derart Großherziges tun würde? Viele Leute in der Stadt bewunderten, wie gütig sie doch gewesen sei, ihm nachzugeben, als er ein Wort formte, das sie als »Stillen« interpretierte, und sofort an Ort und Stelle ihrer Pflicht nachkam. Sie erzählte ihm mit ihrem hochnäsigen Akzent, dass er ihr am Ende Glück gebracht habe. Niemand wusste, was sie mit dieser Bemerkung meinte. Dan konnte nur dem Hörensagen nach schließen, dass Charlotte Carmody, überschäumend vor Freude, dass sie endlich ein lebendes Kind zur Welt gebracht hatte, ihr Glücksgefühl mit jemandem teilen wollte, der so viel weniger glücklich war als sie. Sie sei, als sie im Distrikt ankamen, zu Wombat auf gleichgültige Weise unfreundlich gewesen, weshalb sie am Tag ihrer Abreise die Gelegenheit ergriffen habe, dies mit besonderer Freundlichkeit wettzumachen.

»Du bist, wie man sieht, also ein stilles Wasser, Wombat. Das war eine hübsche Geschichte«, sagte Zita.

»Hübsch«, sagte Nell lächelnd.

Zita nahm ein Milchfläschchen, das hinten auf dem Herd aufgewärmt worden war. »Ich muss los«, sagte sie. »Ich nehme sie jetzt, Wombat. Danke für deine Hilfe. Wer würde das für möglich halten? Sie will nicht zu mir, nach allem, was ich für sie getan hab, das kleine Äffchen. Sie hat dich eindeutig ins Herz geschlossen. Sieh nur, wie sie dich weiter anschaut.« Sie nahm Wombat das Kind ab, der es ihr nur widerstrebend überließ. Zita packte Alison in den Kinderwagen, der für den nachmittäglichen Ausflug zum Melkraum bereitstand, und fragte Wombat, ob er ein Auge auf Nell haben könne, bis er wieder in die Stadt zurückfahren müsse. Wombat nickte zur Bestätigung, doch es war Alison, der er mit traurigem Blick nachschaute, bis sie aus seinem Sichtfeld geschoben worden war.

29

Die Schulen schlossen für die Septemberferien. Kevin und Mick kamen aus dem Internat heim und brachten Energie und Spaß ins Haus, in dem es trist geworden war, seit sie das letzte Mal da gewesen waren. Sie zogen ihre Schuluniformen aus und machten sich sofort auf den Weg in den Melkraum, womit sie Zita den Luxus gönnten, sich nicht umkleiden zu müssen. Nells Beispiel folgend, packte Zita die Koffer der Jungs aus und wusch ihre Wäsche. Als alles trocken und gebügelt war, packte sie die Kleidungsstücke wieder in die Koffer, damit sie nicht in dem allgemeinen Chaos rund ums Haus verloren gingen und für ihre Rückfahrt in die Schule bereitstanden.

Ihr eigener Koffer war ebenfalls gepackt und fertig für ihre Rückkehr nach St. Mary's nach den Ferien.

Ihr Lebenstraum war es, Ärztin zu werden, etwas, das sie nie irgendjemandem erzählt hatte, nicht einmal ihren zwei besten Freundinnen, aus Angst, für eingebildet und verblendet gehalten zu werden. Sie behielt auch die Überzeugung für sich, dass sie intelligent genug war, ein Commonwealth Scholarship zu erhalten, denn ohne dieses Stipendium würde sie ihr Ziel nicht erreichen können. Sie zweifelte nicht eine Minute daran, dass es ihre wahre Berufung war, Ärztin zu werden.

Auf die Idee war sie gekommen, als sie hörte, wie ihre Mutter Dr. Carmody in den höchsten Tönen pries und sagte, es sei doch etwas ganz anderes, wenn sich ein warmherziger und mitfühlender Arzt um einen kümmerte, wenn man in den Wehen lag oder ein krankes Kind hatte. Ebenfalls beeinflusst wurde sie durch A. J. Cronins Romane und die Filme, die nach diesen Vorlagen gedreht waren und ehrbare, tapfere, anteilnehmende und ethisch handelnde Ärzte zeigten, die das Leben der Armen und Benachteiligten verbesserten. Solch eine Heldin würde sie gerne sein. Sie stellte sich vor, wie eine Familie darauf wartete, dass sie mit ihrer schwarzen Tasche voller Instrumente und Medikamente eintraf und dem Kopf voller Wissen, um die kranke Mutter zu heilen, und wie alle im Haushalt sich freuten, wenn sie ihr Klopfen an der Tür hörten, und sagten: »Die Frau Doktor ist da! Jetzt wird alles gut.« Und sie würde eintreten, die Patientin heilen und, wenn das Geld knapp war, nichts dafür berechnen, sondern sich mit dem Lob und der Dankbarkeit begnügen und mit einem Glücksgefühl wieder gehen, weil sie etwas so Wichtiges getan hatte.

»Bitte, lieber Gott«, betete sie jeden Abend, nachdem sie den Rosenkranz beendet hatte, »lass es Mama besser gehen. Und bitte lass es nicht zu lange dauern.«

Nell war dazu übergegangen, umherzuwandern, und es wurde offensichtlich, dass sie nach ihrer tot geborenen Zwillingstochter Dolores suchte. Manchmal verließ sie das Haus in unbekleidetem Zustand, manchmal trug sie Schichten unpassender Kleidungsstücke übereinander. Sie schlich sich den staubigen Weg hinunter zum Briefkasten, wandte sich auf der Hauptstraße nach rechts oder links und ging so lange weiter, bis jemand anhielt, um mit ihr zu sprechen. Nachbarn und Fremde, die ihr begegneten, brachten sie zurück und taten so, als würden sie den peinlich berührten Gesichtsausdruck des Familienmitglieds, das zum Tor kam, um sie in Empfang zu nehmen, nicht bemerken. Dieses Familienmitglied war gewöhnlich Zita.

Immer öfter war es Dan, der zu Pferd nach ihr suchte und stets eine Öljacke dabeihatte, um sie damit zu bedecken, wenn er sie fand. »Was für ein trauriger Anblick«, meinten die Nachbarn untereinander und schauten zu, wie Dan das Pferd mit der in sich zusammengesackten, in die Jacke gehüllten Nell im Sattel nach Hause führte. Dan verließ, wenn er seine Frau gefunden hatte, die Landstraße, sobald er konnte, und folgte den Saumpfaden an den Zäunen entlang, um von zufällig Vorbeikommenden nicht gesehen zu werden, obgleich jeder, der nach ihnen Ausschau hielt, einen Blick auf sie erhaschen konnte, wenn sie hinter den Bäumen, die den Straßenrand säumten, vorbeigingen.

Nachbarn kamen mit Schmorgerichten und Kuchen vorbei und hätten gerne mehr praktische Hilfe geleistet, doch sie mussten ohne bezahlte Hilfe, die ihnen etwas freie Zeit ermöglicht hätte, ihre eigenen Kinder großziehen, ihre eigene Milchwirtschaft führen und ihr Land pflügen. Cheryl bot an, öfter mal das Baby für ein paar Stunden mitzunehmen, um es zu erziehen, aber Zita meinte, sie schaffe das schon.

Cheryl sagte, Nells Wochenbettdepression sei extrem und dauere länger als ihre eigene, weshalb sie Dan das Familienauto lieh, damit er Nell ins zwanzig Meilen entfernte Redmundo zum Arzt brachte in der Hoffnung, sie bekäme dort eine Arznei, mit der sie wieder zu ihrem alten Selbst zurückfände. Bei der Erwähnung des Ausflugs strahlte Nell.

»Ein gutes Stärkungsmittel ist vielleicht alles, was sie braucht«, sagte Cheryl und winkte ihnen nach.

Als die Arzthelferin in der Anmeldung Nell ins Wartezimmer kommen sah, kam sie mit schnellen Schritten auf sie zu, um sie zu begrüßen.

»Wie schön, Sie zu sehen, Nell«, sagte sie. »Vor Ihnen ist nur ein Patient. Setzen Sie sich da hin, und entlasten Sie Ihre Füße. Haben Sie die Kleine zu Hause gelassen?«

»Ja«, sagte Nell und sah an Marie vorbei. »Zita passt auf sie auf.«

Die Tür des Sprechzimmers ging auf, und ein Mann, den Nell nicht kannte, kam heraus und schritt zu einem Stuhl, um seinen Mantel zu holen. Ein alter Mann in einem weißen Arztkittel rief Nells Namen am Eingang in den Behandlungsraum.

»Aber das ist nicht Dr. Carmody«, sagte Nell voller Abscheu zu Dan, dabei deutete sie auf den alten Mann. »Ich dachte, wir gehen zu Dr. Carmody. Ich will nach Hause.«

Marie erklärte, dass Dr. Carmody drei Monate zuvor wieder nach Irland zurückgekehrt sei. Dr. Merton, der seine Stelle übernommen hatte, sei mindestens genauso fähig. Marie sagte, es wäre wohl eine gute Idee, wenn Dan seine Frau ins Sprechzimmer begleiten würde.

»Haben Sie das Baby des Doktors gesehen?«, fragte Nell.

»Ja, natürlich.«

»War es ein hübsches Baby?«

»Das war es wirklich. Ich dachte, das kleine Mädchen habe etwas von einer Hogan an sich, um die Wahrheit zu sagen. Muss das irische Blut sein. Doch ich dachte auch immer, Dan und Dr. Carmody müssten irgendwie miteinander verwandt sein, da sie sich in ihrem Gebaren so ähnlich waren. Entfernte Cousins, sozusagen.«

»Komisch, das dachte ich auch. Deshalb mochte ich ihn vermutlich so sehr.« Nell lächelte und folgte Dan in den Behandlungsraum.

Dr. Merton untersuchte Nell und stellte ihr zahlreiche Fragen. Dan erzählte dem Arzt, Nell habe während ihrer letzten Schwangerschaft die ganze Zeit über unter schwerer morgendlicher Übelkeit gelitten; etwas, das bei keinem ihrer sieben älteren Kinder so gewesen war. Im Folgenden beantwortete Dan die meisten Fragen, die der Arzt stellte, denn Nell erzählte dem alten Mann, was ihr gerade einfiel, und das konnte auch etwas sein, was gar nichts mit dem Thema zu tun hatte. Es war, als würde sie nicht einmal versuchen, sich zu konzentrieren.

Nach viel Gemurmel und Kopfnicken sagte Dr. Merton zu Nell, er sei sich zu einhundert Prozent sicher, dass sie an einem Zustand leide, der bei Frauen kurz nach der Niederkunft häufig vorkomme, wobei ihr Leiden ohne Zweifel noch durch den Tod eines der Zwillinge verschlimmert worden sei, dass ihre Symptome letztlich vorbeigehen würden und sie sich keine Sorgen machen solle. Sie sei eine äußerst empfindsame Frau, weshalb sie vielleicht etwas länger als der Durchschnitt brauchen würde, um aus dieser Verfassung herauszukommen, für die es keine spezielle medizinische Bezeichnung gäbe. Ihr Leiden würde häufig mit der Wochenbettdepression verwechselt, doch sei es ernster und länger anhaltend. Er wiederholte, dass sie es auf jeden Fall überwinden würde. Alles, was sie tun müsse, sei, Geduld zu haben und auf die Natur zu vertrauen.

Dan dankte dem Arzt und blieb zurück, als Nell hinausging, um ihre Unterhaltung mit Marie zu Ende zu führen. Er wollte den Mediziner fragen, ob dieser meine, ein Besuch am

Grab wäre eine gute Idee. Vielleicht würde dessen Anblick Nell davon überzeugen, dass es zwecklos sei, weiter die Straßen nach dem Kind abzusuchen, das sie dort niemals finden würde. Nell hatte Angst vor Friedhöfen und Beerdigungen und bislang nicht darum gebeten, Dolores' Grab besuchen zu können, seit sie vierzehn Tage nach der Entbindung der Zwillinge und dreizehn Tage nach Dolores' Beisetzung aus dem Krankenhaus entlassen wurde. Es wäre das erste Mal, dass sie das Grab sehen würde.

Der Arzt sagte, einen Versuch sei es wert und es könnte sogar ihre Genesung beschleunigen.

Nell zeigte keine Reaktion, als sie sah, wohin Dan sie brachte.

Dan wusste nicht, was er erwarten sollte, als er sie zu dem kleinen Erdhügel führte, auf dem ein Sperrholzkreuz mit der Aufschrift *Dolores Hogan* stand.

Nell sah hinunter auf das Grab und las die Worte laut. Sie wirkte unberührt.

»Wir bestellen einen Grabstein«, sagte Dan. »Du kannst ihn entwerfen und den Text auswählen.«

»Das wäre schön«, sagte Nell mit ihrer flachen Stimme.

30

Die Septemberferien waren vorbei. Ohne auch nur ein Wort zu sagen, trugen Kevin und Mick ihre Koffer hinunter zu der Stelle an der Straße, wo sie den Bus nahmen, der sie zurück in die nächste weiterführende katholische Jungenschule bringen würde, die einhundert Meilen weit entfernt war. Vielleicht waren sie so leise hinausgeschlüpft, um Nell nicht zu verärgern, aber Zita hielt es für wahrscheinlicher, dass sie ihr einfach nicht gegenübertreten wollten. Eigentlich hätte sie in denselben Bus steigen sollen, doch inzwischen war sie so sehr mit Nell, dem Baby und den vier anderen Kindern, die noch im Haus waren, dem Melkraum und dem Gemüsegarten beschäftigt, dass sie akzeptiert hatte, dass eine Rückkehr an die Schule für das nächste Quartal unrealistisch war.

Dan sprach mit ihr nicht über ihre Zukunft. Sie kämpften sich beide von Stunde zu Stunde durch.

Die Ehrwürdige Mutter schrieb, um zu fragen, ob sie zurückkomme, und äußerte die Hoffnung, Nell sei wieder gesund. Die Nonnen schlossen sie weiter in ihre Gebete mit ein. Zita schrieb zurück und erklärte, ihre Mutter sei noch nicht genesen und sie selbst würde noch eine Weile daheim gebraucht, um sich um die Familie zu kümmern. Sie gehe davon aus, dass sie nach den Weihnachtsferien ins vierte Schuljahr zurückkommen würde. Nell sollte es dann besser gehen, und sie erwarte, dass man ihr das staatliche Stipendium nicht entzöge, wenn die Umstände von Nells Erkrankung erklärt würden.

Ihre Freundinnen schrieben Zita, sie würden sie vermissen, dass sie ohne sie nicht so viel Spaß hätten und dass sie ihre Rückkehr sehnlichst erwarteten.

Nells Wanderungen wurden häufiger, nachdem sie das Grab besucht hatte. Jedes Mal, wenn sie aus dem Haus verschwand, ging sie raffinierter vor, und sie zog nun zu jeglicher Stunde los. Als sie das erste Mal nach Einbruch der Dunkelheit verschwand, hatte Dan sehr bald gemerkt, dass sie weg war, und sie eingeholt, bevor sie allzu weit gekommen war. Er wusste nie, ob sie sich am Briefkasten nach rechts oder nach links wenden würde, doch diesmal hatte er richtig geraten. Er spürte Wut in sich aufsteigen, als er in der Ferne eine Gestalt in einem weißen Nachthemd sah, die den Hügel hinunterging, doch als er zu ihr aufgeschlossen hatte, war er von Zärtlichkeit für seine aufgewühlte Frau überwältigt und nahm sie in die Arme, bevor er sie zurück nach Hause führte.

Zita erinnerte sich, wie sie als Kind immer ihre Mutter beobachtet hatte, wenn diese mitten im Winter, wenn der Reif noch auf dem Boden lag, mit den Laken der Doppelbetten kämpfte und sie bei starkem Wind auf die Wäscheleine zu hängen versuchte, und wie immer wieder mal ein Laken den Wind einfing und Nell ins Gesicht klatschte und in seine eisigen Falten hüllte.

Zita hatte den Tag gefürchtet, an dem sie erwachsen wäre und diese Arbeit selbst zu verrichten hätte, und auch noch viel Schlimmeres. Die Innereien eines toten Kaninchens unter dem Bett hervorschaufeln gehörte zu den Sachen, wegen der sie lieber für immer ein Kind bleiben wollte. Die Mutter wusste stets, dass die Schweinerei dort war, noch bevor es nach Verwesung riechen konnte, denn sie hörte die Katze, die jedes Mal dieselbe Stelle unter Zitas Bett wählte, um sich ihren Opfern zu widmen und die ganze Nacht hindurch an ihnen zu nagen. Beinahe genauso schlimm war es, einer Henne mit der Axt den Kopf abzuhacken, die Innereien herauszuziehen und sie zu rupfen, während überall Blut austrat. Nell war durch die Art und Weise, wie sie eine ekelhafte Aufgabe wie diese ausführte, ohne mit der Wimper zu zucken, eine Heldin für Zita. Das Mädchen betete, dass ihrer Mutter nichts Böses zustieße, da dann all diese ekelerregenden Aufgaben ihr zufallen würden.

Bis vor drei Monaten waren ihre Gebete erhört worden, aber nun merkte Zita mit zunehmender Beunruhigung, dass für sie die Zeit gekommen war, all diese scheußlichen Dinge selbst tun zu müssen. Sie betete nun noch inbrünstiger und länger für Nells Genesung.

Wombat half Zita inzwischen rund ums Haus mehr, als er Dan auf der Farm half, beschäftigte Nell und Alison, fütterte das Baby und bereitete das Mittagessen für die ganze Familie zu. Zita schätzte seinen Beistand genauso wie sein Schweigen, das ihre Nerven beruhigte. Sie hatte sich bereits so an die Verbrennungen in seinem Gesicht gewöhnt, dass sie ihr überhaupt nicht mehr auffielen, und oftmals war ihr danach, ihn auf die Wange zu küssen, um ihm ihre Wertschätzung zu zeigen, wenn er wieder einmal besonders fürsorglich gewesen war, doch sie beherrschte sich aus Angst, zu direkt zu sein.

Nell antwortete auf Fragen, die ihr gestellt wurden, begann von sich aus aber kein Gespräch und saß fast den ganzen Tag unkonzentriert und still herum, wenn sie nicht gerade umherwanderte. Die einzigen Themen, die sie munter machten, waren Geschichten über die Familie, aus der sie stammte, und über den irischen Doktor sowie seine Frau und Tochter. Für die Nachbarn oder gar Dan und ihre eigenen Kinder zeigte sie kaum Interesse.

31

Dan war nach dem Besuch des Grabes enttäuscht, da Nell dessen Bedeutung offenbar nicht klar erfasst hatte, und war vor Sorge sowie aus Schlafmangel schlecht gelaunt. Alle Kinder waren schwer an Windpocken erkrankt. Jack, Stevie und Larry würden der Schule zwei Wochen fernbleiben müssen. Jedoch war klar, dass sie tagsüber nicht im Haus bleiben wollten. Die kleine Schule im australischen Busch lag nur rund zweihundert Yard vom Grenzzaun der Farm entfernt, und die Jungs konnten die Rufe der Kinder hören, die zur Mittagszeit Schlagball spielten, und wünschten, sie könnten mitmachen. Sie gingen Zita auf die Nerven, die ständig frustriert schien, was durch Nells Entscheidung, nichts mehr zu essen, nicht besser wurde.

Wombat rang mit seinem Gewissen, als er bemerkte, dass sich Nells Zustand verschlechterte. Er war im Besitz einer Information, die Nell möglicherweise aus dem schwarzen Loch herausholen würde, in dem sie sich befand, oder aber sie noch tiefer hineinstoßen konnte. Er konnte nicht mit Sicherheit wissen, welche Konsequenzen es hätte, wenn er mit ihr sprach, doch schließlich gelangte er zu dem Schluss, dass sie ein Stadium erreicht hatte, da er ihr sein Wissen nicht länger vorenthalten konnte, ohne grausam zu sein. In der Überzeugung, dass er der Einzige war, der ihr sagen konnte, was niemand sonst in Australien wusste, lag ihm dieses Wissen schwer auf der Seele.

Nach einem Vormittag, an dem er Zita vor Hoffnungslosigkeit und Erschöpfung weinen gesehen hatte, entschied er, nun sei der Zeitpunkt gekommen.

Er wartete einen ruhigen Moment ab und reichte Zita dann eine Notiz, die er in gestochener Schönschrift geschrieben hatte und die da lautete: *Ich muss dir etwas sehr Ernstes mitteilen, und danach Nell, aber nicht Dan.*

»Dann mach«, sagte Zita, die sich fragte, mit was in aller Welt er wohl herausrücken würde. Er verwendete nur selten handschriftliche Notizen, denn gewöhnlich verließ er sich auf Handbewegungen, um sein Anliegen zu übermitteln. »Ich bin bereit, es zu hören.«

Auf ein zweites Blatt Papier schrieb er: *Alison und Dr. Lochlann Carmodys Baby sind Zwillinge*, und überreichte es ihr.

Zita nahm den Zettel. Sie las ihn rasch durch und spuckte vor Verachtung, als ihr die Bedeutung klar wurde. »Das weiß doch jeder. Geboren im selben Krankenhaus am selben Tag. Natürlich sind sie fast so etwas wie Zwillinge.«

Wombat schrieb: *Nein, ich meine echte Zwillinge. Dolores ist nicht tot. Sie lebt und wird Mary Anne Carmody genannt.*

»Wie kommst du denn darauf?« Zitas Stimme war auch jetzt voller Verachtung.

Ich sah das Carmody-Baby an dem Tag, als sie abfuhren. Ich hatte einen ganz freien Blick auf sie. Sie sah ganz genauso aus wie Alison.

»Was für ein Quatsch. Bist du verrückt geworden, oder was?«

Wombat schrieb: *Es ist wahr*, und sah sie mitfühlend an.

»Wie kommst du darauf? Soll ich etwa glauben, der Doktor hat eines von Mamas Babys geklaut? Und hat ihr sein eigenes, das tot war, untergeschoben? Das ist zu schrecklich, um es laut auszusprechen.«

Ich hab nicht behauptet, dass es Absicht war.

»Warum sagst du das erst jetzt? Warum hast du es nicht gleich damals gesagt?«

Ich habe es versucht. Sie haben mich nicht verstanden. Sie hatten es eilig fortzukommen.

»Wie soll ich dir glauben? Was weißt du schon von Babys? Hast du noch nie gehört, dass alle neugeborenen Babys gleich aussehen? Wie kommt es, dass ein Vertauschen niemandem sonst aufgefallen sein soll?« Zita spuckte wieder, nun vor Wut. »Gott sei Dank hast du das zuerst mir erzählt. Wage es nicht, Mama deine verrückte Geschichte zu erzählen. Willst du verhindern, dass es ihr jemals besser geht? Und sag es ja nicht Papa. Er würde dich hinauswerfen. Wie bist du nur auf diese lächerliche Geschichte gekommen?«

Wombat schrieb ohne Zögern: *Ich bin sicher, dass es so ist, und ich denke, es könnte Nell helfen, sich zu erholen, wenn sie es weiß.*

»*Du* denkst das? Seit wann bist du denn ein Experte für Mütter und Babys? Ich denke, du bist derjenige, dem man mal ein oder zwei Dinge sagen muss.« Sie stand auf, riss Wombat den Notizblock aus der Hand und packte ihn am Arm. »Warum gehst du nicht nach Hause? Warum redest du verdammt noch mal nicht? Alle wissen, dass mit deinen Stimmbändern alles in Ordnung ist. Warum gibst du dir verdammt noch mal keine Mühe? Warum verschwindest du nicht einfach und nimmst deine lächerliche Idee mit zurück in die Stadt und hörst auf, meine Familie durcheinanderzubringen?« Sie schubste ihn zur Tür hinaus. »Und tu uns allen einen verdammt großen Gefallen, wenn du schon dabei bist, und mach dir nicht die Mühe wiederzukommen.«

Sie öffnete die Ofenklappe, schob Wombats Notizen ins Feuer und schloss das Türchen wieder, bevor sie Wombat hinaus zu seinem Wagen folgte und ihn zornig anblitzte, bis er davonfuhr.

32

Zita, die seit dem Streit mit Wombat in einem Zwiespalt steckte, ließ Alison schlafend in der Küche und brachte ihre Mutter zu deren Lieblingsplatz unter dem Walnussbaum. Sie lauschte den Kakadus, die in den Obstbäumen zankten.

»Das ist schön, nicht wahr, Mama?«

Nell stimmte ihr zu.

»Sag mal, Mama. Hast du Mrs Carmodys Baby mal gesehen, bevor die Familie abgereist ist?«

»Nein«, sagte Nell, und ihr Gesicht hellte sich ein bisschen auf. Sie sprach gerne über die Carmodys, ein Umstand, den sich Zita nun zunutze machte. »Der Doktor brachte das Kind gleich nach der Entbindung nach Hause. Das war sinnvoll, denn Mrs Parker konnte sich um das kleine Mädchen kümmern, und im Krankenhaus fehlte Personal. Es hat mir leidgetan, dass ich sie nicht zu sehen bekam.«

»Weißt du, wie sie das Baby genannt haben?«

»Mary Anne. Zwei schöne Namen.« Nell holte tief und bebend Luft und sprach dann langsam mit trockenem Mund. »Es tat mir leid, als ich hörte, dass der Doktor fortgehen würde. So ein freundlicher Mann. Ich bekam einen Schock, als ich neulich den neuen Doktor sah. Ich ging davon aus, Dr. Carmody zu treffen. Ich hatte ganz vergessen, dass er nicht mehr da ist. Der neue ist zu alt.« Nell seufzte und verfiel erneut in Schweigen.

Zitas harsche Worte hielten Wombat von der Farm fern. Er kam nicht am folgenden Wochenende, wie Zita halb erwartet hatte, um zu sagen, dass er vielleicht einen Fehler begangen hätte und es ihm leidtäte. Glaubte er ernsthaft, dass Alisons Zwillingsschwester noch lebte und dass er der Einzige in Australien war, der das wusste?

Die einzige andere Person, die das hätte wissen können, war Mrs Parker, die Haushälterin des Doktors, aber sie war nicht mit Nell befreundet, weshalb sie diese und ihr Baby auch nicht während ihres zweiwöchigen Krankenhausaufenthalts besucht und sie seitdem auch nicht gesehen hatte. Und so hatte sie keine Möglichkeit gehabt, die Babys der beiden Frauen miteinander zu vergleichen. Scottie Cunningham, der Postbote, und Dr. Merton, die sonst noch bei der Abreise der Carmodys anwesend waren, hatten Alison nie gesehen, und so hatte es keinen Zweck, sie zu befragen.

Im Krankenhaus hatte keine Schwester Mary Anne Carmody zu Gesicht bekommen. Schwester Fulbright war mit Grippe an jenem Tag zur Arbeit erschienen, aber von Dr. Carmody heimgeschickt worden, und er selbst hatte seine Frau und das Baby nach Hause gebracht, bevor Schwester Townsend am Abend ihren Nachtdienst angetreten hatte. Der Doktor war mit den beiden Frauen an dem Tag, als die drei Babys zur Welt kamen, allein gewesen. All dies war in der Stadt allgemein bekannt.

Später am Nachmittag stellte Zita Nell erneut Fragen. »Wie war Mrs Carmody?«, fragte sie.

»Ich habe sie nicht persönlich kennengelernt. Manche Leute dachten, sie sei hochnäsig, da sie die Tochter eines Lords ist, aber ich glaube, sie war nur nervös. Nachdem ihr erstes Baby eine Totgeburt war, wurde es schlimmer mit ihr.

Sie blieb im Haus, um die Keime von Fremden zu meiden, so behauptet es jedenfalls Mrs Parker, die es Tante Tess erzählte, die es dann mir erzählte. Es ist nicht so, dass sie arrogant war.«

»Ich habe nicht gewusst, dass ihr erstes Baby gestorben ist.«

»Du musst in der Schule gewesen sein. Alle im Distrikt hatten Mitleid mit ihr, selbst wenn sie sie überhaupt nicht kannten. Deshalb war ich so glücklich, dass sie endlich ein lebendes Baby bekam. Die kleine Mary Anne.«

An jenem Abend sagte Zita, während sie an der Spüle stand, um ihre Mutter nicht ansehen zu müssen: »Mama, hast du die Zwillinge gleich nach ihrer Geburt gesehen?«

»Nein. Ich wurde am Ende mit Chloroform betäubt, wie bei den anderen Geburten auch.«

»Oh? Das wusste ich nicht.« Zita fühlte sich nicht wohl, wenn sie mit ihrer Mutter über das Kindergebären sprach, aber sie zwang sich dennoch fortzufahren. »Ist das normal?«

»Ich weiß es wirklich nicht. Ich hab immer darum gebeten. Ansonsten hätte ich es nicht durchgestanden.«

»Hat Mrs Carmody die Zwillinge gesehen?«

»Auch das kann ich dir nicht sagen. Ich denke, sie hat auch Chloroform bekommen. Der arme Dr. Carmody hat sich die Hacken abgelaufen. Ich wollte ihm nicht mit meinen Fragen die Zeit stehlen.«

»Also hast du Mary Anne nie gesehen?«

»Nein, leider nicht.«

»Und hat Mrs Carmody jemals Alison oder Dolores gesehen?«

»Nicht, dass ich wüsste.«

Zita drehte sich um und merkte, dass Nell aufgeregt aussah.

Sie wusste nicht, ob das an all den Fragen lag oder daran, dass sie das Wort Dolores benutzt hatte, das Zita noch nie aus dem Mund ihrer Mutter gehört hatte.

33

Ein Mann aus Sydney fuhr eine gewundene unbekannte Landstraße entlang und litt mit seinem neuen Jaguar, dessen wunderbar konstruierte Karosserie auf der rauen Schotterstraße kräftig durchgerüttelt wurde. Er war auf einer Dinnerparty anlässlich des fünfzigsten Geburtstags eines alten Kumpels gewesen und hatte beschlossen, anschließend noch zu fahren, anstatt bis zum Morgen zu warten, wie seine Freunde ihn gedrängt hatten. Er wollte vor dem Wochenende zu Hause sein und gerne ein gutes Stück hinter sich bringen, bevor er sich für die Nacht ein Bett in einem Hotel nehmen würde. Nachdem er Clarence verlassen hatte, hatte er die falsche Abzweigung genommen und den Fehler auf seine mangelnde Konzentration geschoben und nicht auf die Wirkung der zahlreichen Drinks, die er auf der Party gekippt hatte.

Erst als der glatte Asphalt Schotter wich, lächerliche zwanzig Meilen hinter Clarence, bemerkte er seinen Fehler. Dennoch dachte er, es lohne sich nicht, umzukehren und die korrekte Auffahrt zum Pacific Highway zu nehmen, wo er an der Küste entlang die ganze Strecke bis nach Sydney auf einem Teerbelag dahingleiten könnte.

Er und sein Wagen würden achtzig Meilen weit auf dieser gottverdammten Straße zu leiden haben und auf dem Weg hinauf in die Bergkette um zahllose Kurven hopsen. Riesige Eukalyptusbäume, die beidseits der Straße aufragten, schufen Areale undurchdringlicher Schwärze, da sie das Mondlicht abschirmten. Er genehmigte sich kräftige Schlucke Whiskey aus einer Flasche neben sich, um sich von der Würdelosigkeit, die seinem Jaguar widerfuhr, abzulenken. Bislang hatte er in der einen wie der anderen Fahrtrichtung kein einziges anderes Auto gesehen. Er hoffte, er würde nicht am Steuer einschlafen, bevor er Tamworth erreichte, seinen anvisierten ersten Zwischenstopp. Ursprünglich hatte er gehofft, es bis Scone zu schaffen, dann aber erkannt, dass er so lange nicht würde wach bleiben können. Nach jedem Schließen der Augenlider fiel es ihm schwerer, sie wieder zu öffnen.

Da tauchte vor ihm ein Geist auf und wedelte mit den Armen, als wolle er ihn anhalten. Er war so nah, dass der Mann keine Wahl hatte, als direkt durch ihn hindurchzufahren, wobei er erwartete, dass es sich anfühlen würde, als ob er Rauch durchquerte. Als er es laut rumsen hörte, spürte er gleichzeitig einen Ruck. Der Wagen reagierte kaum auf den Aufprall, und der Mann fuhr einfach weiter. Wer hätte gedacht, dass ein Geist aus so festem Stoff bestand? Er hoffte, dass der neue Kotflügel keine Delle hatte.

Erst ein paar Meilen weiter fiel ihm auf, dass der vordere rechte Scheinwerfer nicht funktionierte. Dieser verdammte Geist musste ihn zerstört haben. Kein echter Geist, natürlich. Er war Rationalist und glaubte nicht an so etwas. Doch wenn er daran geglaubt hätte, wäre diese Straße in dieser Nacht die perfekte Kulisse für Geistererscheinungen gewesen. Das Einzige, was fehlte, war der heulende Wind. Höchstwahrscheinlich hatte er soeben ein graues Wallaby getroffen. Die Sache mit den wedelnden Armen musste er sich eingebildet haben, denn Wallabys hatten sehr kurze Vorderbeine. Er sollte zurückfahren und nachschauen, dass die Kreatur nicht verletzt am Straßenrand lag. Das wäre anständig: das Tier von seinem

Elend zu erlösen, falls es noch da war und es nicht geschafft hatte wegzuhoppeln. Bei diesem Unterfangen gab es jedoch zwei Probleme – er wusste nicht, wie er ein Tier von seinem Elend erlösen sollte, und mittlerweile war er seit dem Aufprall ein gutes Stück weitergefahren, sodass er nicht glaubte, die Stelle in der Dunkelheit wiederzufinden, selbst wenn er umdrehte, um danach zu suchen. All diese finsteren Kurven, die von finsteren Bäumen gesäumt waren, sahen gleich aus.

Da der rechte Scheinwerfer nicht funktionierte, würde er aufpassen müssen, dass er nicht im Graben landete. Er nahm noch einen Schluck Whiskey und begann *You Are My Heart's Delight* zu singen, um sich besser zu konzentrieren.

34

Dan wachte auf und stellte fest, dass die Decke auf Nells Seite des Bettes zurückgeschlagen war und das Laken sich kalt anfühlte. Er drehte den Docht der Kerosinlampe neben seinem Bett hoch, damit er das Ziffernblatt seiner Armbanduhr ablesen konnte. Es war eine halbe Stunde nach Mitternacht.

Er suchte die Räume des Hauses mithilfe der Lampe ab, und danach im Licht des Halbmonds den Garten, wobei er die ganze Zeit über leise Nells Namen rief, um die Kinder nicht zu wecken. Als er keine Antwort bekam und auch keine Spur von ihr fand, zog er sich an und rannte den Weg hinunter bis zum Briefkasten. Keine weiße Gestalt auf der Straße in der Ferne, weder in der einen noch in der anderen Richtung. Nur Gott wusste, wie viel Zeit verstrichen war, seit sie fortgegangen war, oder welche Richtung sie eingeschlagen hatte.

Er kehrte zur Scheune zurück, nahm das Zaumzeug, um Troubadour einzufangen, der, wie sich jedoch herausstellte, nicht im Hof war, wo er, für den Notfall, hätte sein sollen. Die obere Schubstange war nicht an ihrem Platz. Das Pferd musste sie erst nach oben und dann herausgestoßen haben. Über die verbliebenen zwei unteren zu springen wäre für es kein Problem gewesen. Der Mistgaul wurde langsam cleverer, als ihm guttat. Dan griff sich einen Maiskolben und ging auf die Koppel, wobei er rief: »Kip, kip, kip.« Als er weiterging, kam er an den dunklen Gestalten der Kühe vorbei, er trat in Brennnesseln und Disteln und stolperte über Büschel von Tussockgras, während er unablässig »Kip, kip, kip«, rief.

Der Mistgaul kommt doch nie, wenn man ihn ruft, dachte Dan. Warum sollte er es ausgerechnet jetzt tun? Ich vergeude bloß wertvolle Zeit. Nur in Filmen kommen Pferde freiwillig heran, lassen die Köpfe sinken und legen sich das Zaumzeug fast schon selbst an. Alle Pferde auf dieser Farm hauen ab, sobald sie jemanden mit Zaumzeug näher kommen sehen. Wir müssen sie im Hof in die Ecke treiben und dabei unsere Arme entschieden ausbreiten, und sie stoßen dennoch dagegen und lassen uns stehen wie verfluchte Vogelscheuchen.

Troubadour tauchte von der Seite her auf und schnappte nach dem Maiskolben. Dan hielt ihn fest und streckte die Hand aus, um dem Tier die Zügel um den Hals zu legen. Troubadour warf mit einem Schnauben den Kopf hoch und galoppierte im Kanter in die Dunkelheit davon.

Dan war so zornig und frustriert, dass er das Gefühl hatte, als würden seine Eingeweide bis in seinen Hals hinauf anschwellen. »Du elender verfluchter Mischling«, schrie er dem Hengst hinterher. »Ich werde dir eine Lektion verpassen, die du nicht vergisst, wenn ich dich kriege, du Bastard von einem Tier!« Er stand da und fühlte sich hilflos. »Nell, wo bist du?« Er drehte sich im Kreis und versuchte die Dunkelheit, die ihn umgab, irgendwie zu durchdringen. Da war kein Geräusch von fernen Hufschlägen. »Ich blas dir dein verfluchtes Hirn raus, du nutzloser verfluchter Mistgaul!«, rief er und ließ erneut eine Salve von Flüchen folgen, als er zur Scheune zurückstolperte und das Zaumzeug durch die Tür nach innen warf. Mit zunehmender Panik wegen der Zeit, die er verloren hatte, band er seine Hündin Cactus los. Er war froh über ihre Begleitung und hoffte, sie würde ihm eine Hilfe sein, dann rannte er den Weg zur Straße hinunter, wo er stehen blieb und nicht wusste, in welche Richtung er gehen sollte.

»Bitte, lieber Gott, mach, dass ich die richtige Entscheidung treffe.«

Er beschloss, sich nach links, Richtung Süden, zu wenden, da dies die Route war, die Nell bislang leicht bevorzugt hatte.

Er rannte zwei Meilen weit bergan, bis ihm sein Herzschlag in den Ohren klopfte und seine Luftröhre brannte und er gezwungen war anzuhalten, um zu verschnaufen. Seit er sich für diesen Weg entschieden hatte, stellte er sich vor, wie Nell in die entgegengesetzte Richtung den Berg hinunterlief, sodass sie sich mit jedem Schritt, den er machte, weiter voneinander entfernten.

Gottverdammter Troubadour! Dan quälte sich mit dem Gedanken, dass er, wäre der Gaul nicht aus dem Hof entkommen oder herbeigelaufen, als er gerufen wurde, wesentlich weiter und schneller vorangekommen wäre als jetzt und Nell inzwischen bestimmt gefunden hätte.

Die Überzeugung, dass Nell in die andere Richtung gelaufen war, wurde so stark, dass Dan an der Drei-Meilen-Marke umdrehte und auf demselben Weg zurückmarschierte. Das Gefälle war eine Wohltat für seine protestierenden Muskeln. Als er seinen Briefkasten erreichte, ging er nicht zum Haus hinauf, um zu schauen, ob sie in der Zwischenzeit wieder zurück war, da ihm auf der Straße in beiden Richtungen kein Fahrzeug begegnet war, woraus er den Schluss zog, dass Nell nicht aufgegriffen und gerettet worden war.

In dieser Dunkelheit auf der unebenen Straße wäre es ein Leichtes, über einen vorstehenden Stein zu stolpern oder aus Versehen in ein Loch zu treten. Er hoffte, Nell hätte einen kleinen Unfall gehabt und säße in diesem Augenblick am Straßenrand, ohne dass ihr etwas Ernsteres als ein verstauchter Knöchel zugestoßen wäre.

Obgleich er überzeugt war, dass er auf der Straße jeden Stein und jedes Loch kannte, stellte er fest, dass er in seiner Orientierung unsicher war und manchmal nicht genau wusste, auf welchem Abschnitt der Straße er sich gerade befand. Er joggte fünf Meilen weit, wie ihm ein Meilenstein am Straßenrand anzeigte, den er nur zu gut kannte, bevor er anhalten musste, damit das schmerzhafte Seitenstechen abklingen konnte.

Jetzt war er überzeugt, dass Nell sich, wie er anfänglich vermutet hatte, nach Süden gewandt hatte, und wenn er seine Meinung nicht geändert und zu früh bei der Drei-Meilen-Marke umgedreht wäre, hätte er sie nun bestimmt eingeholt.

Er schaute den Berg hoch und sah, wie das Mondlicht auf das Blechdach der Hütte schien, die Bluey gehörte, dem einzigen Junggesellen in der Nachbarschaft. Ein Mann, der zu Besuchen nicht gerade ermunterte. Dan war zu weit gegangen, um sich darum zu scheren. Bluey besaß einen Chev, und das war etwas, das Dan genau jetzt brauchen konnte. Er fand den Weg zum Haus zwischen Brombeersträuchern, schlug gegen die Vordertür und rief dazu, bis Bluey endlich öffnete. Er hielt eine Kerosinlampe in der Hand und war vollständig angezogen. Es bestand keine Notwendigkeit, ihm zu erzählen, was los war, denn auch er gehörte zu den Leuten, die Nell bei einem ihrer Streifzüge gefunden und wieder nach Hause gebracht hatten.

»Nimm den Wagen, Kumpel. Die Schlüssel stecken, aber die Batterie könnte leer sein. Bin eine ganze Weile nicht unterwegs gewesen.« Die Nachbarn rissen Witze darüber, dass Blueys Wagen nach vier Jahren nur fünfhundert Meilen auf dem

Tacho hätte. »Wart einen Moment, ich komm gleich raus und schieb dich an.«

Mit Cactus hinten im Wagen fuhr Dan die Straße entlang nach Süden, also in die Richtung, die er ursprünglich gewählt hatte, als er bei der Drei-Meilen-Marke anhielt. Er fuhr von seinem Briefkasten diesmal acht Meilen weit, wobei er wünschte, der Wagen wäre Troubadour. Mit dem Wagen hatte er Angst, immer mal wieder anzuhalten, um die Straßengräben abzusuchen, da er fürchtete, der Motor könnte ausgehen und er wäre dann nicht mehr in der Lage, ihn wieder zu starten, da die Batterie so schwach war und der Weg bergauf führte. Und er konnte auch nicht allzu dicht am Straßenrand fahren, aus Angst, in dem losen Schotter ins Rutschen zu kommen und im Graben zu enden. Säße er auf Troubadour, könnte er auf beiden Seiten näher am Straßenrand bleiben und im Zickzack hin und her wechseln, um einen genauen Blick in die Gräben zu werfen, falls Nell ausgerutscht und in einen hineingefallen war. Cactus würde hinter ihm und dem Pferd herrennen, anstatt im Wagen zu sitzen, und Nell schneller erschnüffeln, als er sie in der Dunkelheit erkennen konnte.

Dan hoffte, seine Frau auf einem Meilenstein ausruhen zu sehen, bis sie neue Energie gefunden hätte für ein paar weitere Meilen fruchtloser Suche; doch er sah sie nicht und auch sonst niemanden, der zu Fuß, zu Pferd oder in einem Fahrzeug unterwegs war. Nicht, dass er mitten in der Nacht etwas anderes erwartet hätte.

Wieder zurück bei seinem Briefkasten, fuhr er zehn Meilen weiter nach Norden und danach, von einer Kreuzung aus, die drei Meilen von der Farm entfernt lag, fünf Meilen nach Osten auf der Straße nach Redmundo.

Er überlegte, das Ganze zu wiederholen und in jeder Richtung eine noch längere Strecke abzusuchen, doch mittlerweile fragte er sich, ob Nell an irgendeiner Einmündung vielleicht die Straße verlassen hatte und nun auf Saumpfaden entlanglief oder, schlimmer noch, in die Wildnis gegangen war und die Orientierung verloren hatte. Er konnte sich vorstellen, dass sie irgendwo in der Wildnis im Kreis herumstolperte, sich im Gestrüpp verfing und Panik bekam, wenn sie merkte, dass sie sich verlaufen hatte.

Er fuhr den Wagen zurück zu seinem Nachbarn, ließ ihn vor dem Tor stehen und ging zu Fuß nach Hause, wobei er betete, Nell möge auf der Farm sein, wenn er dort eintraf, nur Minuten zuvor von einem unbekannten Reisenden dort abgesetzt.

Doch es kam kein fremdes Auto den Weg entlang, und Nell war auch nirgendwo im Haus.

Er würde bis Tagesanbruch warten, bevor er sich erneut auf die Suche begab, und diesmal würde er den Mistgaul Troubadour einfangen und mit ihm losreiten, begleitet von Cactus. Mit diesem Paar konnte er Nell nicht übersehen, selbst wenn sie weitab von der Straße herumirrte.

Gegen fünf Uhr früh schlief er im Schaukelstuhl neben dem Herd ein.

Um sechs Uhr wurde er von der Sonne geweckt, die ihm ins Gesicht schien, und durch das Klappern von Pferdehufen.

Da ist sie, dachte er benommen. Troubadour hat sie zurückgebracht.

Er ging zur Vordertür. Ein sonnengebräunter Viehtreiber war am Tor. Er saß auf einem Pferd und hielt die Zügel eines anderen fest, über dessen Sattel ein Bündel lag.

Bei dem Viehtreiber war Bluey. Er erzählte Dan später, er habe nach Dans Besuch nicht schlafen können, habe bei

Tagesanbruch aufgesattelt und sei losgeritten, um Nell zu suchen.

»Es tut mir leid, Dan. Es ist Nell«, sagte Bluey und deutete auf das eingewickelte Bündel auf dem Packpferd. »Der Mann hier hat sie gefunden. Von einem Auto erwischt, wie es aussieht.«

Der Viehtreiber stieg ab, nahm den Hut ab und schlug die Decke auf, sodass Nell zum Vorschein kam, in ihrem weißen Nachthemd und mit ihren schönen Haaren, die sie meist zu einem straffen Knoten gebunden hatte und die nun in wilden, verworrenen Strähnen herunterhingen.

Die drei Männer hoben ihren zerschmetterten Körper sanft aus dem Sattel, brachten sie ins Haus und legten sie auf ihre Seite des Bettes. Als Dan ihr die Arme auf der Brust kreuzte, fiel ihm auf, dass sie noch immer warm war.

Noch immer warm um sechs Uhr morgens?

»Wo war sie?«

»Neben dem Abwasserrohr unter der Straße, aber nicht im Wasser.«

Dan gelang es, den Geschmack von Erbrochenem in seinem Mund hinunterzuwürgen. Er war zwei Mal an dem Durchlass vorbeigefahren, einmal auf dem Hin- und einmal auf dem Rückweg. Er lag vier Meilen entfernt in südlicher Richtung. Dan hatte eine Meile davor angehalten, als er beim ersten Mal zu Fuß unterwegs gewesen war.

Sie war noch immer warm. Wie sollte er das ertragen?

Wäre er auf Troubadour geritten, wäre er dicht genug am Straßenrand gewesen, um in das Rohr zu schauen. Selbst wenn er Nell in der Dunkelheit nicht gesehen hätte, hätte der Hund sie gefunden und ihn mit seinem Bellen alarmiert.

Er hätte sie retten können. Wäre er nicht gleich zu Anfang zu früh umgedreht!

Der Viehtreiber entschuldigte sich dafür, dass er nicht länger bleiben könne, aber er hatte nur ein unerfahrenes Kind bei sich, und die Rinder, um die er sich kümmern musste, befänden sich inzwischen überall auf der Straße, deshalb müsse er sofort los und die Herde unter Kontrolle bekommen, bevor die Tiere einen Unfall verursachten.

Dan wollte, dass er blieb, um mit ihm zu sprechen, doch als er sah, dass der Viehtreiber gehen würde, stellte er ihm ohne Umschweife die entscheidende Frage. »Hat sie noch gelebt, als Sie sie fanden?«

»Nein, Kumpel. Wir kamen zu spät. Ich hab sie sorgfältig untersucht. Sonst hätt ich sie nich' bewegt.«

»Bleib bei Nell, Bluey, und lass die Kinder nicht herein«, sagte Dan, nachdem der Viehtreiber gegangen war. »Zita wird bald aufstehen.« Er nahm das Gewehr aus der Ecke des Zimmers und schob zwei Patronen in die Läufe.

»Mach keine Dummheit«, sagte Bluey erschrocken.

»Mach ich nicht«, sagte Dan, als er ging. »Ich will dem Mistgaul nur einen Schreck einjagen.«

»Ich kümmere mich ums Melken. Mein Vieh kann warten.«

Dan schritt bereits auf die Koppel zu und war zu weit entfernt, um das Angebot noch zu hören.

»Kip, kip, kip«, rief er.

Zita sauste in gewohnter Eile in die Küche, um Tee und Toast für alle zuzubereiten, bevor sie sich an ihre morgendliche Aufgabe im Melkraum machte. Doch als sie Bluey verlegen am Herd stehen sah, hielt sie inne.

»Moin«, sagte Bluey und starrte auf den Boden.

Sie war froh, dass sie einen Morgenmantel angezogen hatte, selbst wenn ihr knöchellanges Flanellnachthemd, wie das ihrer Mutter, mit seinem hochgeschlossenen Kragen, den langen Ärmeln und dem dicken Stoff nicht züchtiger hätte sein können.

»Ist Mama wieder losgezogen?«, fragte sie und versuchte das Gefühl der Demütigung zu verbergen, das sie jedes Mal empfand, wenn sie daran dachte, was für einen Eindruck ihre Mutter hinterließ, wenn sie in aller Öffentlichkeit im Nachthemd herumwanderte. Die Tatsache, dass die arme Nell nicht wusste, was sie da tat, rief bei ihr Mitleid hervor, machte die Scham aber nicht kleiner.

»Sie ist wieder da«, sagte der alte Junggeselle und drehte sich zum Herd um, allerdings nicht schnell genug, um zu verhindern, dass Zita die Tränen auf seinen Wangen sah.

Ihr schien ein Stromstoß durch den ganzen Körper zu schießen, und ihre Knochen wurden weich wie Butter.

»Wo ist sie?«

Bluey gab ein würgendes Geräusch von sich, als er zu antworten versuchte, brachte aber kein Wort heraus.

»Ist sie im Schlafzimmer? Wo ist Papa?«

Bluey, der das Gesicht immer noch abgewandt hatte, wischte sich mit dem Ärmel die Nase ab, bevor er mühsam antwortete. »Dan sagte, du kannst nich' ins Schlafzimmer geh'n. Er ist hinunter zur Koppel.«

Zita stolperte, vor Qual und Schwäche vornübergebeugt, aus der Diele und ins Schlafzimmer ihrer Eltern. Bluey folgte ihr, hatte jedoch keine Ahnung, ob er sie aufhalten sollte oder nicht – sich durchzusetzen, entsprach nicht seinem Charakter.

Zita sah die reglose blutüberströmte Gestalt ihrer Mutter mit dem weißen Gesicht auf dem Bett.

»Lass die Kinder nicht herein, Bluey. O Gott, Mama, was ist mit dir passiert? Halt die Kinder fern, Bluey«, schluchzte sie. »Mama, was sollen wir ohne dich machen? Jetzt hast du es also geschafft. Mami, es tut mir so leid.«

Zita hatte das Gefühl, unkontrolliert einen steilen Berg mit lockerem Geröll hinunterzutaumeln, zu rutschen und zu gleiten, ohne dass sie das Gleichgewicht halten konnte, und mit dem Kopf voran in einen dunklen Abgrund zu fliegen.

Bluey wusste nicht, was er angesichts ihres Jammers tun sollte. Er ging aus dem Zimmer und zurück in die Küche. Er fragte sich, ob er es sich nur eingebildet hatte oder ob Zita tatsächlich etwas gesagt hatte, das ihm äußerst merkwürdig erschien: »Mama, warum habe ich nicht auf Wombat gehört?«

35

Zwei Priester von St. John's fuhren Kevin und Mick zum Begräbnis nach Redmundo. Cheryl traf die Entscheidung, dass Alison, Hanna und Jack zu klein waren, um hinzugehen, und verzichtete auf die Teilnahme, um auf sie aufzupassen. Zita hatte keine Ahnung, wie man sich auf einer Beerdigung zu benehmen hatte, und war dankbar für jeden Rat. Dan überließ alle Details dem Bestatter und Father Daly. Zita brachte Larry und Stevie mit und setzte sich mit ihnen, Mick, Kevin und Dan in die erste Kirchenbank. Die Tanten nahmen hinter ihnen Platz.

Die kleine Holzkirche konnte die Menge der Gläubigen, die aus allen Teilen des Distrikts kamen, nicht fassen, weshalb viele draußen im Sonnenschein standen und die Köpfe senkten, während drinnen die Totenmesse auf Latein gehalten wurde.

Wombat setzte sich nach hinten in die Kirche und wünschte sich, er hätte nicht auf Zita gehört. Sie war doch noch ein Kind. Er hätte den Zettel nicht Zita, sondern Nell geben sollen. Dann wäre sie jetzt vielleicht noch am Leben. Sie hätte aufgehört, nach Dolores zu suchen, und wäre nicht mitten in der Nacht auf der Straße entlanggewandert, sodass die Katastrophe ihren Lauf nehmen konnte. Nell hielt so viel von Dr. Carmody, dass das Wissen, dass Dolores sich in seiner Obhut befand und sie seiner zuvor unglücklichen Frau Freude gebracht hatte, sie vielleicht sogar glücklich gemacht hätte.

Zita konnte sich nicht verzeihen, dass sie nicht auf Wombat gehört hatte. Hatte sie, wie so manche in Redmundo, tief im Innern geglaubt, dass das Feuer, in das er im Alter von vier Jahren gefallen war, nicht nur sein Gesicht, sondern auch seinen Verstand geschädigt hatte und dass er nun nicht mehr ganz bei Sinnen war? Als sie ihn näher kennenlernte und sah, wie gut er buchstabieren und schreiben konnte, hätte sie das eines Besseren belehren sollen.

Doch selbst wenn Wombat mit seiner Behauptung falschlag, hätte sie Nell dennoch Hoffnung geben können, bis etwas anderes bewiesen war.

Dan dachte an das offene Tor und wie Troubadour ihm unten auf der Koppel ausgewichen war, als er mit dem Zaumzeug gekommen war. Er war überzeugt, dass er Nell in dem Abflussrohr gefunden hätte, wenn er Troubadour geritten hätte.

Father Daly sagte in seiner Predigt, Nell sei eine tugendhafte Frau gewesen und »viel edler denn die köstlichsten Perlen«. Dan dachte, dass der Pfarrer sie stark unterschätzte.

Zita wünschte, sie hätte Nell an dem Tag, der mit dem Unfall endete, nicht mit Fragen bombardiert. Sie war das Thema von verschiedenen Seiten angegangen und hatte sogar das Wort Dolores laut ausgesprochen. Wer wusste schon, ob dieses Drängen die Mutter nicht mitten in der Nacht zur Suche nach draußen getrieben hatte? Im Rückblick war sich Zita wohl bewusst, dass Nells Antworten darauf hindeuteten, dass Wombats Annahme wahr war.

Dan versuchte sich mit dem Gedanken zu trösten, dass Nell nun glücklich war, im Himmel vereint mit ihrer kleinen Tochter Dolores. Allein sein fester Glaube spendete ihm ein wenig Trost.

Zita sah zu ihrem jüngeren Bruder, der neben ihr in seinem Schulblazer saß, und dachte an ihren eigenen Blazer, der im Schrank der Mädchen hing und wahrscheinlich erst wieder getragen werden würde, wenn Hanna in zehn Jahren an der Reihe war, nach St. Mary's zu gehen. Da würden ihn dann wohl die Motten schon halb aufgefressen haben. Sie dachte an ein glänzendes Krankenhaus, in dem sie während ihres Praktikums zu leben gehofft hatte, und verglich es mit den Melkboxen voller Dung und fragte sich bitter, wie sie es ertragen sollte, dass all ihre Chancen nun dahin waren, und wie sie die Jahre auf der Farm überstehen sollte, bis Alison groß war.

Wombat reihte sich nicht in die Schlange der Trauergäste ein, die der Familie ihr Beileid ausdrückten, sodass Zita nach ihm Ausschau halten musste. Sie sagte ihm, dass es ihr leidtue, dass sie ihm gegenüber die Beherrschung verloren hatte, dass sie wünschte, sie hätte auf ihn gehört, und nun hoffte, er würde wieder zur Farm hinauskommen.

Er sah erleichtert aus und nickte. Ja, das werde er tun.

Nach dem Leichenschmaus, den die Damen in den Räumen des Landfrauenbunds ausrichteten, waren Kevin und Mick die Ersten, die gingen; sie wurden von den beiden Priestern zurück in die St.-John's-Schule gefahren. Dan ging mit einer Gruppe von Männern in den Pub, und Zita, Stevie und Larry ließen sich von einem Nachbarn nach Hause bringen, gerade rechtzeitig für die nachmittägliche Arbeit im Melkraum. Cheryl brachte die drei Jüngsten zurück und sagte, sie habe Jack einen kräftigen Klaps geben müssen, da er nicht tat, was ihm gesagt wurde, Hanna habe die ganze Zeit gepfiffen und Alison habe auch Theater gemacht.

Zita war verletzt und peinlich berührt, das zu hören. »Alison führt sich normalerweise nicht so auf«, sagte sie.

»Du verwöhnst sie und fütterst sie jedes Mal, wenn sie schreit, das ist das Problem.« Cheryl hatte endlich die Gelegenheit, etwas auszusprechen, was sie schon lange loswerden wollte. Nun kam sie vor lauter Ungeduld, es zu sagen, leicht außer Atem. »Sie braucht klare Regeln, oder sie tanzt dir auf dem Kopf herum. Ich habe mich heute nicht von ihr zum Narren machen lassen, das kann ich dir versichern. Sie gab nach und weinte sich in den Schlaf. Sie hat schnell begriffen, wie es läuft. Du solltest sie pünktlich alle vier Stunden füttern und ihr dazwischen nichts geben. Das wird sie bald zur Vernunft bringen.«

Zita meinte, sie habe nicht gewusst, dass sie das tun sollte. »Mama mochte es nicht, ihr Baby weinen zu hören«, sagte sie, um sich zu rechtfertigen.

»Deine Mutter war entschieden zu weichherzig, eine Sklavin ihrer Kinder. Kleine Babys sind furchtbar gerissen. Das hab ich immer wieder erlebt.« Cheryls Augen glühten vor Eifer. Sie war überzeugt, dass Zita noch jung und auch unsicher genug war, um überredet werden zu können, die neuen Methoden anzunehmen. »Du musst Alison zeigen, wer der Herr im Haus ist.«

Zita, die inzwischen wieder ihre Arbeitskleidung angezogen hatte, justierte die Abzugsregler des Ofens, damit sich kein Rauch im Raum sammelte, während die Tür offen stand. Sie stocherte in den glühenden Holzstücken mit einem eisernen Schürhaken, damit die Hitze die richtige Temperatur hatte, wenn sie aus dem Melkraum zurückkam, um Kartoffeln zu kochen, die es zu dem Lammbraten geben sollte, den ihnen eine Nachbarin dagelassen hatte. Sie schob drei gespaltene

Holzscheite in den Ofen. Sie passten nicht. Sie hob den Gummistiefel, um sie mit Gewalt hineinzudrücken, aber sie bewegten sich nicht. Sie nahm ein Scheit heraus, veränderte die Lage der beiden anderen und schob es wieder hinterher. Larry kam herein und sah sie in Gefahr, durch die Wucht des Schlags umzufallen, als sie erneut gegen die drei Scheite im Feuerkasten trat. Die beiden Kleinen, die wartend neben dem Kinderwagen standen, in dem Alison schrie, wichen Zita aus und verfolgten die Wut ihrer großer Schwester mit ängstlichem Schweigen. Larry stellte sich vor Zita, zog ein Holzscheit heraus, schob die beiden anderen ohne Schwierigkeiten zurecht und schloss die Ofentür. Er dimmte den Abzug und nahm das widerborstige Scheit, das an einem Ende heiß war, mit nach draußen und legte es auf den betonierten Weg, wo es keinen Schaden anrichten konnte. Zita sah zu, schmallippig und besiegt, und schlug mit dem eisernen Schürhaken gegen die Außenseite des Herds, sodass Stückchen der Emaille abbrachen. Es war die erste Beschädigung, die der Herd überhaupt erfuhr.

Stevie hatte bereits den Dieselmotor der Melkmaschine angeworfen und zwei Kühe angeschlossen, als Zita mit Larry und den Kleinen im Melkraum eintraf. Jack und Hanna sollten von Alison in ihrem Kinderwagen die Fliegen fernhalten, doch sie gerieten in Streit und stoben in unterschiedliche Richtungen davon. Zita fühlte sich zu erschöpft und mutlos, um ihnen hinterherzujagen. Das würde sie morgen mit ihnen klären.

Sie zog einen Schemel in die dritte Box, stellte sich einen Eimer zwischen die Knie und war bereit, Tulip gut zuzureden, damit die Milch einschoss, bevor sie das Tier an die Maschine anschloss. Sie drehte das Gesicht zur warmen, tröstlichen Flanke der Kuh, um vor den anderen die Tränen der Hilflosigkeit, Wut und Trauer zu verbergen, die sie nicht länger zurückhalten konnte.

Überall spürte sie Nells Abwesenheit. Sie hatte ihre Mutter für immer verloren. Sie hatte Nell für heute verloren und für morgen und für jeden Tag danach. Wie sollte sie mit dieser immerwährenden Leere fertigwerden?

Zita war nun gezwungen, all den Kindern eine Ersatzmutter zu sein, bis Alison alt genug war, für sich selbst zu sorgen. Zwölf Jahre lang. Diese entsetzliche Aussicht trieb sie dazu, das Gesicht in die Seite der Kuh zu drücken, damit diese ihre aufsteigenden Schluchzer dämpfte.

Sie dachte an Dr. Carmody und daran, wie viel ihre Mutter von ihm gehalten und wie gerne sie von ihm gesprochen hatte, doch alles, was Zita für ihn empfinden konnte, war unbändiger Hass.

36

Cat hätte nie gedacht, dass Nell für Dan gut genug sei, da sie im tiefsten Busch aufgewachsen war und mit zwölf Jahren die Schule verlassen hatte, doch so, wie Nell gesprochen hatte, wäre man darauf niemals gekommen. Wie sich herausstellte, musste sie etwas im Kopf haben, denn all ihre Kinder waren intelligent, und diese Intelligenz konnten sie nicht nur von Dan geerbt haben. Schließlich musste Cat widerstrebend anerkennen, dass sich Nell als eine bodenständige, hart arbeitende, selbstlose Frau und Mutter erwiesen hatte. Das einzig Falsche, das sie je getan hatte, war tatsächlich, dass sie Cat daran gehindert hatte, Alison zu adoptieren.

Nun, da Nell nicht mehr da war, sah Cat keinen Grund, warum sie ihre Bitte gegenüber Dan nicht von Neuem vorbringen sollte. Er hätte sie das erste Mal nicht abgelehnt, wenn Nell nicht dazwischengefunkt hätte. Sie täte der Familie damit einen Gefallen. Ein junges Mädchen wie Zita würde froh sein, wenn sie das Baby los wäre.

»Du hast keinen Grund, sie mir jetzt zu verweigern«, sagte Cat am Morgen nach der Beerdigung zu Dan. »Ich könnte sie innerhalb von einer Stunde einpacken und weg sein, und so hättest du eine Person weniger, um die du dir Sorgen machen müsstest. Du weißt, das ich mich gut um sie kümmern werde.«

Dan war tief in der Nacht von zwei Nachbarn, die stolz darauf waren, dass sie an dem Tag auf ihn aufgepasst hatten, zu

Hause abgeliefert worden. In dem Zustand, in dem er sich befand, war er nicht wirklich in der Lage zu reden, doch Cat konnte ihre Ungeduld nicht länger bezähmen.

Er hatte sich in seinem Leben noch nie schlechter gefühlt. Der Kater war nicht wichtig und würde vorübergehen. Doch seine Trauer, sein Schuldgefühl und seine Empörung würden das nicht. Er wünschte, Cat hätte das Thema nicht noch einmal zur Sprache gebracht.

»Daran habe ich nie gezweifelt, Cat, aber ich sagte dir schon, ich kann sie nicht gehen lassen.«

»Aber das war wegen Nell. Jetzt, da sie gegangen ist ...«

»Jetzt, da sie gegangen ist, wie kann ich da Alison gehen lassen? Sie hat ihre Mutter und ihre Zwillingsschwester verloren. Wie kann sie da auch noch ihren Vater und ihre sieben Brüder und Schwestern verlieren?«

»Sie wird sie nicht verlieren. Sie kann sie doch besuchen. Es ist doch nicht so, dass ich euch von ihr fernhalten würde. Ich kann ihr alles geben. Für Zita ist es schon schwer genug, mit all diesen Kindern und der Melkkammer und dem Garten fertigzuwerden, ohne obendrein auch noch ein Baby versorgen zu müssen.«

Als Zita, die reglos auf der Tretnähmaschine hinter der offenen Tür saß, hörte, dass sie möglicherweise von Alison befreit werden würde, fühlte sie sich, als habe man sie an eine Batterie angeschlossen, die ein Licht im dunklen Nebel ihrer Hoffnungslosigkeit zum Leuchten brachte. War das wirklich denkbar? Sie hatte sich mit der Aussicht abgefunden, Alison aufziehen zu müssen, aber jetzt, da die Chance bestand, alldem zu entgehen, war sie Cat nichts als dankbar.

Wenn sie die Last mit einer ungefähr gleichaltrigen Schwester hätte teilen können, hätte sie vielleicht die Aussicht auf die nächsten zwölf Jahre nicht so entmutigend gefunden, doch sie war in der Familie von Männern umgeben, und ihre beiden Schwestern waren noch Kleinkinder.

»Sie hat es bis jetzt geschafft«, sagte Dan in einem Ton, der nicht zu Widerspruch aufforderte. »Nell hat ihr viel beigebracht, und unsere Nachbarin Cheryl ist eine große Stütze. Zita ist ein sehr fähiges Mädchen.«

»Das sehe ich, aber die Behörden haben vielleicht etwas dagegen, wenn ein so junges Mädchen die Schule verlassen muss, um sich um fünf kleine Kinder zu kümmern.«

»Das wird nicht der Fall sein. Zita ist in einem Alter, in dem sie bereits von der Schule abgehen kann, und sie ist eine kluge Person, also besteht kein Grund für irgendjemanden, mit dem Finger auf uns zu deuten. Das ist eine reine Familienangelegenheit, die niemanden sonst etwas angeht.«

»Da liegt ein sehr, sehr langer Weg vor ihr«, sagte Cat und unternahm damit einen letzten Versuch, Dan umzustimmen. »Wenn Alison nach dem Gesetz mein Kind wird, ist Zita zwei Jahre früher frei, was in dem Alter, in dem sie dann sein wird, wichtig ist.«

»Das reicht als Grund nicht aus.«

Vielleicht nicht für dich, lieber Bruder, aber du bist keine Frau. »Überlege doch nur, wie sehr Alison davon profitieren wird. Tu es um ihretwillen. Sie wird alles erben, für das Fritz schuftet, wenn er den lieben langen Tag in diesem vermaledeiten Laden steht.«

»Das kann für mich kein Argument sein.«

Zita, die sich von der Nähmaschine erhob und nun hinter der Tür hervortrat, sagte, bevor sie sich noch zurückhalten konnte: »Lass sie gehen, Papa.« Sie wollte sagen: »Lass Hanna auch gehen«, traute sich jedoch nicht. Wenn die zwei Jüngsten aus dem Weg wären, so glaubte sie, hätte sie eine kleine Chance, in die Zukunft zu blicken, ohne zu verzweifeln.

Dan und Cat fuhren herum und schauten sie an. Sie hatten nicht gemerkt, dass sie da war.

»Es wäre für alle das Beste«, fuhr Zita fort, überrascht über ihren Mut, den Mund aufzumachen. »Tante Cat wäre eine wundervolle Mutter.«

»Danke, Zita. Es ist nett, dass du das sagst. Ich glaube auch, dass ich das wäre, wenn ich nur die Chance dazu bekäme.«

»Ich habe in der Sache mein letztes Wort gesprochen«, sagte Dan. »Ich möchte von euch beiden kein Wort mehr dazu hören.«

Er verließ das Zimmer, und Cat, zu aufgebracht, um zu reden, ging auch hinaus, allerdings in eine andere Richtung.

Zita trat vor den Kühlschrank und holte eine Flasche Milch heraus, hob die schlafende Alison aus dem Kinderwagen und eilte ihrer Tante hinterher, die auf ihren Wagen zuschritt. Cat drehte sich um, als sie Zita hinter sich hörte, und fragte sie, was sie wollte.

»Nimm sie«, sagte Zita und hielt ihr das Baby hin.

Cat nahm Alison, ohne nachzudenken, und sah sie durch ihre Tränen hindurch liebevoll an.

»Ich kann nicht«, sagte Cat. »Nicht ohne die Zustimmung deines Vaters.«

»Bitte«, sagte Zita. »Er versteht das nicht.«

»Ich weiß.«

»Wenn du jetzt losfährst, hast du einen guten Vorsprung, und er wird dich nicht mehr einholen können.«

»Das wäre nicht gut. Du kennst deinen Vater nicht so, wie ich ihn kenne. Er würde im nächsten Zug nach Sydney sitzen, und er würde nicht ohne Alison zurückkehren. Es tut mir wirklich leid, Zita«, sagte Cat, bevor sie ihr das Baby zurückgab. »Ich hätte sie viel lieber, als du sie loswerden möchtest.«

Das ist nicht möglich, dachte Zita, als sie mit Alison in ihren Armen dastand und zusah, wie ihre Tante davonfuhr.

37

Es gab eine ganze Reihe von Kriegswitwen mit ein oder zwei Kindern – die einen Wanderarbeiterinnen, die anderen aus der Gegend stammend –, die in den folgenden Monaten den Weg auf die Hogan-Farm fanden, um Dan anzubieten, ihm den Haushalt zu führen. Sie seien gerührt von der Notlage eines relativ jungen Witwers, der acht Kinder großziehen musste, sagten sie. Die Tatsache, dass Dan ein gut aussehender Mann war, mochte mit ihren großzügigen Offerten etwas zu tun haben. Da sie von seinen angespannten Lebensverhältnissen wussten, boten sie an, unentgeltlich zu arbeiten, der Schutz seines Namens und seines Hauses sei ihnen Bezahlung genug. Die Anzahl der Hogan-Kinder schreckte sie nicht ab. Mit denen würden sie schon fertigwerden.

Zita war von den großzügigen Angeboten nicht überzeugt. Sie vermutete, dass es den Frauen letztlich um eine Ehe ging. Sie war genauso entsetzt wie Dan, wenn sie daran dachte, dass einige dieser Frauen, die auf ihre Weise durchaus würdig waren, tatsächlich glaubten, sie könnten Nells Platz einnehmen. Auch wenn es Zita damit freistünde, an die Schule zurückzukehren und ihre Ziele zu verwirklichen. Dan graute vor diesen Frauen, und er verschwand hinunter auf die Koppel, sobald er eine von ihnen den Weg hochfahren sah, um sich auf eine Stelle zu bewerben, die nicht ausgeschrieben worden war. Er hatte die feste Absicht, Nells Andenken hochzuhalten, indem er nie wieder heiratete, und Zita, die um seine

Willensstärke wusste, sah ihn in dieser Sache nicht schwanken.

Sie hatte nicht vergessen, wie gern sie in ihrer Verzweiflung Alison und Hanna hätte gehen lassen. Sie hatte ihre Ansicht nicht geändert, doch was sie meinte, zählte nicht, wenn Dan die seine nicht änderte.

»Etwas hätte ich gerne«, sagte Dan zu Zita, »einen Abzug der Fotos, die der irische Doktor gemacht hat, bevor er abgereist ist.«

Zitas Kopf, der gerade über eine zu stopfende Socke gebeugt war, schoss hoch. »Fotos? Ich wusste nicht, dass es wirklich welche gibt. Mama erwähnte so etwas, aber ich dachte, sie hätte sich das zusammenfantasiert.«

Zita hatte bereits bedauert, keine Bilder von ihrer Mutter zu haben. Die einzigen, die sie je gesehen hatte, waren an Nells Hochzeitstag aufgenommen worden.

»Er kam ein paar Tage vor seiner Abfahrt zu uns heraus und brachte den Kindern Geschenke mit. Sehr großzügig. Er bestand darauf, dass wir für ein Familienfoto posierten. Deine Mutter war damals wirklich glücklich, das weiß ich noch. Deshalb hätte ich gerne diese Fotos. Direkt danach ging es mit ihr bergab.«

»Gibt es irgendeine Möglichkeit, ihn zu kontaktieren und um Abzüge zu bitten?«

»Er hat keine Adresse hinterlassen. Ich wüsste nicht, wie ich ihn finden soll. Es war sowieso kein richtiges Familienfoto, da zu der Zeit drei von euch in der Schule waren, doch es ist das Beste, das wir jetzt jemals haben werden.«

»War Alison auf den Fotos?«

»Ja. Sie war damals vier Wochen alt. Der Doktor sagte, sie solle in der Mitte auf dem Schoß ihrer Mutter sitzen.« Dan hatte Nell seit ihrem Tod nicht mehr mit ihrem Namen erwähnt, genau wie er es weiterhin vermied, den Namen Dolores auszusprechen. »Er hat sogar eine Nahaufnahme von dem Baby gemacht.«

»War das nicht ein bisschen seltsam?«

»Nicht wirklich. Sein Kind ist genau gleich alt, und er hat die beiden auf die Welt gebracht, sodass er eine Schwäche für Alison hatte.«

»Es ist schade, dass er keine Adresse hinterlassen hat.«

»Das ist es. Ich habe Marie Dawson gefragt, aber auch sie hatte keine, und wenn sie sie nicht hat, hat sie auch niemand sonst. Ich denke nicht, dass wir diese Fotos je zu sehen kriegen werden, leider.«

Zita versuchte sich vorzustellen, was an dem Tag, als Alisons Zwillingsschwester gestohlen wurde, geschehen war. Dr. Carmody konnte seiner Frau aus Versehen das falsche Baby gegeben haben – oder es konnte mit Vorsatz geschehen sein. Da er allein war, dachte Zita, wäre es für ihn einfach gewesen, den Tausch vorzunehmen, ohne dass es jemand merkte. Oder er konnte seiner Frau das tot geborene Kind gegeben und die Frau konnte es gegen ein lebendes vertauscht haben. Und er, der davon wusste, hatte vielleicht entschieden, den Mund zu halten, um sie zu schützen. Wie auch immer, Zita war überzeugt, dass er etwas wusste.

Um herauszufinden, wie viel er genau wusste, fragte sie Wombat im Detail aus – sie stellte ihm Fragen, und er schrieb die Antworten auf. Wombat brachte seine Erleichterung zum Ausdruck, dass sie ihm endlich glaubte, wenn es für sein Gefühl auch zu spät war.

Ja, Mrs Carmody war an dem Morgen, als sie abfuhren, entspannt; Dr. Carmody war nervös. Mrs Carmody gab ihm das Baby und küsste ihn, um sich bei ihm zu bedanken, weil er ihr Glück gebracht hätte. Er wusste nicht, was sie damit meinte. Genau in dem Moment sah er, dass das Baby Mary Anne eine exakte Kopie von Alison war, und hatte das Wort »Zwilling« mit den Lippen geformt. Dr. Carmody war der Einzige, der wusste, was Wombat da sagte. Er riss ihm das Baby abrupt aus den Armen und trieb Wombat wie ein Hütehund zum Wagen, redete wie ein Wasserfall und verhielt sich nervös – war nicht wie sonst die Ruhe selbst. Er dankte ihm, dass er sich um den Garten gekümmert hatte, und sagte immer wieder »Guter Mann«, öffnete ihm die Wagentür und schubste ihn geradezu auf den Fahrersitz. Er konnte Wombat gar nicht schnell genug loswerden, wohingegen Mrs Carmody nur zu gerne den ganzen Tag lang dagestanden und stolz jedem vorbeikommenden Einwohner der Stadt Mary Anne gezeigt hätte. Sie glaubte, Wombat habe »stillen« und nicht »Zwilling« gesagt. Wenn sie die Babys vertauscht hätte, hätte sie niemals solche Haltung bewahrt.

Am Ende des Gesprächs sahen Zita und Wombat sich an und gelangten beide zu dem Schluss, dass Dr. Carmody der Schuldige war und dass die Verwechslung kein Versehen in einem Moment der Verwirrung gewesen sein konnte.

Alison erhielt ihre Impfungen durch die Busch-Krankenschwester in Ober anstatt von Dr. Merton in Redmundo, sodass tatsächlich niemand, der Mary Anne in ihren ersten Lebenswochen kannte, auch Alison zu Gesicht bekommen hatte.

38

Weihnachten und die sechswöchigen Sommerferien kamen und gingen. Mick und Kevin trugen ihre Koffer hinunter zum Briefkasten. Zita schaute aus dem Küchenfenster, um zu beobachten, wie sie in den Bus einstiegen. Sie fühlte sich schlechter als am Tag von Nells Beerdigung, als sie ihn wegfahren sah.

Sie hatte das Gefühl, im nächsten Jahr vor Einsamkeit und Neid sterben zu müssen.

Am Esstisch machte Dan allabendlich, teilnahmslos und mit blindem Blick, vielleicht eine Bemerkung über den Regen oder das Einzäunen, und Zita erwähnte vielleicht, wie viele Gallonen in der betreffenden Woche in die Molkerei geschickt worden waren. Dan fragte nach Alison, dankte Zita für das schöne Essen, hörte sich die Nachrichten an und ging dann jeden Abend um sieben Uhr dreißig zu Bett, wobei er den *Sydney Morning Herald* vom Vortag mitnahm. Die Jungs hörten bis neun Uhr Radio, so die Batterie nicht aufgebraucht war, und gingen dann schlafen, sodass Zita allein zurückblieb mit ihren Gedanken an ihre Freundinnen in St. Mary's, die jetzt ins vierte Schuljahr kamen. Es war das Jahr, in dem man zu etwas Besonderem wurde. Von den siebzig Schülerinnen, die im ersten Jahr angefangen hatten, war dann nur noch eine Klasse von fünfzehn übrig. Das Verhältnis zu den Nonnen wurde im vierten Jahr weniger förmlich und fast schon freundschaftlich.

Sie erhielt einen Brief von der Ehrwürdigen Mutter.

Es tut uns leid, von dem traurigen Verlust für Deine Familie zu hören, und wir beten jeden Tag, dass Gott Dir gewähren möge, Seinen heiligen Willen zu akzeptieren. Alle Schwestern beten für einen glücklichen Seelenfrieden Deiner geliebten Mutter. Mögen ihre Seele und alle Seelen der gläubig Dahingeschiedenen durch die Gnade Gottes in Frieden ruhen.

Dein Vater hat uns geschrieben, um uns mitzuteilen, dass Du nicht nach St. Mary's zurückkehren wirst.

Also ist es endgültig, dachte Zita, die immer wieder gehofft hatte, ihr Schicksal wäre nur vorübergehend und dass alles nur ein schlechter Traum sei, aus dem sie eines Tages aufwachen würde, und Nell wäre am Leben und gesund und ihr eigener Koffer für die Rückkehr zur Schule fertig gepackt.

Du bist für die Schule ein großer Verlust, doch wir alle müssen uns Gottes heiligem Willen beugen, dem Beispiel Seiner gesegneten Mutter folgend, die die inspirierenden Worte sprach: »Dein Wille geschehe.«

All Deine Lehrer waren zuversichtlich, dass Du ein Commonwealth-Stipendium erhalten würdest, das Dich zu Größerem führen würde, doch der liebe Gott hat anderes mit Dir vor, und Er allein kennt die Gründe. Da ich Dein Wesen so gut kenne, weiß ich, Du wirst an der Aufgabe wachsen und Dich nicht versündigen.

Wir denken, Unser Herr hat für Dich ein schweres Kreuz gewählt, Dir aber auch die Kraft gegeben, es zu tragen, damit Du im Himmel einen höheren Platz erreichst.

Gott segne Dich. Wir werden Dich und Deine Familie in unsere täglichen Gebete einschließen.

Liebe Grüße in Christo
Mutter M. Gabriel

Zita schrieb ihren zwei besten Freundinnen und erzählte, um die Seite zu füllen, von Babys, der Wäsche, Kühen und Ernten. Sie schrieben zurück. Eine Mitschülerin hatte Schwierigkeiten bekommen, weil sie durch eine der Tagesschülerinnen einen unzensierten Brief nach Hause geschmuggelt hatte, und war von der Ehrentafel gestrichen worden; sie lernten ein neues vierstimmiges Lied, *Australian Sunrise*, das speziell für ihren Chor geschrieben worden war; sie hatten eine neue Mathelehrerin, Schwester Ambrose; der Kinofilm, den sie in dieser Woche gesehen hatten, hieß *Vor verschlossenen Türen*, und sie fanden alle, John Derek wäre toll, und einige von ihnen hätten am Ende geweint; Caroline hatte die besten Noten im Intermediate Certificate, dem Abschlusszeugnis nach drei Highschool-Jahren, bekommen, und Lorraine war zum Kapitän des Netzballteams ernannt worden, zu dem vier Mädchen aus der Abschlussklasse gehörten; im nächsten Jahr wurde ein Kurs in allgemeiner Naturwissenschaft eingeführt, und dafür wurde gerade ein Laboratorium eingerichtet.

Zita stellte sich vor, wie sie ihren Freundinnen schrieb und ihnen die Szene vom Vorabend in der Küche schilderte, als sie das Essen für sieben Personen zubereitete, während das Baby schrie, Hanna quengelte, der Kürbis trocken kochte und der Holzkasten leer war, als sie ein Scheit herausholen wollte. Larry und Stevie rauften und stießen mit Jack zusammen, der eine Kerosinlampe von der Bank zum Tisch trug. Der bauchige Glasschirm fiel von der Lampe und zerschellte auf dem Boden. Jack schaute betroffen drein, denn er wusste, wie wertvoll diese Schirme waren. Larry und Stevie ließen die Köpfe hängen und gaben vor, es tue ihnen leid, brachen jedoch immer wieder in unkontrolliertes Lachen aus. Zita hatte das Gefühl, da es ihr an Autorität mangelte, ginge das Leben aller in die Brüche, und sie war kurz davor, Dan zu bitten, Cat anzurufen und sie zu bitten, herzukommen und Alison (und Hanna?) mitzunehmen. Doch der Respekt vor ihm saß zu tief, und sein eigenes Leid war so groß, dass sie sich beherrschte und dem Beispiel der Jungfrau Maria folgte und alles für sich behielt.

Zita dachte an die Internatsschülerinnen, die nach einem langen Unterrichtstag mit Sport und Chor und voller Freundschaft und Spaß müde waren, ungestört in den makellosen Schlafsälen in St. Mary's schliefen und ihre Batterien für einen neuen, interessanten Tag aufluden.

Sie schrieb zurück, stellte Fragen und kommentierte die Neuigkeiten der anderen, erwähnte jedoch den Ärger und die Sorgen ihres eigenen Lebens mit keinem Wort, da sie wusste, dass ihre Briefe sie sonst langweilen würden, genau wie sie ihr Leben selbst langweilig fand.

Sie antworteten im nächsten Brief weniger ausführlich und danach noch knapper. Merkten sie langsam, dass Zita nun zu weit entfernt war, um ihre Anspielungen zu verstehen, oder waren sie nur so taktvoll, keinerlei Einzelheiten über den Unterricht oder die Personen einzufügen, nach denen sich Zita so sehr sehnte? Am Ende war sie es, die die Entscheidung traf, nicht mehr zu schreiben. Was hatte sie auch mitzuteilen, das ihre Freundinnen interessieren würde?

Zita versuchte dem Beispiel der Jungfrau Maria zu folgen, selbst wenn das Leben hier allzu anders war, um es vergleichen zu können. Maria hatte nur ein Kind, und dieses Kind war der Sohn Gottes und machte vermutlich keinerlei Probleme, half seinem »Vater« Josef die meiste Zeit in der Zimmermannswerkstatt und wuselte ihr nicht zwischen den Beinen herum. Maria musste nur im Haus arbeiten, weshalb sie wohl am Ende eines jeden Tages auch nicht so erschöpft wie Zita gewesen war.

39

1947

Sieben Jahre nachdem er begonnen hatte, die Hogan-Farm zu besuchen, und sechs Jahre nach Nells Tod bat Wombat Zita, ihn zu heiraten. Er schrieb den Antrag auf einen Notizblock und reichte ihn ihr, wobei er ganz genau ihr Gesicht beobachtete, während sie las. Sie war jetzt zwanzig Jahre alt, und er war zweiunddreißig.

Zita leuchtete nicht vor Freude, als sie die Bedeutung des Antrags erfasste, stattdessen nahm ihr Gesicht den Ausdruck einer tragischen Heldin an.

»Ich kann dich nicht heiraten, Wombat«, sagte sie rasch, um ihm die herzzerreißende Hoffnung in seinem Blick zu nehmen. »Nicht weil ich dich nicht liebe, denn das tue ich, sondern weil die Kinder noch zu klein sind. Ich habe noch einen langen Weg vor mir. Alison ist gerade erst sechs geworden.«

Wombat nahm Zita den Notizblock aus der Hand und schrieb darauf, dass Dan wieder heiraten könnte – es gebe eine Menge Frauen, die sich für ihn interessierten – oder dass er eine Haushälterin einstellen könnte, wodurch es Zita in beiden Fällen möglich würde, ihr eigenes Leben zu führen.

»Ich weiß, dass er nicht wieder heiraten wird«, sagte Zita. »Er hat vor, Mama bis zum Ende treu zu bleiben. Eine Haushälterin kann er sich nicht leisten, und selbst wenn er es könnte, würde sie nicht wissen, wie sie mit dem Vieh umgehen oder den Melkraum führen sollte. Papa und den Kindern würde es nicht gefallen, ihr Leben mit einer Außenstehenden zu teilen. Das steht außer Frage. Ich habe Gottes Willen akzeptiert, dass das meine Aufgabe ist. Ich tue es für Mama. Ich weiß, sie sieht auf mich herunter und gibt mir Kraft.«

Wombat schrieb, er könne warten. Zita sagte, sie wolle nicht, dass er das tue. Wombat sagte, sie könnten heiraten, und sie könnte weiter ihren Haushaltspflichten nachgehen und er würde an den Wochenenden aus der Stadt herausfahren, um sie bei ihr zu verbringen. Zita sagte, sie glaube nicht, dass Dan damit einverstanden wäre.

Sind das alles nur Ausreden?, schrieb Wombat.

»Nein«, sagte Zita. »Es tut mir leid, aber ich kann weder dich noch einen anderen heiraten. Ich hätte gerne, dass wir so weitermachen wie bisher.«

Wombat schüttelte enttäuscht den Kopf, packte seine Sachen, schaute sich traurig um, nickte zum Abschied und machte sich mit der Würde eines geschlagenen Häuptlings auf den Weg ins Exil.

Zita spürte, dass er nicht wiederkommen würde. Diesmal würde sie ihn nicht darum bitten, es doch zu tun, da sie nichts Lohnenswertes hatte, das sie ihm im Gegenzug anbieten konnte. Er würde nun glauben, dass sein verbranntes Gesicht und die Tatsache, dass er nicht sprach, sie veranlasst hatten, ihn abzuweisen. Obwohl es stimmte, dass sie ihn liebte, würde er ihr Tun und ihre Worte nun womöglich anders interpretieren und auch nicht mehr glauben, dass sie ihn jemals geliebt hatte. Er könnte seine Illusionen verlieren, wenn er auf die Jahre zurückblickte, die sie als Team zusammengearbeitet hatten, und denken, sie hätte ihm nur etwas vorgemacht, weil er auf der Farm so nützlich war, und habe ihn überhaupt nie geliebt.

Doch Zitas wahrer Grund für die Ablehnung des Antrags

und auch anderer, die sie eventuell in Zukunft erhalten würde, war ihr entschiedener Entschluss, unter keinen Umständen jemals eigene Kinder zu haben. Die Vorstellung einer Entbindung war ihr zuwider, da sie diese mit Gefahr, Trauer und Tod verband. Babys, so sie denn überlebten, waren kleine Schmarotzer, die ihren Müttern den Lebenssaft aussaugten. Sie fand es nicht fair, einen Mann der Möglichkeit zu berauben, seinen Namen weiterzugeben, aber sie wollte auch nicht offen über ihre Gründe sprechen, da sie fürchtete, dann als widernatürlich verurteilt zu werden.

Alison vermisste Wombat, der in ihren ersten Lebensjahren immer so nett zu ihr gewesen war, im Gegensatz zu Zita, die das nicht war, und fragte, warum er nicht mehr auf die Farm komme.

Dan hatte bereits erraten, was zwischen Wombat und Zita vorgefallen war, da ihm im Laufe der Jahre die Zeichen gegenseitiger Zuneigung und dann deren abruptes Ende, Wombats nachfolgendes Wegbleiben und Zitas Kummer aufgefallen waren.

Um die scharlachrote Zita davor zu bewahren, sich eine Ausrede ausdenken zu müssen, antwortete er schnell für sie. »Er hilft bei den Nonnen aus, nun, da der Krieg vorüber ist«, sagte er.

»Der Krieg ist schon seit zwei Jahren vorbei«, meinte Jack.

»Ich weiß, aber die Leute haben auch danach Hunger gelitten, deshalb war die Lebensmittelproduktion genauso wichtig wie zuvor.«

»Aber er hat immer Zita geholfen«, sagte Jack.

Dan warf ihm einen Blick zu, der ihn zum Schweigen bringen sollte. »Nicht immer. Er war auch mir eine große Hilfe. Egal, die Nonnen brauchen ihn jetzt mehr als wir, denn sie sind nicht kräftig genug, die schwere Arbeit auf dem Land zu erledigen, das zum Kloster gehört.«

An jenem Abend hörte Alison im anderen Bett des Mädchenzimmers Zita leise in der Dunkelheit weinen. Hanna schlief, deshalb war Alison, die stets lange brauchte, um zur Ruhe zu kommen, die Einzige, die es mitbekam.

Das nächtliche Weinen hielt wochenlang an.

Alison versuchte, Zita nicht in die Quere zu kommen, um ihrer spitzen Zunge zu entgehen, die noch spitzer geworden war und sich meist direkt gegen sie richtete, seit Wombat nicht mehr auftauchte. Sie glaubte nicht, dass sie sich schlimmer benahm als Hanna und Jack – tatsächlich bemühte sie sich, alles richtig zu machen, um Zitas Kratzbürstigkeit den Stachel zu nehmen –, doch das änderte nichts, und sie konnte es morgens gar nicht erwarten, in die Schule zu laufen, um Zita aus dem Weg zu gehen.

Der Weihnachtsmann brachte, mit Tante Cats Unterstützung, den beiden kleinen Mädchen jeweils eine Porzellanpuppe, die eine Abwechslung zu den Malbüchern und Stiften war, die sie gewöhnlich zu Weihnachten erhielten. Alison freute sich umso mehr, als sie schon ein paarmal um eine Puppe gebeten, aber im Alter von sechs Jahren die Hoffnung aufgegeben hatte, dass sie je eine bekommen würde. Sie polsterte einen Schuhkarton mit einem ihrer alten Babytücher aus, legte die Puppe hinein, las ihr eine Geschichte vor und wiegte sie dann in den Schlaf. Die Augen der Puppe sollten sich schließen, wenn man sie flach hinlegte, doch Priscillas Augenlider blieben in den Höhlen hängen und mussten von Hand geschlossen werden.

Hanna interessierte sich nicht für Puppen. Sie hatte von ihrer nach ein paar Stunden genug und ließ sie draußen auf der Veranda liegen. Sie mochte Jungssachen wie Schleudern und Tretautos.

Es herrschte Eile, als alle für die Messe am Weihnachtsmorgen fertig gemacht wurden, wobei wie üblich nach Kopfbedeckungen für die Mädchen gesucht wurde. »Ein Taschentuch muss reichen«, sagte Zita zu Hanna und sorgte sich wegen der Zeit. Alison hatte bereits ein Tuch gefunden.

Während sie auf die anderen wartete, schaute sie zum hinteren Fenster hinaus und sah, wie ihre beiden älteren Brüder beim Holzhaufen die zwei Puppen nebeneinander auf einen Holzklotz legten. Als sie die Köpfe der Puppen mit einer Axt zertrümmerten, lachten sie laut und höhnisch.

»Zita!«, rief Alison. »Stevie und Larry machen unsere Puppen kaputt.«

»Komm mir jetzt nicht mit so was. Los, Beeilung. Wir dürfen Papa nicht warten lassen.«

Auf die Rückbank eines alten Wolseley gequetscht, den Dan von seiner Schwester Cat bekommen hatte, erhob Alison erneut die Stimme, um sich zu beschweren.

»Sei still da hinten«, sagte Zita. »Papa muss sich auf die Straße konzentrieren.«

Dan fuhr Auto, als ob er auf einem Pferd reiten würde – er lehnte sich in die Kurven und duckte sich, um überhängenden Ästen auszuweichen, die über das Wagendach schrappten.

Nach der Messe gewann Alison endlich Zitas Aufmerksamkeit. »Stevie und Larry haben unsere Puppen kaputt gemacht«, sagte sie.

»Das waren wir nicht«, sagte Larry, der sich in der Nähe herumdrückte. »Die Zugpferde sind draufgetreten. Ich hab sie gesehen.«

»Mach dir keine Gedanken. Ich besorge euch andere«, sagte Zita, die diese Trostworte sprach, wann immer etwas kaputt oder verloren ging, doch sie ersetzte nie etwas, denn für solche Dinge war kein Geld im Haus. Der Kinderzuschlag war zweckgebunden für Lebensmittel. Hätte es nicht Weihnachten gegeben, hätten sie nie etwas Hübsches bekommen.

Eine Nachbarin trat auf Zita zu, und diese wandte sich von Alison ab.

»Das ist sowieso nur Mädchenkram«, sagte Larry in sachlichem Ton zu Alison, ohne jede Spur von Böswilligkeit in der Stimme. »Die sind zu nichts nutze, also hör auf, Zita damit zu nerven.«

40

Alison und Hanna standen herum und sahen zu, wie die neuen Nachbarn ihr Mobiliar und die Kisten mit ihren Habseligkeiten auspackten. Aus dem Kamin des Hauses stieg bereits Rauch auf. Die lächelnde Frau, im Kreise von sieben kleinen blonden Mädchen, fragte, ob sie gerne mit nach drinnen kommen und das Kleinzeug auswickeln helfen wollten. Die Mädchen rannten hinein, bevor sie noch ihre Meinung ändern konnte, denn sie hatten das hübsche Haus mit seinem gemauerten Kamin und den drei Steinstufen noch nie von innen gesehen und sich immer gefragt, wie es wohl darin aussah. Die vorherigen Nachbarn waren älter, kinderlos und verschlossen gewesen.

»Hier ist das Silberbesteck. Leg bitte jedes Teil in die entsprechende Schublade«, bat die Frau und erklärte ihr System. »Ich kümmere mich um das Porzellanservice und das Teegeschirr. Hochzeitsgeschenke. Habe ich seit Jahren noch nie auf den Tisch gestellt – sind zu wertvoll, um sie zu benutzen.« Sie schaute auf die Unterseite eines Tellers und sagte stolz: »Staffordshire.«

Als Alison mit dem Besteck fertig war, räumte sie die Bücher in ein Regal und half danach Hanna, die Vorrats- und Marmeladengläser mit den dazugehörigen Deckeln in den Speisekammerschrank zu stellen.

Die lächelnde Frau, die Mrs Kendall hieß, öffnete eine mitgebrachte Dose, die einen Biskuitkuchen enthielt, und bereitete mit dem auf dem Herd kochenden Wasser Tee zu. Ihr Mann, ein entlassener Soldat, der wegen der Folter, die er während des Krieges in einem japanischen Gefangenenlager hatte erdulden müssen, stotterte, gesellte sich zum Tee zu ihnen und den sieben Mädchen. Die Tassen für den täglichen Gebrauch waren nicht aus Porzellan, sondern aus Keramik, hatten aber dennoch dazu passende Untertassen, und alle – sogar die Zweijährige – erhielten eine Tasse.

»Haut rein«, sagte die Frau.

Hanna und Alison fühlten sich unbehaglich und schauten zu der Frau, um herauszufinden, wie man eine Tasse, eine Untertasse und ein Stück Kuchen gleichzeitig balancierte. Sie hatten noch nie etwas so Leichtes und Lockeres wie den Biskuit in der Hand gehabt, obgleich sie instinktiv wussten, dass sie das nicht erwähnen sollten, wenn sie zu Zita heimkamen, die nichts davon halten würde, luftige leichte Kuchen arbeitenden Menschen vorzusetzen.

Eine Woche später beobachteten die beiden Mädchen, wie zwanzig Milchkühe, Jersey- und Guernsey-Rinder, in die neu errichteten Boxen getrieben wurden. Die Frau und die zwei ältesten Töchter molken sie alle von Hand, da die Melkmaschine noch nicht angeschlossen war. Mr Kendall hatte für so eine langweilige Arbeit wie Melken keine Geduld, da er Probleme mit den Nerven hatte.

Das dritte Mädchen der Familie war in Hannas Alter, und das vierte war so alt wie Alison und ging mit dieser in eine Klasse. Alison fühlte sich zur Mutter genauso hingezogen wie zu Helen und suchte ihre Gesellschaft, nachdem sie von der Schule mit zu ihr nach Hause gegangen war. Hanna war nun alt genug, im Melkraum zu arbeiten, weswegen sie sofort heimzugehen hatte, anstatt die Kendalls besuchen zu dürfen.

»Du fällst den Kendalls drüben zur Last«, sagte Zita zu Alison, als deren Besuche dort schon einige Wochen andauerten.

Alison wusste, dass der Tadel ungerecht war. Mrs Kendall hatte ihr oft gesagt, was für ein kleiner Schatz sie sei.

»Nein, ich falle ihnen nicht zur Last«, sagte Alison. »Ich helfe bei den Kleinen und steh nicht im Weg rum.«

»Für dich gibt es hier jede Menge zu tun. Und gib mir keine Widerworte, Fräulein Altklug.«

Mrs Kendall war zu ihren Kindern nie unleidlich und sprach stets in freundlichem Ton mit ihnen. Alison wollte in einem fort bei ihr sein und war traurig, wenn sie schließlich vor Einbruch der Dunkelheit nach Hause gehen musste, wo sie sich einer gereizten Zita ausgeliefert sah.

Zita stattete den neuen Nachbarn anfangs ein paar Höflichkeitsbesuche ab, hörte dann aber damit auf. Mrs Kendalls Warmherzigkeit erinnerte sie an Nell, was sie zu sehr schmerzte. Und so beraubte sie sich all der kleinen Vergnügungen, die die Kendalls womöglich zu bieten hatten.

Kevin hatte nach Abschluss der weiterführenden Schule die jährliche Prüfung für das bedürftigkeitsabhängige Hanratty-Stipendium abgelegt und es erhalten. Das Stipendium war von einem wohlhabenden ehemaligen Schüler von St. John's eingerichtet worden, um einen aufgeweckten Jungen zu unterstützen, der ansonsten nicht in den Genuss einer akademischen Ausbildung käme. Kevin ging an die Universität in Sydney, lebte dort in einem College und studierte Maschinenbau. Als Mick dann die Schule beendete, bekam er ein Stipendium für die Pädagogische Hochschule, das die Studiengebühren und die Verpflegung abdeckte, wenn man sich verpflichtete, anschließend fünf Jahre lang zu unterrichten, und so ging er an die University of New England in Armidale.

Falls jemandem bewusst war, dass Zita im Alter zwischen ihren beiden Brüdern stand und nun ebenfalls an der Uni sein sollte, so erwähnte es niemand.

Alison hörte eines Tages, dass Dan einem Nachbarn, der ihn besuchte, erzählte, wie gut sich Kevin und Mick machten. Zita stand an der Spüle, wusch das Geschirr ab und beteiligte sich nicht an der Unterhaltung.

In jener Nacht hörte Alison sie im Dunkeln weinen.

41

1948

Wo steckten die bloß alle?

Die siebenjährige Alison war allein und stand im schwindenden Licht und lauschte dem Wind, der durch die hohen dunklen Kiefern ächzte, die am Rand des Klostergeländes in einer Gruppe standen.

Wann waren all die anderen Internatsschüler verschwunden? Sie hatte die Glocke zum Abendessen nicht gehört, aber ihre Mitschüler schienen bereits vom Gelände ins Refektorium gerannt zu sein, während sie nur benommen dastand und Angst vor all diesen fremden Kindern hatte, die sie bis gestern noch nie gesehen hatte und die um sie herumwirbelten und Spiele spielten, die sie nicht kannte.

Sie wünschte, sie wäre zu Hause und nicht hier im Kloster in Redmundo, wo sie drei Wochen lang bleiben musste, um sich auf die erste Beichte und die Erstkommunion vorzubereiten. Sie wusste, einige Eltern draußen im Busch bereiteten ihre Kinder selbst auf die Sakramente vor, aber sie hatte keine Mutter, und Dan hatte viel zu viel Achtung vor dem Gott betreffenden Wissen der Nonnen und Priester, um zu glauben, dass außer den Gesalbten irgendjemand sonst die Aufgabe richtig ausführen konnte. Der Tag der Erstkommunion war einer der bedeutsamsten Tage im Leben eines Kindes, hatte man den Hogans seit der Zeit erzählt, da Kevin, der Älteste, seine drei Wochen hier verbracht hatte. Er war nicht wie Alison ängstlich gewesen, sondern hatte ausgelassen bei allen Sportarten mitgemacht, Freundschaften geschlossen und die religiösen Unterweisungen nicht allzu ernst genommen. Seit dieser Zeit hatten ihre Schwestern und Brüder ihren Aufenthalt hier jeweils paarweise absolviert. Sie war seit Kevin die Erste, die allein hergeschickt worden war.

Warum waren alle Internatsschüler ohne sie davongerannt? Sie stand da und schaute auf den braunen Nadelteppich unter den Bäumen, die ihr, die nur Zeder, Eukalyptus und Akazie kannte, so fremd waren. Wo war der vertraute warme Geruch der Kühe und Pferde? Hier im Kloster war es der Duft der Kiefern, Wicken und Lilien, der das Gelände und die nahe gelegene Kirche einhüllte.

Sie war nun bereits einen ganzen Tag hier. Das bedeutete, sie musste noch weitere zwei Wochen und sechs Tage durchstehen, bevor sie wieder nach Hause gehen konnte und in die kleine Buschschule mit ihren zwölf Schülern, von denen drei Hogans waren.

Sie dachte daran, wie Zita sich mit Jack und Hanna vom Melken auf den Weg nach Hause machte. Wie Dan, nachdem er den ganzen Tag Vieh getrieben hatte, Harmony Sattel und Zaumzeug abnahm. Zita ging in die Küche, zündete die Lampe an und goss Milch in Krüge, öffnete die Tür des Kerosin-Kühlschranks und stellte die Krüge hinein, schob dabei Behälter hin und her, damit auch alles passte, ließ ein bisschen Milch überschwappen, ungeduldig wie immer, das Abendessen hinter sich zu bringen und fertig zu werden. Hanna fragte vielleicht gerade in diesem Augenblick Zita, wann Alison heimkäme, und Zita würde antworten: »Bald. Jetzt bleib mir aus dem Weg, bis ich das Abendessen gemacht habe.«

Noch zwanzig Tage? Alison glaubte nicht, dass sie es so

lange aushalten konnte. Sie ließ den Kopf hängen, um ihre Tränen zu verbergen, selbst wenn niemand in der Nähe war, der sie hätte sehen können, und versuchte das Geräusch ihrer Schluchzer zu unterdrücken, doch sie entschlüpften ihr mit einem lang gezogenen »Onk«. Sie glaubte nicht, dass sie ins Refektorium gehen und zum Tee bei all diesen Internatsschülern sitzen konnte, die sie nicht kannten, die sich aber untereinander kannten. Sie konnte sich nicht vorstellen, dass sie ihren Schmerz lang genug unterdrücken konnte, um den Weg zurück durch den kalten Nieselregen zu finden, doch sie wusste, sie konnte nicht die ganze Nacht an dieser Stelle bleiben. Trichternetz- und Falltürspinnen würden sonst an ihren Beinen hochkrabbeln, Fledermäuse konnten in ihre Haare fliegen, eine Schlange konnte über ihren Körper gleiten und eine Ratte versuchen, ihre neuen Socken und Schuhe anzunagen, die sie so mochte. Sie wollte daheim in der warmen Küche bei ihrem Vater und ihren älteren Brüdern sein, die sie vor all diesen Tieren beschützen und ihr das Gefühl von Geborgenheit geben würden.

Aus der Richtung des Gemüsegartens näherte sich eine Gestalt. Es war Wombat, der Mann mit dem verbrannten Gesicht, der nett zu ihr gewesen war, als sie klein war, aber die Farm seit langer Zeit nicht mehr besucht hatte. Er hatte damit aufgehört, nachdem der Krieg zu Ende war, und stattdessen begonnen, den Nonnen zu helfen. Sie rannte auf ihn zu, und er ließ seine Tasche mit Gerätschaften fallen und hob sie hoch, und sie strangulierte ihn schier mit ihren heimwehkranken Armen und machte seinen Kragen mit ihren Tränen feucht. Er trug sie aus der hereinbrechenden Dunkelheit, hoch in der Luft, bis zum Klostergebäude und an der Veranda mit ihren Doppelleuchten entlang, die den Weg wiesen.

Schwester Philomena kam heraus und sagte: »Da bist du ja, Alison. Wir wollten gerade einen Suchtrupp losschicken. Danke, Wombat. Sie wären überrascht, wie oft diese Buschkinder sich verlaufen, sobald sie in die Stadt kommen.«

Nach dem dreiwöchigen Kurs, in dem sie Gebete und Teile des Katechismus auswendig lernten, absolvierte Alison ihre erste Beichte, und am nächsten Tag kam ihr Vater, steif in seinem alten Hochzeitsanzug, zu ihrem großen Tag, ihrer Erstkommunion, in die Stadt. Sie trug ein wunderschönes weißes Spitzenkleid mit Schleier, das Nells Schwester genäht hatte, selbst wenn sie nicht ihrer Konfession angehörte, und das vor ihr Zita und Hanna getragen hatten. Viele Mütter der anderen Kommunikantinnen richteten das Wort an Alison und sagten ihr, wie hübsch sie aussähe. Alison dachte, all die anderen Mädchen sahen schöner aus als sie, da diese durchweg lange Haare hatten und manche sogar Ringellocken. Sie sahen wie Prinzessinnen aus, wohingegen sie wie ein normales Mädchen mit Haaren, die wie ein Topf auf ihrem Kopf saßen, ausschaute.

Sie sah Wombat in der Ferne stehen und zu ihr hinschauen, als sie aus der Kirche kamen, und sie winkte ihm zu. Er winkte zurück. Seit dem Abend, an dem er sie einsam bei den Kiefern fand, hatte sie ihn oft in den Gärten gesehen. Nun hielt sie an jedem Nachmittag nach ihm Ausschau. Sobald er zum Kloster hochfuhr, wo er nach der täglichen Arbeit in der Butterfabrik und an den Wochenenden aushalf, verließ sie die Mädchen und ihr langes, herumschwingendes Sprungseil und rannte zu ihm. Sie nahm seine Hand und fühlte sich sicher, genauso wie sie sich immer bei Dan sicher fühlte. Schon früh war Wombat aufgefallen, dass sie das Gefühl von trockener Erde unter ihren Fingernägeln nicht mochte, deshalb kaufte er ihr ein Paar Gartenhandschuhe für Kinder, um das Problem aus der Welt zu schaffen. Sie hatte nicht gewusst, dass es so etwas gab. Sie liebte die Handschuhe. Sie steigerten ihr Vergnügen am Graben und Pflanzen. Wenn um sechs Uhr dreißig die Glocke läutete, zog sie die Handschuhe aus, ließ sie bei Wombats Sachen und rannte zum Tee ins Refektorium.

Dan ging zu Wombat hinüber, schüttelte ihm die Hand und fragte ihn, wie es ihm gehe. Er meinte, wenn er je bei ihnen in der Nähe sei, solle er auf einen Whiskey vorbeikommen. Wombats Augen flogen an Dan vorbei, um die Gruppe abzusuchen, die sich um ihn herum verteilte. Dan interpretierte den suchenden Blick richtig und sagte, Zita sei zu Hause geblieben, um auf Jack und Hanna aufzupassen. Was er nicht sagte, war, dass sie alle hätten in die Stadt kommen wollen, aber Zita keine Kleidungsstücke fand, die für die beiden Kleinen fein genug gewesen wären, und auch keine Schuhe, die ihnen auch nur annähernd gepasst hätten, weshalb sie die Entscheidung traf, sie zu Hause zu lassen, damit sie nicht zum Gegenstand des Mitleids wurden. Oder, schlimmer noch, die Familie eine Angriffsfläche bot und jemand dies den Behörden als Vernachlässigung meldete.

Nach der Zeremonie stopften die Kinder sich mit Kuchen und Likör voll und tobten auf dem Gelände herum, während die Eltern Tee tranken und Sandwiches aßen, und danach folgte Alison Dan zum Wolesley.

Auf dem Boden zwischen den Vordersitzen und der Rückbank lagen ein Dutzend Wickenpflänzchen, die in feuchtes Zeitungspapier gewickelt waren. Neben den Pflanzen befanden sich ihre Gartenhandschuhe.

Dan fuhr zur Farm zurück, wobei er sich in die Kurven legte und dabei duckte. Dort befahl ihr Zita, sofort den Schleier abzunehmen und das Kleid auszuziehen, bevor es Flecken oder Risse bekäme, um sicherzugehen, dass ihre jüngeren Cousinen es tragen konnten, wenn sie an der Reihe waren.

Alison fragte, wann Wombat wieder vorbeikäme, und Zita errötete und meinte, sie wisse es nicht und Alison solle aufhören, sich im Spiegel zu betrachten. Alison traute sich nicht zu widersprechen, denn sie sah nicht in den Spiegel, sondern zu der Spinne daneben. Doch sie wusste, Zita Widerworte zu geben war eines der schlimmsten Dinge, die sie machen konnte, weil Zitas Wut sie dann mit aller Macht treffen würde.

Sie stellte die Schuhe weg und ging wieder barfuß. Ihre Fußsohlen waren nach nur drei Wochen in Schuhen und Strümpfen weich geworden. Sie wünschte, sie könnte sie jeden Tag tragen, wie die Stadtkinder, denn sie fühlten sich so angenehm an und schützten sie vor Dornen und Brennnesseln und Stacheldraht. Sie hatte gehört, wie Dan Besuchern erzählte, die Kinder würden an ihren abgehärteten nackten Füßen die Kälte nicht spüren. Alison war vor ihnen über das gefrorene Gras gerannt, ohne sich anmerken zu lassen, wie elend sie sich in der unangenehmen Kälte fühlte. Sie hatte Angst zu zeigen, dass ihr Vater sich irrte.

Jack und Hanna waren frech zu ihr, auch nachdem sie wieder ihre normalen Kleider angezogen hatte. Sie schienen einen Bund geschlossen zu haben, der Alison ausschloss, weil sie von den zwei neuen Kälbern wussten, die inzwischen geboren worden waren, und sie noch nichts davon ahnte.

Mit ihren Gartenhandschuhen pflanzte sie die Wicken am

Maschendrahtzaun im vorderen Hof ein, und Hanna lachte über sie in Handschuhen. Am nächsten Morgen sah Alison, dass alle Pflanzen bis auf den Boden abgefressen waren. Sie nahm an, Kaninchen seien in den Hof gekommen, was ihnen nicht schwergefallen wäre bei den vielen Löchern im Zaun. Sie sagte niemandem irgendetwas davon, da sich keiner für Blumen interessierte. Die anderen interessierten sich nur für Getreide und Gemüse.

Alisons Freude darüber, wieder daheim zu sein, war nicht so groß, wie sie gedacht hatte. Sie hatte Heimweh, obwohl sie zu Hause war.

Als Zita das nächste Mal die Kleinen zum Haareschneiden antreten ließ, fragte Alison, ob sie ihr Haar wachsen lassen dürfe.

»Nein«, sagte Zita scharf. »Hab ich nicht schon genug zu tun, ohne jeden Morgen auch noch Nester aus deinem Haar kämmen zu müssen, bevor du zur Schule gehst? Jetzt leg dir sofort das Handtuch um die Schultern und setz dich hier hin. Ich hab nicht den ganzen Tag Zeit.«

Mr Kendall ging nach Redmundo, um Säcke mit Saatkartoffeln und Dünger abzuholen. Während er im Laden war, trat ein örtlicher Polizist auf ihn zu und sagte, er habe eine schlechte Neuigkeit für ihn.

»Es wurde niemand verletzt, muss ich vorausschicken, aber es tut mir leid, ich muss Ihnen mitteilen, dass Ihr Haus abgebrannt ist«, sagte er. »Als die Feuerwehr eintraf, war es schon zu spät, aber wenigstens war niemand darin, als der Brand ausbrach. Dafür können wir dankbar sein. Ihre Familie war zu dem Zeitpunkt draußen beim Brombeerenpflücken. Das

Haus ist weg. Es wurde nichts gerettet. Es tut mir leid, dass ich der Überbringer einer so schlechten Nachricht bin«, schloss er.

Mr Kendall konnte sehen, dass der Mann es ernst meinte. »Ist das alles?«, habe er zu dem Polizisten gesagt, wie er später berichtete. »Wen kümmert schon das Haus, solange die Missus und die Kinder in Sicherheit sind?«

Alison kümmerte es. Da waren sieben Mädchen, aber nur ein einziges hübsches Haus mit all seinem schwindelerregenden Inhalt. Alison hätte lieber eines der kleineren Mädchen verloren – die ihrer Erfahrung nach von keinerlei Nutzen waren – und noch das perfekte Haus gehabt, mit den Betten, Schränken, Kleidern, Spielsachen, Büchern, dem guten Porzellan, dem handbestickten Leinen, den Fotos und dem Essen. Kinder waren leicht zu bekommen. Die lächelnde Frau stand kurz vor der Geburt ihres achten, aber das Haus war für immer weg. Es würde nicht wieder aufgebaut werden. Die Versicherung für Holzgebäude war hoch, und Mr Kendall hatte sie sich nicht leisten können, da sie Milchkühe für die Farm kaufen mussten.

Die Familie verkaufte alles und verließ den Distrikt, und Alison verlor ihre erste und einzige Freundin. Der Platz neben ihr in der Schule blieb fortan leer.

Die Farm und das Vieh wurden von einem Nachbarn erworben, der bereits ein Haus besaß, weshalb an der Stelle nicht wieder gebaut wurde. Nur ein gemauerter Kamin und drei Steinstufen verrieten noch, dass hier früher einmal das hübsche Haus gestanden hatte.

42

In den Frühlings-, Sommer- und Herbstmonaten molken Zita, Jack, Hanna und Alison vor und nach der Schule siebzig Kühe, die sie mit Namen kannten, und fütterten siebzig Kälber mit der entrahmten Milch, die maschinell von ihrer Sahne geschieden worden war, die wiederum zweimal in der Woche für die Butterfabrik in der Stadt, in der Wombat arbeitete, abgeholt wurde.

Da die Farm dreitausend Fuß über dem Meeresspiegel lag, gingen die Regenfälle regelmäßig in Form von Gewittern und Starkregen nieder, worum man sie in den trockeneren, niedrigeren Teilen des Landes beneidete. Die Kühe wurden fett, der Milchertrag stieg, und Larry ging nach Mungindi an der Grenze zwischen New South Wales und Queensland und nahm dort eine Stelle als Jackeroo bei einem der dortigen großen Schafzüchter an.

Man ging davon aus, dass die Kinder der Familie nacheinander ihr Zuhause verlassen würden, und so war es auch. Dan hegte den Verdacht, dass Jack schließlich die Farm übernehmen würde, wenn er zunächst woanders Geld verdienen konnte, damit er seine Geschwister auszahlen konnte.

Alison gefiel das Melken und Füttern, doch sie hasste es, beim Ohrmarkieren, Kastrieren, Einbrennen des Brandzeichens und Schlachten zuzusehen, das ihr Vater und ihre Brüder übernahmen. Sie hasste auch den mit Kuhdung vermengten dicken Schlamm im Hof und fürchtete, von einem

Kuhschwanz, der mit beidem verschmutzt war, ins Gesicht geschlagen zu werden, wenn es ihr nicht gelang, ihn richtig festzubinden, bevor sie das Tier an die Melkmaschine anschloss. Was sie am meisten aufbrachte, waren allerdings die Trennung der Kälbchen von ihren Müttern und das anschließende Geheul und Gebrüll, das zwischen den Tieren dann tagelang hin und her ging. Es musste stets eine Koppel zwischen ihnen sein. Wenn sie in aneinandergrenzenden Arealen standen, rieben sich die Kuh und ihr Junges am Stacheldraht wund, wenn sie sich gegenseitig zu erreichen versuchten.

Hanna nannte Alison »Herzogin«, da diese so viel am Leben auf einer Farm verabscheute und Ballett sowie Klavier spielen lernen wollte. Da die Lehrer dafür zwanzig Meilen weit weg in Redmundo lebten, war Alison klar, dass dazu keine Möglichkeit bestand, und so fragte sie ihren Vater nicht einmal. Es hätte ihn traurig gestimmt, ihr den Wunsch abschlagen zu müssen, und sie bereute, dass sie ihn gegenüber Hanna erwähnt hatte. Sie schnitt Fotos der königlichen Familie sowie von Fotomodellen und Filmstars aus Zeitschriften aus und klebte sie in ein Sammelalbum, verzierte die Seitenränder mit Mustern und malte diese mit Farbstiften aus. Hanna sammelte Bilder von Tennisspielern in Aktion, ging mit Dan reiten, wann immer sie die Gelegenheit dazu hatte, und wurde Wildfang genannt. Sie wurde sogar noch mehr zu einem Jungen, als sie hörte, wie sie mit derart uneingeschränkter Billigung als solcher bezeichnet wurde.

In den Schulferien nahm Dan tagsüber alle Kinder mit aufs Feld, um Zita eine Pause zu verschaffen. Alison ermüdete in der Hitze rasch, und die Fliegen störten sie, doch sie beschwerte sich nicht, da sie einsah, dass die schwierigen und wichtigen Aufgaben von den Jungs ausgeführt wurden. Dan und die Jungs waren Experten im Umgang mit den zwei Arbeitspferden, die den Pflug zogen, damit entweder Kartoffeln oder Getreide gepflanzt werden konnten. Wie die beiden mächtigen Tiere am Ende jeder Furche zum Wenden zur Seite traten oder rückwärts gingen, ohne über den Pflug zu stolpern oder Zügel und Geschirr zu verheddern, war für Alison ein Wunder, und sie sah gerne dabei zu. Doch sie kam den Zugpferden nie zu nahe, denn sie hatte Angst, eines könnte ihr auf den Fuß treten und ihn ihr mit seinem riesigen Huf brechen.

Dan sagte stets, am besten lerne man, auf einem Pferd das Gleichgewicht zu halten, wenn man ohne Sattel reite, und Alison glaubte ihm das, wie sie ihrem Vater alles glaubte, was er ihr über das Leben auf einer Farm erzählte. Folglich musste ihre Technik falsch sein, da sie ständig herunterfiel, selbst wenn sie die Oberschenkel und Knie, so fest sie konnte, gegen die Flanken presste, um oben zu bleiben. Sie hatte das Gefühl, mit Sattel und Steigbügeln wäre sie besser imstande, sich auf einem durchgehenden Pferd im Gleichgewicht zu halten, da sie dann mehr Kraft hätte, um die Zügel fest anzuziehen, anstatt schon wieder durch die Luft zu fliegen und auf dem Boden zu landen, während Hanna zuschaute und lachte. Doch Hanna hatte sich den letzten verfügbaren Sattel unter den Nagel gerissen, wie es ihr gutes Recht war, da sie älter und damit als Nächste an der Reihe war. Nach einigen weiteren Stürzen verlor Alison schließlich den Mut und gab auf.

Die Tanten tuschelten untereinander, Zita sei das Ebenbild von Nell, Hanna sei Dans rechte Hand und Alison die Schwache, da sie ein Zwilling war und vor der Geburt nicht genug Nährstoffe erhalten hätte. Damals habe Nell vermutlich nicht einmal genug für eine Person gegessen, von dreien ganz zu schweigen, da sie in der Schwangerschaft an entsetzlicher Morgenübelkeit gelitten hatte.

Sie tuschelten auch, und da waren sie keineswegs einer Meinung, ob Alison die Schönheit in der Familie sei. Vor allem Tante Cat bedauerte bei ihrem jährlichen Besuch aus Sydney, wie sehr Alisons Schönheit unter ihren strähnigen Haaren und den ungepflegten Kleidern aus zweiter Hand litt. Außerdem werde sie in ihrem noch jungen Leben durch einen Mangel an Erfolgen ausgebremst. Wenn Cat ihre Mutter wäre, was sie von Rechts wegen hätte sein sollen, würde Alison jetzt in Benimm, Vortragskunst, Ballett, Klavier, Kalligrafie, Tennis und vielleicht sogar Segeln unterrichtet. Kühe zu melken und Kälber zu füttern sei ja schön und gut, wenn man einen Farmer heiratete, doch wenn man sich einer anspruchsvoller gearteten Tätigkeit verschreiben wollte, seien diese Fertigkeiten von keinerlei Nutzen.

Tante Cats Interesse galt seit Neuestem der Ahnenforschung. Sie erzählte Dan und ihren Schwestern, sie sollten ihr dankbar sein, dass sie all die Nachforschungen anstellte, obwohl sie selbst keine Kinder habe, an die sie das Wissen weitergeben könne, doch dass die Kinder der anderen es schätzen würden, wenn sie einmal groß waren. Sie würde bald mit dem, was sie in Australien herausfinden konnte, ans Ende gelangen, und sie sagte, sie müsse dann nach Irland, um dort Kirchenbücher durchzusehen, die vor das Jahr 1845 zurückreichten. Fritz würde seinen Laden nicht im Stich lassen, um sie nach Irland zu begleiten, und wäre auch zu knausrig, ihr Geld zu geben, damit sie in Begleitung fahren könne. Deshalb müsse sie die Idee wohl aufgeben und sich etwas anderem Interessanten widmen, wenngleich ihr da im Augenblick nichts einfiele, das ihr ebenso verlockend erschien.

43

Als Alison acht Jahre alt war, setzten die Niederschläge aus. Das Gras und die Feldfrüchte wuchsen in jenem Sommer und dem folgenden nicht. Wo früher Gras gestanden hatte, war jetzt nur noch aufgerissener staubiger Boden.

Das Wasser für das Haus und die Viehtränken lieferte eine Quelle auf der Farm. Das Wasser daraus wurde aufgestaut, damit der Dieselmotor es durch die Rohre eine Viertelmeile weit nach oben in die Tanks neben dem Haus pumpen konnte.

Die Kühe auf den Koppeln, die weiter vom Haus entfernt lagen, gingen zum Saufen zum Damm. Das gestaute Wasser wurde mit jedem Tag weniger, sodass sich am Rand des Damms ein breiter Streifen tiefen Morasts entlangzog. Im zweiten Dürrejahr versanken im Laufe einer Woche fünf Kühe bis zur Brust im Schlamm, ohne dass sie das Wasser erreichten, und hatten nicht die Kraft, sich allein wieder herauszuziehen.

Die Kinder brachten ihnen Eimer voll Wasser zum Trinken. Dan versuchte sie mithilfe einer improvisierten Schlinge herauszuholen, die er aus einer Plane, Rollen und Seilen anfertigte und die an das stärkere Zugpferd gehängt wurde. Doch es gelang ihm nur eine Kuh zu befreien, und die starb drei Tage später. Die anderen vier, die weiter und tiefer im Schlamm steckten, starben, wo sie standen. Dan schlitzte ihnen die Kehlen auf, um ihr Leiden abzukürzen, sobald er erkannte, dass ihre missliche Lage hoffnungslos war.

Alison hörte Zita im Dunkeln noch hemmungsloser weinen als sonst. Dan musste sie in seinem Schlafzimmer ebenfalls gehört haben, denn er kam an die Tür und lauschte.

»Was ist los?«, fragte er nach einigen Sekunden.

Zita brauchte eine Weile, bis sie antwortete. »Die Rechnungen«, sagte sie. »Die Lebensmittelrechnung ist nicht bezahlt. Was soll nur aus uns werden?«

Alison atmete ruhig weiter und betete darum, dass sie nicht husten musste.

»Mach dir keine Gedanken«, sagte Dan mit besorgter Stimme. »Es muss bald regnen.« Er stand noch etwa eine Minute lang da, als dunkle Gestalt im dunklen Türrahmen, bevor er sich abwandte.

Wenig später hörte Zita auf zu schluchzen, sie musste eingeschlafen sein. Alison blieb noch lange Zeit wach und machte sich Sorgen wegen der Lebensmittelrechnung.

»Zita hat im Dunkeln geweint«, erzählte Alison ihrem Bruder Stevie, als er in den Ferien aus dem Internat nach Hause kam. »Im Bett. Ich hab sie gehört.« Sie erwähnte, dass Zita häufig weinte, aber niemals so heftig wie dieses Mal, und dass ihr das Angst machte. Ihr war bewusst, dass es ein bedeutsamer Augenblick war, weil sie Stevie etwas so Dramatisches zu erzählen hatte. Normalerweise fiel ihr nichts ein, was sie zu einem ihrer Brüder hätte sagen können, denn sie hatte große Scheu vor ihnen. Und wenn sie etwas sagte, schien es ihr nicht zu gelingen, die Unterhaltung ihrer Geschwister zu unterbrechen. Niemand hörte auf ihre Stimme, die nicht sehr weit trug und schließlich verlegen abbrach.

»Papa hat ihr gesagt, es wird bald regnen, und sie hat zu weinen aufgehört.«

Stevie sah verärgert aus. »Mach dir keine Gedanken. Papa hat recht. Es wird bald regnen.«

Doch das tat es nicht.

Alle Glaubensgemeinschaften hielten öffentliche Gebete ab. Die Aborigines führten spezielle Regentänze auf, und die Farmer blickten zum wolkenlosen Himmel hoch, die einen weinend, die anderen flehend. Alle fühlten sich wütend und hilflos.

Rechnungen blieben unbezahlt. Alles Notwendige wurde auf Pump gekauft, in der Übereinkunft, dass alle Schulden beglichen würden, wenn der Regen einsetzte. Nur wenige Farmer konnten es sich leisten, Heu zu kaufen, um ihre hungernden Tiere damit zu füttern.

Es dauerte drei Jahre, bis die Dürre endete. Der Metzger und der Bäcker im Ort hatten mittlerweile geschlossen, während es das Lebensmittelgeschäft noch gab, wenn auch mit merklich reduziertem Warenangebot. Viele Farmen und andere Geschäfte erholten sich nicht, und Freunde wie Nachbarn verließen den Ort. Alle siebzig mit Namen bekannten Kühe der Hogans starben, und ebenso die beiden herrlichen alten Zugpferde, und ihre Kadaver verwesten, überall auf der Farm verteilt, ohne begraben zu werden. Der Geruch war widerwärtig, und die Kinder lernten, nach Möglichkeit stets gegen den Wind zu reiten, um den Gestank zu meiden. Die Reitpferde hatten überlebt, da sie die einzigen Tiere waren, die in den Hof rund ums Haus durften, um dort das wertvolle Gras zu fressen, das Zita am Leben erhielt, indem sie das im Haus verbrauchte Wasser sammelte und draußen verteilte.

Als der Regen schließlich kam, rannten Alison, Hanna und Jack jauchzend und jubelnd in den Garten und liefen dort mit zum Himmel gereckten Gesichtern umher, bis ihre Kleider durchnässt waren. Die Erwachsenen schauten aus dem Fenster auf den Regen und sprachen Dankgebete.

Dan hatte kein Geld, um neues Vieh zu kaufen, weshalb er gezwungen war, achtzig Prozent des Lands zu verpachten und einen stark herabgesetzten Pachtzins zu akzeptieren, da die Farm mit ihren kaputten Zäunen, den losen Stacheldrahtenden zwischen den Brennnesseln und den Toren, die nicht mehr über zwei Angeln verfügten und nur durch Zerren zu öffnen und zu schließen waren, so heruntergekommen war. Nachdem Wombat gegangen war, hatte sich ihr Zustand schnell verschlechtert.

Wenigstens musste Dan nicht herumsitzen und zusehen, wie die Rinder eines anderen Mannes sein Gras fraßen oder dessen Kartoffeln auf seinen Äckern wuchsen. Er und ein Nachbar sicherten sich zwei Aufträge zur Landrodung in Vorbereitung auf die Elektrifizierung. Sie schlugen viele Meilen lang schmale Schneisen durch die Eukalyptuswälder, damit die Arbeitertrupps die Leitungsmasten setzen konnten. Als die Leitungen fertig waren, unterschrieben die beiden Verträge für den Bau von Schuppen, Zäunen und Viehhöfen bei den neuen Nachbarn, die den ursprünglichen Farmern, die durch die Dürre ruiniert worden waren, für einen geringen Preis ihren Grund und Boden abgekauft hatten.

Da es nun Strom gab, herrschte kein Mangel an bezahlter Arbeit. Die Flüsse und das Bargeld strömten wieder. Dan wurde, obwohl seine eigene heruntergekommene Farm kein gutes Aushängeschild war, mit Bauaufträgen betraut, da er in dem Ruf stand, hart zu arbeiten und ehrlich zu sein, und weil die Leute mit ihm als Witwer, der eine große Familie zu ernähren hatte, Mitleid hatten.

Auf den zwanzig Prozent Land, die er nicht verpachtet

hatte, hielt er zwei Reitpferde, ein Hausrind und zwei trächtige Hereford-Kühe. Keine Milchkühe mehr. Wie der Schuhmacher im Märchen, erzählte er Alison, habe er vor, paarweise seinen Hereford-Bestand zu vergrößern, um die Tiere auf dem nun reichlich vorhandenen Gras fett werden zu sehen.

Im Haus hingen die Fenster weiterhin lose in den kaputten Angeln, und die Ritzen wurden mit Zeitungspapier gestopft, um den Wind abzuhalten. Dan hatte nur wenig Geld, als er die Farm kaufte, weshalb es nicht infrage gekommen war, die alten Zäune zu ersetzen, ganz zu schweigen davon, das Haus zu renovieren, als dann die Babys kamen und größer wurden und eine Ausbildung brauchten. Mit dem Geld, das er mit den Aufträgen verdiente, beglich er nun die Rechnungen, die sich während der Dürre angesammelt hatten.

»Nicht auf das Nest kommt es an, sondern auf die Vögel, die darin sitzen«, sagte Dan, um ihre prekäre Lage herunterzuspielen. Eine andere Lieblingsredewendung von ihm lautete: »Armut ist eine große Unannehmlichkeit, aber niemals eine Schande«, und die Kinder lernten, sie zu zitieren – die einen mit mehr Überzeugung als die anderen.

Die ganze Familie, mit Ausnahme von Alison, sah die Zeichen des Verfalls auf der Farm als eine Form des Stolzes, machte Witze und rümpfte die Nase über Nachbarn, die ihre Zäune strichen und ihre leichtgängigen Tore mit neuen Scharnieren versehen hatten. Alison sehnte sich insgeheim nach dieser Art Gepflegtheit, witzelte nach außen hin jedoch mit den anderen darüber.

Der Ort, an dem sie sich am liebsten aufhielt, war die Buschschule. Der Lehrer Clive Barnes, ein ehemaliger Marineoffizier, brachte seinen zwölf Schülern, von denen drei Hogans waren, Länder und Sitten nahe, von denen sie nur zu gerne hörten, an deren Existenz sie jedoch nicht wirklich glaubten. Tote Helden wie Scott in der Antarktis, Burke und Wills, Edith Cavell, Marie Curie, Grace Darling und, von allen am meisten verehrt, die jungen Soldaten, die bei Gallipoli gefallen waren, brachten Alison zu der Überzeugung, dass das Leben in der Welt da draußen außergewöhnlich sein musste. Sie konnte nur hoffen, so tapfer zu werden wie die Helden, von denen ihr erzählt wurde, wollte aber später gerne das Naheliegende machen: Lehrerin werden und genauso mitreißend und überschäumend wie Mr Barnes die Geschichten an die nächste Generation weitergeben.

44

Stevie Hogan war mit fünfzehn Jahren trotz seiner Auszeichnungen in den Prüfungen von der Schule abgegangen. Er hatte Dan erklärt, die beiden zusätzlichen Jahre, bis zum Leaving Certificate und zur Hochschulreife, wären bei ihm verschwendet, da er nur mit Holz und Maschinen arbeiten wolle und er damit genauso gut sofort anfangen könnte. Er war ehrgeizig und hoffte, sich durch harte Arbeit und Sparsamkeit eines Tages nahe der Stadt ein Haus und ein paar Morgen Land kaufen zu können. Die Milchwirtschaft wäre zu langweilig und zu stark vom Wetter abhängig, um für ihn attraktiv zu sein.

Stevie hatte nicht die ganze Wahrheit gesagt. Er wollte nicht allein mit Holz und Maschinen arbeiten, sondern es ging ihm vorrangig darum, die Ausbildung seiner drei jüngeren Geschwister mit zu finanzieren, statt der Familie zur gleichen Zeit weiter auf der Tasche zu liegen. Eine gute Ausbildung war Dans oberste Priorität für seinen Nachwuchs, weshalb es für ihn nicht infrage kam, dass sie nach sechs Jahren mit der Buschschule aufhörten. Es gab im Umkreis von sechzig Meilen rund um die Farm keine weiterführende Schule, sodass sich nur ein Internat anbot. Wenn die drei Jüngsten, anders als ihre älteren Geschwister, keine Stipendien erhalten sollten, hätte Dan eher die Farm mit einer Hypothek belastet als zuzulassen, dass sie ihre Chancen nicht nutzten. Stevie wusste, dass seine Hilfe von entscheidender Bedeutung sein konnte, falls derartige Umstände eintreten sollten.

Er war nach Redmundo gezogen und hatte sich ein Zimmer in einer Pension gemietet, in der Jean Cunningham, die Frau des Postboten, männliche Mieter aufnahm, um die Lücke zu füllen, die ihre flügge gewordenen Kinder hinterlassen hatten. Sie nahm keine Frauen, weil diese ihrer Meinung nach durch zu häufiges Haarewaschen die Abflussrohre verstopften und ihre tropfenden Nylonstrümpfe zum Trocknen über die Badewanne hängten.

Das zweite Zimmer war bereits von Wombat belegt. Jean Cunningham hatte gehört, dass er nicht anständig aß, seitdem er nicht mehr zur Hogan-Farm hinausfuhr. Die Nonnen boten ihm zwar Essen an, aber er lehnte ab, da er nicht wollte, dass sie sich für ihn einschränken mussten. Jean hatte ihn recht herrisch aufgefordert, bei ihr zu wohnen, als er ihr ganz schwach auf der Straße entgegengekommen war und eine Nachbarin ihm auf eine öffentliche Sitzbank helfen musste. Die Nachbarin war in ein Café gegangen und hatte ihm ein Glas Milch und ein Sandwich herausgebracht, was er beides hastig zu sich nahm, während sie nicht hinschaute. Es war allgemein bekannt, dass er wegen seines entstellten Gesichts zu gehemmt war, um ein Café zu betreten oder eine Metzgerei oder ein Lebensmittelgeschäft, wenn darin Kunden waren, die er nicht kannte. Da Redmundo das Tor von der Hochebene zur Küste war, hielten sich in den Läden häufig Fremde auf. Jean fürchtete, dass Wombat vor Hunger in der Fabrik einen Schwächeanfall erleiden und einen Unfall haben könnte oder, was für ihn noch schlimmer gewesen wäre, selbst einen Unfall verursachte. Sie hatte ihm für morgens ein gutes Frühstück versprochen, bevor sie ihn mit einem Lunchpaket zur Arbeit schicken würde, gefolgt von einer Drei-Gänge-Mahlzeit am Abend. Danach könne er sich zu ihr und Scottie setzen und

Radio hören, während sie selbst gebackene Kekse aßen. Wombat könnte sein eigenes Drei-Zimmer-Haus vermieten und am Ende der Woche noch einen Gewinn erzielen. Wombat hatte Jeans Vorschlag zugestimmt und das zweite der drei Zimmer genommen.

Zu Anfang fragte sich Jean, ob Wombat mit dem fünfzehnjährigen Stevie Hogan klarkäme, der in ihren Augen immer noch ein Kind war, aber darüber hätte sie sich keine Gedanken zu machen brauchen.

Die Bauholzbranche war der einzige Industriezweig in den Bergen, der nicht unter der Dürre gelitten hatte. Die einheimischen Bäume überstanden diese Trockenperiode, wie sie schon seit Jahrhunderten immer wieder regenlose Zeiten überstanden hatten.

Im zweiten Dürrejahr hatte ein Südafrikaner namens Bik Voerter zu einem Schnäppchenpreis in bar einem verzweifelten Farmer ein Stück Land direkt an der Stadtgrenze abgekauft, um darauf ein Sägewerk zu errichten. Niemand hatte gegen diese Nutzungsänderung Einspruch erhoben, und der Stadtrat hatte den Antrag bewilligt. Redmundo war dankbar für den Kapitalzufluss in jenen harten Zeiten, zumal die Butter- wie auch die Speckfabrik kurz vor der Schließung standen, um an die Küste zu ziehen.

Bik war ein großer, blonder, selbstbewusster Mann, der eine schüchterne kleine Frau im Schlepptau hatte, die aussah, als ob sie sich nicht traute, den Mund aufzumachen. Während die Mühle gebaut wurde, fragte Bik viel herum. Der erste Mann, den er einstellte, war Wombat. Bik hatte mit dem Geschäftsführer der Butterfabrik gesprochen, der besser als jeder andere wusste, was für ein erstklassiger Arbeiter Wombat war: intelligent, verlässlich und hart arbeitend. Er hatte gute Ideen zur Rationalisierung der Produktion vorgeschlagen und wäre ins Management befördert worden, hätte er sprechen können.

»Leute, die keine Ahnung haben, unterschätzen ihn«, erklärte der Geschäftsführer Bik. »All diese Mundbewegungen und die Wedelei mit den Händen vermitteln einen falschen Eindruck von ihm. Und das Traurige ist, dass seinem Kehlkopf offenbar überhaupt nichts fehlt.«

»Warum spricht er dann nicht?«

»Ursprünglich lag es am Schock, und danach an Angst und Gewohnheit, glaubt man dem damaligen Arzt hier vor Ort.«

»Was wissen diese Quacksalber auf dem Land schon? Wenn ihn einer heilen kann, dann bin ich das. Ich habe Erfahrung darin, Männer, die nicht reden wollen, zum Reden zu bringen. Das ist eine spezielle Fertigkeit, die ich habe.«

»Schön, das zu hören«, sagte der Manager und lachte über den vermeintlichen Witz. »Da werden Sie sich anstrengen müssen. Viel Glück.« Er war Bik dankbar, dass dieser Wombat übernahm, bevor die Fabrik zumachte. Nicht, dass Wombat lange arbeitslos geblieben wäre, da man in der Stadt viel von ihm hielt, aber die Arbeit in der Sägemühle, bei der körperliche Kraft im Vordergrund stand, würde besser zu ihm passen als die meisten anderen Jobs.

Bik nutzte Wombat vom ersten Tag an aus, schickte ihn nach der Arbeit und an den Wochenenden zu seinem Haus, um einen neuen Staketenzaun rund um seinen Besitz zu setzen, neue Küchen- und Einbauschränke aufzubauen, einen Blumen- und Gemüsegarten anzulegen, der einen Morgen groß war, und als Letztes, um einen Deutschen Schäferhund zum Wachhund auszubilden, mit der expliziten Anordnung, aus ihm kein Schmusetier zu machen. Gretta, Biks Frau, und die zwei Kinder wurden angewiesen, sich von Wombat wie von dem Hund fernzuhalten.

Wombat war nicht glücklich bei dem Gedanken, die Nonnen zu verlassen, doch er glaubte, es bliebe ihm nichts anderes übrig, als seinem neuen Chef zu gehorchen. Bik war es egal, dass die Klosterschule keine staatlichen Zuschüsse und die Nonnen kein Gehalt bekamen. Ohne die Großzügigkeit der Gemeindemitglieder hätten die Nonnen Hunger gelitten. Sie waren abhängig von Spenden und Freiwilligenarbeit, um ihr karges Budget aufzubessern. Den Internatsschülerinnen, Kinder von abgelegenen Farmen, wurde nur ein geringes Schulgeld auferlegt, da keine von ihnen aus einem wohlhabenden Haus kam. Wombat hatte den Ehrgeiz gehabt, das Kloster und die Schule zum Selbstversorger zu machen, was Gemüse und Obst betraf, und das zu erreichen war ein langer Weg. Er hoffte, ein Freiwilliger würde seine Arbeit übernehmen und den Garten nicht so verkommen lassen, wie jener, den er für den irischen Doktor angelegt hatte, verkommen war, nachdem die Carmodys nach Hause zurückgekehrt waren und der alte Arzt ihn übernommen hatte.

Bik hatte vor allem entschieden, dass Wombat rund ums Haus arbeiten sollte, da er davon ausging, dass keine Frau dem verunstalteten Mann trotz seiner eindrucksvollen Statur einen zweiten Blick schenken würde. Die Frau, die als seine Ehefrau durchging, war noch immer jung – sie war erst fünfzehn gewesen, als Bik sie zum ersten Mal genommen hatte – und nach wie vor attraktiv genug, dass man sich nach ihr umgedreht hätte, wenn sie selbstbewusster aufgetreten wäre und schickere Kleidung getragen hätte. Bik könnte nach der Arbeit unbesorgt im Pub bleiben, da Wombat für ihn keine Bedrohung darstellte.

Wombat trainierte den Schäferhund, wobei er als Zeichen mit den Fingern schnipste, und wurde sein Herrchen. Bik fiel das nicht auf, denn der Hund schlich sich davon, sobald Bik näher kam, da er kurz nach seiner Ankunft häufig dessen Stiefelspitze zu spüren bekommen hatte.

Stevie Hogan hatte drei Jahre lang in einer kleinen Mühle gearbeitet, bevor ihm in Bik Voerters beeindruckendem Sägewerk ein Job angeboten wurde. Bik brauchte nicht lange, um zu begreifen, dass er einen weiteren Schatz in Händen hielt, aber einen, den er wegen seines guten Aussehens nicht mal in Hörweite eines Eselsschreis an die Frau heranlassen würde, die man für seine Ehefrau hielt.

45

Seit sie siebzehn Jahre alt war, besuchte Zita die Tanzveranstaltungen in der örtlichen Holzhalle, wobei sie die Kinder mitnahm. Nahezu die ganze Gemeinde ging dorthin. Die Kinder schlitterten über den rutschigen Boden und spitzten in den Speiseraum, um als Erste aus dem selbst gemachten Biskuitkuchen und dem Gebäck zu wählen, wenn niemand hinschaute. Die Rentner lauschten dem Piano, der Fiedel und dem Schlagzeug beim Plaudern, während die jungen Frauen an den Wänden standen und darauf warteten, dass ein Mann herüberkam und sie zum Tanz aufforderte. Dieser Gang war nicht so qualvoll, wie er hätte sein können, denn es war Brauch, jeden zu akzeptieren, der um einen Tanz bat, solange er nicht zu betrunken war, um eine Tanzposition einzunehmen.

Zita mangelte es nie an Partnern. Die meisten waren nicht annähernd in ihrem Alter, da viele junge Männer im heiratsfähigen Alter nicht aus dem Krieg heimgekehrt waren. Die wenigen, die da waren, zogen sie nicht ernsthaft für eine Romanze in Betracht, da sie Jack, Hanna und Alison im Schlepptau hatte, sodass sie wie eine verheiratete Frau mit Kindern wirkte.

Sie war dreiundzwanzig, als ein Mann sie schließlich ernst nahm und ihr alleiniger Begleiter sein wollte. Richie Mitchell war neu im Distrikt und ein Lehrer, der seinem Land hier draußen diente, in der Hoffnung, schließlich eine Stelle an einer Schule in Sydney zu bekommen. Zita hatte jemanden wie ihn noch nie zuvor getroffen. Er hatte als junger Kerl zehn Jahre lang Schauspiel und Tanz studiert und sogar einmal daran gedacht, hauptberuflich Schauspieler zu werden, dann aber entschieden, dass er nicht gut genug wäre, um Erfolg zu haben. Deshalb hatte er sich zum Unterrichten entschlossen, das, wie er fand, ähnlich war, wie auf der Bühne zu stehen.

Als er zum ersten Mal von Zita mehr über ihre Lebensumstände erfuhr, hatte er sich als Zeichen des Respekts und der Bewunderung verneigt, anstatt sich von ihr abzuwenden.

Er war vierunddreißig Jahre alt, sehr unterhaltsam und hatte eine Ehefrau, die, wie man annahm, irgendwann nachkommen würde. In dieser Zeit konnte sich Zita mit ihm entspannen und ihn lediglich als Tanzpartner betrachten.

»Du bist ein Naturtalent«, sagte er zu ihr. »Wenn du lernst, mir genug zu vertrauen, dass du dich von mir führen lässt, wirst du bald jeden Tanz meistern. Auch den Tango.«

Es war ein köstliches Gefühl, eng von ihm gehalten zu werden und mitunter das Kinn auf seiner Schulter ruhen zu lassen. Sie passten so gut zusammen. (Hatten die Nonnen sie nicht vor dem zu engen Tanzen gewarnt? Würde sie davon als unreine Tat in der Beichte berichten müssen? »Allein oder mit anderen?«, würde der Priester fragen, damit er die Milde oder Schwere der erforderlichen Buße abschätzen könnte.)

Richie war zu Jack, Hanna und Alison wirklich nett, da er Kinder aufrichtig gernhatte und das nicht nur vorgab, um sich bei Zita einzuschmeicheln. Jedes Mal, wenn er sie sah, was nur bei den Tanzabenden in der Halle der Fall war, steckte er jedem von ihnen ein paar Shilling zu, wenn Zita gerade nicht hinschaute.

Er und Zita flogen über die viereckige Tanzfläche beim Quickstepp, ohne jemals einander auf den Fuß zu treten, und Alison merkte, wie sie zu träumen begann, wenn sie sich den geschmeidigen, weit ausholenden Drehungen beim Walzer hingab. Zita lachte viel, wenn sie mit Richie zusammen war, und Alison wünschte, ihre Schwester würde auch zu Hause mehr lachen, weil sie dann eine nettere Person zu sein schien. Das Paar erregte viel Aufmerksamkeit und gab zu zahlreichen Bemerkungen Anlass, die Alison nur zu gern gehört hätte, doch vielfach hieß es »Psst!«, wann immer sie an einer Gruppe vorbeiging, die den beiden zusah und sie, wie Alison annahm, bewunderte.

Einmal hob Richie bei einem Tanz Alison hoch, und Zita nahm sich Hanna als Partnerin. Zur Melodie einer Polka wirbelten, sprangen, klopften und glitten sie in Kreisen dahin, bis ihnen allen schwindlig war und sie lachend auf die Stühle an der Wand sanken.

Zita sah am Rand ihres Gesichtsfelds eine vertraute Silhouette in der Tür und drehte den Kopf ganz in die Richtung, wo sie Wombat erkannte, der zu ihr herüberschaute. Sie spürte einen stechenden Schmerz, der, wie sie wusste, der gleiche war wie jener, den er spüren musste. Er besuchte normalerweise keine Tanzveranstaltungen – Stevie musste ihn zum Kommen überredet haben –, sodass es das erste Mal war, dass sie ihn wiedersah, seit er gegangen war. Die wenigen Male, die sie seitdem nach Redmundo gekommen war, hatte sie darauf geachtet, während der Arbeitszeit zu fahren, damit keine Gefahr bestünde, Wombat zu begegnen. Sie mied ihn um seinetwillen, nicht um ihretwillen, denn sie sehnte sich oft danach, ihn zu sehen und Zeit in seiner Gegenwart zu verbringen. Sie vermisste seine Feinfühligkeit. Sie stand auf, um hinüberzugehen und mit ihm zu sprechen, sah dann jedoch, dass er nicht mehr da war, und setzte sich wieder.

Noch Tage nach einer Tanzveranstaltung, abgesehen von dem einen Mal, als Wombat aufgetaucht war, hatte Zita gute Laune und wirbelte ihre beiden kleinen Schwestern mit übertriebenen Tanzschritten durch die Küche, während sie darauf wartete, dass die Kartoffeln kochten. Dan sah zu und lächelte.

Alison behielt diese Tanzmomente als die glücklichsten in Erinnerung, die sie je mit Zita erlebte.

Dan besuchte, nachdem Nell gestorben war, keine geselligen Veranstaltungen mehr. Er ging wie gewohnt um halb acht mit dem *Sydney Morning Herald* ins Bett.

Als Tante Cat hörte, dass auch die abgelegenen Teile des Plateaus bald ans Stromnetz angeschlossen würden, kam sie mit einem großen elektrischen Radio, das sie erstanden hatte. »Es hat einen wunderbaren Klang«, sagte Cat, die nicht wollte, dass Alison ohne Musik aufwuchs. »Sorgt dafür, dass ihr jeden Morgen um Viertel nach acht *Hospital Half Hour* auf ABC hört. Da spielen sie schöne Stücke. Und einmal die Woche gibt es ein Hörspiel. Manche haben einen aufregenden Schluss, den man nicht voraussieht.«

Alison war nun elf Jahre alt, und Tante Cat hatte die Hoffnung aufgegeben, sie zu adoptieren, aber nach wie vor das Gefühl, sie habe irgendwie ein Anrecht auf sie, und deshalb interessierte sie sich besonders für ihr Wohlergehen.

Das alte Radio, das mit einer Vier-Volt-Batterie lief, fiel andauernd aus. Seine wertvolle Energie wurde für die Sieben-Uhr-Nachrichten und *The Bob Dyer Quiz Show*, die Dan so gut gefiel, aufgespart. Der Postbote brachte die Autobatterie bei seinen Runden immer mal wieder in eine Werkstatt in der Stadt, um sie aufladen zu lassen. Doch Zita, die sich vorstellte, wie unbequem das für ihn war, auch wenn er diese Aufgabe offenbar gerne übernahm, bemühte sich, ihn nicht zu oft darum zu bitten.

Als die Arbeiter Strom ins Haus legten, stöpselte Zita als Erstes Cats Radio ein. Es brauchte so lange, bis es warm wurde, dass sie schon dachte, es sei infolge der Wartezeit verrostet oder habe von Anfang an einen Defekt gehabt, doch dann entströmte ihm endlich ein aufregender, reicher Klang, und sie merkte, dass sie zur Musik der Andrew Sisters durch die Küche tanzte. Dan kam herein und sah sie mit geschlossenen Augen und vor Freude strahlendem Gesicht. Sie vollführte noch ein paar Drehungen, bevor sie an ein Stuhlbein stieß und die Augen aufschlug. Sie sah, dass er sie beobachtete, und hielt verlegen inne.

»Ich werde es sparsam benutzen«, sagte sie schnell zu Dan, der sich nun nicht noch Sorgen über die Stromrechnungen machen sollte.

»Tu das nicht«, sagte Dan. »Ich will nicht, dass du am Strom für das Radio knauserst. Bei uns war es viel zu lange still. Lass es den ganzen Tag laufen und die ganze Nacht, wenn du willst. Es wird dir helfen, die Last zu tragen.«

46

Inzwischen war Hanna so weit, ins Internat zu gehen, was Zitas Laune weiter hob. Alison wollte sich dünnemachen, doch Zita bestand darauf, dass sie miterlebte, wie der alte Schulkoffer unter dem Bett hervorgezogen und geöffnet wurde. Zita erwartete, dass Motten aus ihm aufsteigen würden, doch die Uniformen und der Blazer waren in gutem Zustand, wenn sie auch ein wenig muffelten.

Nachdem sie Hanna im Bus hinterhergewunken hatten, wandte sich Zita zu Alison um und sagte: »Wenn du nicht wärst, könnte ich jetzt auch fortgehen«, und dann fügte sie wie für sich hinzu: »Noch mal zwei Jahre. Wie soll ich nur noch mal zwei Jahre durchstehen?«

Dan teilte seinen Schwestern und Nachbarn mit, dass Stevie von einem Mann abgeworben worden sei, dem das größte Sägewerk auf dem Plateau gehörte, und mit gerade mal achtzehn Jahren sein Gehalt fast verdoppelt habe. Larry machte sich gut bei dem Schafzüchter in Mungindi an der Grenze von New South Wales und Queensland und wurde von seinem Arbeitgeber sehr geschätzt.

Zita lauschte dem Lob und lächelte, damit ihr nicht die Eifersucht ins Gesicht geschrieben stand, falls eine Verwandte oder ein Nachbar zu ihr hinschaute. Sie summte ein fröhliches Lied, um ihrer Vorstellung Glaubwürdigkeit zu verleihen.

Cheryl kam vorbei, um Dan zu besuchen, und sprach draußen im Schuppen mit ihm. Sie erzählte ihm, es werde geredet, dass Zita mit einem verheirateten Mann ausgehe, der Lehrer an der Schule war. Es war keine Ehefrau in Sicht, doch es ging das Gerücht, er habe eine in Sydney. Er sei ein guter Tänzer, was Zita wohl am attraktivsten an ihm fand. Cheryl tat es leid, dass sie diejenige war, die ihm davon erzählte, aber alle anderen zögerten, und sie dachte, er sollte es wissen, damit er einschreiten und etwas dagegen unternehmen könne, bevor das Ganze zu weit ging.

Es entsprach nicht Dans Charakter, mit Zita über so etwas Persönliches zu reden, doch die Neuigkeit verstörte ihn. Er sagte oft, kein Mann und keine Frau sei es wert, dass man seine ewige Seele verlor. Eine Beziehung zu einem verheirateten Mann war ein sicherer Weg, sich der Gefahr dieses undenkbaren Verlustes auszusetzen.

Zita kam aus dem Garten mit einem Arm voll Spinat herein und bemerkte mehrere schwarze Ameisen im Honigglas auf dem Tisch.

»Wer war zuletzt am Honig?«, fragte sie.

Dan schaute auf.

Alison wich zurück. Den Deckel nicht wieder auf das Honigglas zu drehen war die fünftschlimmste Sache, die man tun konnte. Nur ein Tor offen stehen zu lassen, eine Kuh nicht zu melken, Fleisch ungeschützt herumstehen und einen Wasserhahn laufen zu lassen war noch schlimmer.

Dan lächelte Alison zu und machte ihr ein Zeichen, als Zita nicht hinschaute.

»Das ist alles die Schuld deines verdammten Zwillings«,

sagte Zita, und ihr Gesicht war zu einer hässlichen Grimasse verzogen, als sie heulend aus der Küche rannte. »Und warum hörst du nicht auf, deine verdammten Fingernägel abzukauen? Das ist widerlich!«, schrie sie über die Schulter zurück.

»Ich bin ein Zwilling?«, fragte Alison und nahm hastig den Finger aus dem Mund. Sie war von Zitas Reaktion und dem unheilvollen Unterton ihrer Worte beunruhigt.

»Ja«, sagte Dan, der nun nicht mehr lächelte. »Aber deine Schwester starb.«

»Warum ist es ihre Schuld?«

»Das ist es nicht. Wie könnte es das sein? Es ist nur so, dass Zita schlechte Laune hat. Wenn ich du wäre, würde ich ihr eine Weile aus dem Weg gehen.«

Dan sah so verärgert aus, dass Alison wusste, sie sollte keine weiteren Fragen stellen, selbst wenn sie gerne den Namen ihrer Zwillingsschwester erfahren hätte. Sie wusste nicht, ob er aufgebracht war wegen des Geredes über den Zwilling oder wegen der Ameisen im Honig oder wegen Zitas Wutausbruch.

Danach dachte Alison noch viele Wochen lang an ihre Zwillingsschwester, deren Namen sie von Stevie erfuhr. Wenn Dolores noch am Leben wäre, würde sie sich wie sie selbst für Puppen und Ballett und Blumen interessieren. Sie wären Freundinnen, würden sich gegen Hanna zusammentun und Zita Streiche spielen. In der Gesellschaft ihrer Zwillingsschwester wäre sie nicht von dieser Einsamkeit geplagt, die ihr ständiger Begleiter war, solange sie denken konnte.

47

Mr Barnes nahm die Beförderung zum stellvertretenden Schulleiter an einer großen Grundschule in Invernell an. Zum Teil war diese Stelle die Belohnung dafür, dass er fünf Jahre lang in einem abgelegenen Gebiet unterrichtet hatte. Er bedauerte es, Alison nicht auf das staatliche Stipendium vorbereiten zu können, war aber zuversichtlich, dass sie es ohne große Anstrengung erhalten würde, genau wie dies zuvor auch ihren Geschwistern gelungen war. An seine Stelle trat Mr Flagstone, ein Neunzehnjähriger, der kurz zuvor eine zweijährige Ausbildung zum Lehrer abgeschlossen hatte. Er gähnte viel, drückte seine Pickel aus und döste oftmals an den Nachmittagen ein. Als die Namen der Gewinner für das Stipendium am Ende des Jahres bekannt gegeben wurden, war Alisons Name nicht darunter. Sie hatte an der Prüfung nicht teilgenommen, da Mr Flagstone vergessen hatte, sie anzumelden. Er suchte Dan auf, um sich zu entschuldigen, wobei er sein Privatleben als Entschuldigung anführte: Seine Freundin habe zu der Zeit die Beziehung beendet, und er sei in einem so schlechten Zustand gewesen, dass ihm die Prüfung entfallen sei.

Dan hörte ihm höflich zu.

»Ich hoffe, du überlegst nicht, Alison die sechste Klasse wiederholen zu lassen«, sagte Zita in aggressivem Ton, als der Lehrer gegangen war.

»Noch ein Jahr bei diesem Schwachkopf? Wohl kaum«, antwortete Dan.

Richie kündigte beim Bildungsministerium. Die Besitzerin des Studios, das er in seinem Jahr in Sydney besuchte, hatte ihm eine geschäftliche Partnerschaft angeboten. Die Anzahl der Schüler, die Rhetorik, Schauspiel und Tanz lernen wollten, war bei der Aussicht, dass das Fernsehen nach Australien kam, in die Höhe geschossen. Rosalind, die Eigentümerin, war an einer männlichen Lehrkraft und vor allem an Richie gelegen, vor dessen Talent sie großen Respekt hatte.

Richie bat Zita, mit ihm zu kommen. Der Zeitpunkt war perfekt. Alison stand kurz davor, endlich das Haus zu verlassen, weshalb es für Zita keinen Grund mehr gab zu bleiben. Es sollte so sein, sagte er. Er würde ihr im Studio einen Job besorgen, und sie könnte endlich die Freuden des Lebens kennenlernen, die ihr bis dahin verwehrt geblieben waren. Er würde ihr mit Vergnügen das Großstadtleben zeigen.

Nun da die Aussicht auf Freiheit zum Greifen nah war, wünschte Zita, sie wäre in Alisons Kindheit netter zu ihrer Schwester gewesen. Es war ja nicht Alisons Schuld, dass ihre Mutter den Verstand verloren hatte und gestorben war, auch wenn es sich zu der Zeit so angefühlt hatte. Die Schuld dafür musste allein bei Dr. Carmody liegen, wegen der bösen Tat, die er begangen hatte. Das einzige Vergehen Alisons war, dass sie der überlebende Zwilling und mit zwei Jahren Abstand die Jüngste der Familie war und als Baby nicht adoptiert wurde.

Zita packte einen von Kevins alten Koffern mit Hannas abgelegten Kleidern. Außerdem hatten die Nonnen für Hanna einen Satz Uniformen bei den Schülerinnen des fünften Jahres gesammelt, die von der Schule abgingen und keine jüngeren Schwestern hatten, die ihre Sachen übernehmen würden.

Stevie hatte angeboten, die Hälfte des Schulgelds zu bezahlen. Kevin und Mick würden die andere Hälfte übernehmen, und das, obwohl sie verlobt waren und heiraten wollten.

Am Abend, bevor Alison zu ihrem ersten Quartal an der Internatsschule aufbrechen sollte, sagte Zita sanft im Dunkeln zu ihr: »Morgen hast du einen wichtigen Tag vor dir. Ich erwarte Großes von dir, also enttäusche mich nicht. Um das Stipendium ist es schade, aber da kann man nichts machen.«

Alison fühlte sich jedes Mal schuldig, wenn sie das Wort »Stipendium« hörte, als hätte es an ihr gelegen, dass sie keines erhalten hatte.

»Wir wissen, dass du gescheit genug bist, um ein Stipendium für die Universität zu kriegen«, fuhr Zita fort. »Also zerstöre dir nicht dein Leben, indem du St. Mary's ohne eines verlässt.«

»Das werde ich nicht.«

»Lass dich durch nichts davon ablenken.«

»Das werde ich nicht.«

»Du wirst die Universität mögen. Sie ist wie im Himmel, mit all den Studenten – Mädchen und Jungs aus allen Teilen des Staates –, Hunderte von ihnen in deinem Alter, die alle nur so sprühen vor Geist und Ideen, und manche werden für dich Freunde fürs Leben werden. Du kannst dir das wahrscheinlich gar nicht vorstellen. Es ist ein großes Privileg, dorthin zu gehen, und das wirst du nicht tun können, wenn du kein Stipendium bekommst. Versprich mir, dass du hart arbeiten wirst.«

»Ich verspreche es«, sagte Alison und dachte daran, wie Kevin und Mick ohne Unterlass über ihre herrlichen Universitätsjahre gesprochen hatten und wie sehr es Zita geschmerzt haben musste, ihnen zuzuhören.

»Und dann werden du und ich eines Tages in der Zukunft nach Irland fahren.«

»Irland? Wieso das denn?«

»Um dort ein paar Leute aufzusuchen.«

»Du meinst Papas Verwandte?«

»So könnte man es nennen.«

»Was ist mit Hanna und den Jungs?«

»Nein, sie werden nicht mitkommen. Nur du und ich.«

»Warum nur ich?«

»Weil du die Jüngste bist und ich dich von klein auf großgezogen habe. Alles, was ich von dir verlange, ist, dass du von nun an jeden Abend vor dem Schlafengehen für mich ein Gebet sprichst.«

»Das werde ich«, sagte Alison. Ihr fröstelte am ganzen Körper, als sie ihre Schwester in so sanftem, ernstem Ton mit ihr reden hörte. Dann blieb sie noch lange wach und wartete darauf, dass Zita im Dunkeln zu weinen aufhörte, bevor sie einschlief.

Jack, Hanna und Alison stiegen am nächsten Tag unten an der Landstraße in den Bus. Jack begann sein letztes Schuljahr, das er mit dem Leaving Certificate abschließen sollte. Zum ersten Mal, seit sie vor zwölf Jahren Nells Pflichten übernommen hatte, winkte Zita dem Bus allein hinterher und kehrte in ein leeres Haus zurück.

Vielleicht hatte sie engherzig gewirkt, als sie über die Großzügigkeit von Stevie, Kevin und Mick keine Bemerkung machte, aber jedes lobende Wort wäre ihr im Halse stecken geblieben. Hatten ihre Brüder nicht großes Glück, dass sie sich in der Lage befanden, aushelfen zu können? St. Mary's war nicht teuer, obwohl die Schule keine staatliche Unterstützung erhielt. Hätten sie die Kosten für ein Studium übernommen, wäre das eine ganz andere Sache gewesen. Die Nonnen von St. Mary's, die, wie es in allen kirchlichen Schulen der Fall war, auf Spenden oder langfristig überlassenen Grund und Boden angewiesen waren, arbeiteten zum höheren Ruhm Gottes im Himmel und bekamen dafür keinen irdischen Lohn, weshalb die Kosten niedrig waren. Im angeschlossenen Internat wohnten Mädchen von den Farmen oder aus Kleinstädten, die, so sie nicht St. Mary's besucht hatten, keinen Zugang zu einer katholischen Schulbildung oder überhaupt einer weiterführenden Ausbildung gehabt hätten. Eltern, die ihrer Tochter gesellschaftliche Vorteile verschaffen wollten, schickten diese in teure Einrichtungen nach Sydney und nicht ins St. Mary's. Warum also das ganze Tamtam der Verwandten? Wenn man sie reden hörte, konnte man meinen, die Jungs hätten einen Großteil ihres Einkommens abgegeben und würden deshalb selbst Not leiden. Erwartete man nicht ohnehin von den Älteren in einer großen Familie, dass sie den Jüngeren halfen? War das nicht allgemein üblich? Würde sie nicht das Gleiche tun wie die Brüder, wenn sie eine qualifizierte Ärztin mit eigenem Einkommen wäre? Nach Lage der Dinge waren das Einzige, was sie auf der Welt besaß, die dreiundzwanzig Pfund, die sie sich in den letzten Jahren Shilling für Shilling vom Kinderzuschlag abgespart hatte.

Sie zog die Betten ab, wusch die Laken und hängte sie auf die Leine. Ihr Koffer war bereits gepackt.

Wenn Richie nicht so eine verlockende Zukunft für sie geplant hätte, hätte sich Zita vorstellen können, zu bleiben und ihrem Vater, der jetzt kaum mehr mit ihr sprach, den Haushalt zu führen, bis Überdruss, Einsamkeit und Ziellosigkeit ihr das Alter vergifteten.

Sie bat den Pächter, nach den Hennen zu sehen, bis Dan von seinem letzten Auftrag nach Hause käme, und darauf zu achten, dass er sie abends einsperrte, um sie vor den Füchsen zu schützen. Die einzige Hauskuh bekam ihr Kalb zurück, sodass sie nicht gemolken werden musste. Der Hund war bei Dan. Das Vieh würde sich selbst versorgen.

Der Pächter schaute sie fragend an, als sie das unverkennbare Geräusch eines VW Käfers hörten, der den Weg herauffuhr.

Alison vergaß Zita, sobald der Bus losfuhr. Einige andere Mädchen in der Uniform von St. Mary's saßen auch im Bus. Hanna setzte sich zu einem von ihnen, das sie kannte, und ließ Alison allein. Jack quetschte sich mit einer Gruppe Jungs von St. John's auf die letzte Bank.

Als sie in St. Mary's ankamen, zog Hanna mit ihren Freundinnen des dritten Jahres los und ließ Alison bei all den neuen Mädchen zurück, denn es war Sitte, dass die verschiedenen Jahrgänge sich nicht mischten. Hanna hielt sich gerne daran, und Alison erwartete nicht, dass ihre ältere Schwester sich um sie kümmerte.

Dass die Schule ihr so viel Gesellschaft bot, machte Alison, die sich in einem Jahrgang mit siebzig Schülerinnen wiederfand, benommen. In der Buschschule war nur noch ein Kind in ihrem Jahr gewesen, nachdem Helen gegangen war, und das war ein Junge.

Einige Mädchen kannten sich schon, und manche waren bereits die Stars, vor allem jene, die auf dem Klavier bei Stufe 8 waren, da sie in den Grundschulen, die dem Kloster Schülerinnen zuführten, schon einen gewissen Bekanntheitsgrad erreicht hatten.

Alison war die Einzige in ihrem Jahrgang, die aus einer großen Familie stammte, und auch die Einzige, die eine Dorfschule besucht hatte. Alles, was sie über die Stadtmädchen wusste, war das, was sie von ihren Cousinen gehört hatte. Stadtmädchen arbeiteten nicht, sondern hingen stattdessen in ihren schicken Stadtklamotten in Cafés herum und tranken mit Malz gesüßte Milchshakes, während sie mit Jungs flirteten. Und in den Sommerferien radelten sie jeden Tag ins Schwimmbad oder zum Strand. Alison konnte weder Fahrrad fahren noch schwimmen, und sie hatte noch nie das Meer gesehen, doch das machte ihr nichts aus. Eines hätte sie jedoch gerne gekonnt, nämlich mit Jungs flirten. Der Gedanke, mit derart aufregenden Wesen etwas zu tun zu haben, faszinierte sie, ängstigte sie aber auch. Die Tatsache, dass sie Brüder hatte, war ihr bei dem Versuch herauszukriegen, wie man mit ihnen sprach, nicht von Nutzen, da sie auch keine Ahnung hatte, wie sie mit ihren Brüdern reden sollte.

Alison wollte ihren Mitschülerinnen von der Farm und ihren erstaunlichen Brüdern und Schwestern erzählen, doch sie blieb still, da sie aus Erfahrung wusste, dass ihr die Fähigkeit fehlte, sich in ein Gespräch einzubringen und das Interesse der Zuhörer zu wecken. So viele Mädchen waren aufgeweckter, hübscher, talentierter und selbstsicherer als sie, sodass sie nicht glaubte, sie würde ihr Schweigen jemals brechen.

Die Mädchen redeten kaum von zu Hause. Alison war über diese Zurückhaltung froh. Sie wollte nicht Nell erwähnen müssen, falls jemand davon gehört hatte, dass sie am Ende verrückt geworden und überfahren worden war.

Als Dan auf die Farm zurückkehrte und in die Küche ging, um den Kessel aufzusetzen, fiel ihm als Erstes auf, dass sich der Dauerbrandherd, der zwölf Jahre ohne Unterlass gebrannt hatte, kalt anfühlte. Er sah sich um und stellte fest, dass Küchenschaben auf dem Boden herumliefen, Mäusekot überall auf den Abstellflächen lag und sich ein Brief von Zita auf dem Kühlschrank befand.

In ihrem Brief teilte ihm Zita mit, dass sie weggehe und nicht zurückkäme, da sie ihre Pflicht erfüllt habe und nicht mehr gebraucht würde, vor allem nicht während seiner langen und häufigen Abwesenheiten. Den Lehrer erwähnte sie mit keinem Wort.

Als er sich später auf der Farm umschaute, nahm Dan an, die Hauskuh müsse mit ihrem Kalb ein Loch im Zaun gefunden haben, da beide unauffindbar waren. Der Hühnerstall war leer. Hinter und vor der offen stehenden Tür war der Boden mit toten Hennen und Federn übersät.

Vier Paar Bettlaken und vier Kissenbezüge hingen um die Wäscheklammern gewunden auf der Leine. Einen fünften Kissenbezug fand er ein ganzes Stück weit weg in einem Brombeerstrauch.

Cheryl kam vorbei, um ihm mitzuteilen, dass Richie das Unterrichten aufgegeben hatte, wieder nach Sydney gegangen war und Zita mitgenommen hatte.

Dan wusste nicht, wie er den Leuten im Distrikt gegenübertreten sollte, nun, da es wirklich einen Skandal gab, der allgemein bekannt war. Er nahm Kontakt zu Larry in Mungindi auf und bat ihn, sich nach irgendwelchen Aufträgen oder festen Farmjobs zu erkundigen, für die er sich bewerben konnte.

48

»Wir werden heiraten, sobald alle Papiere in Ordnung gebracht sind«, hörte Zita Richie sagen und fragte sich eine Sekunde lang, wovon er da sprach.

Sie hatte ihren Koffer ins Gästezimmer gebracht und ihre Kleider aufgehängt und wollte gerade wieder die Küche betreten, als sie hörte, wie Richie seiner Mutter die Situation aus seiner Sicht erklärte.

»Dann besorgen wir uns eine eigene Wohnung, sodass du uns nicht allzu lange ertragen musst.«

»Ihr könnt so lange bleiben, wie ihr wollt«, hörte sie die Mutter antworten. »Es ist ja nicht so, dass wir keinen Platz hätten. Ich bin froh, dass du wieder den Sprung wagen willst. Du wirst ja nicht jünger, und wenn du noch Kinder haben möchtest ... Ich bin vor ein paar Monaten, als ich bei David Jones einkaufen war, Adele mit drei entzückend aussehenden Kindern begegnet. Sie hat nicht erst groß Gras über die Sache wachsen lassen.« Die letzte Bemerkung erfolgte in einem unverkennbar gehässigen Tonfall.

»So jemand ist sie noch nie gewesen. Zita und ich werden sie bald eingeholt haben, keine Bange. Ich kann es nicht erwarten, Kinder zu haben, nachdem ich endlich die richtige Frau dafür gefunden habe.«

Kinder? Mit mir? Die richtige Frau?

Ihm war die Ungeheuerlichkeit dessen, was er da sagte, nicht bewusst.

Wie konnte er glauben, dass sie die richtige Frau war, obwohl er wusste, dass ihre Religion es ihr nicht erlaubte, einen geschiedenen Mann zu heiraten? Davon abgesehen wäre sie lieber gestorben, als ein eigenes Kind zu haben, selbst von jemand so Nettem wie Richie, und sie konnte nicht erkennen, dass sie diesbezüglich jemals ihre Meinung ändern würde. Sie hatte sie für Wombat nicht geändert, und sie würde es auch für ihn nicht tun. Dann war da noch das Versprechen, das sie sich selbst und ihrer toten Mutter gegeben hatte: Sie wollte nicht, dass irgendetwas ihrer Reise mit Alison nach Irland im Wege stünde, sobald sie genug Geld für die beiden Tickets gespart hatte.

Sie hatte seine Absichten falsch verstanden, als sie dachte, er handle nur als Freund, wenn er sie nach Sydney mitnahm und seine Kontakte nutzte, um ihr einen Job und ein Dach über dem Kopf zu besorgen. Nachdem all dies geschehen sein würde, ging sie davon aus, wie zuvor weiterzumachen und an den Wochenenden mit ihm zu Tanzveranstaltungen oder ins Kino zu gehen.

Während der langen Fahrt nach Sydney hatte er ihr von seiner Ehe und der Scheidung erzählt, aber nicht mit einem Wort erwähnt, dass er sie zu heiraten beabsichtigte. Er war schuldlos geschieden worden, da seine Frau Adele weggerannt war, als er im Krieg war, und er sie seitdem nicht mehr gesehen hatte. Sie schrieben sich, bis die Scheidung durch war. Sie heiratete den Mann, mit dem sie durchgebrannt war, und damit war die Angelegenheit erledigt, denn Kinder waren in die Sache nicht involviert. Die Ehe war so kurz gewesen und vor so langer Zeit geschlossen worden, dass er manchmal vergaß, dass es sie je gegeben hatte.

Zita glaubte ihm, dass er nichts Falsches getan hatte, doch

ihr war es untersagt, ob er nun unschuldig war oder nicht, ihn zu heiraten. In ihrem Kopf konnte sie Dans Stimme hören, leidenschaftlich und unheilschwanger, wie er zu einer seiner häufig wiederholten Überzeugungen ansetzte: »Kein Mann und keine Frau ist den Verlust der ewigen Seele wert«, und sie konnte den Gedanken nicht ertragen, dass er diese Worte nun umso eindringlicher an sie richten würde. Und wenn Richie sie noch so sehr zu überreden versuchte, er würde sie nicht von ihrem Wunsch abbringen, solch eine Konfrontation zu vermeiden.

Sie ging auf Zehenspitzen zurück ins Gästezimmer, fiel aufs Bett, drehte sich zur Wand und drückte sich ein Kissen auf den Kopf, damit sie von dem Mutter-Sohn-Gespräch nichts mehr mitbekam.

Sie hatte Richie auf der Fahrt auch erzählt, dass sie eine mürrische und unleidliche Ersatzmutter gewesen war, ungeduldig und sarkastisch, und zu den Kindern gesagt hatte, sie sollten die Klappe halten und ihr aus dem Weg bleiben, da sie zu beschäftigt wäre, um sich mit ihnen abzugeben.

»Ich kann mir nicht vorstellen, dass du so schlimm warst, wie du es darstellst«, hatte Richie gesagt. »Es muss zu der Zeit einfach zu viel gewesen sein. Du bist zu hart mit dir. Ich denke, es war heldenhaft, wie du mit der Situation fertiggeworden bist. Vor allem in so jungen Jahren.«

»Alison hat am meisten unter meinen Launen leiden müssen. Sie hätte von Tante Cat adoptiert werden sollen. Ich wollte sie die ganze Zeit über loswerden, und sie hat es gewusst. Die letzten zwei Jahre waren ein Albtraum – wir drei saßen am Küchentisch, und keiner sagte etwas. Alison hatte Angst zu sprechen, als hätte ich ihr sonst die Nase abgebissen. Ich habe ihr wahrscheinlich noch das letzte bisschen Selbstbewusstsein genommen. Als Mama mich nach St. Mary's schickte, tat ich einen Freudensprung, doch ich selbst habe Alison als Angsthasen fortgeschickt.«

»Sie ist ein bisschen schüchtern, das ist alles. Das wächst sich noch aus. Sieh es von der positiven Seite. Wenn du nicht wärst, hätte sich die Familie vielleicht getrennt und ihr wärt euch jetzt alle fremd.«

»Es waren tolle Kinder, und sie haben sich nie vor der vielen Arbeit, die es zu tun gab, gedrückt. Ich hätte nicht so hart zu ihnen sein dürfen. Gott sei Dank hatte Jack seine ersten fünf Jahre mit Mama, ich hätte sonst auch ihm seinen Mut genommen.«

»Jetzt ist er stark, also kannst du aufhören, dir deswegen einen Kopf zu machen. Sie sind alle wohlgeraten. Klopf dir ordentlich auf die Schulter für all das Gute, das du getan hast. Sie hatten viel Spaß mit uns bei den Tanzveranstaltungen – vergiss das nicht. Ich hab dich bewundert, seit ich dich kennengelernt habe.«

Er sah sie stets nur bei den Tanzveranstaltungen, wo sie gute Laune hatte. Wenn er sie besser gekannt hätte, hätte er sehen können, dass sie zur Mutter nicht geschaffen war. Dass die ihr durch den Tod ihrer Mutter auferlegten Pflichten sich als entschieden zu schwer erwiesen hatten. Warum tat er dauernd all die Fehler ab, die sie beichtete, als ob sie nicht zählten?

Sie erinnerte sich daran, wie sie ihm vor Monaten erzählt hatte, wie erleichtert sie sein würde, wenn Alison zur Schule fortginge, und dass sie nicht den Wunsch habe, jemals selbst Kinder zu bekommen.

»Es wird anders sein, wenn es deine eigenen sind«, hatte er erwidert und sie überzeugt angelächelt, als wüsste er, wovon er redete. Hatte er schon damals angenommen, dass er mit ihr eine Zukunft hätte und dass diese auch Kinder beinhalten würde?

Sie fragte sich, ob die Leute in der Stadt Richie für einen opportunistischen Schuft gehalten hatten, der mit seiner gespielten Leichtigkeit ein unschuldiges Mädchen vom Lande ausnutzte. Was würden sie jetzt denken, wenn sie sie keusch in einem Einzelbett im Gästezimmer seines Elternhauses liegen sähen, während er in einem anderen Zimmer vom Heiraten sprach?

Richie schlich sich leise ins Zimmer und flüsterte ihren Namen. Sie lag ganz ruhig und reagierte nicht. Er ging wieder, und sie hob das Kissen, das auf ihrem Kopf lag, und hörte, wie er zu seiner Mutter sagte, dass es eine gute Idee wäre, sie bis zum nächsten Morgen durchschlafen zu lassen, da sie einen so langen, emotional aufwühlenden Tag gehabt habe.

Am nächsten Tag nahm er Zita mit ins Studio, um sie seiner künftigen Geschäftspartnerin Rosalind vorzustellen und zu sehen, ob es in dem expandierenden Studio eine Stelle für sie gäbe. Für Zita war es offensichtlich, dass Rosalind in Richie verliebt war, wenngleich sich dieser dessen nicht bewusst zu sein schien. Genauso offensichtlich war, dass Rosalind sich mit ihrer ganzen Aufmachung jünger zu machen versuchte, als sie tatsächlich war, und dass ihr Zitas Anwesenheit nicht gefiel.

»Zita ist ein Naturtalent«, erklärte Richie voller Stolz. »Sie wäre für einen Ort wie diesen ein großer Gewinn.«

»Wirklich?« Rosalind wandte sich Zita mit einem kalten Blick zu. »Können Sie tippen?«, fragte sie.

»Nein«, sagte Zita.
»Können Sie Klavier spielen?«
»Nein.«
»Welche Qualifikationen in Vortragskunst haben Sie?«
»Keine.«
»Tanzen?«
»Ein bisschen Gesellschaftstanz.«
»Professionell?«
»Nein. Nur bei lokalen Tanzveranstaltungen.«
Rosalind sah hinüber zu Richie und verdrehte die Augen.
»Vielleicht könnte sie das Telefon übernehmen und sich um die Buchungen kümmern«, schlug er vor.
»Mit dem Akzent wohl kaum. Wir wollen doch unsere Kunden nicht verscheuchen, ehe sie noch angefangen haben. Erklären Sie mir mal, in was genau Sie ein Naturtalent sind«, sagte sie dann und sah Zita an.
Sie hat sich nicht mal meinen Namen gemerkt, dachte Zita, und er interessiert sie auch nicht.
»Nein, wenn ich es mir genau überlege, brauchen Sie die Frage nicht zu beantworten. Ich kann's mir denken, und ich will lieber nichts davon hören. Schönen Dank auch.«
Zita errötete angesichts dieser ungerechten Unterstellung. Richie schnitt Rosalind Grimassen, die seine Missbilligung über das ausdrückten, was sie sagte, dennoch fuhr sie fort.
»Das hier ist kein Wohltätigkeitsverein, der Jobs für Übergangsfreundinnen vergibt. Meine zwei Assistentinnen haben beide zehn Jahre Ballett, Stepp- und Gesellschaftstanz sowie Sprecherziehung und Schauspiel studiert, und man kann nicht erwarten, dass sie eine ältere Anfängerin anlernen, die weder gelenkig noch trainiert ist, wenn sie ohnehin schon einen vollen Unterrichtsplan haben.« Sie schloss mit einer Bemerkung,

dass sie Richies Stellung als möglichen Partner überdenken wolle, da das letzte Wort in dieser Sache noch nicht gesprochen sei.

»Das ist vielleicht eine gute Idee«, sagte Richie. »Komm, Zita. Wir müssen Pläne schmieden.«

Nachdem sie gegangen waren, sagte er: »Tut mir leid wegen soeben. Sie ist normalerweise nicht so abweisend. Ich kann nicht glauben, dass sie so fies zu dir war. Lass dich von dem, was sie gesagt hat, nicht aus der Fassung bringen.«

»Aber das tut es, denn alles davon ist wahr. Ich möchte nicht, dass du meinetwegen die Chance auf eine Partnerschaft verlierst. Sie hat dir gedroht.«

»Mach dir wegen Rosalind keine Gedanken. Ich kann mich später mit ihr befassen. Sie hat sich völlig danebenbenommen, aber sie hat mich auf eine Idee gebracht. Warum heiraten wir nicht schnell? Damit wären all unsere Probleme gelöst. Dann müsstest du dir nicht die Mühe machen, dir einen Job zu suchen, denn bei der nachweislichen Fruchtbarkeit in deiner Familie würdest du gleich schwanger, und ich würde mich um dich kümmern.«

Er legte ihr den Arm um die Schultern und zog sie an sich.

Später an jenem Nachmittag, als Richie in der Stadt war, um seinen Anwalt zu besuchen, blieb Zita in dem leeren Haus zurück. Sie schrieb ihm eine Notiz – der zweite Abschiedsbrief in drei Tagen – und verließ das Haus auf der Suche nach einem Kloster, denn das war der einzige Ort, an dem sie sich in der großen Stadt sicher fühlen würde. Ausgenommen natürlich in Tante Cats Haus, aber dorthin wollte sie nicht gehen. Sie lief zum Bahnhof, erstand einen Stadtplan und fragte den

Verkäufer, wo das nächstgelegene Kloster sei. Er wusste es nicht, aber er verwies sie an einen Ladenbesitzer, der ihr die Stelle auf dem Stadtplan markieren konnte und ihr erzählte, welche Züge sie nehmen musste, um dorthin zu gelangen. Sie fand das Kloster, erzählte der Nonne an der Tür ihre Geschichte und erhielt dann ein Bett, in dem sie stundenlang über den Verlust von Richie weinte.

Am nächsten Tag wurde sie ins katholische Krankenhaus mitgenommen, wo sie einen Job als Putzfrau annahm und sich an den Gedanken gewöhnte, in Zukunft ein karges Leben zu führen und jeden Penny zu sparen, wobei sie schätzte, dass sie in neun Jahren, wenn Alison einundzwanzig wurde, genug Geld für ihrer beider Überfahrt nach Irland beisammenhaben würde.

49

Alison beobachtete aufmerksam all ihre Mitschülerinnen und fühlte sich sofort zu den geborenen Anführerinnen hingezogen. Sie nahm sich vor, sich selbst nach ihrem Vorbild zu formen in der Hoffnung, sie könne es eines Tages zu einem ebenso ausgeprägten Selbstbewusstsein bringen. Am Ende des ersten Quartals hatte sie dreimal versucht, ihren Charakter zu ändern, es aber immer noch nicht geschafft, von sich selbst beeindruckt zu sein, geschweige denn dass andere es waren. Auch an der Leere, die sie innerlich empfand, änderte sich nichts.

Die Nonnen nahmen es mit der Beaufsichtigung nicht so genau, doch ein allgegenwärtiger Gott erfüllte diese Aufgabe zur Genüge, vierundzwanzig Stunden lang und das jeden Tag. Alison hatte bis dahin nicht gewusst, wie mächtig Er war. Sie merkte, wie sie in Seine Welt eintrat, in eine ungewöhnlichere Welt – umso mehr, als sie unsichtbar war – als jene, mit der Mr Barnes sie einst durch seine Reisegeschichten bekannt gemacht hatte.

Dan hatte mit seinen Kindern nie über theologische Feinheiten gesprochen. Dafür hatte er sich nicht als ausreichend qualifiziert erachtet.

Nun wurde Alison mit nicht hinterfragbarer Autorität erzählt, dass ein sozial benachteiligtes und schmerzliches Leben in Wahrheit einem leichten Leben vorzuziehen sei, da es einen im nächsten Leben zu Höherem befähigte. Das war für sie eine Offenbarung, und nachdem sie darüber nachgedacht hatte, erschien ihr die Gewissheit überaus tröstlich, dass die Armut, in der sie aufgewachsen war und die sie immer als Nachteil verstanden hatte, eigentlich ein Gewinn war.

Sie fragte sich, ob auch Zita sich immer noch dessen bewusst war oder ob sie es in der Zwischenzeit vergessen hatte. An ihrem ersten Ferientag zu Hause würde sie ihre große Schwester als Erstes daran erinnern. Sie könnten zu berechnen versuchen, wie hoch genau Zita auf einer Skala steigen würde. Ganz nach oben in die Gesellschaft der Heiligen, schätzte Alison. Auf diese Weise würde sich Zita viel, viel besser fühlen. Durch das Wissen, dass all die häusliche Plackerei und Arbeit auf der Farm nicht umsonst gewesen war und ihr die ganze Zeit über Pluspunkte im Himmel eingebracht hatte, würde auch die in Zita köchelnde Gereiztheit vergehen.

Immer wieder dachte Alison daran, dass sie die ersten zwölf Jahre ihres Lebens hinter sich gebracht hatte, ohne etwas von dieser Welt zu ahnen, die mit den Sinnen nicht wahrzunehmen war, die aber, da war sie sicher, durch das Geschenk des Glaubens wesentlich vitaler und dramatischer war als die, die sie sehen konnte. Sie war in dem Entzücken vergleichbar mit den Märchen, die sie als Kind über Zaubersprüche, Hexen, Drachen, Dämonen und gute Feen gelesen hatte, die drei Wünsche gewähren konnten. Ein großer Unterschied bestand jedoch: Die übernatürlichen Wesen, von denen sie im Fach Religionswissen hörte, waren real. Sie würde achtsam bleiben müssen, damit sie nicht von Satan in die Irre geführt wurde, denn sonst würde sie wie all die Figuren in den Märchen enden, denen drei Wünsche gewährt wurden, die aber nie das bekamen, was sie wollten, da sie sich schließlich zu einer katastrophalen Entscheidung verleiten ließen. Zu denken, dass der liebe Gott, wenn sie es dringend brauchte und wenn sie hart genug betete, falls Er es für angebracht hielt, die Naturgesetze beugen würde, um ihr zu helfen! Das war auf wundersame Weise unglaublich.

»Das größte Opfer, das deine liebenden Eltern gebracht haben, war es, dich wegzuschicken und sich deiner Gesellschaft zu berauben, damit du hier zur Schule gehst«, sagte der Studienpräfekt zu ihnen.

Alison konnte sich nicht vorstellen, dass Dan ihre Gesellschaft vermisste. Er konnte ihre Mithilfe im Haus und auf der Farm vermissen, aber auch das nicht mehr so sehr, seit der Melkstand geschlossen war. Was gab es sonst noch? Dan ging jeden Abend früh zu Bett, stand bei Tagesanbruch auf und arbeitete den lieben langen Tag. Sie konnte sich an kein persönliches Gespräch mit ihm erinnern, und sie konnte sich auch nicht daran erinnern, dass er sie mit ihrem Namen angesprochen hatte. Er schrieb ihr und Hanna jede Woche, berichtete das Neueste von der Farm und über seine Arbeit und schloss jedes Mal mit *In Liebe, Papa*, doch dass er sie vermisste, erwähnte er nicht.

In einem Brief sagte er, es täte ihm leid, aber er müsse ihnen mitteilen, dass Zita das Haus verlassen und keine Adresse hinterlassen habe, sodass sie nicht mit ihr in Verbindung treten konnten.

Nach den dreizehn Wochen des ersten Quartals folgte die vierstündige Heimreise im Bus, mit ein paar Haltestopps wegen Reisekrankheit. Die anfänglich riesige Freude darüber, die Familie wiederzusehen, schlug bald in Enttäuschung um, als Jack, Hanna und Alison feststellten, dass niemand im Haus war, um sie zu begrüßen. Sie hatten erwartet, dass Dan da sein würde, und gehofft, Zita könnte zurückgekehrt sein. Tote Schmeißfliegen lagen auf der Tischplatte, der Herd war aus, der Kühlschrank abgestellt, und ein übelriechender Rest Milch zersetzte sich auf dem Boden eines Kruges, der neben einem muffelnden Geschirrtuch auf der Spüle stand.

Sie zogen die Uniformen aus, und Alison wusch den Kühlschrank von innen aus, bevor sie ihn einschaltete, leerte den übervollen Aschekasten unter dem Herd aus, fegte den Kamin, machte Feuer an und säuberte die Küche, ohne erst zu warten, bis der Boiler heiß geworden war. Jack spaltete Holz für den Herd und füllte den Holzkasten mit Scheiten. Hanna ging die Kuh suchen. Sie traf auf der Hauskoppel den Pächter und fragte ihn, ob er wisse, wo die Kuh war und wann Zita wiederkommen wollte.

»Sie kommt nicht zurück. Ich dachte, euer Vater hätte euch geschrieben und es erzählt. Sie ist mit dem Bruder Leichtfuß auf und davon, mit dem tanzenden Lehrertypen, der ein verheirateter Mann ist, so heißt es, und die Hauskuh ist auch weg. Euer Vater ist an die Decke gegangen.«

An jenem Abend aßen sie Porridge, das sie mit Wasser gekocht hatten, und danach gingen sie ins Bett. Alison fühlte sich, als würden riesengroße elektrisch aufgeladene Sturmwolken tief am Himmel über ihnen hängen und die Farm umschließen, bereit, sie jede Minute mit Donner und Blitz zu erschüttern.

Dan tauchte vier Tage später auf, müde und ohne ein Lächeln. Er sagte, es tue ihm leid, dass er bei ihrer Heimkehr nicht da gewesen war. Er fragte sie nicht nach der Schule. Alisons Kopf war voller Gedanken an ihre Lehrer, Mitschülerinnen und den Chor, den sie am meisten mochte, aber sie erwähnte nichts davon. Sie war daheim und litt unter starkem Heimweh. Keiner erwähnte Zitas Namen. Alison hatte nun zwei Dinge, die ihre Mitschülerinnen nie herausfinden dürften: Nells Verrücktheit und Zitas Schande.

50

Zita rief ein Jahr nachdem sie Richie verlassen hatte im Studio an. Es war an einem Nachmittag, als sie sich besonders einsam fühlte. Sie wollte nichts von ihm – sie wollte lediglich seine freundliche Stimme hören und herausfinden, wie es ihm ging. Die vertraute Stimme einer Frau antwortete. Es war Rosalind. Als Zita sagte, sie würde gerne mit Richie sprechen, meinte Rosalind: »Bleiben Sie bitte einen Augenblick dran, Modom, ich hole meinen *Gatten.*«

Sie weiß, dass ich es bin, dachte Zita. Die Art, wie sie das Wort »Gatte« betonte und der Hohn in ihrer Stimme ließen keinen Zweifel daran. Der arme Richie war also nun mit einer Frau verheiratet, die, so schätzte Zita, jenseits des gebärfähigen Alters war, obwohl man das auf den ersten Blick wegen des Make-ups über der welken Haut nicht geglaubt hätte.

Zita hängte ein.

Sollte sie sich bei Tante Cat melden, um zu hören, ob es etwas Neues von zu Hause gab? Der Gedanke war verlockend, doch sie fühlte sich nicht stark genug, um sich den missbilligenden Fragen ihrer Tante zu stellen. Stattdessen schloss sie ein fünfjähriges Abonnement für den *Plateau Clarion* in Redmundo ab. Die wöchentliche Ausgabe sollte jeweils an ein Postschließfach geschickt werden, das sie unter einem falschen Namen anmietete, damit niemand erfuhr, dass die Zeitung an sie ging. Nun würde sie wenigstens jede Woche erfahren, wer im Krankenhaus lag, wer gestorben war, wer den Distrikt verlassen hatte und wer neu eingetroffen oder dorthin zurückgekehrt war, und dazu die Einzelheiten über jedes gesellschaftliche Ereignis sowie die Sportveranstaltungen, die stattgefunden hatten.

Es wurde bereits zu einem frühen Zeitpunkt entdeckt, dass Alison eine klare, kräftige Stimme besaß, weshalb sie oft gebeten wurde, in der Klasse laut vorzulesen. Das machte sie stolz, denn es war das Einzige, das sie besser als alle anderen konnte. Die Rufe »Kip, kip, kip« für die Pferde und das »Cubbawd, cubbawd« für die Kühe auf der Farm über große Entfernungen hinweg hatten ihre Stimme gestärkt und ihr einen vollen Ton gegeben.

Aus diesem Grund dachte Schwester Chanel, Alison sei die erste Wahl für die Hauptrolle im Theaterstück am Ende des Schuljahres.

Bei der ersten Probe stieg Alison auf die Bühne, um die Zeilen zu sprechen, die sie auswendig gelernt hatte. Ihr gegenüber in der Aula befanden sich siebzig Mädchen, die alle ernste Gesichter aufgesetzt hatten; manche hatten den Kopf zur Seite geneigt, manche die Arme verschränkt oder die Hände im Schoß gefaltet, doch die Blicke aller ruhten auf ihr und nur auf ihr dort oben auf der Bühne.

Sie hielten die Augen nicht nach unten gerichtet, um die Worte in ihren Schulbüchern mitzulesen, wenn sie an ihrem Tisch hinten im Klassenzimmer laut vorlas, wie es bis dahin der Fall gewesen war.

Während sie tief Luft holte und sich darauf vorbereitete, zu sprechen, begannen die Gesichter ihrer Mitschülerinnen plötzlich zu zucken und ihre klaren Konturen zu verlieren, als würden sie in einem Sandsturm verschwinden. Die gut eingeübten Worte in ihrem Kopf wurden von ebendiesem Wind weggeblasen. Ihre Ohren wurden taub, und als sie zu reden versuchte, vermochte ihre Stimme nicht aus ihrem Mund hervorzukommen, der so trocken war, dass er sich anfühlte, als wäre er tatsächlich voller Sand.

Kein Ton kam ihr über die Lippen. Sie stand still auf der Bühne, verloren in einer beängstigenden Isolation.

»Alison, wir müssen uns deinen Hals mal anschauen!«, rief Schwester Chanel laut und verließ ihren Stuhl in der ersten Reihe, um schnell an den Rand der Bühne zu treten. »Im Augenblick geht im Kloster ein schlimmer Virus um, und es braucht lange Zeit, bis er überwunden ist. Komm herunter. Du kannst mir stattdessen bei der Regie helfen, du hast ja immer so viele gute Ideen.« Sie wandte ihr Gesicht der schweigenden Gruppe zu. »Mariella, du kannst die Rolle übernehmen. Wirst du es schaffen, den Text noch rechtzeitig zu lernen?«

Die Blicke aller wandten sich jetzt der erfreuten Mariella zu, die sagte, sie würde ihr Bestes geben.

Alison verließ die Bühne, während die Mädchen abgelenkt waren. Schwester Chanel wartete auf sie und führte sie zu dem Sitz neben dem ihren, bevor sie ihr ein Bündel Notizen gab, ohne sich anmerken zu lassen, dass sie die verschmierten Tränen auf Alisons rotem Gesicht sah.

Wie konnte ich nur glauben, ich könnte öffentlich auftreten, wenn ich doch mein ganzes Leben lang nichts weiter als ein Schatten war?, fragte sich Alison, wobei sie den Kopf senkte und so tat, als konzentriere sie sich auf die Notizen, damit die Mädchen ihr Gesicht nicht sehen konnten.

Was wurde jetzt aus ihren Träumen, Lehrerin zu werden?

Vor einer Klasse zu verstummen war doch bestimmt ein Grund, von diesem speziellen Beruf ausgeschlossen zu werden.

Gott musste andere Pläne mit ihr haben, war der einzige Schluss, zu dem sie gelangen konnte. Es war schade, dass Er solch harte Methoden anwendete, um ihr einen erstrebenswerten Weg zu verschließen, bevor er sie auf einen anderen hinwies.

Das Rätsel ihres anhaltenden Heimwehs, ob in der Schule oder zu Hause, wurde schließlich zu ihrer Zufriedenheit gelöst, als sie auf die Worte des heiligen Augustinus stieß, der sagte: »… denn geschaffen hast du uns im Hinblick auf dich, und unruhig ist unser Herz, bis es ruhet in dir.« Als sie das in ihrem dritten Jahr las, kam Alison mit einem Schlag die Erkenntnis. Endlich hatte sie eine einfache und plausible Erklärung für ihre immerwährende unterschwellige Traurigkeit gefunden. Sie würde bis nach ihrem Tod warten müssen, um ihr wahres Zuhause im Himmel zu finden, weshalb es keinen Zweck hatte, sich – bis es so weit war – darüber den Kopf zu zerbrechen, warum sie hier auf Erden zu niemandem gehörte.

Jedes Mal, wenn sie nach Hause in die Atmosphäre dumpfer Verzagtheit zurückkehrte, nachdem Jack zum Arbeiten nach Darwin gegangen, Hanna fort und auch ihr Vater oft unterwegs war, dachte sie an diese Worte, um sich zu trösten. Doch manchmal boten sie ihr keinen Trost, ganz gleich, wie sehr sie sich auch anstrengte, an sie zu glauben. Sie dachte an ihre Zwillingsschwester Dolores. Das Versprechen auf Gottes Gesellschaft im nächsten Leben war ja schön und gut, doch bis dahin war das Gefühl der Trostlosigkeit so unmittelbar und real, dass sie ihre oberen Eckzähne dafür gegeben hätte, um ihre Zwillingsschwester in ihrem Leben zu haben, bis der liebe Gott an der Reihe war.

51

1956

Hanna wollte als einziges der drei Mädchen auf dem Land leben. Sie lehnte nach dem Abschlusszeugnis ein Stipendium ab und nahm eine Stelle als Kindermädchen auf einer großen Rinderfarm im Westen von Queensland an. Der jüngere Bruder des Besitzers hatte vom ersten Moment an ein Auge auf sie geworfen. Innerhalb von sechs Monaten war sie verlobt und heiratete ein Jahr später mit neunzehn auf der Farm. Dan meinte, sie sei zu jung für die Ehe, doch sie erinnerte ihn umgehend daran, dass Nell erst siebzehn gewesen war, als sie ihn geheiratet hatte.

Alison lernte fünf Jahre lang Englisch, Mathematik, Latein, Französisch, Alte und Europäische Geschichte, was jedoch so wenig Einfluss auf ihr Leben hatte, dass sie zu der Überzeugung gelangte, alles, was für sie von Belang war, habe in der Schulbildung keinen Platz.

Alison bereitete sich umfassend auf die Abschlussprüfungen vor und überließ nichts dem Zufall. In den Probeklausuren hatte sie gut abgeschnitten, und ihre Lehrer hegten keine Zweifel, dass sie ein Universitätsstipendium erhalten würde, damit sie einmal Englisch auf Highschool-Niveau unterrichten konnte. Leider nicht direkt vor einer Klasse, sondern an der Fernschule, die für Kinder von Schaf- und Rinderfarmen eingerichtet worden war, die Hunderte Meilen entfernt von der nächsten Schule aufwuchsen.

Von ihren eigenen Ambitionen abgesehen, wollte sie auch deshalb gut abschneiden, damit sich die Investitionen ihrer Brüder in ihre schulische Ausbildung gelohnt hatten und damit Dan stolz auf sie war und sein Kummer wegen Zita und der Schande, die sie über die Familie gebracht hatte, ein wenig gemildert wurde und damit sie das Versprechen einlösen konnte, das sie Zita knapp fünf Jahre zuvor gegeben hatte.

In ihrem vorletzten Quartal erhielt Alison einen Brief voller Rechtschreibfehler, der in einer kindlichen Handschrift verfasst worden war.

Er war von Cheryl, die ihr mitteilte, dass das Hogan-Haus abgebrannt war und dass Dan sie gebeten hatte, Alison zu schreiben, da seine Hände bei dem Feuer Verbrennungen zweiten Grades davongetragen hatten, als er das Album mit den Fotos von Nell zu retten versuchte. Das Album war so heiß gewesen, dass es in seinen Händen in Flammen aufgegangen war. Alle Fotos waren verloren. Es war das vierte Haus im Distrikt, das in den letzten acht Jahren einem Brand zum Opfer gefallen war. Es war um ein Uhr morgens passiert. Gott sei Dank war Dan aufgewacht. Er hatte die Feuerwehr angerufen, und zum Glück wurde sein Anruf weitergeleitet, denn manchmal stellte Sandra von der Vermittlung die Telefonleitung nach den Dienststunden ab. Die Feuerwehr aus Redmundo wusste nicht, wo das Farmhaus lag, und schlug an einer T-Kreuzung die falsche Richtung ein. Als sie endlich am Haus eintrafen, war es völlig niedergebrannt. Sie hätten den Postboten mitnehmen sollen, damit er ihnen den Weg zeigte.

Das Feuer war durch einen Funken aus dem Herd in einer Nacht mit starkem Wind verursacht worden. Cheryl war der abblätternde Rost beim Feuerkasten, wo die Heißwasserleitung seitlich am Herd befestigt war, aufgefallen, und sie hatte Dan mehrfach darauf hingewiesen, doch er hatte sich nicht die Mühe gemacht, es zu reparieren. Der Wind musste ein paar Funken durch einen vom Rost verursachten Spalt in die hölzerne Küche geweht haben.

Dan verkaufte die Farm am nächsten Tag an den Mann, der bereits sein Pächter war, und ging zurück nach Mungindi, um auf der Farm des Schafzüchters, auf der er arbeitete, in den Personalunterkünften zu wohnen. Alison sollte in den kommenden Ferien im Kloster bleiben und nach den Abschlussprüfungen in die private Pension in Redmundo ziehen, in der Stevie wohnte. Es war alles arrangiert. Jean Cunningham hatte sich aus Mitgefühl für die Hogans bereit erklärt, nur dieses eine Mal ihr Verbot in Bezug auf weibliche Untermieter vorübergehend aufzuheben.

Cheryl war der Ansicht, Dan habe die Entscheidung, die Farm zu verkaufen, zu rasch gefällt und bereue sie wahrscheinlich schon. Der neue Besitzer lachte von einem Ohr zum anderen, denn die neun Jahre seit der Dürre hatten ihn zu einem reichen Mann gemacht.

Sie legte dem Brief einen Zehn-Pfund-Schein von Dan bei, der ausrichten ließ, damit dürfte Alison hinkommen, bis die Schule vorbei war.

Dan sei über die ganze Sache schwer erschüttert, schloss Cheryl.

52

Bekannter Bürger verlässt den Distrikt, lautete die Überschrift auf der vierten Seite des *Clarion*. Darunter hieß es in dem Bericht: *Ein höchst angesehenes Mitglied der Gemeinde, Mr Malcolm Churchill, seinen zahlreichen Freunden bekannt als ›Wombat‹, hat das Plateau verlassen, um zu neuen Weidegründen aufzubrechen. Mr Churchill war der gute Samariter von Redmundo, bereit, jedem Mitbürger in Zeiten der Not unter die Arme zu greifen. Man wird ihn schmerzlich vermissen. Seine Freunde konnten mit Freude feststellen, dass ›Wombat‹ endlich seine Stimme wiederfand und nun von ihr Gebrauch macht. Selbige war ihm jahrelang abhandengekommen infolge eines Schocks, den er erlitt, als er in jungen Jahren in einen unglücklichen Unfall verwickelt war.*

Wir sind sicher, dass sich jeder im Einzugsgebiet des Clarion *anschließt, wenn wir ihm viel Glück wünschen, bei welchem Unterfangen auch immer er in Zukunft seine vielen Talente einsetzt. Und wir hoffen, es wird nicht allzu lange dauern, bis er zu seinen Wurzeln in Redmundo zurückkehrt, wo er geboren und aufgewachsen ist, genau wie schon seine verstorbenen Eltern und Großeltern vor ihm.*

Als Zita dies las, war die Nachricht eine Woche alt, und sie traf sie mit einer Wucht, die sie selbst überraschte. Sie dachte, sie wäre über Wombat hinweg, da sich ihre Gedanken gewöhnlich um Richie drehten. Doch das war offensichtlich nicht der Fall, und ihre liebevollen Erinnerungen an Wombat veranlassten sie zu dem Versuch, zwischen den Zeilen zu lesen, um dahinterzukommen, warum er Redmundo verließ. Sie hatte den *Clarion* oft dafür gepriesen, dass er nur Fakten abdruckte und auf Hörensagen nichts gab, doch dieses eine Mal wünschte sie, die Redaktion wäre von ihren Prinzipien abgewichen und hätten über jedes noch so kleine Gerücht geschrieben, das sie erfahren hatte.

In jener Nacht weinte Zita sich im Dunkeln in den Schlaf.

Den Einheimischen, die den kurzen Zeitungsartikel lasen, fiel es schwer zu glauben, dass Wombat fortgegangen war, denn es war allseits bekannt, dass er es nicht ertragen konnte, wenn ihn Fremde ansahen. Einige vermuteten einen Skandal, vor allem da seine Abreise so plötzlich und im Geheimen erfolgt war. Doch niemand konnte sich vorstellen, worin dieser Skandal bestehen sollte, da sich Skandale üblicherweise um Geld oder Frauen drehten. Wombat war in Geldangelegenheiten ehrlich, und es hatte noch nie jemand gehört, dass er mit einer Frau zusammen war, weshalb es um etwas völlig anderes gehen musste. Er hatte weder im Sägewerk noch bei seiner Vermieterin, die genauso im Dunkeln tappte wie alle anderen, im Voraus etwas verlauten lassen. Stattdessen hatte er in seinem Zimmer die Miete für einen weiteren Monat in bar hinterlassen.

Mrs Trent, die nächste Nachbarin der Voerters, hatte die »ganze Sache«, wie sie es nannte, durch ein Astloch in einem der Bretter gesehen, aus denen der hohe Staketenzaun zwischen den zwei Gärten bestand. Sie war es, die einigen wenigen Auserwählten mitteilen konnte, was tatsächlich geschehen war und warum Wombat die Stadt verließ.

Sie hatte es sich angewöhnt, durch das Astloch zu spähen, nachdem der Schäferhund aufgetaucht war. Sie liebte Hunde, aber ihr Mann lehnte es ab, einen zu halten, obwohl ihr Garten, der so groß wie jener der Voerters war, für ihr Empfinden nachgerade nach einem Hund schrie. Vielleicht könnte sie ihren Ehemann doch noch überreden, so ein Tier anzuschaffen, wenn der Schäferhund von nebenan etwas Dramatisches tat, etwa einen Raubüberfall vereitelte. Das alles war natürlich nur eine verrückte Idee, denn Hauseinbrüche schienen in Redmundo nicht zu passieren.

An den Wochentagen traf immer pünktlich um vier Uhr Wombat ein. Mrs Trent unterbrach ihr stilles Unkrautjäten auf der anderen Seite des Zauns und verfolgte, wie er den Schäferhund ausbildete, wozu er als Belohnung Speckstückchen verwendete und, statt mündlich Befehle zu geben, mit den Fingern schnipste. Gretta, Bik Voerters Frau, unterstützte ihn dabei und benutzte dieselben Leckereien und Signale. Der Hund gehorchte ihr bald ebenso prompt, wie er Wombat gehorchte.

Mrs Trent bekam schließlich mehr zu sehen, als sie erwartet hatte. Als sie beim Hundetraining und danach beim Gärtnern zuschaute, wenn Gretta und Wombat Seite an Seite arbeiteten, konnte sie es zunächst nicht glauben, doch am Ende musste sie einsehen, dass die zwei sich gerade ineinander verliebten. Die Zeichen waren nur zu deutlich. Bei dem Gedanken daran überlief sie ein Schauder der Angst. Bik Voerter war nicht der Mann, der sich zum Narren halten ließ.

Die Städter waren es gewohnt, Gretta mit Lebensmitteltaschen beladen die Straße entlanggehen zu sehen, den Kopf gesenkt, damit sie mit niemandem sprechen musste. Sie sah dabei aus wie eine alte Frau, deren Haar unter einem Kopftuch verborgen war und der ein Regenmantel um die Knöchel schlug. Die lachende Frau mit den offenen dicken blonden Haaren und der guten Figur hätten sie nicht als die Frau auf der Straße wiedererkannt, die »Gräfin Koks« genannt wurde, weil sie mit dem reichsten Mann der Stadt verheiratet war und sich keinerlei Mühe gab, nett zu sein. Mrs Trent hatte sie mit einem Schmorbraten besucht, als die Voerters gerade in der Stadt angekommen waren. Man hatte sie auf der Türschwelle stehen lassen, und soweit sie wusste, war noch nie jemand ins Haus gebeten worden.

Dass Gretta und Wombat sich ineinander verlieben könnten, wäre für jedermann kaum zu glauben, muss aber vor allem Bik undenkbar erschienen sein. Wie alle wussten, ließ er nur Wombat in seinem Haus arbeiten, da er dachte, wegen seines verunstalteten Gesichts würde ihn keine Frau zweimal anschauen.

Bik kam eines Nachmittags früh nach Hause, um auf dem Weg ins Pub sein Scheckbuch zu holen. Er sah, wie Gretta liebevoll Wombat anlächelte, während ihre Hände seine Handgelenke umfassten.

Bik brüllte auf, dass Mrs Trent vom Zaun zurücksprang und schon fürchtete, er habe sie gesehen. Doch dann merkte sie, dass das nicht möglich war, und sie bezog rasch wieder ihren Posten.

»Bik hat fürchterliche Flüche von sich gegeben«, erzählte sie später ihrer besten Freundin. »Er ging Gretta an die Kehle. Ich musste mich zusammenreißen, um nicht zu schreien, doch selbst wenn ich geschrien hätte, hätten sie mich nicht gehört, weil der Hund wie verrückt bellte. Dann ging Wombat auf Bik los und riss ihn von Gretta weg, und Bik ging auf Wombat los und schlug ihn zu Boden. Gretta schnippte mit den Fingern. Man sollte meinen, der Hund würde Bik nicht anrühren, weil er ihm ja gehört, aber Bik hat ihn immer nur getreten, und Wombat ist sein wahrer Herr, der ihn ausgebildet hat. Der Hund packte Bik an der Wade, als der wieder auf Gretta losging, und dann trat Gretta Bik, und der Hund grub seine Zähne tiefer in ihn, und Bik brüllte und ließ von ihr ab.

Dann hörte ich diesen gruseligen Ruf, zunächst habe ich nicht erkannt, dass es Wombat war. Kannst du das glauben? Wombat gibt ein Geräusch von sich? Du hättest mich mit einer Feder umhauen können. Dann sagte er: ›Wenn du Gretta was antust, ich schwör's, dann bring ich dich um‹, mit einer Stimme, die wie eingerostet klang. Und Bik sagte: ›Wenn du nicht vor Mitternacht die Stadt verlässt, werde ich Gretta umbringen, und das ist ein Versprechen. Jetzt nimm den verdammten Mischling von mir weg, du verfluchter Irrer!‹ Ich denke nicht, dass Bik ihn so hätte nennen sollen, oder? Bik versuchte dem Hund zwischen die Augen zu schlagen, doch der sprang hin und her und hielt immer noch Biks Bein fest. Um es kurz zu machen ...«

»Nein. Mach es nicht kurz. Ich will jedes noch so kleine Detail hören.«

»Der Hund hielt Bik fest, während Wombat und Gretta zum Tor gingen und Gretta ihm mit lauter Stimme, damit Bik sie hören konnte, mitteilte, dass Wombat sich keine Sorgen machen sollte, denn der Schäferhund würde auf sie aufpassen. Nach einer Weile kam sie zurück und gab dem Hund mit einem Schnipser das Zeichen, auszulassen. Bik hob den Arm, als wollte er Gretta schlagen, aber der Hund knurrte, und Bik tat gar nichts und ging nach drinnen. Er kam mit einem Gewehr wieder heraus und erschoss den Hund direkt vor Grettas Augen. Das Blut des Tiers bespritzte ihr Kleid von oben bis unten. ›Du bist die Nächste, wenn du dich noch einmal aus dem Haus wagst. Jetzt geh rein, Frau‹, rief er in unheimlichem Ton. Sie sah vollkommen entsetzt aus. Er ging mit ihr ins Haus, und mehr hab ich nicht gesehen. Ich war so was von wütend. Weiß nicht, ob er mit der Bisswunde am Bein zum Doktor ist oder nicht. Er denkt, alle Ärzte sind Waschlappen, sitzen nur den ganzen Tag rum und lauschen dem Gejammer alter Frauen, also ist er wahrscheinlich nicht hin.«

»Hoffen wir mal, dass er nicht hingegangen ist und Wundstarrkrampf bekommt. Das wäre das Beste, was mit dem Bastard passieren könnte.«

»Das finde ich auch, auch wenn ich dieses Wort nicht verwenden würde«, sagte Mrs Trent, die nicht glaubte, dass sie jemals über das hinwegkommen würde, was sie da gesehen hatte. »Wenigstens ein Gutes hat die Sache. Wombat kann wieder sprechen.«

Mrs Trents Bericht wurde von einer Person an die nächste weitergegeben, bis er Cheryl erreichte, die an Dan in Mungindi schrieb und ihm alles erzählte. Er würde es wissen wollen, nachdem Wombat so lange Zeit zur Hogan-Familie gehört hatte.

53

Der kleine Bus hielt draußen vor den Toren des Klosters, wo fünfzehn Mädchen darauf warteten, dass sie in die öffentliche Highschool gefahren wurden, um dort die Abschlussprüfungen für ihr Leaving Certificate zu schreiben. Schwester Paschal, die Köchin, händigte jeder von ihnen ein Lunchpaket aus, stolz auf die Leckerbissen, die sie ihnen eingepackt hatte. Sie würde die Woche fasten, um diese Extravaganz wettzumachen. Die Nonne, die Englisch unterrichtete, Schwester Chanel, winkte ihnen nach und wünschte ihnen viel Glück.

Alison war sichergegangen, dass sie sich beim Frühstück mit Porridge, Rührei und extra viel Brot vollstopfte – die Nonnen verhätschelten die Abschlussschülerinnen gerne –, sodass ihr Magen nicht vor all den Fremden bei dieser äußerst wichtigen Prüfung knurren würde. Sie konnte sich vorstellen, wie die Schüler der öffentlichen Highschool andernfalls die Köpfe heben würden, um sie anzuschauen, wenn ihre Schwäche sich hörbar machte, die Mädchen irritiert und die Jungs voller Spott, während sie dasaß, unfähig, etwas dagegen zu unternehmen, und sich wünschte, unsichtbar zu sein.

Die Schüler der öffentlichen Highschool, die bei den Prüfungen ihre normale Kleidung tragen durften, sahen hinüber zu den Mädchen in ihren marineblauen Uniformjacken, weißen Blusen, Schulkrawatten, schwarzen Strümpfen und Schnürschuhen und fragten sich, wie sie in dieser Kluft die Hitze aushielten. Unter dem Schatten eines Baumes zusammengedrängt, lasen einige Klosterschülerinnen ihre Notizen durch, während andere zu ein paar Jungs in ihrem Alter hinüberblickten und sich wunderten, wie sich die Mädchen, die sich zwanglos unter sie mischten, mit diesen exotischen Wesen in einem Klassenzimmer zu konzentrieren vermochten. Aus beiden Gruppen, die jeweils unter einem Baum standen, nickte man sich zu, aber es wurde kein Wort gewechselt. Zwillingsbrüder, die vom Oberlauf des Flusses kamen und von ihren Eltern mithilfe des Fernkurses des Ministeriums zu Hause unterrichtet worden waren, trafen wenige Minuten nach dem Bus ein, blieben für sich und schauten in ihre Aufzeichnungen. Alison bedauerte sie, da sie keine Gruppe hatten, der sie sich anschließen konnten, und vermutete, der Blick in ihre Notizen könnte ein Vorwand sein, um ihr Unbehagen zu verbergen.

Alison hätte gerne gewusst, wo die Toiletten waren, war aber zu schüchtern, danach zu fragen, während überall Jungs herumstanden. Sie wusste, dass sie es noch drei Stunden lang aushalten konnte, und danach würde sie achtgeben, wo die Schülerinnen der öffentlichen Highschool hingingen.

Die Aula war mit Einzeltischen bestückt worden, die weit genug auseinanderstanden, damit die Schüler nicht in die Arbeit der anderen schauen oder sich unbeobachtet Zettel zustecken konnten. Es gab zwei Aufsichtspersonen vorn und eine hinten. Einer der Deckenventilatoren gab ein lautes ratschendes Geräusch von sich. Die Oberaufsicht traf die Entscheidung, ihn abzustellen, und öffnete stattdessen die hintere Tür, um für Durchzug zu sorgen. Weder der Ventilator noch der Durchzug konnten gegen die feuchte, energieraubende Hitze viel ausrichten. Die große Uhr an der Stirnwand zeigte an, dass es bis zum Beginn der Prüfung noch zehn Minuten waren. Die Atmosphäre ähnelte der in einer Kirche, kurz bevor eine feierliche Prozession anfing.

Die Oberaufsicht, mit von der Hitze wie auch dem Wissen um die Dramatik ihres Tuns leicht gerötetem Gesicht, brach das Siegel auf dem Umschlag. Sie holte die Unterlagen für Englische Sprache heraus, legte sie sich in die Armbeuge, und dann ging sie die Gänge auf und ab, nahm neben jedem Tisch ein einzelnes Blatt hoch und überprüfte es, bevor sie es umgedreht vor dem betreffenden Schüler ablegte.

Alison versicherte sich nochmals, dass ihr Füllfederhalter und das Tintenfläschchen nicht ausgelaufen waren. Vor dem Zeichen zum Anfangen hatte sie einen Moment der Panik und fürchtete, dass die Aufgaben auf dem Blatt so schwierig sein würden, dass sie sie nicht beantworten könnte. Doch als sie den Bogen dann umdrehte, sahen die Prüfungsaufgaben genauso aus wie all die anderen, die sie zur Vorbereitung auf diesen Tag bearbeitet hatte. Es gab die üblichen Themen für ein Essay, einen Verständnistext, der so vertraut klang, dass sie vermutete, ihn kürzlich in einem Roman gelesen zu haben, und auch alles andere war genau wie erwartet.

Drei Stunden später ließen sich die Mädchen aus dem Kloster unter einem Baum nieder, um ihren Lunch zu essen. Obwohl ihrer gut schmeckte und reichhaltig war, ergänzte Alison ihn noch um einen Hähnchenschlegel, den sie beim Essen am Vorabend übrig gelassen hatte. Das reichhaltige Frühstück hatte am Morgen erfolgreich ein Rumoren ihres Magens verhindert, und sie hoffte, das würde auch am Nachmittag im Fach Englische Literatur der Fall sein.

Das Hähnchenfleisch war warm. Alison hatte ihre Tasche auf der Veranda an den falschen Platz gestellt, wo sie mindestens eine Stunde lang in der prallen Sonne gestanden hatte.

Ihre Freundinnen merkten, wie sie den aufgesparten Schlegel auspackte, gaben aber keinen Kommentar dazu ab. Eine bot ihr die Hälfte eines Käse-Chutney-Sandwiches und eine andere ein halbes Eier-Sandwich an, doch sie lehnte ab und sah dann, dass die Mädchen die Brote aufaßen, statt sie wieder in ihren Taschen zu verstauen.

Alison beugte sich über das Prüfungsblatt. Sie würde zuerst den Shakespeare erledigen. *Vergleiche die Reden von Brutus und Markus Antonius, und arbeite die Unterschiede heraus...* Sie begann zu schreiben, noch bevor sie die Frage ganz gelesen hatte, denn sie hatte schon eine fast identische Frage in den Probeklausuren beantwortet. Sie schrieb gut drei Seiten und brauchte dazu nur eine halbe Stunde.

Dann kam die nächste Aufgabe: *Kommentiere den Einfall, Nellie Dean in* Sturmhöhe *als Erzählerin einzusetzen.* Wieder eine Frage, die sie ohne große Probleme beantworten konnte.

Sie hatte erst eine halbe Seite geschrieben, als sie mit einem Mal Krämpfe bekam und in ihren Eingeweiden das Rumoren diesmal nicht hörte, sondern spürte. Sie presste die Hand auf die Stelle, doch das machte alles noch schlimmer und führte zu einem Anflug von Übelkeit.

Bitte, lieber Gott, mach, dass es weggeht. Bitte, lieber Gott, ich werde das Leben einer Heiligen führen, wenn Du es weggehen lässt.

Sie verhielt sich still und versuchte sich zu entspannen. Das Gefühl der Übelkeit verstärkte sich.

Bitte, lieber Gott, lass es die Nerven sein oder an dem vielen Essen heute Morgen oder zu Mittag liegen. Bitte, lieber Gott.

Lass es nichts Schlimmeres sein. Es ist so wenig, um das ich Dich bitte und das Du mir gewähren mögest.

In den Signalen, die sie nun empfing, war etwas unverkennbar Dringendes. Sie schob ihren Stuhl zurück und versuchte ruhig aus dem Raum zu gehen. Alle Aufsichtspersonen sahen in ihre Richtung, und der Mann an der hinteren Wand tat einen Schritt auf sie zu, aber sie konnte nicht warten. Sie war froh, dass die Tür offen stand, sodass sie keinen Druck auf die Klinke ausüben musste, um sie zu öffnen. Als sie die Veranda überquert hatte, rannte sie zu den Toiletten, deren Standort sie seit der Lunchpause kannte. Sie stieß die Tür in den Raum auf und sah die gesegnete wunderbare Kabine, die rechts von ihr am nächsten lag.

Gerade noch rechtzeitig.

Nachdem sie sich dreimal übergeben hatte, fühlte sie sich so leer, dass sie zuversichtlich war, es kämen keine Ausbrüche mehr, dennoch blieb sie mit dem Kopf über der Schüssel auf dem Betonboden sitzen und wartete noch ein wenig, um ganz sicherzugehen. Sie wusste nicht, wie viel Zeit verstrichen war, da sie keine Armbanduhr besaß.

Als sie zurück in den Prüfungssaal ging, überlegte sie, dass sie einige Antworten in Stichworten niederschreiben müsste, wenn die Zeit knapp wurde. Das war einer der Prüfungstipps, die ältere Schülerinnen an die jetzigen Kandidaten weitergegeben hatten – und selbst wenn du nur deinen Namen auf dem Papier stehen hast, gib das Blatt ab. Die Prüfer wollen dir Noten geben. Wenn du so dumm bist, zu viel Zeit für eine bestimmte Frage zu verwenden, und dir am Ende die Zeit ausgeht, dann verschwende sie nicht damit, vollständige Sätze hinzuschreiben, sondern verwende nur Stichworte, damit die Prüfer wissen, dass du den Stoff beherrschst. Schreib alles hin, und wenn du am Ende doch noch Zeit hast, kannst du die Sätze ausformulieren.

Alison rief sich die Fakten in Erinnerung und ging die Zitate von Shelley und Keats durch, damit sie nicht einen Augenblick damit zu vergeuden brauchte, wenn sie an ihren Tisch zurückkehrte.

Sie fühlte sich ein bisschen schwach, aber das Unwohlsein war verschwunden, und sie war zuversichtlich, dass ihr Körper sich jedes Infekts entledigt hatte.

Der Gedanke, die Aula wieder zu betreten, war so beängstigend, dass sie es beinahe nicht über sich brachte. Alle würden aufschauen, um zu sehen, wer da hereinkam. Einige würden sich verärgert zeigen, weil sie mitten in einer sorgsam aufgebauten Argumentation gestört wurden. Die Jungs würden sie abschätzig ansehen und entscheiden, ob sie nett war oder nicht.

Nachdem sie über den im gleißenden Sonnenlicht liegenden viereckigen Innenhof gegangen war, erschien ihr die Veranda dunkel, und sie wusste, in der Aula würde es noch dunkler sein. Sie hielt an der Tür inne, die offen gestanden hatte, als sie hinausging, aber nun geschlossen war. Bevor sie den Knauf drehte, schloss sie die Augen, um ihren Pupillen die Chance zu geben, sich zu erweitern, damit sie im Prüfungsraum rasch ihren leeren Tisch fand und nicht an der falschen Seite entlangging.

Dreh den Knauf um. Drück die Tür auf. Geh hinein.

»Entschuldigung«, flüsterte jemand aus der Dunkelheit.

Sie stutzte.

Es war eine der Aufsichtspersonen, der Mann.

»Entschuldigung«, wiederholte er in etwas lauterem Ton flüsternd, wobei er sehr deutlich sprach. »Ich fürchte, du kannst nicht wieder hinein.« Er bedeutete ihr, auf die Veranda hinauszugehen.

»Was ist los?«, fragte sie, als sie zusammen nach draußen schritten.

Er nahm ihren Arm und führte sie weiter weg von der Tür, wo er lauter mit ihr sprechen konnte. »Du hast den Raum verlassen.«

»Mir war übel.«

»Du hättest eine Aufsicht bitten sollen, dich zu begleiten.«

»Das wusste ich nicht.«

»Das hätte man dir sagen sollen. Das ist eine Vorschrift, um Schummeln zu verhindern. Du warst eine halbe Stunde weg – das ist eine lange Zeit. Du hättest dir Unterlagen anschauen können.«

»Das habe ich nicht, mir war die ganze Zeit über schlecht. Ich konnte nicht warten. Ich musste mich übergeben. Ich wollte niemanden stören. Ich wusste das nicht. Ich würde niemals schummeln. Das käme mir gar nicht in den Sinn.« Sie spürte, dass sie gleich weinen würde, und versuchte sich zu beherrschen.

»Ich bin sicher, dass du das nicht tun würdest, aber ich muss die Vorschriften einhalten. Ich kann dich kein weiteres Wort mehr schreiben lassen, oder deine Arbeit wird für ungültig erklärt. So allerdings zählt wenigstens das, was du schon geschrieben hast.«

Sie dachte an ihre lächerlichen eineinhalb Antworten und konnte die Tränen nicht länger zurückhalten.

»Es tut mir leid. Ich muss wieder rein. Du störst weniger, wenn du hier draußen bleibst. Deine Arbeit wurde bereits eingesammelt. Es tut mir leid, dass ich dir nicht helfen kann. Ich werde am Ende der Prüfung alle anderen warnen, damit das nicht wieder vorkommt. Ich bedaure die Sache zutiefst.«

Er schlich sich zurück und schloss die Tür hinter sich.

Alison ging quer über den Innenhof zu den Toiletten zurück, wo sie sich in einer anderen Kabine als zuvor einschloss, den Deckel der Kloschüssel herunterklappte, sich auf ihn setzte und über ihre Zukunft nachdachte, die nun um einiges weniger glänzend aussah als zu Beginn des Tages. Was würde sie machen, wenn sie in Englisch durchfiel, ein obligatorisches Fach für den Eintritt in jede Form der Hochschulausbildung? Wie konnte sie ihren Brüdern gegenübertreten? Was würde sie zu Zita sagen, wenn sie sich jemals wiedersahen? Stand irgendwer in Kontakt mit ihr, der ihr schreiben und mitteilen würde, wie sehr ihre jüngere Schwester ihre Chancen vermasselt hatte? Und was war mit dem armen Dan? Verglichen mit seinen Problemen waren ihre eigenen unbedeutend, aber dennoch wäre er enttäuscht von ihr, wenn er es erfuhr.

Fünf Mädchen drängten sich auf der Rückfahrt im Bus um Alison, um zu hören, was passiert war. Es waren jene, die studieren wollten und sich an derselben Universität wie sie beworben hatten. Sie zählten Alison zu ihrer Gruppe, auch wenn sie keine beste Freundin unter ihnen hatte. Nachdem sie zahlreiche Persönlichkeiten ausprobiert hatte, hatte Alison sich für die Rolle der fleißigen, frommen und schüchternen Einzelgängerin entschieden und war als solche akzeptiert worden. Die fünf konnten nicht glauben, dass sie ihr Stipendium verloren haben könnte, da sie diejenige war, die von allen die besten Chancen gehabt hatte.

»Vielleicht war es ja doch nicht so schlimm«, sagte Barbara, eine der fünf. »Du könntest gerade noch so durchrutschen. Du bekommst deine üblichen neunzig Prozent in der ersten Prüfung. Das ergibt fünfundvierzig Prozent, wenn die Ergebnisse der beiden Arbeiten zusammengenommen werden. Wie viele Fragen hast du in der zweiten Prüfung beantwortet?«

»Nur eine und eine halbe. Wenigstens hab ich den Shakespeare.«

»Das wären also höchstens dreißig Prozent. Sagen wir zwanzig Prozent. Das bringt dich im Schnitt auf fünfundfünfzig Prozent, du könntest folglich durchkommen.«

»Ich werde keine neunzig Prozent für die Sprachprüfung kriegen. Schwester Chanel vergibt gern gute Noten. Die aus dem Ministerium sind da um einiges strenger.«

»Das kannst du nicht wissen.«

»Vielleicht wenn du wirklich hohe Noten in deinen anderen Fächern bekommst, zieht dich das durch.«

»Ich glaube nicht, dass das so funktioniert.«

»Was wird Schwester Chanel sagen?«

»Erzählt es ihr nicht«, sagte Alison. »Sie wird sauer sein. Sie erfährt es noch früh genug, wenn es die Ergebnisse gibt. Wenigstens bin ich dann nicht da und sehe ihr Gesicht nicht.«

Alison musste sich stark auf ihren Glauben stützen, um mit der Enttäuschung über ihr Scheitern fertigzuwerden. Sie wusste bereits, dass der liebe Gott, wenn Er auf Gebete nicht antwortete, diese bereits beantwortet hatte, sodass sie lediglich Seinen heiligen Willen akzeptieren musste – was nicht leicht sein würde – und hellhörig für die nächste Direktive bleiben musste. Er war ein harter Zuchtmeister.

Kevin, Mick und Stevie konnten Alisons Pech nicht glauben, hatten aber kein Mitleid mit ihr. Sie hätte wirklich mehr Verstand haben sollen, als einen Hähnchenschlegel zu essen, der in der Sonne gelegen hatte. Soll sie sich mit einem normalen Job zufriedengeben und weitermachen mit ihrem Leben, wie es der überwältigende Rest der Bevölkerung auch tun musste. Was sie betraf, so hatte Alison ihre Chance bekommen und sie nicht genutzt. Im Vergleich zu Zitas Schande, dem niedergebrannten Haus und dem Verkauf der Farm durch Dan war ihr Pech jedoch kaum der Rede wert.

54

Fritz, Tante Cats Mann, stand in der einen Minute noch an seinem Ladentisch, und in der nächsten war er mit einem Schlaganfall umgekippt. Er würde wochenlang im Krankenhaus bleiben, bevor er in eine Rehabilitationseinrichtung kam, wo man ihn auf die Rückkehr nach Hause vorbereiten würde. Cat hatte Angst davor, ihn den ganzen Tag im Haus zu haben und Jahr um Jahr seine Bedürfnisse erfüllen zu müssen, während er unbeweglich in einem Sessel saß und sich Sorgen wegen das Ladens und des Gehilfen machte, der inzwischen das Geschäft führte. Ein Fremder, den sie noch nicht kannten, der sie hintenherum ausrauben würde, Jahr um Jahr, wenn sie Fritz Glauben schenkte, während er dasaß und nichts dagegen unternehmen konnte. Typisch für ihn, dachte Cat, verbringt sein Leben damit, einen Haufen Geld zu verdienen, das dann für die Bezahlung der Krankenschwestern draufgeht, die mir bei seiner Pflege helfen.

Wie sich herausstellte, war Fritz entgegenkommender als gewöhnlich und erlitt vier Wochen später einen zweiten Schlaganfall, an dem er starb.

So hätte er es sich gewünscht, sagte Cat.

Als Erstes nach der Beerdigung kaufte sie sich ein Fernsehgerät. Fritz hatte gesagt, er wolle keines dieser neumodischen Dinger im Haus haben. Zeitverschwender nannte er sie. Die nunmehrige Witwe nannte den Apparat ein Glück. Sie würde etwas brauchen, was sie von den Erinnerungen an Fritz ablenkte, erzählte sie ihren Freundinnen. Und so saß sie fortan jeden Abend mit hochgelegten Beinen vor dem Fernseher und genoss jede Sendung als Ausgleich für die Monate, die sie das Programm verpasst hatte.

Es war für sie eine Überraschung, als sie erfuhr, dass sie nun eine äußerst wohlhabende Frau war und nachdem sie den Laden verkauft hatte, sogar reich jenseits ihrer Vorstellungkraft. Wer hätte gedacht, dass ein kleiner Kramladen so viel wert sein würde? Sie ging in die Stadt, um die Erbschaftssteuer zu begleichen, und während sie dort war, nahm sie Broschüren aus dem P&O-Büro mit nach Hause, um sie zu studieren und Pläne zu schmieden für ihre Reise ins alte Land, um dort ihre Ahnenforschung fortzusetzen.

Sobald sie hörte, dass Alison ihre Prüfungen vermasselt hatte, rief sie Dan in Mungindi an und fragte ihn, wo das Mädchen sei. Sie habe genau das Richtige, um Alison von ihrem Unglück abzulenken.

»Eine Reise nach Irland«, sagte sie. »Weißt du noch, dass ich dir erzählt habe, meine Ahnenforschung sei zum Stillstand gekommen, und dass ich von hier aus nichts mehr tun kann und vor Ort in Irland die Kirchenbücher einsehen muss?« Cat vermutete, dass er ihr damals nicht richtig zugehört hatte, denn es war ungefähr zur Zeit von Nells Tod gewesen, dass sie erstmals davon gesprochen hatte. »Ich biete Alison die Stelle als meine bezahlte Assistentin an. Kann es nicht erwarten, das Geld von Fritz auszugeben und daran zu denken, wie er sich im Grabe umdreht, während ich das mache, und wenn er das tut, wird es die erste sportliche Betätigung sein, die er je ausgeführt hat.«

Eines muss man ihr zugutehalten, sie ist zäh, dachte Dan. Nach siebzehn Jahren hatte sie Alison immer noch nicht aufgegeben, und das war auch gut so, denn das arme Mädchen war nun heimatlos und ohne alle Aussichten. Er erinnerte sich daran, wie schwer es beim ersten Mal gewesen war, als er ihr mitteilen musste, dass er Alison nicht zur Adoption freigeben würde, und wie einfach es das zweite Mal, als Nell krank war, und das letzte Mal nach Nells Tod gewesen war.

»Mit diesem schwachen Herzen kann ich es nicht riskieren, allein zu reisen«, erklärte Cat weiter. »Keine unserer Schwestern und meiner Freundinnen hat das Geld dafür, und ich zahle nicht für jemanden, der genauso alt und hinfällig ist wie ich. Ich brauche jemanden, der jung und voller Energie ist.«

Und attraktiv und intelligent, dachte Dan.

»Das ist für Alison eine große Chance, das musst du zugeben. Ich möchte nicht wie Fritz enden und von der Stange fallen, bevor ich mir die Welt angeschaut habe.«

Dan sagte Cat, dass sie in Jean Cunninghams Pension anrufen solle, denn dort halte Alison sich auf.

Cat nahm den Aufzug in die dritte Etage des Krankenhauses, in dem Fritz behandelt worden war. Sie war auf dem Weg zum Büro, um über die Einzelheiten zu reden, wie sie dem Schlaganfall-Flügel zum Gedenken an Fritz eine Spende zukommen lassen konnte. Als sie aus dem Aufzug trat, dachte sie, nun träfe sie selbst der Schlag, als sie geradewegs in das Gesicht der wiedergeborenen Nell blickte.

Die Frau, die da vor ihr stand, war natürlich nicht Nell. Wie sich herausstellte war es Zita. Die Ähnlichkeit zwischen Mutter und Tochter war nun, da Zita älter war, noch ausgeprägter. Zita stellte Wischmopp und Eimer ab und machte unwillkürlich eine Bewegung, als wolle sie gleich wegrennen. Cat griff schnell nach ihrem Arm, und Zita stand mit gesenktem Blick vor ihr, als sei sie vor Scham überwältigt.

An jenem Abend rief Cat Alison an.

»Ich habe hier jemanden, der dich unbedingt sehen möchte«, sagte Cat.

»Wer ist es?«

»Kannst du dir das nicht denken?«

Alison ging rasch ihre Cousinen durch, doch da sie diese kaum kannte, konnte sie sich auch nicht vorstellen, dass eine von ihnen sie unbedingt sehen wollte.

»Nein. Das kann ich nicht.«

»Ich könnte dich weiter auf die Folter spannen, aber das werde ich nicht tun. Wer außer Zita könnte es auch sein?«

»Zita?« Alison schaute rasch zu Stevie hinüber, der am Fenster saß und Zeitung las, und wünschte, sie hätte den Namen nicht laut gesagt. Für ihn musste er sich so schrecklich anhören wie das schlimmste Schimpfwort – zwei Silben, die in der Familie seit fünf Jahren nicht mehr laut ausgesprochen worden waren.

Stevie hob die Zeitung hoch, um sein Gesicht vor Alison zu verbergen.

Als sie daran dachte, wie wütend und enttäuscht Zita über die Katastrophe mit der Abschlussprüfung wäre, nach den Versprechen, die sie ihr gegeben hatte, brachte Alison kaum ein Wort heraus. »Geht's ihr gut?«

»Sie ist gesund. Ich habe sie erst heute gefunden. Es ist eine lange Geschichte. Ich erzähle dir alles, sobald du herunterkommst. Mach dich ans Packen. Ich schick dir das Fahrgeld.«

»Danke, Tante.«

»Wir werden uns die schönsten Kleider kaufen gehen, wenn du da bist. Schick mir ein Telegramm, damit ich weiß, wann du ankommst. Lass dich von Stevie in den Zug nach Raleigh setzen. Ich treffe dich in der Central Station. Du darfst uns bei deinem ersten Besuch in der großen Stadt nicht verlorengehen. Und warte erst, bis du siehst, wie wundervoll Fernsehen ist. Danach willst du nie wieder zurück in den Busch.«

»Drei Minuten. Wollen Sie verlängern?«, schaltete sich die Telefonistin der Vermittlung ein.

»Nein danke. Bis bald, Alison.«

Alison legte den Hörer zurück auf die Gabel.

»Hat Cat mit deiner Schwester Kontakt aufgenommen?«, fragte Stevie hinter der Zeitung hervor.

»Ja.«

»Alles in Ordnung bei ihr?«

»Ja.«

»Das ist gut«, sagte Stevie.

Alison fiel auf, dass die Zeitung zitterte.

55

Tante Cat hatte das Gefühl, dass nun endlich ihr Tag gekommen war, als sie auf dem Bahnsteig der Central Station stand und auf die Einfahrt des North-Coast-Postzugs wartete, der Alison nach Sydney bringen würde. Nell würde der Begegnung aus dem Himmel zusehen und zweifelsohne jedes Wort verfolgen, und Cat hatte die Absicht, ihrer Schwägerin zu zeigen, wie man mit einer Siebzehnjährigen richtig umging. Nells Tod hatte an Cats Wunsch, sie auszustechen, nichts geändert.

Als Alison aus dem Zug auftauchte und angemessen unsicher und zerzaust aussah, wenn auch nicht so sehr, dass dies von ihrem guten Aussehen abgelenkt hätte, spürte Cat, wie ihr ein Glücksgefühl durch den Körper schoss, und sie begrüßte sie mit einem eleganten Luftkuss.

»Ich hab den Wagen an der Gordon Station geparkt. Wir müssen eine Ebene tiefer, um einen anderen Zug zu nehmen, der uns dort hinbringt. Folge mir, und geh mir nicht in der Menge verloren. Du bist hier nicht im Busch, weißt du.« Sie konnte sich die Bemerkung einfach nicht verkneifen. »Wir unterhalten uns, wenn wir im Zug sitzen.«

Alison versuchte, Cats Federhut im Blick zu behalten, während sie abwechselnd zum Deckengewölbe der Central Station hochschaute und nicht mit Leuten zusammenzustoßen versuchte, die alle in unterschiedliche Richtungen strebten.

»Zita ist wegen des Treffens mit dir ganz aufgeregt«, sagte Cat, als sie sich im Zug zu den Vorstädten von North Shore niedergelassen hatten. »Ich will dich auf den neuesten Stand bringen, solange sie nicht in der Nähe ist. Achte aber darauf, dass du später nicht durchblicken lässt, dass ich dir irgendetwas erzählt hab.«

Alison saß in der Ecke, Cat hatte direkt neben ihr Platz genommen und beugte sich zu ihr hinüber, damit die anderen Passagiere nicht zuhören konnten. Alison mochte es nicht, so dicht neben ihr zu sitzen, zog dies aber der Alternative vor, sich gegenüberzusitzen und Blickkontakt halten zu müssen. Und so schaute sie die ganze Zeit über auf den Boden, als Cat ihr alles erzählte, was sie über Zitas Geschichte wusste. Alison war nicht sicher, ob sie wirklich die Details erfahren wollte; bei dem Gedanken an all die schrecklichen Dinge, die sie sich vielleicht über ihre in Schande geratene Schwester anhören müsste, fühlte sie sich ohnehin schon unwohl. Dennoch wäre es ihr nicht eingefallen, den Redefluss ihrer Tante zu unterbrechen oder etwas dagegen einzuwenden, dass sie ihn über sich ergehen lassen musste.

»Sie hat keinen Versuch unternommen, sich mit deinem Vater zu versöhnen. Ich sagte ihr, dass er so erschüttert über ihr Durchbrennen mit einem verheirateten Mann gewesen war, dass er die Farm verkauft habe und weggezogen sei. Dass das Haus abgebrannt ist, war nicht der Grund. Er konnte den Gedanken an all den Tratsch nicht ertragen. Du weißt, was die Bibel über die Strafen sagt, die jenen auferlegt werden, die für Gerede sorgen.«

Alison fragte sich, wie sie imstande wäre, Zita in die Augen zu schauen, wenn sie sich trafen.

»Sie bräuchte ihm nur zu schreiben und ihm mitzuteilen, dass mit dem verheirateten Mann nichts passiert ist und dass sie ihn nach einem Tag verlassen hat, doch sie macht es nicht.

Wenn da eine Sünde gewesen war, dann in Gedanken und Wünschen, aber nicht in Taten, folglich gibt es eigentlich gar nichts zu tratschen. Es ist, als ob sie Dan irgendwie bestrafen wollte. Sie ist sehr sauer auf ihn. Sie wird dir das nicht erzählen, aber sie hat inzwischen ein schweres Leben geführt, jeden Penny gespart, ist niemals ausgegangen. Ein bisschen extrem, wenn du mich fragst, aber sie meinte, sie hätte dir in der Nacht, bevor du fortgingst, versprochen, dass sie mit dir nach Irland fahren würde, und darauf arbeitet sie hin. Man muss sie trotz allem für ihre Zielstrebigkeit bewundern. Bei dem geringen Lohn, den Zita bezahlt bekommt, ist sie in mittleren Jahren, bevor sie das Geld für zwei Tickets zusammen hat. An dem Punkt bin ich eingeschritten und als Retterin aufgetreten. Sie hat genug Geld für eine Überfahrt, und ich bezahle für dich als meine offizielle Begleitung. Wir drei fahren gemeinsam.«

Alison war froh, dass sie nicht mit Cat allein reisen würde. »Das ist lieb von dir, Tante«, sagte sie.

»Das ist doch nichts. Ich hab es doch. Du musst allerdings wissen, welche Themen du meiden sollst, wenn du mit ihr sprichst. Das wichtigste ist natürlich das Tanzen. Ich kann mir nicht vorstellen, dass sie jemals wieder tanzen möchte. Ein anderes Thema ist das Putzen, und Ehe wie auch Kinder sind die heikelsten Themen von allen. Na, wir sind da. Mein Auto steht gleich da drüben. Lass dir nicht anmerken, dass ich mit dir darüber geredet habe. Das ist ein ausgesprochen leichter Koffer. Damit wirst du nicht sehr weit kommen.«

Zita blieb in der Küche, als Cats Wagen vorfuhr, und wartete hinter einem Stuhl stehend, an dessen Rückenlehne sie sich festhielt.

Alison kam herein und schaute zu Zita, die aussah, als ob sie soeben einen Lauf über mehrere hundert Meilen hinter sich gebracht und all ihre Energie aufgebraucht hätte.

Keine von beiden rührte sich.

»Es ist lange her«, sagte Zita. »Du hast dir die Haare wachsen lassen, wie ich sehe.«

Sobald Alison die vertraute Stimme hörte, spürte sie in sich eine Welle von etwas aufsteigen, das sie nicht als Liebe bezeichnen konnte – da sie nicht wusste, was Liebe war, und überzeugt war, diese noch nie erfahren zu haben –, aber sie hatte dennoch das Gefühl, dass es etwas sein musste, das diesem Gefühl nahekam. Es war wie ein unwiderstehlicher Sog zu etwas Vertrautem und Wünschenswertem.

»Ja. Ich habe vier Jahre gebraucht, bis sie so lang waren«, antwortete sie und setzte dann nach einer Pause hinzu: »Es tut mir leid, dass ich das Stipendium nicht bekommen habe.«

»Das sollte es auch.« Zitas Gesichtsausdruck war abweisend. »Und das nach der Sache mit dem Stipendium für die Schule. Es wirkt, als wäre es mehr als nur Pech. Es sieht wie irgendein Fluch aus. Das war das Einzige, worum ich dich gebeten habe, und du konntest nicht einmal dieses bisschen für mich tun, trotz all der Möglichkeiten, die dir auf dem Silbertablett serviert wurden.«

»Da ist nichts, das dir leidtun müsste«, fuhr Cat hastig dazwischen, als sie sah, wie Alisons Gesicht vor Kränkung rot anlief. »Es war pures Pech. Es gibt ohnehin Wichtigeres, über das wir jetzt nachdenken müssen. Wir werden zu deinem achtzehnten Geburtstag in Irland sein.«

»Das werden wir«, sagte Zita. »Das verspricht, denkwürdig zu werden.«

»Mit Sicherheit«, sagte Cat. »Hier, Mädchen, setzt euch,

und ich stelle den Kessel auf. Ich sterbe, wenn ich nicht die neuesten Nachrichten höre.«

»Ich bin überrascht, dass du deine Haare nicht offen trägst«, sagte Zita.

»Ich musste in der Schule entweder einen geflochtenen Zopf oder einen Pferdeschwanz tragen. Offenes Haar durfte nicht auf den Kragen fallen. Das war Vorschrift.«

»Ich kann mich gut daran erinnern«, sagte Zita.

»Ich habe mich daran gewöhnt, es so zu tragen.«

»Ich finde, dein Zopf sieht hübsch und ordentlich aus, Alison. Erzähl, wie geht es allen in Redmundo?«, fragte Tante Cat. »Irgendwelche Skandale?«

»Wie geht es Wombat?«, fragte Zita im selben Augenblick und setzte sich Alison gegenüber.

»Wombat hat den Distrikt verlassen. Alle reden darüber«, erzählte ihr Alison.

»Ich las es im *Clarion*«, sagte Tante Cat, die die Zeitung ebenfalls jede Woche zugesandt bekam. »Was für eine Geschichte steckt hinter dieser erstaunlichen Neuigkeit?«

»Ich bin sicher, Cheryl weiß über alle Details Bescheid und hat Papa angerufen, um ihm davon zu erzählen«, sagte Zita mit von Missbilligung schwerer Stimme. »Wenn sie in der Nähe ist, braucht man den *Clarion* nicht.«

»Wie es der Zufall will, ist sie in letzter Zeit ziemlich beschäftigt«, sagte Alison. »Ihr Sohn sitzt für drei Monate im Gefängnis, weil er einen Typen im Pub schwer verletzt hat, der ihn schief angeschaut hat. Die ganze Stadt weiß über Wombat Bescheid. Die Geschichte verbreitete sich wie ein Buschbrand. Bik hat ihn aus der Stadt gejagt. Das alles kam völlig unerwartet. Langer Rede kurzer Sinn: Wombat ist in Biks Frau Gretta verliebt.«

»Was? Machst du Witze?« Zita reagierte, als hätte sie gerade erfahren, dass der Himmel einstürzen würde.

»Nein, es ist wahr. Über so etwas mache ich keine Witze. Alles in Ordnung mit dir, Zita?«

»Ja, ja. Erzähl weiter.«

»Mrs. Trent von nebenan sah alles durch ein Loch im Zaun. Das war ganz gut so, sonst hätte wohl niemand erfahren, was da passiert ist. Bik kam unvorhergesehen nach Hause und erwischte die beiden händchenhaltend im Garten. Er ging auf Wombat los, und der Schäferhund ging auf Bik los – den Deutschen Schäferhund hatte Wombat für Bik ausgebildet –, und Bik ging auf Gretta los, und Wombat fand seine Stimme wieder und drohte Bik. Der Schlamassel hatte wenigstens ein Gutes, nämlich dass Wombat wieder spricht, nicht, dass wir ihn je zu hören kriegen würden, da er nicht in die Stadt zurückkehren kann. Bik hat gesagt, wenn er es jemals tut, wird er, Bik, Gretta umbringen.«

»Vielleicht macht sich Gretta ja auch aus dem Staub. Wombat könnte das organisieren«, sagte Cat.

»Ihre Nachbarin meinte, sie steht unter Hausarrest, und die Kinder sind gewarnt worden.«

»Nein, so was!«, sagte Tante Cat. »Das hört sich an wie in einem Film und nicht nach dem echten Leben. Schaut auf die Uhr. Du wirst uns die Einzelheiten später erzählen müssen. Los, Mädchen. Wir gehen ins Wohnzimmer. Schnell – *Six O'Clock Rock* fängt gleich an. Beeil dich, Alison, ich will nicht, dass du es verpasst. Ich beneide dich, dass du zum ersten Mal vor dem Fernseher sitzt. Ich werde diesen Moment nie vergessen. Er hat mein Leben verändert. Du sitzt da, Zita. Du sitzt neben mir, Alison. Während das Programm läuft, wird nicht geredet. Das ist eine meiner Lieblingssendungen, auch wenn ich angeblich viel zu alt dafür bin.«

Zita starrte auf den Bildschirm. Alison blickte zu ihr hinüber. Zita, die den Blick spürte, drehte sich mit einem Lächeln um, um die harten Worte, die sie zuvor gesagt hatte, wiedergutzumachen, doch Alison sah weg, bevor sie es bemerken konnte.

»War das nicht wunderbar?«, begeisterte sich Tante Cat, als die Sendung vorbei war.

Alison musste ihre Aufregung darüber, Sängerinnen auftreten zu sehen, nicht heucheln. Bis dahin hatte sie die Stimmen nur im Radio gehört und sich gefragt, wie die Sängerinnen wohl aussahen und welche Bewegungen sie beim Singen vollführten. »Das war sogar noch besser, als ich es mir vorgestellt habe«, sagte sie.

»Ich wusste, dass es das sein würde. Und denk nur, der arme Fritz wollte den Apparat nicht im Haus haben. Um wie viel Vergnügen er sich damit gebracht hat. Wir werden nicht denselben Fehler begehen, was mich zur nächsten Sache führt. Ich habe mir überlegt, dass du in einem Fernsehstudio Mädchen für alles werden solltest. Dann triffst du all die berühmten Leute, die aus Übersee zu Besuch hierherkommen. Das wäre viel aufregender als eine Karriere im Schuldienst. Wer spricht da schon mit dir? Bei deinem guten Aussehen, Alison, solltest du nicht mal dran denken, dich zu verstecken. Ein Job als Rechercheurin beim Fernsehen wäre ideal. Ich habe Kontakte zu höchsten Stellen. Alles, was du brauchst, ist eine Empfehlung, und danach würdest du die Stelle kriegen, allein wegen deines Aussehens, wenn es auch nicht schaden könnte, ein paar Benimmstunden und Sprechunterricht zu nehmen, nur zur Sicherheit – die werden Wunder wirken. Heutzutage will alle Welt beim Fernsehen arbeiten, und wer kann es den Menschen verdenken? Wenn es das schon zu meiner Zeit gegeben hätte, wäre ich wie der Blitz dorthin.«

Alison wollte Cat widersprechen und ihr erzählen, welch großen Einfluss Lehrer auf ihr Leben gehabt hatten und dass sie das Gefühl habe, es sei ihre Berufung, Lehrerin zu werden, doch sie hatte weder die Argumente noch das Selbstbewusstsein, Cat zu widersprechen.

Zita zeigte Alison mit einem Kopfschütteln, als Cat gerade nicht hinsah, dass sie Cat in dieser Sache nicht beipflichtete.

»Lasst uns über unsere Reise sprechen. Wir können nun die Buchungen bestätigen, da wir jetzt wissen, dass Alison wirklich mitkommt.«

»Was ist mit Hanna?«, fragte Alison.

»Was soll mit ihr sein?«, sagte Cat.

»Wird sie sich nicht übergangen fühlen? Sie ist das einzige Mädchen in der Familie, das nicht mitfährt.«

»Als ob sie das interessiert. Hat sie nicht genug Glück gehabt?«, antwortete Zita mit Schärfe in der Stimme. »Ist mit einem Mann auf dem Land verheiratet, und vermutlich ist bereits ein Baby unterwegs. Was könnte für sie besser sein? Ich habe ihr diese Reise ohnehin nicht versprochen, und ich bezweifle, dass sie überhaupt mitkommen würde.«

»Das kannst du laut sagen«, sagte Cat. »Sobald ein Mädchen heiratet, verschiebt sich seine Loyalität, und wenn die Kinder kommen, kann man von Glück reden, wenn man mal vorbeischauen darf. Wobei die Augen der Mütter dann umherhuschen und sie jede Bewegung ihrer Kinder verfolgen, mit ihnen unablässig herumprahlen und die Leute fast zu Tode langweilen mit Geschichten darüber, wie klug ihr Nachwuchs doch ist. Gott bewahre. Und ich muss es wissen. Seit sie ihre eigenen Familien gründeten, haben meine Schwestern mich draußen in der Kälte stehen lassen. Sie interessieren sich nicht im Geringsten für mein Leben und behandeln mich wie eine Art Paria. Ich werde auf keinen Fall eine von ihnen auffordern, mit mir nach Irland zu kommen, selbst wenn sie sich jetzt, da ihre Kinder groß sind und ich zu Geld gekommen bin, danach verzehren würden. Zum Teufel mit ihnen, sage ich.« Ihre Stimme hatte zu stocken begonnen, als sie zum Ende kam, weshalb Cat das Thema wechselte und sich an Zita wandte, um sie zu überreden, über Nacht zu bleiben.

Zita stimmte zu, und Tante Cat überließ den beiden Mädchen ein Zimmer mit zwei Betten.

In dieser Nacht hörte Alison Zita im Dunkeln weinen, genauso wie damals, als sie noch jünger waren. Früher hatte Alison es sich nie anmerken lassen, dass sie es hörte, doch jetzt musste sie einfach fragen, auch wenn sie wieder einen Rüffel erwartete. »Was ist los?«

Zita brauchte eine Weile, bis sie antwortete. »Es ist Wombat«, sagte sie. »Es ist wunderbar, dass er wieder sprechen kann, aber es tut mir leid, dass sich für ihn nicht alles zum Guten entwickelt hat, als er eine Frau gefunden hat, die ihn liebt.«

56

Die drei gingen an Bord eines Postschiffs, das sie von Sydney nach Southampton brachte und unterwegs in Südafrika und auf den Kanarischen Inseln anlegte. Von England würden sie die Fahrt über die Irische See nach Dublin selbst organisieren.

An Bord schien Alison zu verängstigt, um mit anderen Passagieren zu sprechen, und mied den Kontakt mit den Stewards und dem Personal.

Cat hatte es traurig gemacht zu sehen, dass Alison Angst vor Geschäftsgehilfen, Bedienungen, Friseuren und Fahrkartenkontrolleuren hatte, als sie in Vorbereitung auf die Reise einkaufen waren, und es war an ihr gewesen, die Unterhaltungen zu führen und Entscheidungen zu treffen.

Alison, die ihre Fingernägel abkaute, bis sie bluteten, lief lieber hinter Cat oder Zita her und vertraute darauf, dass diese für sie sprachen, wenn jemand eine Frage stellte. Zitas Aufforderung, mit dem ekelhaften Nägelkauen aufzuhören, zeigte keinerlei Wirkung.

»Etwas, das du noch lernen musst, bevor wir ankommen, ist das Rauchen«, sagte Cat zu Alison und nahm sie auf ein ruhiges Wort beiseite. »Es ist sehr elegant, wenn du es richtig machst, und es wird dir Selbstvertrauen geben.«

»Was ist mit Zita?«

»Sie hat vor, nach der Reise damit anzufangen. Ich habe sie hart bearbeitet, gleich damit anzufangen, aber sie hat fortwährend über die Kosten dafür geredet, was lachhaft ist. Nicht mal zwei Shilling pro Päckchen! Das ist nichts, wenn du bedenkst, wie viel Vergnügen sie dir bereiten und dass sie dich wie ein Filmstar aussehen lassen. Mit dem, was ich dir zahle, kannst du sie dir problemlos leisten. Hier, nimm diese Zigarette, aber inhaliere erst einmal nicht, sonst musst du husten. Halt sie so. Beug dich vor, ich zünde sie dir an. Da. Das steht dir. Entspann dich. Du wirst dich rasch daran gewöhnt haben und imstande sein, tief zu inhalieren und dann langsam wieder auszuatmen. Es ist gut, wenn du es kannst. Dann musst du deine Nägel wachsen lassen und sie lackieren, da man sie die ganze Zeit über sehen wird.« Cat war entschlossen, das Problem des Nägelkauens, bei dem Zita versagt hatte, aus der Welt zu schaffen. Sie hoffte, Nell schaute aus dem Himmel auf sie herunter und bewunderte ihren cleveren psychologischen Schachzug. »Wer weiß, wenn Zita sieht, dass du wie Joan Crawford ausschaust, ändert sie vielleicht ihre Meinung und fängt sofort mit dem Rauchen an. Gib bloß acht, dass du den Rauch nicht durch die Nase ausatmest. Das gilt nicht als *ladylike*. Wir wollen doch nicht all die Männer, die dauernd zu dir hinüberschauen, vor den Kopf stoßen. Sobald du genug Übung hast, um in der Öffentlichkeit rauchen zu können, werden sie alle herbeieilen, um dir Feuer zu geben, und sich dir vorstellen.«

Also hat Cat Alison doch endlich in die Finger bekommen, dachte Zita, als sie aus der Ferne den Unterricht im Rauchen beobachtete. Nachdem ich zu Anfang all die schwere Arbeit getan habe, kommt sie am Ende daher, nimmt sie in Beschlag und macht sich daran, ihr Leben mit all ihrem Geld und ihren

Kontakten und ihren grandiosen Zukunftsplänen völlig umzukrempeln. In Alisons Leben wird es keinen Wischmopp und auch keinen Eimer geben, so viel ist sicher.

Zita gönnte Cat den Triumph, da sie einsah, dass sie Alison ungerechterweise lange Zeit benachteiligt hatte. Cat konnte Alison gerne in die Form bringen, die sie als passend ansah. Solange sie Zita nur für die paar Minuten zur Verfügung stand, die sie brauchte, um zu zeigen, dass Mary Anne nicht das biologische Kind von Dr. und Mrs Carmody war. Ein paar Minuten, die mit etwas Glück das Leben aller Mitglieder dieser besonderen Familie zerstören würden.

Über ihre eigene düstere Zukunft würde sie erst nachdenken, wenn diese Reise vorüber war.

Dritter Teil

Mary Anne und Alison
Irland 1959

57

Mary Anne strahlte vor Glück, und ihre Freundinnen waren vor Aufregung völlig aufgedreht, als sie Lady Edwina aufsuchten, um zu fragen, ob sie die Festkleider, die in verschiedenen Räumen des Stadthauses aufbewahrt wurden, durchsehen dürften. Sie wollten sich etwas für das Geburtstagsbankett aussuchen.

»Wenn du etwas Besonderes suchst, Mary Anne«, sagte Edwina, »habe ich genau das Richtige für dich. Ich würde mich schrecklich freuen, wenn du es mir zu Gefallen tragen würdest.«

»Natürlich werde ich das, Weena. Es wird mich auch freuen, solange das Kleid mir passt.«

»Es muss vielleicht ein bisschen enger genäht werden, aber davon abgesehen wird es wie für dich gemacht aussehen. Es wurde noch nie getragen.«

Das Kleid war jenes, das Edwina vor vierzig Jahren zum Jagdball auf Tyringham Park hatte tragen wollen. Sein hochgeschlossener Ausschnitt war so geschnitten, dass er die Blackshaw-Diamanten perfekt zur Geltung gebracht hätte, die, wie Edwina am Morgen der Jagd festgestellt hatte, gestohlen worden waren. Wie sich dann zeigte, hätte sie die Diamanten sowieso nicht tragen können, denn es war der Tag ihres Unfalls. Die Diamanten waren nie gefunden worden, und das Kleid blieb unberührt.

Als sie darauf warteten, dass Edwina ihr Gespräch mit Mary Anne beendete, flüsterte ein Mädchen aus der Gruppe das Wort »Verlobung« und wurde umgehend von den anderen zum Schweigen gebracht.

Edwina hörte es, gab aber vor, nichts vernommen zu haben, nachdem sie bereits aus dem Verhalten der Mädchen geschlossen hatte, dass sie sich auf etwas viel Bedeutsameres als nur ein Bankett vorbereiteten. Eine Verlobung? Aber natürlich. Was sonst hätte sie in so freudige Aufregung versetzt?

Eine Verlobung!

Das kam einige Jahre früher als erwartet, war aber deswegen nicht weniger willkommen.

Das wird ein Denkzettel für Mary Annes republikanische Stiefmutter sein, frohlockte Edwina hämisch. Trotz größter Anstrengungen seitens dieser Frau mit dem lächerlich geschriebenen irischen Vornamen, Mary Annes wahre Bestimmung zu sabotieren, die darin bestand, durch die Heirat mit William eine Blackshaw zu werden, hatte sich am Ende das Blut durchgesetzt.

»Bist du nervös?«, fragte Niamh, als sie nach dem Abendessen den Tisch abräumte.

Mary Anne wollte noch einmal ins Stadthaus zurückkehren, dieses Mal allein, um mit Edwina zu sprechen.

»Ein bisschen. Ich weiß, dass Weena enttäuscht sein wird, weil ich nicht William heirate, doch wenn sie Toby kennenlernt, wird sie ihn mögen, dessen bin ich sicher.«

»Natürlich wird sie das.«

»Wenn sie nur ein wenig Interesse zeigen würde. Sie hat noch nie auch nur ein Wort zu ihm gesagt, wenn er auf The Park war, und sie hat sich in den fünf Jahren, seit er bei der Polizei ist, nicht ein einziges Mal nach ihm erkundigt.«

»Vielleicht ist sie in all den Jahren milder geworden. Jetzt wird sie mit ihm reden müssen, und dann wird sie ihn bestimmt mögen, so ein wunderbarer junger Mann, wie er ist.«

»Ich hoffe, das tut sie.«

»Man würde meinen, Ihre Ladyschaft wäre, wenn sonst schon nicht, wenigstens von seinen Reitkünsten angetan.«

»Die ärgern sie noch mehr als alles andere. Er ist besser als wir Cousins und Cousinen zusammen.«

»Oje.«

Lochlann griff zum ersten Mal in die Unterhaltung ein und sagte voller Überzeugung: »Ich denke nicht, dass du dir wegen irgendetwas Sorgen zu machen brauchst. Edwina lag stets dein Wohl am Herzen. Wenn sie erst weiß, dass dein Glück daran hängt, Toby zu heiraten, wird sie dir ihren Segen geben und ihn endlich in der Familie willkommen heißen.«

»Ich hoffe, da hast du recht.«

»Möchtest du, dass wir zu deiner moralischen Unterstützung mitkommen?«

»Nein, das mache ich besser allein. Sie wird nicht glauben, dass ich für eine Heirat reif genug bin, wenn ich euch als Rückhalt brauche. Trotzdem danke für das Angebot. Wünscht mir Glück.«

»Du bist so ein Unschuldslamm«, sagte Niamh, als Mary Anne gegangen war.

Ich ein Unschuldslamm?, dachte Lochlann. Der Mann mit der schwärzesten Seele in ganz Irland? Sie hat ja keine Ahnung. Wie könnte man mich jemals für ein Unschuldslamm halten? »Warum sagst du das?«

»Wie kommst du darauf, dass Edwina Toby akzeptieren

wird, wenn sie bis heute nicht einmal dich akzeptiert hat? Sie wird es nicht tun. Nicht in einer Million Jahren. Sie wird entsetzt sein. Wenn du meinst, der alten Wölfin läge Mary Annes Glück am Herzen, musst du in den letzten zwei Jahrzehnten Scheuklappen und Ohrstöpsel getragen haben.«

Edwina hatte verlangt, dass sie aus ihrem Rollstuhl auf eine Zweisitzer-Couch neben Mary Anne gehoben wurde, damit sie dicht neben ihr sitzen konnte, wenn sie die gute Nachricht vernahm. Als der Diener gegangen war, sagte Mary Anne: »Ich muss dir etwas sagen, Weena.«

»Ich habe mich schon gefragt, wann ich in das Geheimnis eingeweiht werde. Du bist verliebt.«

»Das bin ich. Wie hast du das erraten?«

»Man wird nicht so alt wie ich, ohne die Zeichen lesen zu können«, sagte Edwina. Vor allem wenn man in der eigenen Jugend diesen Zustand des Deliriums selbst erlebt hat.

»Und ich dachte, ich hätte mich durch keinerlei Anzeichen verraten.«

»Du machst mich zu einer sehr glücklichen Frau. Genau das habe ich mir für dich gewünscht. Tyringham Park wird in seiner früheren Pracht restauriert werden. Ich wusste, das würde am Ende geschehen.«

Mary Anne sah unbehaglich drein. »Ich glaube, da besteht ein Missverständnis, Weena. Es ist nicht William, dessen Frau ich werden will. Es ist Toby Prendergast.«

Als sie den Namen hörte, schluckte Edwina ihr Entsetzen mit einer Disziplin hinunter, die sie der jahrhundertealten Etikette ihres Standes zu verdanken glaubte, und sagte in beherrschtem Ton: »Weiß das dein Vater?«

»Ja, natürlich. Er war der Erste, dem ich es erzählt habe. Niamh war die Zweite.«

»Hat dein Vater dir sein Einverständnis gegeben?«

»Ja, er hat sich gefreut. Er hält viel von Toby. Genau wie Niamh.«

»Eine Ansicht, die anscheinend von vielen geteilt wird. Mich wundert, dass dein Vater wegen eurer unterschiedlichen Konfessionen keine Einwände erhebt.«

»Er meint, die Liebe ist wichtiger als die Religion, und dem schließe ich mich an. Wir werden reichlich Zeit haben herauszufinden, welche Kompromisse eingegangen werden müssen. Es wird eine Verlobungszeit von vier Jahren geben, wir überstürzen also nichts. Wir würden uns freuen, wenn sich unsere Familien währenddessen besser kennenlernen.«

Vier Jahre? Da sollte ich mehr als genug Zeit haben, diesen Toby loszuwerden, dachte Edwina, und um William zu zeigen, wie er seine Karten klug ausspielt, wenn er seine Cousine für sich gewinnen will. Er wollte wahrscheinlich gerade den entscheidenden Schritt wagen, als dieser Kuckuck vor ihm ins Nest geflogen ist.

»Ich freue mich darauf, ihn kennenzulernen und etwas für ihn zu tun«, sagte Edwina nach einer langen Pause. »Mit meinen Kontakten sollte ich für ihn eine Stellung finden, die ihm gerecht wird.«

»Danke für deine gute Absicht, Weena.« Mary Anne war erleichtert, dass ihre Großmutter die Neuigkeit so gut aufnahm.

Ein Posten in der britischen Armee wäre nett, überlegte Edwina. Einer, bei dem er in irgendeine Kolonie geschickt wird, so weit wie möglich weg von Mary Anne; dann wird sie ihn, so jung, wie sie ist, schnell vergessen und sich William zuwenden, mit dem sie viel mehr gemeinsam hat. Was für ein Jammer, dass Indien nicht mehr Teil des Empire ist, denn das wäre der perfekte Ort, um ihn loszuwerden.

»Du musst für Toby gar nichts tun«, sagte Mary Anne, »wenngleich es nett von dir ist, an ihn zu denken, Weena. Er ist glücklich dort, wo er ist, und macht seinen Weg in der Guarda Síochána.«

»Bitte verwende nicht diese nicht aussprechbare Sprache in meiner Gegenwart. Royal Constabulary hat es doch auch jahrelang getan, und wenn sie schon den Namen ändern mussten, was ist dann an Police Force falsch? Das ist klar und deutlich. Hat er so wenig Ehrgeiz?«

»Er will schon Kriminalbeamter werden, seit er acht ist, es ist also keine vorübergehende Laune. Bei seinem Charakter und seinem Talent ist es nur eine Frage der Zeit, bis er die Ausbildung für diese Division durchlaufen darf.«

»Ich kann mir nicht vorstellen, dass jemand lieber Angehöriger der irischen Polizei statt Offizier in der britischen Armee sein möchte.«

Mary Anne konnte dafür jede Menge Gründe finden, doch sie machte sich, wie stets bei Fragen kultureller Unterschiede, nicht die Mühe zu widersprechen und murmelte stattdessen etwas Unverfängliches.

»So kann ich mich also überhaupt nicht für ihn verwenden? Egal. Ich nehme an, er wird mir beim Bankett vorgestellt?«

»Noch davor, wenn du möchtest. Er hat Freitag in einer Woche einen Tag frei. Seine Mutter kommt hoch nach Dublin, um sich für das Bankett ein Kleid zu kaufen, da könntest du auch sie kennenlernen.«

»Ich denke, ich werde meine Neugier bis zum Bankett bezähmen können, wenn es dir nichts ausmacht.« Die Sprache, den schlechten Kleidergeschmack oder das Benehmen der Mutter ins Lächerliche zu ziehen wäre wesentlich befriedigender, wenn es nicht in privatem Rahmen, sondern in der Öffentlichkeit geschähe. Es sollte nicht schwer sein, sehr rasch irgendeine Verfehlung herauszupicken.

»Wie es dir lieber ist, Weena. Sie kann sich daran erinnern, dich auf The Park gesehen zu haben, als sie ein kleines Mädchen war, und sie weiß noch, wie sehr sie zu dir aufgeschaut hat.«

»Ich kann nicht behaupten, dass ich eine Erinnerung an sie hätte.«

»Sie ist im gleichen Alter wie meine Mutter, aber sie haben nie miteinander gesprochen.«

»So war das in jener Zeit.« Und es ist ein Jammer, dass das nicht mehr so ist, denn dann müsste ich mich jetzt nicht mit Toby Prendergast abgeben.

»Was für ein Glück für mich, dass sich die Dinge zum Besseren gewendet haben. Ich muss sagen, du hast dich wundervoll verhalten, Weena. Dass du Toby helfen wolltest und all das.«

Edwina tat ihr Möglichstes, um als Reaktion auf Mary Annes Dankbarkeit zu lächeln, wenn ihr Gesicht dabei auch eher einer Grimasse glich.

»Ich hätte liebend gerne eine Hochzeit auf Tyringham Park, wenn es so weit ist und alle einverstanden sind«, sagte Mary Anne im Gehen. »Dann kann ich meinen Brautstrauß nach der Zeremonie auf das Grab meiner Mutter legen.«

Edwina versuchte erneut zu lächeln, doch nun sah ihre Grimasse sogar noch grauenhafter aus.

58

Es war alles so einfach. Zita schaute in einem Telefonbuch nach, in einer Ausgabe mit allen sechsundzwanzig Grafschaften der Republik Irland, und zum Glück war Lochlann kein Murphy, von denen es Hunderte Einträge gab. Sie benötigte nicht einmal eine Minute, um zwölf Einträge mit dem Namen Carmody zu überprüfen, die sich genauso schrieben, wie sie es vermutete. Nur einer war als »Dr.« ausgewiesen, und nur vor einer stand der Buchstabe »L«, und beides fand sich bei derselben Person. Wie hätte sie auf der anderen Seite der Welt ahnen können, dass er so leicht zu finden war? Sie schrieb sich die Adresse und die Telefonnummer auf und erstand später einen Stadtplan von Dublin, um den Platz zu suchen, an dem er lebte. Er lag in Laufweite vom Stadtzentrum, wie sie erleichtert feststellte, da sie keine Lust hatte, neben der ganzen anderen Planung, die sie vollauf beschäftigte, auch noch Busstrecken und Fahrpläne zu studieren.

Sie hatte eine Kindheitserinnerung an den Arzt, die nicht deutlich genug war, um ihn in einer Menschenmenge zu erkennen, aber, wie sie annahm, dafür reichen würde, ihn zu identifizieren, wenn er an seiner Haustür erschien.

»Bist du sicher, dass du nicht deine Meinung ändern und mit uns kommen willst?«, fragte Tante Cat, als sie im Foyer des Hotels standen und auf das Taxi warteten, das sie und Alison zum Bahnhof bringen sollte.

Alison ließ Cat und Zita reden und ging nach draußen, um

einen letzten Blick auf die herrlichen alten Gebäude in der Straße zu werfen.

Das Erste, das ihre Aufmerksamkeit weckte, war kein Gebäude, sondern ein junger Mann, der sich eilig durch die vielen Menschen auf dem Bürgersteig seinen Weg bahnte. Als sie ihn erblickte, fühlte sie sich sofort zu ihm hingezogen. Er war ein schlanker Kerl, der wie ein Künstler wirkte, mit ins Gesicht fallenden, etwas zu langen Haaren und lebhaftem Gesichtsausdruck, der sogar noch lebendiger wurde, als er sie entdeckte.

Er ist vielleicht ein bisschen zu unverschämt, dachte sie, fast schon an der Schwelle zur Arroganz. Doch sie kannte ja die gesellschaftlichen Gepflogenheiten des Landes noch nicht, und vielleicht galt sein offen zur Schau getragenes Wohlgefallen hier als akzeptables Benehmen. Er sah aus, als würde er sie kennen, doch wie konnte das sein, sie war doch fremd in der Stadt? Wenn Männer sie sonst so interessiert anstarrten, was oft der Fall war, sah sie immer weg, doch diesmal tat sie es nicht, da sie sich sein Bild genau einprägen wollte, weil er ihr so gut gefiel und sie nicht davon ausging, ihn jemals wiederzusehen. Eine zufällige Begegnung auf einer belebten Straße in einem fremden Land. Mehr war es nicht, und sie hatte Glück, das zu erleben.

Er schaute sie an, blinzelte, schaute sie wieder an und schritt geradewegs auf sie zu.

»Ja hallo, Cous«, sagte er, ohne stehen zu bleiben. »Hab dich eine Sekunde lang gar nicht erkannt. Was hast du mit deinen Haaren gemacht? Entschuldige, kann mich nicht aufhalten. Komme zu spät zu Bennett. Wir sehen uns am Mittwoch.« Den letzten Satz sprach er über seine Schulter hinweg, als er die Straße überquerte, bevor er ein paar Steinstufen hinaufrannte und hinter Säulen und Türen in einem imposanten Bauwerk verschwand, das sie bereits bewundert und bei dem sie sich gefragt hatte, wie jemand, vor allem ein Mädchen aus dem Busch wie sie, je den Mut aufbringen konnte, es zu betreten.

Der schicke Akzent. Der verwirrte sie. Sie hatte diese Art Akzent bis dahin nur in Filmen gehört, und der junge Mann hätte sie auf der Stelle abgestoßen, wenn sein Aussehen und seine Bewegungen ihr nicht schon gefallen hätten, bevor er noch den Mund aufmachte. Wenn sie ihn so ansah, mit seinen abgetragenen Klamotten und den unordentlichen Haaren, hätte sie nie gedacht, dass er solch einen Akzent haben würde. Und er nannte sie in so liebevollem Ton »Cous«. War das die Kurzform für irgendeinen angesagten Namen oder für »Cousine«? Es hatte wenig Sinn, sich deshalb den Kopf zu zerbrechen, denn sie würde es wahrscheinlich nie herausfinden. Sein warmer Ton hatte sie getroffen, da sie es nicht gewohnt war, so angesprochen zu werden, und fast zu Tränen gerührt.

Sie ging zurück in die Hotelhalle, wo Cat und Zita sich immer noch unterhielten, und holte tief Luft, um den Mut zu fassen, die wunderschön zurechtgemachte Rezeptionistin zu fragen, ob sie den Namen des Gebäudes direkt gegenüber kannte.

»Ja. Das ist der Kildare Street Club«, sagte sie. »Sehr bekannt. Ein Wahrzeichen.« Als Alison darauf mit einem verständnislosen Blick reagierte, setzte sie lächelnd hinzu: »Der ist exklusiv. Dem Adel vorbehalten. Und nur für Herren, deshalb glaube ich nicht, dass wir uns so bald um eine Mitgliedschaft bemühen werden.«

Das erklärte den Akzent. »Danke schön.« Alison lächelte zurück, bevor sie sich ernüchtert abwandte, um sich zu Cat und Zita zu gesellen, die an der Tür standen. Sie entschied, ihnen von dem Mann, den sie soeben gesehen hatte, nichts zu erzählen, da sie ihr zu viele Fragen stellen und sie auslachen würden, wenn sie errötete, was sie wahrscheinlich tun würde.

»Bist du *sicher*, dass du deine Meinung nicht änderst und mit uns kommst?«, fragte Cat Zita noch einmal.

»Ich bin sicher. Ich habe große Lust, durch Dublin zu laufen, mir die alten Häuser anzuschauen und mit Leuten zu sprechen.« Mir ein bestimmtes altes Haus anzusehen und mit einer bestimmten Person zu sprechen, um genau zu sein, dachte sie. Wo bleibt das Taxi? Ich wünschte, die beiden würden sich beeilen und gehen, damit ich losziehen kann. »Ich werde mit einer *großen Überraschung* zu deinem Geburtstag nachkommen, Alison, als Ausgleich für meine späte Abreise.«

Alison blickte durch die Türen auf das Haus gegenüber und antwortete nicht.

»Was ist los mit dir? Du siehst aus wie ein krankes Kalb.«

»Nichts. Ich habe nur das Mauerwerk bewundert.« Und mich gefühlt wie ein krankes Kalb.

Sie wünschte, Zita würde mit ihnen kommen. Ihr Heimweh war zurückgekehrt bei dem Gedanken, sich von ihrer großen Schwester schon wieder zu trennen, nachdem sie sich erst vor Kurzem wiedergesehen hatten. So schroff und schneidend Zita auch war, so war sie ihr doch so vertraut, wie es Tante Cat nie werden würde. Was, wenn sich die Recherchen in den Kirchenbüchern, für die Cat sie bezahlte, als unerträglich langweilig erwiesen?

Und noch dringender wünschte sie, der Mann, der auf der anderen Seite verschwunden war, würde wieder aus dem Gebäude herauskommen, damit sie ihn noch einmal sehen konnte, bevor sie abfuhr, und sich vielleicht dazu durchringen würde, mit ihm zu reden und herauszufinden, warum er sie »Cous« genannt hatte.

Cat hatte Dan die Adresse des Hotels in Cork übermittelt, in dem sie in den ersten vier Wochen logieren würden, für den Fall, dass er mit seinen Töchtern Kontakt aufnehmen müsste. Nun schrieb sie die Anschrift auf einen Umschlag und reichte ihn Zita, zusammen mit einer Rolle Zehn-Pfund-Scheinen, wobei sie ihr zuflüsterte: »Damit kannst du hier etwas Komfort genießen. Geh nicht in ein Hostel, wo du mit mehreren in einem Raum schlafen musst. Es ist mir ein Vergnügen, du musst also kein schlechtes Gewissen haben.« Laut sagte sie: »Wir sehen dich dann also am Geburtstag. Bis dahin gib acht, dass du dich nicht in einen groß gewachsenen, dunkelhaarigen und gut aussehenden Iren verliebst.« Sie hätte beinahe »und mit ihm davonläufst« hinzugefügt, sich aber gerade noch rechtzeitig beherrscht. »Wir wollen nicht ohne dich nach Hause zurückfahren.«

»Als ob das irgendjemanden kümmern würde«, murmelte Zita leise.

Ihre Tante und ihre Schwester hörten, was sie sagte, und ihre Stimmung sank, bevor sie sich beim Eintreffen des Taxis wieder hob, das sie zur Heuston Station bringen sollte, wo sie einen Zug in die Stadt Cork nehmen würden.

59

Zita, die schon ihren Mantel trug und den Stadtplan in der Handtasche hatte, winkte den beiden Reisenden zum Abschied hinterher und machte sich dann auf den Weg, das Haus zu finden, das Dr. Carmody gehörte.

Sie hatte eine klare Vorstellung davon, was Cat über sie sagen würde, sobald der Zug losgefahren war. »Sie ist eine bittere Pille, deine Schwester«, wäre ihre erste Bemerkung. »Ich weiß, das Leben hat ihr übel mitgespielt, und niemand hat mehr Mitgefühl für sie als ich, aber sie hätte nicht zulassen sollen, dass sie sich in eine bittere Pille verwandelt. Es fängt an, sich in ihrem Gesicht abzuzeichnen. Eine Frau in diesem Alter kann das nicht zulassen.«

Alison würde nichts zu ihrer Verteidigung vorbringen. Warum sollte sie auch, nachdem sie so von ihrer Schwester behandelt worden war?

Zita fand bald den Platz mit den hohen roten Backsteinhäusern, die rund um einen Park standen, der von einem eisernen Gitterzaun umschlossen war. Auf der Innenseite des Zauns befand sich eine dichte dunkelgrüne Hecke. Da sie sich mit Reihenhäusern nicht auskannte, konnte sie zunächst nicht erkennen, wo das eine Haus endete und das nächste anfing, und fragte sich, warum sie überhaupt »Häuser« genannt wurden, da sie in einer durchgehenden Reihe die Straße entlang aneinanderklebten. Sie hatten vier Stockwerke, hohe Fenster, und zu den eindrucksvollen Eingangstüren mit Säulen zu beiden Seiten und einem verschnörkelten Oberlicht darüber führten Steinstufen hinauf.

Sie kontrollierte die Adresse, die sie aufgeschrieben hatte, und fand Hausnummer 42, die sich in der Mitte der Häuserzeile befand. Wie konnte sie am besten die Haustür im Blick behalten, um mitzubekommen, wer hineinging und wer herauskam und wie die Personen aussahen? Gleichzeitig mit ihr waren auf dieser Seite des Platzes nur zwei weitere Fußgänger unterwegs, weshalb sie nicht auf und ab gehen und in einer Menschenmenge untertauchen konnte, wie sie es eigentlich vorgehabt hatte. Sich in den Park zu stellen und durch die Hecke zu spitzen wäre wohl das Beste, um eine gute Sicht zu haben, während sie es so gleichzeitig vermied, Aufmerksamkeit zu erregen.

Der beste Zeitpunkt für ihr Vorhaben? Offenbar nicht nachmittags um halb drei, da dann niemand auf der Straße war. Am nächsten Morgen, wenn die Erwachsenen zur Arbeit, die Studenten ins College und die Kinder in die Schule gingen, wäre es besser.

Hier war also das Haus, und hier stand sie nun. Sie konnte kaum daran denken, dass Dr. Lochlann Carmody tatsächlich hier lebte – ein Mann aus Fleisch und Blut und nicht der bösartige Geist, der ihr fast achtzehn Jahre lang durch den Kopf gespukt war.

Sie erinnerte sich an einen besonders einsamen Sonntag in Sydney, als sie sich ihren Weg durch glückliche, lachende Menschen bis zum Wasser gebahnt hatte, und wie sie den Drang verspürte, tiefer hineinzugehen, bis sie den Boden unter den Füßen verlor. Die Aussicht, auf den Grund des Hafens zu sinken und dort zu bleiben, war ihrem depressiven Kopf damals ausgesprochen verlockend erschienen. Das Einzige, das sie daran gehindert hatte, war die Gewissheit, dass jedermann am Strand ein Lebensrettungs-Zertifikat besaß und mindestens einer sie ausmachen und hineinspringen und sie herausziehen würde, bevor sie die Zeit hätte, auch nur einen Mund voll Wasser zu schlucken. Und da wäre sie dann, quicklebendig, und sähe tropfnass und albern aus, während ihr Retter von bewundernden Freunden umgeben wäre, die ihm auf den Rücken klopften, und sie sich allein in ihren nassen Kleidern auf den Heimweg machen müsste, während die Leute im Zug sie anstarrten, als wäre sie irgendein ausländisches Weib.

Im Rückblick kam es ihr komisch vor, dass sie bei dieser Episode nicht ein einziges Mal als möglichen Grund, nicht ins Wasser zu gehen, an ihren Hass auf Dr. Carmody gedacht hatte. Jetzt konnte sie jedenfalls an nichts anderes denken. Wie froh sie doch war, dass sie sich in Sydney Harbour an jenem Tag nicht ertränkt hatte und dass sie nun hier stand.

Wie würde sie reagieren, wenn die wunderschön lackierte, glänzend schwarze Tür mit ihrem Messingschild und den Messingverzierungen aufging und er heraustrat, während sie hier stand und auf den Eingang starrte und ihn sich vorstellte? Wahrscheinlich würde sie als Reaktion auf seine reale Gegenwart in Ohnmacht fallen.

Aus dem Augenwinkel erblickte sie den Kopf einer alten Frau, die ein Kopftuch trug und hinter dem Frontgitter des Hauses auftauchte, und einige Sekunden später war auch der Rest von ihr zu sehen.

Wo war sie hergekommen? Zita, dic von Dienstboten keine Ahnung hatte, war von der alten Frau mit Kopftuch überrascht worden, als sie auf die Fassade des Hauses starrte.

Um ihre Verlegenheit zu verbergen, wollte sie gerade ihren Stadtplan hervorholen und so tun, als ob sie ihn studierte, als die alte Frau sagte: »Der Doktor ist im Augenblick im Krankenhaus, meine Liebe. Wenn Sie ihn in seinen Räumen aufsuchen möchten, müssen Sie um vier wiederkommen.«

Sie muss die Großmutter sein, war Zitas sofortige Vermutung. Von dem freundlichen, alten Gesicht angezogen, antwortete sie. »Vielen Dank. Ich werde warten. Ich habe sonst nichts zu tun.«

»Ist das zufällig ein australischer Akzent, den ich da höre?«

Zita hatte nicht geglaubt, dass sie einen Akzent hätte, bestätigte jedoch die Vermutung. »Ich bin gerade erst angekommen.«

»Tatsächlich? Das ist ja aufregend. Ich habe eine Tochter in Perth, deshalb weiß ich das. Ihre Kinder reden wie Sie. Ich hoffe, Sie kriegen ein wenig Sonnenschein ab, solange Sie hier sind.« Die alte Dame stand da, als habe sie es nicht eilig.

»Ich bin nicht wegen des Sonnenscheins gekommen. Davon habe ich zu Hause jede Menge.«

»Und das ist gut so. Sie haben Glück, wenn Sie hier die Sonne zu sehen kriegen, obwohl ich höre, dass wir dieses Jahr einen guten Sommer bekommen sollen.« Ihre Augen wurden feucht. »Ich werde meine Tochter vermutlich nie wiedersehen, aber sie hat es dort gut angetroffen, hat eine Familie, und das ist die Hauptsache. Sie sagt, sie könnte niemals wieder hier unter unserem grauen Himmel leben.« Die alte Frau wischte sich die Tränen weg. »Ich missgönne ihr das neue Leben nicht, wenn ich sie auch schrecklich vermisse. Wir sprechen einmal im Monat am Telefon miteinander. Damit muss ich mich begnügen.«

War diese Tochter in Perth eine Schwester von Lochlann Carmody? Niemand hatte etwas gehört, dass er eine Schwester in Perth hatte, eine Tatsache, die bestimmt erwähnt worden wäre. Vielleicht war diese Frau jünger und erst fortgegangen, nachdem Lochlann aus Redmundo zurückgekehrt war.

»Sie müssen eineinhalb Stunden warten, meine Liebe. Kann ich Sie zu einer Tasse Tee und einem Scone einladen, um die Zeit zu überbrücken, und Sie erzählen mir alles über Australien? Sie kommen nicht zufällig irgendwo aus der Nähe von Perth, oder?«

»Nein, von der anderen Seite, aber ich hörte, es lebt sich dort angenehm.«

»Das erzählt mir meine Tochter auch immer. Ich bin froh für sie. Zwischen hier und der O'Connell Street, wo ich den Bus nehme, gibt es eine nette Teestube. Es kommt nicht oft vor, dass ich die Chance habe, mich mit einer echten Australierin zu unterhalten. Sie sind erst die zweite, die ich treffe. Ich möchte mehr darüber erfahren, wie es sich dort lebt.« Die alte Frau richtete ihr Kopftuch, knöpfte sich den Mantel zu und bedeutete Zita, mit ihr zu kommen. »Komisch, der Doktor war mehrere Jahre lang dort, aber niemand kriegt ihn dazu, darüber zu reden. Seltsam.«

Überhaupt nicht seltsam, wenn man den Grund kennt, dachte Zita, unfähig, ihr Glück zu fassen. Die Großmutter war in der Stimmung zu reden, und sie selbst war in Stimmung, zuzuhören und kluge Fragen zu stellen. Außerdem würde ihr das das stundenlange Herumlungern hinter Hecken ersparen.

»Das hört sich so an, als ob es Ihrem Sohn dort nicht gefallen hätte.«

Die alte Frau gab ein komisches Geräusch von sich und lachte dann. »Da ist Ihnen ein Fehler unterlaufen, meine Liebe«, sagte sie und wischte sich erneut über die Augen. »Der Doktor ist nicht mein Sohn. Wenn er es nur wäre, so wunderbar, wie er ist. Nein, ich bin die Putzfrau und arbeite seit zehn Jahren für die Familie. Ich bin Mrs Kaye, obgleich mich seine Tochter tatsächlich Oma nennt, vermutlich wegen meiner weißen Haare. Der Doktor wies sie an, nicht frech zu sein, aber ich sagte ihm, dass ich die Anrede mag, und so blieb es. Es tut mir leid, dass ich so unhöflich bin und lache. Sie sind die erste Person, die das fragt, und es hat mich überrascht. Jeder Ire würde spätestens an meinem Akzent erkennen, dass ich nicht die Mutter des Arztes bin.« Sie musste, bis sie die Teestube erreicht hatten, immer mal wieder lächeln.

Zita wollte nicht zu neugierig erscheinen, damit die alte Dame nicht misstrauisch wurde und verstummte, deshalb erfüllte sie ihren Teil des Handels, indem sie ihrer Begleiterin die guten Seiten am australischen Leben mit seinem Sonnenschein, den Stränden, dem vielen Platz, den beruflichen Möglichkeiten, den tropischen Früchten und einem Klima schilderte, das es erlaubte, das ganze Jahr hindurch Sport zu treiben. Mrs Kaye war erfreut, all das Lob für das Land von einem »zweifellos echten Aussie« zu hören, wie sie Zita stolz nannte. Im Gegenzug erzählte sie, von Zita dazu ermuntert, über die Carmody-Familie und endete mit einer Schilderung der bevorstehenden Feierlichkeiten zum achtzehnten Geburtstag der Tochter.

»Ich selbst habe bislang nur einmal Tyringham Park gesehen, und ich werde es nie vergessen. Wie ein Märchenschloss. Mary Anne – das ist der Name der Tochter – organisiert dort am letzten Maiwochenende eine Ausstellung mit den Gemälden ihrer Mutter. Das hat sie sich zum Geburtstag gewünscht, der eigentlich ...«

Am Montag, den ersten Juni, ist, wollte Zita schon laut sagen, doch sie beherrschte sich.

»Am Montag, den ersten Juni, ist«, fuhr Mrs Kaye fort. »Sie ist sehr eng mit ihren Verwandten da unten in der Grafschaft Cork. Man spricht von der Bekanntgabe der Verlobung mit dem Ältesten von ihnen am Samstagabend, die ein großes gesellschaftliches Ereignis sein wird. Ihre Großmutter hat Mary Anne gebeten, ein spezielles Kleid zu tragen, das früher einmal ihr gehörte, es wird also besonders hübsch sein.«

»Das ist ja faszinierend. Wie sieht das Kleid aus? Haben Sie es gesehen? Ich liebe es, mich mit modischen Kleidern zu beschäftigen.«

»Ich habe es erst heute Morgen gebügelt. Es ist aus schwarzem Taft. Fühlt sich herrlich an.«

»In welchem Stil ist es gehalten? Kurz oder lang oder bodenlang? Gerader oder weiter Rock?«

»Bodenlang mit schmaler Taille, weitem gerafftem Rock, Dreiviertelärmeln und hochgeschlossenem Ausschnitt, um die Juwelen zur Geltung zu bringen.«

Zita spürte einen Stich der Eifersucht. »Hört sich glamourös an. Was hat sie noch geplant?«

»Am nächsten Morgen, nachdem Mary Anne und ihr Vater auf das Grab der Mutter Blumen gelegt haben, wollen …«

»Ihre Mutter ist tot?« Zita verschluckte sich beinahe an den Worten.

»Ja, meine Liebe, das ist sie. Es tut mir leid, dass diese Neuigkeit Sie aus der Fassung bringt. Es ist lange her, und Mary Anne hat keinerlei Erinnerung an sie, also beruhigen Sie sich.«

»Tut mir leid.« Zita schnäuzte sich die Nase und ärgerte sich über ihr Schniefen. »Dumm von mir, ich kannte die Frau ja gar nicht. Doch mir tun mutterlose Kinder einfach leid.« Sie wollte diese Bemerkung nicht weiter ausführen aus Angst, nach ihrer eigenen Mutter gefragt zu werden, deshalb ging sie rasch zur nächsten Frage über. »Hat der Doktor wieder geheiratet?«

»Das hat er. Das war das größte Glück, das man sich nur vorstellen kann. Jeder, der sie kennt, betet sie an. Besonders der Doktor und Mary Anne. Es war sehr traurig für sie, dass sie kein eigenes Kind haben konnte, aber sie ist ganz vernarrt in Mary Anne, sodass ihr das Mädchen ein großer Trost ist.«

»Da bin ich sicher. Sie sagten, nachdem sie Blumen auf das Grab gelegt hätten ...«

»Das Haus und das Gelände werden der Öffentlichkeit zugänglich sein. Ich bin sicher, das Anwesen wird voll sein. Viele Leute wollen unbedingt einmal The Park sehen, selbst wenn sie sich nicht für die Gemälde interessieren. Es wird wahrscheinlich in allen Zeitungen stehen.«

Zita konnte erneut nicht fassen, wie viel Glück sie hatte. Eine Veranstaltung in der Grafschaft Cork und sie und Alison würden dort sein – Alison in einem schwarzen Kleid mit hochgeschlossenem Ausschnitt, Dreiviertelärmeln, schmaler Taille und weitem gerafftem Rock.

Es würde ein großes gesellschaftliches Ereignis sein. Vermutlich sogar Mary Annes Verlobung mit ihrem Cousin? Das war alles zu perfekt! Wenn zutraf, was Wombat behauptet hatte, wären sie und Alison bei den Festivitäten nicht nur Mary Annes nächste Verwandte, sondern auch die einzig Anwesenden vom selben Blut. Und die Einzigen, die keine Einladung hatten. Selbst wenn sie es selbst organisiert hätte, hätte sich Zita keine dramatischere Kulisse für die von ihr geplanten Enthüllungen um Alisons Person vorstellen können.

»Das ist viel Arbeit für Mary Anne. Gut, dass sie bereits letztes Jahr ihre Abschlussprüfung gemacht hat, sonst würde sie zu dieser Zeit des Jahres bis über beide Ohren in den Büchern stecken. Man hatte darüber gesprochen, sie zurückzustellen, da sie die Jüngste in der Klasse war, doch wie sich herausstellte, fiel ihr die Schule nicht schwer, denn sie ist sehr intelligent, auch wenn man das nicht denken würde, wenn man sie reden hört. Sie spielt sich nie auf und ist sehr bodenständig.«

Ich glaub, mir wird gleich schlecht, dachte Zita.

»Sie wird wie ihr Vater Medizin studieren.«

Als sie das hörte, fuhr Zita vor Neid so ein heftiger Stich durch den Körper, dass sie merkte, wie sich ihr Gesicht vor Schmerz verzog. Sie legte sich die Hände auf den Mund, um die Grimasse zu verbergen, die ein Spiegel ihrer hässlichen Gedanken war, bis sie spürte, wie die Anspannung nachließ und ihr Gesicht sich wieder normal anfühlte. Als sie sicher war, dass sie sich unter Kontrolle hatte, fragte sie Mrs Kaye, ob diese das Fest besuchen würde.

»Nein, meine Liebe. Sie haben mich eingeladen, aber ich käme mir unter den großen Leuten vor wie ein Fisch auf dem Trockenen. Ich habe eine Ausrede vorgeschoben, warum ich nicht hingehen kann, damit sie mich nicht dazu überreden – aber ich hoffe, es läuft gut für Mary Anne, denn sie ist so ein großartiges Mädchen.«

»Ich bin sicher, es gibt keinen Grund, warum das nicht der Fall sein sollte.«

Mrs Kaye reichte ihr eine gedruckte Karte, die ihrer Tochter gehörte, und nahm Zita das Versprechen ab, diese zu besuchen, falls sie jemals nach Perth fahren sollte. »Und wenn Sie von Ihrer Tour zurückkommen, müssen Sie mich besuchen und wieder mit mir Tee trinken. Vielleicht das nächste Mal in Nummer 42.«

»Das wäre schön. Vielen Dank. Ich freue mich darauf.«

Die beiden unterhielten sich weiter und verließen eine halbe Stunde später die Teestube, wobei sie sich nur widerstrebend trennten. Zita sagte, sie habe ihre Meinung geändert, was den Besuch des Doktors in seiner Praxis angehe, da der Schmerz, den sie zuvor gespürt hatte, aus irgendeinem sonderbaren Grund vollkommen verschwunden sei.

Zita kehrte ins Hotel zurück und legte sich für den Rest des Nachmittags auf ihr Bett. In ihrem ganzen Leben, das voller erschöpfender Tage gewesen war, hatte sie noch nie so eine befriedigende Müdigkeit verspürt wie in diesem Moment. All die Informationen, die sie innerhalb von nur einer Stunde erfahren hatte, und sie hatte nicht einmal ihren Namen preisgeben müssen. Sie wollte den Doktor nicht vorwarnen. Es war ein herrliches Gefühl, auf dem richtigen Weg zu sein und voranzukommen. Die Suche war fast zu Ende. Sie lag regungslos auf dem Bett und empfand beim Gedanken daran, dass sie endlich ihre Last an die Person weitergeben konnte, der sie von Rechts wegen zukam, ein Gefühl der Leichtigkeit und Freiheit.

Wie froh sie war, dass sie damals dem Drang widerstanden hatte, sich in Sydney Harbour zu ertränken. Sich vorzustellen, dass sie ansonsten diesen wundervollen Tag verpasst hätte!

»Zita war immer so ein sonniges Kind. Immer zu Späßen aufgelegt«, sagte Cat zu Alison, als der Zug durch Limerick Junction fuhr. »Ich kann mir vorstellen, dass es dir schwerfällt, das zu glauben.«

»Ja, das tut es.«

»Das war natürlich, bevor du geboren wurdest. Bevor alles in Stücke ging. Ich hoffe, nach dieser Reise findet sie zu ihrem alten fröhlichen Selbst zurück, und es gibt da etwas, das ich für sie tun werde und das den Prozess beschleunigen könnte.« Cat beugte sich vor, als wolle sie nicht, dass die Mitreisenden hörten, was sie nun sagte. Alison wich unwillkürlich zurück, und Cat beugte sich noch ein Stück weiter zu ihr hinüber. »Behalt es für dich, und ich sage es ihr dann auf der Heimreise. Falls sie nicht einen netten Mann trifft und heiratet, was nicht sehr wahrscheinlich ist, denn darüber ist sie jetzt fast hinaus, werde ich ihr die Universität finanzieren, damit sie Medizin studiert. Und ich werde ein Nein als Antwort nicht akzeptieren. Ich weiß, das ist ihr Ziel. Bei all dem Geld, das Fritz mir hinterlassen hat, ist das nur eine Kleinigkeit, sodass sie sich nicht zu Dank verpflichtet fühlen muss. Sie wird erst ein Jahr lang büffeln müssen, damit sie ihr Abschlusszeugnis bekommt, doch das sollte für so ein aufgewecktes Mädchen wie sie kein Problem sein. Du könntest zur selben Zeit wiederholen, wenn du möchtest, nur zu deiner eigenen Befriedigung. Zita ist jetzt zweiunddreißig, also wird sie achtunddreißig sein, wenn sie fertig ist. Manche Leute würden sie als zu alt betrachten, um noch Geld auf ihre Ausbildung zu verschwenden, doch meiner Erfahrung nach treten Ärzte nie in den Ruhestand, folglich müsste sie praktizieren können, bis sie über achtzig ist. Da kann man keinesfalls von einer vergeudeten Investition sprechen.«

Alison erfasste eine Welle der Zuneigung für ihre Tante, da diese sich so einen perfekten Plan für Zitas Zukunft ausgedacht hatte, und sie hoffte, sie würde bei Zita sein, um deren Freude zu teilen, wenn Cat ihr von dem Angebot erzählte.

60

Zita verließ das Hotel mit neu erwachter Energie am nächsten Morgen und schleppte, nachdem sie das Angebot des Portiers, ihr ein Taxi zu rufen, abgelehnt hatte, ihren Koffer zu einem Hostel in einem weniger reizvollen Teil Dublins. Mit dem Luxus im Hotel, den hochflorigen Teppichen, mit Gobelinstoff bezogenen Stühlen und den schweren Samtvorhängen hatte sie sich nicht wohlgefühlt, und es schmerzte sie, Geld an etwas zu verschwenden, das im Grunde nur ein Schlafplatz war. Eine Woche im Hotel kostete genauso viel wie acht Wochen in einem einfachen Hostel. In einem mit Holzdielen ausgelegten Schlafsaal für zwölf Personen zu sein würde ihr nichts ausmachen. Tatsächlich würde es sie an die glückliche Zeit in St. Mary's erinnern und ihr ein Gefühl der Geborgenheit geben.

Als sie sich in dem Hostel eingerichtet hatte, füllte sie den Nachmittag damit, zwei preisgünstige schwarze Kleider aus Baumwolle statt Taft zu kaufen, die knöchellang waren und runde Halsausschnitte sowie lange Ärmel hatten. Sie würde die Ärmel auf dreiviertel Länge kürzen, ohne die Schnittkanten umzunähen. Das würde niemand merken. Sie sollten ja nur einen Augenblick lang den Effekt verstärken. Bevor sie es vergaß, erstand sie noch zwei quadratische Tücher aus schwarzer Spitze, einen Strohhut mit breiter geschwungener Krempe sowie eine helle Grundierung und Gesichtspuder, die notwendig wären, um Alisons Bräune abzudecken, damit sie zwischen den blassen Gesichtern der Iren nicht auffiel.

Am nächsten Morgen war sie um sieben Uhr im Park und bezog hinter einer Hecke Posten, von der aus sie freie Sicht auf die Haustür von Nummer 42 hatte.

Um sieben Uhr dreißig sah sie, wie Mrs Kaye zur Arbeit kam und den Souterrain-Eingang nahm.

Als Erste verließ eine elegante Frau das Haus der Carmodys, die die zweite Mrs Carmody, Mary Annes Stiefmutter, sein musste. Sie trug eine Gladstone-Tasche zu einem Auto, das vor dem Haus parkte, und fuhr kurze Zeit später weg.

Auf der Straße waren viele Menschen unterwegs, die meisten in Richtung Stadtmitte. In die den hastenden Arbeitern entgegengesetzte Richtung liefen zwei erwachsen wirkende Mädchen, die sich Zeit ließen. Eine wartete auf dem Gehsteig und zündete sich eine Zigarette an, während die andere die Steinstufen hochging, um bei Nummer 42 zu klingeln.

Ein Mädchen trat aus dem Haus. Sie zog sich eine Jacke über, während sie die Stufen hinabrannte, um sich ihren Freundinnen anzuschließen.

Auch wenn Zita sich auf diesen Moment mental vorbereitet hatte, rechnete sie doch nicht damit, dass der Schock so groß sein würde, als sie das Mädchen sah, das nun das Haus durch die Eingangstür verließ und Alison sein musste. Das heißt, Zita hätte das Mädchen zweifellos für Alison gehalten, wenn sie nicht mit Bestimmtheit gewusst hätte, dass sich diese in Cork aufhielt.

Folglich war das da vor ihren Augen Mary Anne Carmody.

Mary Anne hatte eine aufrechtere Haltung als Alison und strahlte mehr Selbstsicherheit aus, wie Zita auffiel, doch Größe, Figur und Gesichtszüge waren gleich. Die junge Frau ähnelte, von ihren kurzen Haaren abgesehen, die ganz anders wirkten als Alisons langer Zopf, so sehr ihrer Zwillingsschwester, dass es kaum zu glauben war.

Da kommt meine gestohlene Schwester auf mich zu. Zita konnte fast nicht glauben, dass die Worte, die ihr in diesem Moment durch den Kopf schossen, wahr waren.

Es war eine Erleichterung, sie zu sehen. Es hatte immer die Möglichkeit bestanden, dass Wombat sich getäuscht hatte. Endlich konnte sie von ganzem Herzen, ohne auch nur den Hauch eines Zweifels, akzeptieren, dass er recht hatte. Nun konnte sie damit beginnen, das angeblich perfekte Leben von Dr. Carmody ohne jegliche Skrupel zu zerstören. Ihn für den Schaden, den er angerichtet hatte, zur Verantwortung zu ziehen wäre so etwas wie ein Gegengift für das Gift, das ihr Leben in seiner Entwicklung behindert, ihren Geist gelähmt und ihre Gefühle eingefroren hatte.

Sie weigerte sich, ihre Bitterkeit Selbstmitleid zu nennen, und sie würde keine Reue empfinden. Wenn einer schuldig war, so der liebe Gott und Carmody. Sie würde Gott strafen, indem sie ihre Seele verlor – Ihn sich nach dem einen verlorenen Schaf verzehren lassen. Als der gute Hirte hätte er sich um Sein Lamm gewissenhafter kümmern sollen, als er es getan hatte. Mit dem Arzt würde sie sich auf direktem Weg befassen.

Die drei Mädchen unterhielten sich und gestikulierten, während sie die Straße überquerten und durch ein Tor den Park betraten. Als Zita sah, dass sie in ihre Richtung liefen, setzte sie sich rasch ans eine Ende einer Bank, die bereits von drei alten Männern belegt war, die zur Seite rutschten, um ihr Platz zu machen. Sie wühlte in ihrer Handtasche und nahm einen alten Brief heraus, den sie öffnete und zu lesen vorgab, wobei sie ihn ein Stück von ihren Augen weghielt, als bräuchte sie eine Lesebrille. Indem sie vorgab, sich auf den oberen Teil des Blattes zu konzentrieren, konnte sie Mary Anne betrachten, ohne den Kopf heben zu müssen und bemerkt zu werden.

Wenn sie jetzt zu mir herüberschaute, würde sie dann in mir für einen kurzen Moment eine unbekannte Schwester wiedererkennen, fragte Zita sich. Würde sie innehalten und herausfinden wollen, warum mein Gesicht ihr so interessant vorkommt? Vermutlich nicht, denn ich bin angeblich das Ebenbild von Mama, wohingegen Alison – und folglich auch Mary Anne – nach Dad schlägt.

Zita saß keine zwanzig Fuß von den Mädchen entfernt, die sich darüber unterhielten, wie es sich anfühlte, verliebt zu sein, und was sie bei dem Bankett auf Tyringham Park tragen würden. Die eine, die zuvor schon eine Zigarette geraucht hatte, zündete sich noch eine an und sagte, sie beneide Mary Anne, die wisse, was es heiße, die Liebe zu erleben – und noch dazu heimlich verlobt zu sein –, und deren Entscheidung, was sie anziehen sollte, bereits getroffen war.

Zita konnte nicht aufhören, Mary Anne anzustarren. Wie glücklich sie in der Gesellschaft ihrer Freundinnen ist, dachte Zita. Wie ich es in dem Alter gewesen wäre, wenn ich denn Freundinnen gehabt hätte.

»Ach, zünde dir nicht noch eine Zigarette an, Patricia«, sagte das dritte Mädchen einige Minuten später. »Wir werden den Unterrichtsbeginn verpassen.«

»Nur ein paar Züge«, sagte Patricia. »Ich habe vier rauchfreie Stunden vor mir.« Sie nahm ein paar tiefe Züge, bevor sie ihre Zigarette auf dem Weg austrat.

Die drei gingen auf das Tor zu, wobei sie sich weiter unterhielten. Zita stopfte den Brief wieder in ihre Tasche und nahm ein Taschentuch heraus, dann rannte sie hinter ihnen her.

»Verzeihung!«, rief sie.

Die drei Mädchen hielten an und drehten sich zu ihr um.

»Haben Sie das hier verloren?«, fragte Zita und hielt Mary Anne das Taschentuch hin.

Mary Anne blickte auf das Tuch und dann zu Zita und lächelte. »Nein«, sagte sie. »Ich habe heute sogar vergessen, eines einzustecken.«

Zita sah ihre Schwester unverwandt an. Sie *muss* eine Verbindung spüren, dachte sie und schaute sie weiter an, wobei sie wünschte, ihr fiele etwas ein, was sie sagen könnte, damit Mary Anne noch bei ihr stehen bleiben würde.

Wie auf ein Zeichen sahen sich die drei Mädchen an und dann auf ihre Armbanduhren und murmelten, sie würden zu spät kommen.

»Trotzdem danke fürs Fragen«, sagte Mary Anne lächelnd. »Auf Wiedersehen.«

Zita blickte ihnen nach, als sie weggingen. Sie fühlte sich aufgewühlt. Das war riskant gewesen. Was, wenn Mary Anne die Familienähnlichkeit aufgefallen wäre? Es lag mir auf der Zunge, ihr zu erzählen, wer ich bin, nur um ihren ungläubigen Blick zu sehen. Gott sei Dank habe ich mich beherrscht. Ich muss vorsichtiger sein. Ich hätte mich ihr nicht nähern sollen, aber ich konnte der Versuchung nicht widerstehen, sie aus der Nähe zu sehen und mit ihr zu reden. Wie entzückend sie ist. Wie charmant. Ihr Gesicht ist so offen und lebhaft, so ganz anders als das verschlossene und ängstliche von Alison. Aber natürlich, wenn Dr. Carmody Alison anstelle von Mary Anne gestohlen hätte, wäre deren Gesicht offen und lebhaft und Mary Annes verschlossen und ängstlich.

Auf dem Weg zurück zum Hostel kaufte Zita eine scharfe Schere. Sie musste Alison die Haare auf eine Länge kürzen, die Mary Annes Frisur entsprach, wenn sich die Zwillinge wie ein Ei dem anderen gleichen sollten.

61

»Ich möchte dich um eine *besondere* Gefälligkeit bitten und fragen, ob du die öffentliche Bekanntgabe deiner Verlobung bis Neujahr verschieben könntest, Mary Anne?«

»Aber bis dahin sind es noch sechs Monate!«

Edwina sah den misstrauischen Blick, der über das Gesicht ihrer Enkelin huschte. »Na und? Es wird sich irgendein anderes Datum in den nächsten vier Jahren finden«, sagte sie.

Ein Mädchen, das eine gelöste Verlobung hinter sich hatte, würde unweigerlich als gebrauchte Ware eingestuft, und das würde auch einen Schatten auf William werfen, wenn er endlich auf Mary Anne Anspruch erhob. Deswegen wollte Edwina verhindern, dass die Verlobung überhaupt stattfand. Der Gedanke an eine offizielle Verlobungsanzeige in der *Times* war zu abscheulich, um auch nur erwogen zu werden. Eine Verschiebung des Ereignisses würde Edwina Zeit geben, einen Plan auszuarbeiten, wie sie Toby ganz loswerden und Mary Annes Ruf langfristig schützen könnte.

»Ich sage dir, warum ich diese Bitte äußere«, sagte Edwina in süßem Ton. »Ich weiß, du wirst meinen Standpunkt verstehen und dich fragen, warum du nicht selbst darauf gekommen bist. Es ist nichts Negatives über deinen jungen Mann, also keine Bange. Ich denke, der Fokus dieses Wochenendes sollte auf der Ausstellung deiner Mutter liegen, da es ihre erste und letzte sein wird, wohingegen du anschließend noch jede Menge Tage zur Auswahl hast. Auch ist es das erste Mal, dass The Park für die Öffentlichkeit zugänglich ist, weswegen Giles und Georgina sehr beschäftigt sein werden. Dann ist da die Auszeichnung, die dein Vater kurz nach deinem Geburtstag erhalten wird. Die Aufmerksamkeit von dieser bedeutenden Ehre abzulenken wäre nicht gut. Auf der anderen Seite würde auch deine Verlobung bei all diesen Ereignissen nicht so im Mittelpunkt stehen, wie es ihr zukommt. Wenn du sie auf Januar verschiebst, wenn der ganze Trubel vorbei ist, können wir ihr unsere ganze Aufmerksamkeit widmen.«

Mary Anne schlang die Arme um Edwinas Hals und sagte unter Tränen: »Natürlich werde ich sie verschieben. Wir werden die Neuigkeit bis dahin nicht über die Familie und enge Freunde hinaus bekanntgeben. Wie selbstsüchtig von mir, dass ich an all das nicht selbst gedacht habe. Ich schäme mich so.«

»Tu das nicht. Deine Mutter würde nicht wollen, dass ich dich tadele. Nun können wir unsere ganze Energie darauf konzentrieren, Charlottes Ausstellung zu einem Erfolg zu machen. Sie war so eine wunderbare Frau, dass die Welt von ihr erfahren sollte.«

»Danke, Weena. Es ist großartig, dich das sagen zu hören.«

»Wenn es nicht stimmen würde, würde ich es nicht tun.«

62

Zwei Mädchen in dem Hostel, Maria aus der Grafschaft Offaly und Evelyn aus der Grafschaft Tipperary, fiel auf, dass Zita allein war, und sie fragten sie, ob sie gerne mit ihnen tanzen gehen würde. Zita sagte, sie wüsste nicht, welche Art Tanz das wäre. Die beiden sagten, es seien irische Tänze, doch sie müsste sie nicht kennen – sie würde den Dreh schnell raushaben. Die Schritte zu lernen sei schon der halbe Spaß. Zita dachte für sich, dass es wenigstens nicht um Gesellschaftstänze ging, weshalb keine schmerzlichen Erinnerungen an Richie und Wombat wachgerufen würden. Durch das erfolgreiche Spionieren mit neuem Mut erfüllt, vermochte sie dem Gedanken, an einem Ort, an dem sie niemand kannte, wieder einmal zu tanzen, nicht zu widerstehen und stimmte zu, die Mädchen zu begleiten.

Als sie zum ersten Mal den Raum betrat, wurde sie an zu Hause erinnert. Leute unterschiedlichsten Alters, jeder Statur und Größe waren auf der Tanzfläche, doch anstatt Walzer und Quickstepp zu tanzen, legten sie komplizierte Tänze wie Jig und Reel aufs Parkett. Die Kapelle hörte sich an wie jene, die sie auf dem Aufziehgrammofon ihrer Großeltern gehört hatte.

Die drei Mädchen standen da und schauten zu. Die Figuren sahen so aufwändig aus, dass Zita meinte, sie würde sich zur Närrin machen, wenn sie mitzutanzen versuchte, und sie wünschte, sie wäre zu Hause geblieben. Doch ihr Fuß klopfte trotzdem den Takt mit, und es fiel ihr schwer, still zu stehen und sich nicht in die Menge zu stürzen und sich Schritte auszudenken.

Die Musik verstummte, die Tänzer klatschten und verließen die Tanzfläche. Einige gingen zu einem Tisch hinüber, an dem alkoholfreie Getränke verkauft wurden.

Dann folgte eine Ankündigung in einer Sprache, die Zita für Gälisch hielt. Zwei junge Männer kamen herüber, um Maria und Evelyn mit Beschlag zu belegen. Die Mädchen stellten Zita als ihre neue australische Freundin vor, und einer der Männer ging los, um einen Partner für sie zu holen.

Ein schüchtern lächelnder junger Mann namens Tadhg tauchte neben ihr auf.

»Ich kenne keinen der Schritte«, sagte sie.

»Keine Sorge. Das wirst du bald«, sagte Tadhg und führte sie mit sich.

Viele Paare sahen ernst drein, selbst wenn ihre Bewegungen fröhlich waren. Zita stolperte zuerst ständig über ihre eigenen Füße. Wenn es an die Drehungen ging, zögerte sie zunächst, da sie Tadhg nicht traute, dass er sie halten würde, doch dann begann sie ihm zu vertrauen und wirbelte bald so ausgelassen herum, dass sie, wenn er sie losgelassen hätte, quer über den Boden geflogen und gegen die Wand gegenüber geprallt wäre und unterwegs noch andere Tänzer umgerissen hätte. Sie lachte. Von der fröhlichen Musik fortgetragen, sorgte sie sich nicht mehr darum, ob sie sich zur Närrin machte oder nicht, und ging das Risiko sogar vorsätzlich ein, indem sie Schritte improvisierte. Tadhg freute sich, dass sie sich freute. Auch Maria und Evelyn sahen wohlwollend zu ihr hinüber. Ihr rasches Auge und ihre schnellen Füße halfen ihr, die Schritte annähernd hinzukriegen, sodass sie, als es an der Zeit war, in einer komplizierten Abfolge von Bewegungen den Partner zu wechseln, dazu imstande war, ohne jemanden aus dem Tritt zu bringen.

»Kann ich dir eine Limonade kaufen?«, fragte Tadhg nach drei Tänzen. »Ich bin am Verdursten.«

Zita sagte, sie hätte gerne eine. Er und die zwei Jungs zogen los.

»Er mag dich«, sagte Maria.

»Darauf kannst du stolz sein«, setzte Evelyn hinzu. »Er ist sehr wählerisch.«

Zita bekam kaum Luft, schaffte es aber zu sagen: »Ich denke, er lacht sich krank, weil ich so ein hoffnungsloser Fall bin.«

»Ich denke, es ist mehr als das. Und du bist wirklich gut. Es ist kaum zu glauben, dass du das noch nie gemacht hast.«

»Sind diese Jungs eure festen Freunde?«, fragte Zita.

»Noch nicht, aber wir haben die Hoffnung«, sagte Evelyn lachend.

»Tadhg würde gerne in dein Land auswandern«, sagte Maria, »aber er hat familiäre Verpflichtungen und kann hier nicht weg.«

Zita ergriff ein leichtes Frösteln. »Ist er verheiratet?«

»Tadhg? Verheiratet?« Evelyn lachte, bevor sie ernst wurde. »Nichts dergleichen. Sein Vater hatte vor sechs Jahren einen Schlaganfall, deshalb muss Tadhg nun die Familie ernähren.«

Später waren die sechs sich darin einig, sich am nächsten Abend wiederzutreffen, und Zita war tief in ihrem verschrumpelten Herzen glücklich.

63

Nun, da Mary Anne so dicht davorstand, über ihr eigenes Vermögen verfügen zu können, hatte Lochlann stärker als je zuvor das Bedürfnis, sich Charlottes Erbschaft zu entledigen. Mary Anne würde es mit ihrem Vermögen niemals an etwas fehlen, selbst wenn sie Toby heiratete, der sein Leben lang für ein geringes Gehalt arbeiten würde.

Lochlann dachte über einen Weg nach, wie er einen großen Teil des Erbes den Hogans zukommen lassen könnte, ohne dass sie jemals erraten würden, woher das Geld stammte. Es war eine Form der Wiedergutmachung dafür, dass er ihnen Mary Anne gestohlen hatte. Er nahm an, Dan und Nell hätten mittlerweile mindestens zehn Kinder, bei dem Tempo, das sie damals vorgelegt hatten. Vielleicht hatte eine Krankheit die Familie getroffen, oder eines der jüngeren Kinder war mit einer Behinderung zur Welt gekommen. Ein anderes könnte auf der Farm einen Unfall erlitten haben und eine teure Behandlung benötigen. Vielleicht hatte es eine Schlechtwetterperiode gegeben, und Dan hatte die Farm mit einer Hypothek belasten müssen. Eines der Mädchen könnte einen hoffnungslosen Fall geheiratet haben und finanzielle Unterstützung brauchen. Die Liste ließe sich noch verlängern, doch die Schlussfolgerung blieb stets dieselbe. Lochlann würde keinen Seelenfrieden finden, solange er nicht das meiste von Charlottes Vermögen an die Hogans transferiert hätte. Es war nicht so, dass die absurde Idee dahintersteckte, Mary Anne mit

Geld aufwiegen zu wollen. Doch die Geschichte ließ sich nicht zurückdrehen, und Geld war das Einzige, was er anzubieten hatte.

William war erleichtert, dass Edwina erfahren hatte, dass er und Mary Anne nicht ineinander verliebt waren. Als ob er sich für seine Cousine erwärmen könnte, die für ihn wie eine Schwester war. Schon der Gedanke daran erschien ihm nicht richtig.

Als diese Sache geklärt war, konnte er seinen Eltern mitteilen, dass er sich, trotz ihrer Versuche, ihn dafür zu begeistern, nicht mit der Absicht trug, sein Leben der Instandhaltung von The Park zu verschreiben, sobald er es erben würde. Einige seiner Freunde hielten es für eine Ehre, Hüter der Tradition zu sein, doch ihn lockte diese Aussicht nicht. Nur ein kleiner Teil der ursprünglichen Ländereien von Tyringham Park war noch geblieben, nachdem die Regierung den Verkauf an die Pächter erleichtert hatte. Auch wenn William auf den verbliebenen Morgen selbst ein Gestüt betrieb, um Gehälter zu sparen, würde er die Kosten für ein gut renoviertes Haus nicht stemmen können. Die meisten seiner Nachbarn, deren Anwesen in den Zwanzigern nicht niedergebrannt worden waren, hatten verkauft und waren nach England gezogen. Die alten Tage, als seine Klasse fast den gesamten Grund und Boden Irlands besessen hatte, waren für immer vorbei. Wenn er die Verantwortung für das Anwesen übernahm, wäre ihm das wie eine Form des langsamen Erstickens vorgekommen. Selbst wenn er tatsächlich Mary Anne ihres Geldes wegen heiraten würde, würde er auf Tyringham Park nicht länger leben wollen. Wäre es legal möglich, im Tausch für seine Freiheit sein

Erbe an seinen jüngeren Bruder abzutreten, hätte er es getan. Nigel liebte das Haus und hätte dafür sein Leben gegeben.

William, der jetzt dreiundzwanzig Jahre alt war, wusste, dass man in früherer Zeit von ihm erwartet hätte, eine Kolonie mitzuregieren oder Forschungsreisender zu werden, doch im Jahr 1959, da das Empire verloren und alle aufregenden Orte auf dem Planeten bereits entdeckt waren, musste er sich woanders nach einem Zeitvertreib umsehen, und er hatte einen gefunden, den er aufregend fand und der ihn ausfüllte. Es wäre ihm schwergefallen, den gewählten Beruf seinen Jagdfreunden zu nennen. Er konnte sich ihr spöttisches Gejohle und ihre ungläubigen Ausrufe vorstellen, wenn er ihnen gestand, dass er entschlossen war, Theaterschauspieler zu werden.

Er hatte den Antonio und den Rosenkranz in zwei Produktionen gespielt, die die Dramatic Society der Universität veranstaltet hatte, und er würde bald nach London gehen, um dort zu leben und zu Vorsprechterminen für die professionelle Bühne gehen zu können. Es gab eine Sache, die ihm gegenüber anderen Bewerbern einen Vorteil einräumte, und das war sein authentischer Oberschichtakzent.

In ein paar Jahren, wenn er ein paar klassische Rollen gemeistert haben würde, so stellte er sich bildlich vor, erhielt er in den Theatern im West End von London oder in Stratford oder im Abbey oder dem Gaiety oder dem Gate in Dublin viele Vorhänge, verbeugte sich tief, die Hände nach einer besonders emotionalen Interpretation des Hamlet ans Herz gedrückt, und nahm die stehenden Ovationen eines verständigen Publikums entgegen. Trotz der mentalen und körperlichen Erschöpfung, die eine Hauptrolle mit sich brachte, würde er sich nach der Aufführung, noch immer voller Adrenalin im Blut, versichern, wie berauschend das Leben eines

Schauspielers doch im Vergleich zu dem eines Hüters eines großen Anwesens war, der durch kalte hochherrschaftliche Räume wanderte und die verrottenden Fensterrahmen und den abplatzenden Putz kontrollierte und sich fragte, wann er es sich leisten konnte, die für die Reparaturen notwendigen Handwerker zu bestellen.

64

»Wie war der Name des irischen Arztes, von dem deine Mutter so begeistert war?«, fragte Tante Cat und sah von der Corker Lokalzeitung hoch.

Alison konzentrierte sich darauf, Schinken, Ei, Presskopf, Blutwurst und Würstchen auf ihrem Teller so zusammenzustellen, dass ihre letzte Gabel von allem den gleichen Anteil enthielt. Das Beste an der Ahnenforschung war der Aufenthalt in diesem Stadthotel in Cork mit seinem täglichen Angebot eines kompletten irischen Frühstücks. Tante Cat war es wegen ihres schwachen Herzens verboten, Gebratenes zu essen, weshalb sie sich mit Porridge begnügte, gefolgt von trockenem Toast und schwarzem Tee. Dennoch wollte sie nichts davon hören, dass Alison auf das Festmahl aus Mitgefühl verzichtete, und behauptete, sie sähe ihr gerne beim Essen zu. »Dr. Carmichael oder Carmoding oder so«, sagte Alison und strich sich dick Butter auf eine Toastscheibe, bevor sie diese in die fette Sauce tunkte. Sie fühlte sich wie im Himmel.

»Kann es Carmody gewesen sein? War sein Vorname Lochlann?«

»Das klingt vertraut. Er hat mich zur Welt gebracht.«

»Hör dir das an. Eine Notiz in der Rubrik Gesellschaftliches und Privates: *Mary Anne Carmody, Tochter von Dr. Lochlann Carmody, lädt zu einer Gemäldeausstellung im Ballsaal von Tyringham Park ein, um die Arbeit ihrer verstorbenen Mutter, der ehrenwerten Charlotte Carmody (geb. Blackshaw), zu würdigen, die auf tragische Weise auf dem Anwesen ertrank, als sie den heldenhaften Versuch unternahm, ihre ehemalige Kinderschwester zu retten. Es werden Tee und Scones serviert, und ein ausgewähltes Gemälde wird zugunsten des Irischen Roten Kreuzes verlost. Jedermann willkommen. Eintritt frei. Die Ausstellung wird am Samstag, den 30. Mai, eröffnet.* Na, was sagst du dazu? Glaubst du, das könnte der Arzt sein?«

»Das muss er sein.«

»Wirklich? Hast du die vielen Séan Murphys und Séamus O'Briens im Telefonbuch gesehen? Das Problem an Irland ist, dass fast jeder einen irischen Namen trägt und es davon nur eine begrenzte Anzahl zu geben scheint. Kein Wunder, dass wir bei der Recherche so große Probleme mit deiner Großmutter väterlicherseits haben. Hanley oder Handley? Was für eine Chance haben wir denn, wenn sich selbst die offiziellen Dokumente in der Schreibweise nicht einig sind?«

»Ja, das macht die Arbeit doppelt so umfangreich.«

»Wir wollen hoffen, dass wir mehr Glück haben, sobald wir nach Galway kommen und uns hoffentlich nur mit einer Schreibweise von Hogan und Fahey herumschlagen müssen. Bis dahin können wir nur mühsam weitermachen. Wie ich immer sage: ›Heute könnte der Tag sein, der den Durchbruch bringt.‹«

Cat erwähnte die Ausstellung gegenüber dem Besitzer des Hotels. Danach wollten sie den restlichen Tag in Mallow verbringen und dort die Kirchenbücher durchsehen.

»Tyringham Park? Das liegt nur ein Stück die Straße hoch, ein oder zwei Meilen vom Dorf Ballybrian entfernt. Ich habe eine Tante, die am Ortsrand lebt, deshalb kenne ich es gut. Sie könnten von dort aus den Bus nehmen, der Sie bis vor die Tore bringt, dann müssten Sie nur noch die Zufahrt hoch zum

Haus laufen. Sie sollten versuchen, den Besuch des Anwesens in Ihrer Planung unterzubringen. Ist wirklich einen Blick wert. Es ist eine seltene Gelegenheit, denn normalerweise ist es nicht für die Öffentlichkeit zugänglich. Die ganze Grafschaft wird am Samstag dort sein. Der Ort steckt voller Geschichte, und nicht immer ist es eine glückliche. Manche sagen, der Ort sei verflucht wegen all dieser Todesfälle durch Ertrinken im Dark Waterhole im Fluss, aber ich schließe mich diesem Aberglauben nicht an. Trotzdem machen einen elf Fälle in den letzten achtzig Jahren schon nachdenklich. Einige behaupten sogar, im Waterhole lebe eine Kreatur, die einen am Bein packt, wenn sie die Gelegenheit dazu bekommt, und einen hinunterzieht.«

»Stell dir bloß vor!«, rief Cat aus, drehte sich um und zwinkerte Alison zu.

»Eine wahrscheinlichere Erklärung wäre, dass die Menschen mit der ausdrücklichen Absicht, sich zu ertränken, dort hingehen. Es ist die einzige wirklich tiefe Stelle im Fluss. Wenn sie sich mit schweren Steinen nach unten ziehen lassen, ist ihnen bei ihrem Vorhaben Erfolg beschieden.«

65

Zita verbrachte mit Tadhg, aber auch mit Evelyn und Maria eine so angenehme Zeit, dass sie die Zugfahrt nach Cork bis zum Tag vor dem Bankett aufschob. Sie versicherte ihren neuen Freunden, dass sie nach dem Wochenende zurückkehren und wieder im Hostel wohnen würde. Da sie und Tadhg beide wussten, dass ihre Beziehung keine Zukunft hatte, war sie ihm gegenüber entspannt und liebevoll.

Cat und Alison bemerkten die Veränderung an Zita, sobald sie sie sahen. Alison hatte ihre Schwester noch nie so gut gelaunt erlebt, selbst in den Zeiten nicht, als sie mit Richie zum Tanzen gegangen war.

»Hast du dich verliebt?«, fragte Cat ungläubig.

»Nein, wo denkst du hin? Obwohl ich fünf neue Freunde habe und an den meisten Abenden tanzen war. War ein großer Spaß.« Zita bebte vor Freude. »Doch es wird noch besser. Ich habe herausgefunden, wo Dr. Carmody lebt, und ging zu seinem Haus, um ihn zu sehen. So ein netter Mann. Er konnte sich erinnern, dass er die Fotos von unserer Familie gemacht hat, aber er sagte, dass er vergessen habe, wo sie sind. Doch will er versuchen, sie bis morgen zu finden. Das wird Papa gefallen, nicht wahr?«

»Das wird es bestimmt«, sagte Cat. »Er kann ein wenig Glück brauchen.«

»Und ich habe auch seine Tochter getroffen, und ratet mal!«

»Was sollen wir erraten?«

»Sie gibt morgen Abend ein Bankett auf Tyringham Park, und sie hat Alison und mich dazu eingeladen. Tut mir leid, Tante, es ist nur für junge Leute.«

»Wieso sollte sie wollen, dass wir kommen? Sie kennt uns doch nicht einmal?«, fragte Alison in mürrischem Ton.

»Dafür gibt es mehrere Gründe. Sie war so aufgeregt zu hören, dass du bei mir bist. Im selben Krankenhaus am selben Tag geboren wie sie und ebenfalls von ihrem Vater zur Welt gebracht. Sie will unbedingt, dass er dich trifft. Er redet nie über seine Zeit in Redmundo, also will sie von uns so viel wie möglich darüber erfahren.«

»Na ja, ich muss sie jetzt nicht unbedingt kennenlernen. Sie hat Australien verlassen, als sie vier Wochen alt war. Was sollten wir schon gemeinsam haben?«

»Du wärst überrascht. Egal, ich sagte ihr, wir würden da sein, und ich habe uns Kleider gekauft, also müssen wir jetzt nur noch dort erscheinen und uns amüsieren.«

»Früh zu Bett zu gehen passt mir ganz gut«, sagte Tante Cat. »Wir haben in der Lokalzeitung gelesen, dass Tyringham morgen geöffnet ist, also hebe ich mir meine Energie bis dahin auf.«

Das habe ich gut gemacht, dachte Zita voller Befriedigung. Ich habe so überzeugend über die Carmodys gelogen, dass ich es fast schon selbst geglaubt habe.

In dem Regal hinter dem Rezeptionstresen hatte an dem Morgen, als Zita eintraf, ein Brief für Alison gesteckt. Es war die erste Post, die eine von ihnen erhielt, seit sie Australien verlassen hatten.

Alison drehte den Luftpostumschlag um und las Name und Adresse auf der Rückseite. »Er ist von Stevie«, sagte sie.

»Ich hoffe, Dan ist nicht schon wieder etwas passiert«, war Cats erste Reaktion.

»Seine Hände sollten mittlerweile verheilt sein«, meinte Alison.

Die drei gingen auf direktem Weg auf ihr Zimmer, damit Alison den Brief in Ruhe lesen und die Neuigkeiten weitergeben konnte, ohne die Stimme senken zu müssen.

Zita spürte mit einem Mal einen Stich. Als vierzehn Jahre ältere Schwester hätte der Brief an sie adressiert sein sollen. Doch nun musste sie wie ein jüngeres Geschwisterkind warten, bis Alison den Brief öffnete und ihn ihr vorlas.

»Was ist?«, fragte Cat, als sie Alisons verwirrten Gesichtsausdruck sah.

»Bik Voerter ist tot«, sagte Alison und las beim Sprechen weiter. »Ein Unfall im Sägewerk.«

»Lass sehen«, sagte Zita, schnappte sich den Brief und las selbst Stevies Bericht über den Unfall. Ihr Gesicht wurde bleich, noch bevor sie ans Ende des Briefes gelangt war. »Also sieht es so aus, als ob Wombat heiraten würde.«

»Wovon redest du da?«, fragte Cat.

»Jetzt, da Bik tot ist, wird Wombat nach einer angemessenen Weile zurückkommen und Gretta heiraten.«

»Meinst du das ernst?«, fragte Cat.

»Ja. Du hast doch gehört, dass sie sich in ihn verliebt hat.«

»Ich dachte, das wäre nur ein Gerücht, das eine naseweise Nachbarin in Umlauf gebracht hat. Ich hab das nicht eine Sekunde lang ernst genommen. Wir sprechen von ein und derselben Person, oder nicht? Von dem Stummen mit dem verbrannten Gesicht?«

»Ja, genau. Es gibt zu Hause wohl kaum zwei Leute mit diesem Spitznamen«, sagte Alison.

»Du hast dir zwei Merkmale herausgepickt, auf die es am wenigsten ankommt, Tante«, sagte Zita. »Und überhaupt, hast du vergessen, dass Alison erzählt hat, dass er wieder spricht? Wenn du ihn gut kennen würdest, würden seine Verbrennungen dir nicht einmal auffallen. Lass dir gesagt sein, Gretta Voerter hat sehr viel Glück.«

66

In dieser Nacht blieb Zita noch lange wach und weinte im Dunkeln. Gegen ein Uhr hob sie sanft Alisons Zopf hoch, setzte die Schere an und schnitt ihn weit oben ab.

Am nächsten Morgen, als Alison aufwachte und den abgeschnittenen Teil ihrer Haare auf dem niedrigen Schränkchen zwischen den zwei Betten liegen sah, stieß sie einen Schrei aus, der so laut war, dass Tante Cat aus dem Zimmer nebenan hereingestürzt kam, um zu erfahren, was los war. Sie sah Alison aufrecht im Bett sitzen, die Arme eng um sich geschlungen, und vor und zurück schaukeln und wimmern, und auf dem Schränkchen entdeckte sie den Zopf. Zita, die im zweiten Bett lag, unbekümmert dreinschaute und Alison keinerlei Aufmerksamkeit schenkte, erzählte Cat, was sie getan hatte.

»Warum hast du das gemacht? Das ist so hässlich von dir, ich kann es gar nicht glauben«, sagte Cat entsetzt. »Du weißt, Alison hat sich jahrelang die Haare wachsen lassen. Was du getan hast, ist nicht das Benehmen, das man von jemandem erwarten würde, der Ärztin werden will.«

»*Wollte*, nicht *will*, Tante«, sagte Zita. »Imperfekt, wenn es dir nichts ausmacht. Diese Tage sind vorbei.«

»Ärzte sind freundliche und mitfühlende Menschen.«

»Ist das so? Ich würde gerne hören, wie du mir das morgen Vormittag noch einmal sagst. Ich werde dich daran erinnern.«

»Ich weiß nicht, was in sie gefahren ist, Zita, so etwas Böses zu tun und dann in Rätseln zu sprechen, anstatt sich zu erklären. Schau dir das an!« Cat hob Alisons Haare hoch. »Erwartest du von ihr, dass sie heute Abend zu der Party geht, wo sie aussieht, als hätte ihr eine Ratte die Spitzen abgenagt? Komm, Alison, steh auf und zieh dich an, ich bring dich zum besten Friseur in der Stadt, damit er den Schaden behebt, selbst wenn ich den Salon kaufen muss, um sicherzugehen, dass du einen Termin bekommst.« Mit einem lauten Flüstern setzte sie für Alison hinzu: »Sie ist eifersüchtig, weil du jünger und hübscher bist als sie. Deshalb hat sie das getan.«

Hatte schon jemals jemand so viel Glück gehabt wie sie?

Mary Anne betrachtete den geschmückten Ballsaal, der in ein paar Stunden voller Menschen sein würde, die in ihrem Leben eine Rolle spielten. Ganz oben auf diese Liste müsste sie Toby setzen, gefolgt von ihrem Vater, ihrer Stiefmutter, ihren Großeltern, ihrer Tante, ihren Onkeln, Cousinen, den Mädchen aus der Schule, vor allem Patricia und Jo, die ihre besten Freundinnen waren, seit sie vier Jahre alt war, Kollegen und Freunden von Lochlann und Niamh, Nachbarn aus Dublin und all den Grundbesitzern aus der Grafschaft Cork und vielen aus anderen Grafschaften, Manus und seiner Frau Sinéad und ihren vier Kindern und Tobys Großvater, seinen Eltern und seiner jüngeren Schwester.

Sie dachte an die mittlerweile verstorbenen Personen, deren Namen sie gut kannte und deren Leben direkt und indirekt ihr eigenes beeinflusst hatten, auch wenn sie viele von ihnen nicht persönlich kennengelernt hatte: Waldron, Victoria, Harcourt, Charles, Harriet, Beatrice, Bertie, Verity, Sid, Dr. Finn, Schwester Dixon und, von allen die wichtigste, ihre Mutter Charlotte, die sie so sehr geliebt hatte und deren Gegenwart hier auf The Park stärker zu spüren war als im Stadthaus.

Sie dachte an ihren wunderbaren Vater und an seine Melancholie, die zu verbergen er sich so sehr bemühte und die im Laufe der Jahre immer offensichtlicher geworden war. Sie hoffte, er wäre dem großen Fest gewachsen, das sie organisiert hatte. Er war nicht mehr so gesellig wie früher und hätte die Auszeichnung, die er in Kürze erhalten sollte, abgelehnt, wenn sie für seine wohltätige Arbeit nicht so wichtig gewesen wäre. Für ihre Geburtstagsfeierlichkeiten würde er sich um ihretwillen Mühe geben, das wusste sie. Er hatte zwei Frauen gleich stark geliebt, erzählte er ihr, als sie erstmals erwähnte, dass sie die Ausstellung machen wolle. Das fiel ihr schwer zu glauben, denn sie konnte sich nicht vorstellen, dass er irgendjemanden mehr liebte als Niamh. Doch dass er Charlotte wirklich geliebt hatte, war ein schöner Gedanke.

Drei außergewöhnliche Frauen hatten sie großgezogen: Charlotte, Iseult und Niamh. Ihr Leben hätte fürchterlich verlaufen können, glaubte sie, doch dank dieser Frauen und ihres Vaters war sie am Ende das glücklichste Mädchen der Welt geworden. Sie hoffte, der liebe Gott würde Charlotte eine erstklassige Sicht von ihrem Platz im Himmel aus gewähren, damit sie sich als Teil der Feierlichkeiten fühlen und sich mit ihrer Tochter freuen konnte.

Edwina, die ein paar Sekunden später von ihrem Diener in den Ballsaal geschoben wurde, beobachtete Mary Anne, die die Arme ausgestreckt und das lächelnde Gesicht gehoben hatte, um die Gemälde ihrer Mutter zu betrachten, während sie vor Freude durch den weitläufigen Ballsaal wirbelte.

»Setz den auf«, sagte Zita, holte den Hut mit der breiten Krempe und strich ihn glatt. »Wir sind gleich in Ballybrian.«

Alison, die während der Busfahrt von Cork hierher kein einziges Wort gesprochen hatte, ignorierte sie.

»Los, setz ihn auf.«

»Wozu? Um meine Haare zu verstecken?«

»Nein, deine Haare sehen perfekt aus. Der Friseur hat gute Arbeit geleistet. Mach es einfach, weil ich es dir sage.«

»Ich bin kein Kind mehr, das man herumkommandieren kann«, murmelte Alison.

»Was hast du gesagt?« Zitas Stimme klang wie damals, wenn sie Alison als kleines Kind Angst einjagen wollte – und es funktionierte immer noch.

»Nichts.«

»Jetzt sei mal zu diesem späten Zeitpunkt nicht so verdrießlich, junge Dame. Tu einfach, was ich sage.«

Zita hatte nicht beabsichtigt, so giftig zu klingen, aber die Ungerechtigkeit der von Cat unterstellten Eifersucht hatte sie sehr geärgert.

Nur noch ein Tag, und alles wird aufgedeckt sein, dachte sie, und ich werde endlich im Recht sein, und all meine Handlungen werden einen Sinn ergeben, und Tante Cat wird bei dem Gedanken daran, wie sehr sie sich getäuscht hat, Abbitte leisten. Bis dahin muss ich nur meinem Plan folgen und dafür sorgen, dass Alison ihren Part spielt, ohne dass ihr bewusst ist, was sie da eigentlich tut.

Alison nahm eingeschüchtert den Hut und setzte ihn auf.

Jetzt kommt der knifflige Teil, dachte Zita, als der Bus auf der Hauptstraße von Ballybrian hielt. Vom Bus bis ins Hotel auf unser Zimmer zu kommen, ohne dass jemand Alisons Gesicht sieht. Hier werden Leute sein, die Mary Anne Carmody kennen, vor allem die Ladenbesitzer und Gäste, die zum Bankett eingeladen sind.

»Behalt den Hut tief in die Stirn gezogen und lass mich das Reden übernehmen«, sagte sie. »Hier, ich nehme die Tasche. Folge mir. Gott, sind die Straßen voll. Alle sehen glücklich aus. Was für ein Getümmel! Sie müssen gekommen sein, um sich Tyringham anzusehen. Das soll doch ein stilles Dorf sein. Halt um Gottes willen den Kopf gesenkt.«

Zita ging voraus zum Dougherty's Hotel, wo sie das Glück gehabt hatte, das letzte verfügbare Zimmer reservieren zu können, das, wie man sie gewarnt hatte, kaum größer als ein Wäscheschrank war. Sie war versucht, falsche Namen ins Anmeldebuch zu schreiben, fürchtete jedoch, sie würden nach ihren Pässen gefragt, weshalb sie ihre echten Namen eintrug. Die Carmodys würden wohl kaum in ein Hotel kommen, wenn ihnen Tyringham Park als Bleibe zur Verfügung stand, deshalb sollten sie in Sicherheit sein, beruhigte Zita sich. Alison wartete mit abgewandtem Kopf am Fuß der Treppe.

Als die beiden Mädchen ihr Zimmer betraten, nahm Alison den Hut ab und warf ihn aufs Bett, das nur dreiviertel so groß wie ein normales war. Doch noch immer war es zu ausladend für das Zimmer und stand mit einer Längsseite an der Wand.

»Ich geh jetzt wieder runter und finde heraus, wie wir ein Taxi bestellen können, das uns später nach Tyringham Park bringt«, sagte Zita. »Du bleibst hier und verlässt das Zimmer nicht. Ich bestelle uns Sandwiches, damit wir hier oben essen können und nicht mehr nach unten gehen müssen.«

Zita war zuversichtlich, dass sie und Alison auch ohne Einladung das Bankett besuchen konnten, ohne bei irgendjemandem Verdacht zu erregen. Fünf Jahre Arbeit im Krankenhaus hatten sie etwas gelehrt, das nun von Nutzen sein würde.

Damals schien es ihr, als ob jeder Künstler aus der Welt des Theaters, Tanzes, der Music Hall und vor allem des Zirkus, der nach Sydney kam, sich verpflichtet gefühlt hatte, seine Dienste gratis anzubieten, um die Langzeitpatienten zu unterhalten. Die Artisten erschienen in einer Vielzahl von Verkleidungen, manchmal mit großem öffentlichen Tamtam und manchmal unangekündigt, und niemand kam auf die Idee, ihr Recht, sich im Krankenhaus aufzuhalten, infrage zu stellen. Sie mussten lediglich sagen, selbst wenn es ohnehin klar schien: »Wir sind das Unterhaltungsprogramm«, und es war ihnen eine herzliche Begrüßung gewiss. Zita hegte keine Zweifel, dass dieses Rezept genauso auf The Park funktionieren würde, wie es das im Krankenhaus getan hatte, wenn sie jemand anhielt und nachfragte.

Es bestand keine Notwendigkeit, irgendetwas davon Alison zu erklären. Jeder noch so kleine Hinweis, dass sie vor einer Menschenmenge stehen und angeschaut werden würde, hätte sie nur dazu gebracht, die Fersen in den Boden zu rammen und sich zu weigern, irgendwohin zu gehen. Das konnte Zita nicht riskieren. Besser, sie machte mit dem Schikanieren weiter, ohne etwas zu erklären. Bislang hatte das funktioniert.

67

Der Samstag war Manus' letzter Tag als Cheftrainer auf Tyringham Park. Die beiden Personen, die er nach all den Jahren hier am meisten vermissen würde, waren Charlotte und Victoria, und beide waren tot. Er hatte vor, nach dem Bankett am Fluss eine Vigil zu ihrem Gedenken zu halten.

Die Erbschaft, die Charlotte ihm hinterlassen hatte, hatte er in zwei Jährlinge investiert, die er auf seinen zwanzig Morgen auszubilden gedachte. Drei seiner Kinder waren nach England gegangen, um dort Arbeit zu finden, doch ein Sohn war in Irland geblieben und hatte jahrelang auf der Rennbahn Curragh mit Pferden gearbeitet, bevor er nach Ballybrian zurückgekommen war und erklärte, die Methoden seines Vaters seien so gut wie die der Besten dort. Vater und Sohn hatten Wetten laufen, dass sie das Irische Derby gewinnen würden, bevor dies Giles Blackshaw gelang. Der Sohn sagte, Manus sollte besser einen Zahn zulegen, da er nun mal nicht jünger würde.

Bei dem Bankett, das er nur auf ausdrücklichen Wunsch von Mary Anne besuchte, lag Manus vor allem daran, Edwina aus dem Weg zu gehen, damit er nicht in die Versuchung kam, ihr wegen ihrer widerwärtigen Haltung gegenüber Toby etwas Feindseliges zu sagen. Nach diesem Abend würde er dafür sorgen, dass er sie nie wiedersah, und er empfand deswegen kein Bedauern, trotz all dem, was sie einst geteilt hatten.

Die geladenen Gäste befanden sich bis sechs Uhr dreißig am Abend überwiegend im Ballsaal zu einer informellen Besichtigung der Gemälde – die offizielle Eröffnung sollte am nächsten Tag zur Mittagszeit stattfinden –, und sie alle ließen es sich nicht nehmen, Mary Anne zum erstaunlichen Talent ihrer Mutter Komplimente zu machen. Die meisten fragten, ob sie Charlottes Begabung geerbt habe, und sie erwiderte, dass dies bedauerlicherweise nicht der Fall sei.

Edwina sah einen breitschultrigen, gut gekleideten, überaus maskulinen jungen Mann, den sie nicht kannte, mit Mary Anne an der Tür sprechen und nahm an, er müsse einer von den Carmody-Cousins sein. Zwischen den beiden stand eine kleine Frau, die Edwina den Rücken zuwandte.

Bitte bring diesen Mann nicht herüber, um ihn mir vorzustellen, Mary Anne, so beeindruckend er auch sein mag, flehte Edwina im Geiste. Die Vorstellung, in wenigen Minuten mit Toby und dessen Mutter höfliche Konversation machen zu müssen, falls sie sich als pünktlich erweisen sollten, ist schon schlimm genug, ohne dass ich mich noch mit einem weiteren bürgerlichen Bekannten von dir abgeben muss. So viel Langeweile ist selbst dir zuliebe nicht zu ertragen, Mary Anne. Bitte schick ihn weg, bevor du herüberkommst.

Edwina zog die Decke über ihrem Schoß glatt und drehte den Kopf von der Tür weg, um nicht gezwungen zu sein, Blickkontakt mit jemandem zu haben, den sie nicht grüßen wollte.

Sie hörte, wie sich Schritte näherten und Mary Anne dann mit Stolz in der Stimme sagen: »Du erinnerst dich doch an Toby, Weena?«

Mary Anne schob sanft den Rollstuhl nach hinten, um Toby Platz zu verschaffen, damit er Edwina begrüßen konnte.

»Eure Ladyschaft«, sagte Toby und senkte den Kopf gerade tief genug, dass es von Respekt zeugte, aber nicht so tief, dass es Ehrerbietung anzeigte.

Edwina erinnerte sich an Toby, jedoch nur an den schlanken, schlecht angezogenen kleinen Jungen mit den wilden Haaren, der nicht das Recht hatte, so gut auszusehen und solch einen eleganten Sitz auf dem Pferd zu haben. Dieser kleine Junge hatte keinerlei Ähnlichkeit mit dem beeindruckenden Mann, den sie für einen Carmody-Cousin gehalten hatte. Es war fünf Jahre her, seit Toby Tyringham Park verlassen hatte und der irischen Polizei beigetreten war. Sie hatte damals gehofft, dass sie ihn nie wiedersehen müsste.

»Eure Ladyschaft, darf ich Ihnen meine Mutter vorstellen, Mrs Prendergast?«, sagte Toby und trat zur Seite, um den Blick auf seine nervöse Mutter freizugeben, die sich hinter ihm zu verstecken versucht hatte. »Mutter, Lady Edwina Blackshaw.«

Edwina sah als Erstes die Diamanten und gab sich danach nicht mehr die Mühe, die Frau anzuschauen, die sie trug. »Wie geht es Ihnen?«, fragte sie automatisch.

»Sehr gut, vielen Dank, Eure Ladyschaft«, antwortete Daisy. Sie hatte einen Hofknicks geübt, doch Toby hielt ihren Arm in seinem festen Griff, der sie daran hinderte, das Knie zu beugen.

»Ich kann nicht anders, ich muss die Halskette bewundern, die Sie tragen, Mrs Prendergast.«

»Dieses alte Ding?«, stotterte Daisy und fingerte an dem großen Stein in der Mitte herum. »Ja, ich mag sie, auch wenn sie nur aus Glas ist.«

»Darf ich so unverfroren sein zu fragen, woher Sie sie haben?«, fragte Edwina.

Toby bemerkte die Halskette erst jetzt und bekam bei ihrem Anblick einen Schock. Er hatte seit Jahren nicht an sie gedacht. Wenn er gewusst hätte, dass seine Mutter vorgehabt hatte, sie zu tragen, hätte er sie mit Sicherheit daran gehindert.

»Toby schenkte sie mir, als er ein kleiner Junge war.«

Mary Anne schaute Toby ungläubig mit hochgezogener Augenbraue an. Mit ihrem kultivierten Geschmack hatte sie, als sie den Schmuck das erste Mal sah, gedacht, es sei ein herausragendes Stück.

»Hat er das? Und wo hatte er sie her?«

»Er kaufte sie an einem Wohltätigkeitsstand mit Geld, das ihm Manus gegeben hatte.«

»Was würden wir nur ohne Wohltätigkeitsstände und Flohmärkte machen, frage ich mich. Sie hatten schon in jungen Jahren einen guten Geschmack, Mr Prendergast.«

Toby nahm an, dass die Bemerkung kein Kompliment war, weshalb er lediglich nickte, um kundzutun, dass er die Worte gehört hatte.

»Toby war immer ein guter Junge. Er hätte das Geld für Süßigkeiten ausgeben können, doch stattdessen hat er ein Geschenk für mich gekauft.«

»Wie bewundernswert. Überaus rührend. Doch ich muss sagen, ich bin überrascht, dass die Person, die den Stand hatte, das Schmuckstück für ein paar Penny verkaufte, da es doch so hochwertig aussieht. Es ist ein Problem, dass diese Stände häufig mit Leuten besetzt sind, die keine Ahnung vom tatsächlichen Wert der Dinge haben. Sind Sie sicher, dass Sie es daher haben?«

»Ist das von Belang?«, protestierte Mary Anne. Ihr gefiel Edwinas Ton nicht.

Toby wünschte, er hätte die Sache damals nicht mit der Geschichte von dem Verkaufsstand komplizierter gemacht, als sie es ohnehin war. Warum hatte er nicht gesagt, dass er die Halskette auf der Zufahrt gefunden hatte? Was blieb ihm nun anderes übrig, als die Lüge zu wiederholen? Er konnte ja nicht gut die Wahrheit sagen, nämlich dass er sie neben einer Frau gefunden hatte, die tot am Fuß der Treppe im Kinderflügel gelegen hatte, und das am selben Tag, als Manus Mary Annes Mutter aus dem Fluss gezogen hatte.

»Das ist lange her«, sagte Toby. »Ich kann es nicht mit Sicherheit sagen, denn meine Erinnerung daran ist sehr verschwommen.«

»Verschwommene Wahrnehmung ist keine wünschenswerte Eigenschaft für einen Polizisten, könnte ich mir vorstellen«, sagte Edwina. »Haben Sie irgendeine klare oder auch nur verschwommene Erinnerung an Saphire an dem Stand neben den Diamanten?«

»Nein, Eure Ladyschaft«, antwortete Toby wahrheitsgemäß. Nicht an dem Stand, aber er konnte sich erinnern, sie in einem Beutel gesehen zu haben. Er fühlte sich jedoch nicht verpflichtet, das genauer auszuführen.

»Wie schade. Nun, Mary Anne, würdest du mich bitte in mein Arbeitszimmer schieben, wo ich in Ruhe das Telefon benutzen kann? Ich bin sicher, die Prendergasts werden uns entschuldigen.«

Mary Anne tat, worum sie gebeten worden war, und sagte zu Mutter und Sohn, sie wäre in Kürze wieder zurück. Im Arbeitszimmer reichte sie Edwina das Telefon und fragte, ob sie die Nummer für sie wählen könne.

»Nicht nötig, Liebes. Ich gehe über die Vermittlung. Kannst du mich nun fünf Minuten allein lassen, bevor du einen der

Diener hereinschickst, damit er mich zurückbringt? Es besteht keine Notwendigkeit, dass du dich ein zweites Mal bemühst. Los, geh schon zu deinen Gästen.«

Nachdem sie sich vergewissert hatte, dass Mary Anne außer Hörweite war, bat Edwina, mit dem Dezernat für Kapitalverbrechen in Cork verbunden zu werden, und gab die Order, sofort vier Polizisten herzuschicken, um zwei Diebe zu verhaften, die im Begriff wären, ein unschätzbares Erbstück der Blackshaws mit Diamanten auf Tyringham Park zu stehlen und damit zu fliehen. »Der jüngere Dieb bildet sich ein, er wäre ein Polizist aus Dublin«, schloss sie. »Doch beachten Sie ihn nicht, wenn er das behauptet.«

Bei ihrer Rückkehr in den Ballsaal sah Edwina Toby mit Mary Anne sprechen. Beide wirkten so froh, in der Gesellschaft des jeweils anderen zu sein. William ging zu ihnen hinüber, und sie rückten zur Seite, um ihm Platz zu machen, und dann scherzten sie, als wären sie alle von gleichem Rang. Es machte Edwina fuchsteufelswild zu sehen, dass Toby sich benahm, als wäre er durch und durch so gut wie die beiden anderen. Sie war froh, dass sie bei der Polizei angerufen hatte.

68

»Heute Abend wird es das letzte Mal sein, dass ich dich Dinge zu tun bitte, die dir ohne jeden Sinn erscheinen«, sagte Zita, als sie Alisons Kopf und Gesicht mit einem der großen Spitzentücher bedeckte, nachdem sie bereits die helle Grundierung und den Puder aufgetragen hatte. »Nach heute Abend wirst du mich nicht ausfragen müssen, das verspreche ich dir.«

Zita hörte sich so erfreut an, als sie sprach, dass Alison hätte gerührt sein können, wenn sie die Schwester nicht so gehasst hätte, weil diese ihr die Haare abgeschnitten hatte.

»So. Du siehst perfekt aus.«

»Warum sind die Ärmel nicht umgenäht? Du hättest dich im Geschäft beschweren sollen.«

»Ich habe sie selbst abgeschnitten, damit sie modischer aussehen. Und nun keine Fragen mehr.«

Der Taxifahrer traf, wie er es zugesagt hatte, um genau acht Uhr fünfzehn ein.

»Sie gehören zu einem ausgewählten Personenkreis«, erzählte er den beiden Schwestern, als er auf das Anwesen fuhr. »Nach dem, was ich höre, wird heute Abend eine Verlobung bekannt gegeben. Sie sollten noch rechtzeitig eintreffen, obwohl Sie ein bisschen spät dran sind. Zwischen dem jungen William und seiner Dubliner Cousine, habe ich gehört. Sie ist die Tochter eines Arztes.«

»Ich dachte, morgen wäre der große Tag«, sagte Zita, die auf dem Beifahrersitz Platz genommen hatte, um sich mit dem Fahrer zu unterhalten und Alison dies zu ersparen.

»So ist es. Für die Öffentlichkeit. Das müssen Sie mir nicht erzählen! Ich habe so viele Vorbestellungen, um Leute am Bahnhof abzuholen, dass ich vielleicht noch meine Söhne und Schwiegersöhne und meine Cousins und deren Cousins als Hilfe brauche. Sieht aus, als ob das ganze Umland kommt, um einen bewundernden Blick auf das Haus zu werfen, und wer könnte es den Leuten verdenken? Zum ersten Mal ist das Anwesen geöffnet, und zum ersten Mal werden die Gemälde ausgestellt.«

Der Wagen fuhr über die Brücke und bog nach links auf die Allee ein.

Der Fahrer bekreuzigte sich. »Es gibt etwas, das Sie als Touristinnen interessieren könnte – ein Wasserloch, in dem es spukt. Es ist da drüben«, sagte er und deutete flussaufwärts. »Zieht die Leute hinunter. Mein Großonkel war einer von ihnen. Ein kräftiger Schwimmer, fürwahr, der zwei Kinder retten wollte, die in Schwierigkeiten waren. Alle drei umgekommen, fürwahr. Die Familien kamen nie darüber hinweg. Dieselbe Stelle, wo die Leiche von Lady Charlotte Blackshaw gefunden wurde. Sie war die Ehefrau des Doktors und die Mutter des Mädchens, das sich heute Abend verlobt. Sehr traurig.«

Alison, die mit ihrem unter der Spitze verborgenen Gesicht auf dem Rücksitz saß, erschauderte.

»Für mich sieht es recht ruhig aus«, sagte Zita.

»Das täuscht. Von hier aus wirkt es harmlos, aber es ist so tief, dass es bis zu unterirdischen Höhlen reicht, sagen sie. Ich habe allerdings nicht gehört, dass irgendwelche Höhlenforscher jemals versucht hätten, es zu erkunden. Ich hoffe, niemand bekommt heute Abend zu viel zu trinken und stürzt oder springt als Mutprobe da hinein.«

Alison erschauderte erneut bei dem Gedanken an die Kälte und die Enge, mit der es ein Höhlenforscher zu tun hatte.

Die Fenster an der Vorderseite des Hauses glänzten in der letzten Abendsonne. Die Größe des Anwesens war für Zita fast abschreckend, die fest entschlossen war, sich von nichts, das sie auf dieser Seite der Welt sehen würde, beeindrucken oder einschüchtern zu lassen, und vor allem nicht von irgendetwas, das mit Mary Anne Carmody in Verbindung stand.

Der Fahrer hielt vor dem Haus an. »Wir sind da, meine Damen. Keine zusätzliche Gebühr für die Informationen.«

»Vielen Dank. Sie waren höchst interessant und unterhaltsam.« Zita bezahlte ihn und gab ihm ein großzügig bemessenes Trinkgeld.

»Soll ich Sie später wieder abholen?«

»Nein, danke für das Angebot, aber wir wissen nicht, wie lange wir bleiben werden. Gute Nacht.«

Zita holte tief Luft, bevor sie sich umwandte, um zu kontrollieren, dass das Spitzentuch, das Alisons Kopf und Hals bedeckte, richtig saß. Sie trug ihr eigenes Tuch wie eine Stola über der Schulter.

»Der Fahrer muss gedacht haben, mit meinem Gesicht stimme etwas nicht«, sagte Alison. »Ich komme mir mit dem Ding dumm vor. Warum muss ich mein Gesicht verbergen?«

»Weißt du noch, dass ich dich bat, keine weiteren Fragen zu stellen? Keine Sorge. Du musst dich nicht mehr lange verstecken.«

Zita hatte geplant, Alison die Sache einfach zu machen, um zu verhindern, dass sie sich den Raum zu betreten weigerte oder, noch schlimmer, in letzter Sekunde einfach davonlief.

Alison würde kein einziges Wort sagen müssen. Nur dastehen müssen. Sie würden in die Mitte des Raums gehen. Das würde für Alison schwierig sein, doch mit verdecktem Gesicht sollte es ihr möglich sein.

Zita würde um Ruhe bitten, sobald sie ihre Position eingenommen hätten, und dann würde sie, ohne auch nur eine Sekunde zu vergeuden – falls Dr. Carmody sie erkannte, schnell eingriff und versuchen sollte, sie aus dem Raum bringen zu lassen – mit der lauten klaren Stimme, mit der sie zu Hause immer das Vieh rief, sagen: »Ich bin zwölftausend Meilen weit gefahren, um meine Schwester zurückzufordern, die Dr. Lochlann Carmody gestohlen hat. Meine Mutter starb deshalb an Kummer.« Zwei Sätze nur. Sie sollte imstande sein, die Worte innerhalb kürzester Zeit herauszubringen. Dann würde sie das schwarze Spitzentuch von Alisons Gesicht ziehen und dabei direkt Dr. Carmody ansehen, um seine Reaktion zu beobachten. Vielleicht würde er bei dem Anblick mit einem Herzinfarkt umkippen. Vielleicht würde er aber auch voller Reue aufschreien, oder er würde sogar vor Erleichterung weinen, dass das Ganze endlich ans Licht kam.

Hinter der Eingangstür erwartete sie eine große und hohe Halle. Alison, die durch die schwarze Spitze spähte, wurde angesichts der Doppeltreppe vor ihr, den beiden gewaltigen Kaminen an den Seiten und den Porträts und Geweihen an den Wänden von Ehrfurcht ergriffen. Sie hatte das Gefühl, sie sei nicht wichtig genug, um sich an solch einem Ort aufhalten zu dürfen, und wollte sich nicht weiter vorwagen.

Ein alter Diener, der bereitstand, fragte, ob er ihnen die Mäntel abnehmen dürfe, obwohl sie gar keine trugen.

»Nein, danke«, sagte Zita, zog Alison an der Hand hinter sich her und schritt, ohne innezuhalten, geradeaus weiter, wobei sie dem Geräusch der Gespräche folgte, die immer lauter wurden, je näher sie dem Bankettsaal kamen.

Niemand sprach sie an, weshalb Zita die vorbereitete Erklärung, sie seien die Überraschung des Unterhaltungsprogramms, nicht verwenden musste. Das war eine Erleichterung, denn diese Auskunft hätte Alison so sehr verängstigen können, dass sie nicht mehr auf Zitas Worte gehört hätte.

Zita trieb Alison hinter eine der großen geöffneten Türen, die vom Saaleingang nach draußen führte, und drückte sie dort an die Wand.

»Wieso verstecken wir uns, wenn wir eingeladen sind?«, fragte Alison.

»Ich möchte hier die Ansprachen abwarten«, flüsterte Zita zurück. »Ich habe meine Gründe.«

Alison verdrehte genervt die Augen, bevor sie durch den Spalt zwischen Tür und Wand lugte. Ihr Blickfeld war auf einen etwa dreißig Grad breiten Winkel zur rechten Seite des Raums hin begrenzt. Sie war vom Glanz der großen Kristalllüster, die von der aufwändig verzierten Decke hingen, ganz benommen. Entlang der holzverkleideten Wände wechselten sich Lampen mit goldgerahmten Porträts ab. Auf dem Boden standen zahlreiche lange Tische, die mit weißen Decken, Porzellan, Silber, Kristall, Tafelaufsätzen, Kandelabern und Blumen bedeckt waren. Rund um die Tische saßen fröhliche glamouröse Menschen, die sich in der exquisiten Umgebung wie zu Hause zu fühlen schienen. Wie sollte sie jemals den Mut aufbringen, solch einen Ort zu betreten? Und dabei sah sie nur einen Teil des Saals. Wie groß musste er sein?

»Geh da weg und lass mich gucken«, sagte Zita in ihrem herrischen Ton.

Als Alison gerade zurücktreten wollte, verschob sich ihr

Fokus ein wenig nach links, und sie entdeckte weiter hinten ein bekanntes Gesicht. Es war der vermeintliche Student mit den unordentlichen Haaren, den sie in der Kildare Street gesehen hatte, da war sie selbst auf diese Entfernung sicher. Der Mann, der sie »Cous« genannt hatte. Sie konnte nicht sehen, mit wem er sich unterhielt – nicht, dass das wichtig gewesen wäre, da sie in der Menge ohnehin niemanden kannte.

»Geh da weg, sag ich«, befahl ihr Zita und zog sie am Arm. »Ich will herausfinden, wo der Doktor und Mary Anne sitzen, damit ich weiß, wo ich hinschauen muss, wenn wir hineingehen.«

Alison war nicht so naiv zu glauben, dass für ein Mädchen aus dem Busch die Hoffnung bestand, einen Mann wie diesen jungen Mann mit den unordentlichen Haaren für sich zu gewinnen, doch sollte nicht die Tatsache, dass sie ihn zwei Mal an zwei verschiedenen Orten gesehen hatte, etwas zu bedeuten haben? Wie groß waren die Chancen, dass so etwas passierte? Legte ihr Schutzengel auf einer Sondermission Überstunden für sie ein?

»Verdammt. Ich kann sie von hier aus nicht sehen«, sagte Zita.

Es war zu hören, wie ein Messer gegen ein Glas schlug und dann der Geräuschpegel sank. Lochlann stand auf. Er sah in die Runde und sagte etwas zu Mary Anne, die neben ihm saß, während er darauf wartete, dass es noch stiller wurde.

Die Kellner unterbrachen ihre Arbeit und stellten sich an die Wand, die weißen Servietten über dem linken Unterarm. Die Gäste, die mit dem Rücken zu Lochlann saßen, drehten entweder ihre Stühle um oder saßen schweigend da, während jene, die ihn direkt im Blick hatten, ausnahmslos zu ihm hinsahen.

»Liebe Familie und liebe Freunde«, sagte er. »Herzlich willkommen an diesem wundervollen Abend. Versteht ihr mich dahinten?« Er hob die Stimme. »Ist das besser?«

Die Hogan-Schwestern konnten ihn deutlich verstehen, nun da alle Gäste zu reden aufgehört hatten.

»Es lässt einen sehr demütig werden, von so vielen wunderbaren Freunden umgeben zu sein. Einige von euch sind von weit her zu dieser Vernissage angereist, die Charlottes inspiriertem Werk gilt.«

Applaus.

»Wir haben uns hier zu einem Doppelfest eingefunden. Wir werden morgen noch mehr über die Ausstellung reden. Heute Abend würde ich mich deshalb gerne auf die Großzügigkeit der Frauen konzentrieren, die von entscheidender Bedeutung dafür waren, dass Mary Anne – ihr müsst Nachsicht mit dem Stolz eines liebenden Vaters haben – zu der warmherzigen, charmanten, rücksichtsvollen, unbeschwerten, bewundernswerten jungen Frau wurde, die sie heute mit ihren achtzehn Jahren ist.«

Es wurde geklatscht, ein »Hört, hört« von der älteren Generation geschmettert und seitens der Jüngeren gejohlt und gepfiffen.

Alison, die hinter der Tür zuhörte, war traurig bei dem Gedanken, dass niemand jemals so etwas über sie sagen würde, da sie nur ein Niemand ohne jede Ausstrahlung war – einsam, heimwehkrank und schüchtern.

Zita steckte sich den Zeigefinger in den Mund und tat so, als müsste sie sich gleich übergeben. »Was für ein verwöhntes Papakind«, flüsterte sie Alison zu.

»Die erste Frau, die ich nennen möchte, ist Charlotte, deren Courage sich bei ihrem tragischen Ende mehr denn je gezeigt hat. Sie ist eine wahre Heldin, doch heute Abend möchte ich die Aufmerksamkeit auf ihre Rolle als Mary Annes liebevolle Mutter lenken, die mit ihrem Tun Inspiration für andere war, während ich gezwungenermaßen leider abwesend war.«

Zita legte sich das Stück Spitze auf den Kopf, schlüpfte hinaus und stellte sich in die offene Tür, damit sie feststellen konnte, wo im Saal sich der Arzt befand, dann kehrte sie wieder hinter die Tür zurück und schob sich die Spitze auf die Schultern. Niemand hatte sie bemerkt, denn alle konzentrierten sich auf die Rede. Diese Tücher sind eine tolle Idee von mir, beglückwünschte sie sich. Man kann durch sie hindurch deutlich sehen, aber keiner kann erkennen, wer sich hinter ihnen verbirgt.

Lochlann fuhr fort. »Die Nächsten sind meine Mutter Grace und meine Schwester Iseult, die Mary Anne in der traurigen Zeit nach Charlottes Tod zur Seite standen und sie behüteten und ihr die Angst nahmen. Und was kann ich über meine wundervolle Frau Niamh sagen, die mit ihrer Großherzigkeit den vorurteilsbeladenen Begriff Stiefmutter im Alleingang reingewaschen und in einen Segen verwandelt hat? Sie ist ein unschätzbares Juwel.«

Er hielt inne.

»Es gibt noch eine Frau, der ich Ehre angedeihen lassen möchte ...«

Edwina wurde munter, da sie erwartete, dass als Nächstes ihr Name fallen würde.

»... obwohl sie in diesem Raum niemandem etwas sagen wird. Doch es ist ein Name, den ich öffentlich erwähnen möchte. Eines Tages wird Mary Anne dankbar sein, ihn zu kennen, doch vermutlich erst nach meinem Tod.«

»Red nicht so«, sagte Mary Anne und berührte ihn am Arm.

Er blieb ernst, dann fuhr er fort. »Der Name dieser Frau ist Nell Hogan.«

Alison und Zita waren erstaunt, den Namen ihrer Mutter zu hören, und sahen sich ungläubig an.

»Sie lebt in Australien«, sagte Lochlann weiter, »und aus diesem Grund weiß hier niemand, wer sie ist. Ich stehe in ihrer Schuld, seit ich dort gelebt habe. Die Schuld ist so groß, dass sie nie abgegolten werden kann. Über die Art der Schuld möchte ich mich hier nicht weiter äußern, doch ich möchte sie öffentlich anerkennen, damit Mary Anne sich in den kommenden Jahren daran erinnert, dass ich das getan habe.«

»Was kann er bloß meinen?«, flüsterte Alison.

»Psst!«, machte Zita.

»Mary Anne hat in ihrem vorbildlichen Leben nie einer dieser hervorragenden Frauen oder mir auch nur einen Moment lang Kummer bereitet«, fuhr Lochlann fort. »Sie hat unser Leben mit ihrem Humor und ihrer Großzügigkeit und mit den Tugenden, die ihr von all diesen außergewöhnlichen Frauen mitgegeben wurden, bereichert. Sie ist eine Tochter, auf die alle Eltern stolz wären. Würdet ihr nun bitte alle aufstehen und euer Glas auf Mary Anne erheben?«

Mit Ausnahme von Edwina und Mary Anne erhoben sich alle von ihren Plätzen und brachten den Toast »Auf Mary Anne« aus, dann nahmen sie unter lautem Scharren der Stühle wieder Platz.

Lochlann hob sein Glas ein zweites Mal, zu einem privaten Toast auf Mary Anne, bevor er sie auf die Stirn küsste und sich wieder neben sie auf seinen Stuhl setzte.

»Komm, es wird nicht lange dauern«, sagte Zita, packte Alison an der Taille und zog sie hinter der Tür hervor. »Bevor der Nächste aufsteht, um eine Rede zu halten. Schnell.«

Die Leute unterhielten sich wieder, und der Geräuschpegel stieg erneut an.

Alison blieb zurück, als sie durch die Tür schritten, doch Zita drehte sich um, um sie zu packen und am Handgelenk mit sich zu ziehen, und so folgte sie ihrer großen Schwester pflichtschuldig in den Saal. Niemand nahm von ihnen Notiz. Alison wandte ihren Blick zur rechten Seite, wo sie nach dem jungen Mann Ausschau hielt.

Der Ehrentisch befand sich ein ganzes Stück entfernt direkt vor ihnen. Zita sah Mary Anne in der Mitte des Tisches mit dem Doktor sprechen. Sie hatte gedacht, sie würde ihn vielleicht nicht erkennen, wenn sie ihn nach achtzehn langen Jahren wiedersah, doch sie tat es. Er war immer noch ein bemerkenswert gut aussehender Mann.

Mary Anne lachte und beugte den Kopf etwas vor, um zu hören, was der Doktor nun sagte, wobei sie die Stirn an ihren Handballen drückte.

Gut, dachte Zita. Wenn sie die Hand so hält, kann Alison ihr Gesicht nicht richtig sehen.

Zita tat noch einige Schritte, bis sie glaubte, sich in der Mitte des Saals zu befinden.

»Ruhe!«, rief sie laut und ohne jede Vorwarnung. *»Ruhe!«*

Alison sprang ob des unerwarteten Rufs ängstlich zurück und versuchte ihr Handgelenk freizubekommen, doch Zita hielt es mit aller Kraft fest.

Die Menschen an den nächstgelegenen Tischen verstummten und drehten sich zu Zita um.

Es gab viele »Pssts«, doch die Gäste am Rand des Saals,

darunter jene am Ehrentisch, hörten es nicht und setzten ihre Gespräche fort.

»Ruhe!«, rief Zita noch schriller, und dieses Mal wurde es überall im Saal still.

Zita sah zu Lochlann, der das Weinglas der Frau zu seiner Rechten nachfüllte und nicht zu ihr hinschaute. Mary Anne nahm den Ellbogen vom Tisch und suchte nach der Quelle des Rufs, ihr Gesicht war nun gut zu sehen, aber Alison, die ihre Zurückhaltung aufgegeben hatte, suchte mit ihren Blicken den Raum nach einem ganz anderen Gesicht ab.

Zita holte tief Luft. Sie begann mit den einstudierten Worten. »Ich bin zwölftausend Meilen …«

»Schau! Schau, dort! Wer ist das?«, kreischte Alison in diesem Moment und unterbrach Zitas Ankündigung.

Lochlann stellte die Weinflasche ab, ohne sein eigenes Glas zu füllen, und blickte hoch, um den Verursacher der Störung ausfindig zu machen.

Zita wies Alison an, still zu sein.

Lochlann kniff die Augen zusammen, schüttelte den Kopf, holte eine Brille aus seiner Brusttasche und setzte sie auf. »Nell Hogan«, sagte er ungläubig.

»Schau! Das Mädchen vor uns.« Alisons Stimme klang gellend und aufgebracht.

»Was hast du gesagt?«, fragte Mary Anne Lochlann.

»Halt die Klappe«, zischte Zita Alison zu, bevor sie mit ihrer durchdringenden Stimme fortfuhr. »Ich bin zwölftausend Meilen weit gefahren, um mei…«

»Ich werde nicht die Klappe halten. Was schreist du hier herum und stellst dich zur Schau? Das Mädchen ist das schiere Ebenbild von mir.«

Lochlann stieß seinen Stuhl zurück und stand auf. Er

beugte sich zu Mary Anne hinunter und flüsterte ihr etwas zu.

»...meine Schwester zurückzufordern«, fuhr Zita mit erhobener Stimme fort.

»Sie sieht aus wie mein Zwilling!«

»Weil sie das ist«, sagte Zita zu Alison. »Jetzt halt um Gottes willen die Klappe und lass es mich zu Ende bringen.«

Lochlann sah, dass ihm zu beiden Seiten der freie Durchgang versperrt war. Nachdem das Essen vorüber war, hatten die Gäste an der einen Seite des Tisches ihre Stühle gegen die hintere Wand geschoben, um eine bessere Sicht auf ihn bei seiner Rede zu haben und sich strecken zu können. Lochlann musste der Reihe nach jede Person, an der er vorbeiwollte, auf sich aufmerksam machen. Doch alle Gäste, die dort saßen, sprachen entweder lebhaft miteinander oder hörten interessiert zu. Er dachte, er würde vor Ungeduld gleich explodieren, als er jedes Gespräch unterbrechen und darauf warten musste, dass die Gäste begriffen, was er wollte, und dann schienen alle das Bedürfnis zu haben, ihn zu seiner Tochter und seiner Rede zu beglückwünschen und ihm die Frage zu stellen, wer die geheimnisvolle Australierin war, von der er gesprochen hatte, bevor man sich entschuldigte und den Stuhl vorrückte, um ihm Platz zu machen, damit er vorbeigehen konnte.

»Aber meine Zwillingsschwester ist tot«, sagte Alison.

»Das ist sie offensichtlich nicht.«

»Entschuldigung«, sagte die Stimme eines Mannes genau in dem Augenblick, als Zita einen stechenden Schmerz an ihrem rechten Schienbein spürte.

Sie wandte sich um und sah eine Frau im Rollstuhl direkt neben sich.

»Entschuldigung«, wiederholte der Diener. »Gehen Sie aus dem Weg.«

Zita ließ instinktiv Alisons Handgelenk los und trat zurück, um einen weiteren Stoß von der Fußplatte des Rollstuhls zu vermeiden. Die Frau in dem Stuhl nahm Alisons verschleierte Gestalt auf der einen Seite wahr und schaute dann Zita auf der anderen Seite an.

»Wir sind das Unterhaltungsprogramm«, sagte Zita.

Lochlann atmete mit flachen Zügen durch den Mund, als er sich endlich hinter dem Ehrentisch herausgewunden hatte, und kam durch den Gang zwischen den anderen Tischen auf sie zu.

Die ältere Frau und ihr Diener glitten zwischen den Hogan-Schwestern hindurch in Richtung der Türen davon.

Die Gäste unterhielten sich.

Ein Mann erwischte Lochlann am Ärmel, als er vorbeiging. Wenn der Mann jung gewesen wäre und nicht geweint hätte, hätte Lochlann vielleicht nicht angehalten, doch seine instinktive Höflichkeit gegenüber den Alten und Gebrechlichen ließ ihn innehalten, und er beugte sich hinunter, um zu erfahren, was der Mann zu sagen hatte.

»Du verhältst dich, als ob du alles über sie wüsstest«, sagte Alison in anklagendem Ton zu Zita.

»Ruhe!«, rief Zita erneut, doch diesmal nahm niemand Notiz von ihr. Offenbar hatte man sie als durchgedrehte Fremde mit einem fremden Akzent in Begleitung einer sonderbaren Gestalt, die von einem Schleier verhüllt war, abgetan.

Zitas Benehmen ergab für Alison immer noch keinen Sinn. Der Schleier, die abgeschnittenen Haare, der Hut, die gekürzten Ärmel, die Angst, dass jemand aus dem Ort ihr Gesicht sehen würde, ihr Erscheinen hier ohne Einladung ... das vor Jahren gegebene Versprechen: »Du und ich, wir werden nach Irland fahren. Nur wir beide.«

»Wie lange weißt du das schon?«

»Lange.«

»*Und du hast es mir nicht gesagt?* Ich hätte es wissen sollen. Wer weiß es noch?«

»Keiner in der Familie.«

Im Saal wurde es ruhig.

Zita bereitete sich darauf vor, von Neuem zu sprechen, da sie dachte, die Gäste wären verstummt, um ihr zuzuhören. Doch die Menschen blickten nicht in ihre Richtung, sondern hatten sich jetzt der Eingangstür zugewandt, wo vier Polizisten in Uniform mit der Frau im Rollstuhl sprachen.

Lady Edwina deutete auf den Tisch, an dem Toby und seine Mutter saßen, und erzählte dann von den Blackshaw-Juwelen und deren Geschichte. Die vier Männer lauschten ihr geduldig, aus Rücksicht auf ihr Alter und ihre Behinderung sowie in dem Bewusstsein, dass das Verbrechen, das aufzuklären sie gekommen waren, ein kleineres war.

»Niemand hört dir zu«, sagte Alison befriedigt.

»Auch wenn sie nicht zuhören, so können sie doch sehen.«

Zita langte hinüber, um Alison den Schleier herunterzureißen, doch die war auf der Hut, duckte sich weg und hielt ihn fest.

Lochlann tauchte neben Zita auf.

»Du hast nicht das Recht, das zu tun.« Alison, die Lochlann nicht bemerkte, da sie inzwischen außer sich vor Zorn war, starrte Zita voller Verachtung an. »Kein Wunder, dass du eine verbitterte alte Jungfer bist und dass dich niemand mag. Ich hasse dich, weil du mir meine Zwillingsschwester vorenthalten hast. Ich hasse dich, weil du all das hier geplant hast. Du bist nichts weiter als eine eifersüchtige alte Tyrannin.«

Die vier Polizisten schwärmten quer durch den Saal aus und näherten sich aus verschiedenen Richtungen dem Tisch, an dem Toby und seine Mutter saßen.

Zita griff zum zweiten Mal nach Alisons Schleier. Alison wich aus und gab Zita mit aller Kraft einen Stoß, sodass diese das Gleichgewicht verlor und gegen den nächsten Tisch flog.

Zitas Kopf knallte mit solcher Wucht gegen die Ecke des Tisches, dass sie bewusstlos zu Boden sank und sich eine Blutlache auf dem Boden bildete.

Lochlann kniete sich sofort neben sie, holte sein Taschentuch aus der Hosentasche, faltete es zu einem Viereck und presste es auf Zitas Wunde.

Aus der Gästeschar stieg ein missbilligender Aufschrei auf. Lochlann sah hoch, konnte aber nicht erkennen, was die Menschen so aufbrachte. Es konnte nicht der Kampf zwischen den Schwestern sein, denn von dem hatten nur ein paar Leute in der Nähe etwas mitbekommen. Wenn er aufstünde, um nachzusehen, hätte er den Druck auf Zitas Wunde verringert, und da das nicht gut ging, bekam er nicht mit, wie die Polizisten die Prendergasts offiziell verhafteten.

Als Toby klar wurde, dass die Polizisten erschienen waren, um ihn und seine Mutter festzunehmen, versuchte er sie empört davon zu überzeugen, dass sie einen Fehler machten, da an diesem Abend kein Diebstahl begangen worden war. Selbst als er ihnen mitteilte, dass er einer von ihnen war, blieben sie unbeeindruckt. Am Ende beschloss er, ruhig mitzugehen, um das öffentliche Spektakel nicht zu verlängern, das Mary Anne in große Verlegenheit bringen musste. Er brachte es nicht fertig, in ihre Richtung zu blicken.

Lochlann bat einen der Gäste am Tisch, einen Diener zu schicken, der ihm seine Gladstone-Tasche aus dem Zimmer holen sollte, in dem er übernachtete.

»Entschuldigen Sie, Doktor«, sagte eine Stimme einige Sekunden später. »Nur einen Moment, wir haben uns gleich vorbeigequetscht.«

Lochlann sah hoch und blickte auf einen wütenden Toby, der in Handschellen zwischen zwei Polizisten, gefolgt von seiner bleichen Mutter, ebenfalls in Handschellen zwischen Polizisten, abgeführt wurde. Er stand instinktiv auf, um dagegen zu protestieren, doch schon strömte das Blut von Neuem aus Zitas Kopfwunde, und er musste sich sofort hinknien, um sie wieder zu verschließen.

»Aber er ist doch selbst Polizist«, lautete der Satz, den die Gäste immer wieder zu den Beamten sagten, als diese vorbeigingen. »Das wird seiner Karriere nicht förderlich sein.«

Lochlann sehnte sich danach, an Mary Annes Seite zu sein, die unter Schock stehen musste, aber er wusste, dass er sich zunächst um Zita Hogan kümmern musste. Er fragte zwei junge Männer, ob sie die Frau ins Arbeitszimmer tragen könnten, wo er sie ungestört behandeln würde.

Dem verschleierten Mädchen bedeutete er, der kleinen Prozession ins Arbeitszimmer zu folgen.

Mary Anne tauchte an seiner Seite auf, als er neben Zita und den beiden Männern herging. »Sie haben Toby und Daisy verhaftet«, sagte sie völlig aufgelöst. »Hast du das gesehen? Weena behauptet, die Halskette, die Daisy trägt, gehöre ihr und sei heute Abend hier gestohlen worden.«

»Es tut mir leid, dass ich nicht helfen kann, Mary Anne. Der Irrtum wird bald aufgeklärt sein. Doch jetzt muss ich mich um diese Frau kümmern.«

»Aber heute Abend sind mindestens zwanzig Ärzte hier. Lass das einen von ihnen machen.«

»Ich kann nicht. Es ist etwas Persönliches.«

»Wer ist sie überhaupt? Sie sieht vertraut aus. Was hat sie vorhin geschrien? Und wer ist die mit dem Schleier auf dem Kopf, die euch folgt? Was soll das darstellen?«

»Ich kann es dir im Augenblick nicht sagen. Wie ich schon sagte, es ist etwas Persönliches. Ich muss mich um diese Frau kümmern.«

»Die beiden waren nicht eingeladen. Wo sind sie hergekommen? Warum tragen sie Kopien meines Kleides? Zu wem gehören sie? Warum beanspruchen sie deine Zeit für sich?«

Lochlann gab seiner Tochter hastig einen Kuss. »Geh zurück zu Niamh, Liebes«, sagte er. »Sie wird deiner Großmutter den Kopf zurechtrücken, falls das überhaupt jemand schafft.«

Mary Annes Blick, als sie ihn verließ, war ungläubig und enttäuscht und traf ihn tief.

Unterstützt von Niamh flehte Mary Anne Edwina an, die Polizisten zurückzurufen und ihnen zu sagen, dass das Ganze ein Irrtum sei. Edwina reagierte nicht, und auch ihr selbstzufriedener Gesichtsausdruck änderte sich nicht. Sie war überzeugt, dass Mary Anne es ihr eines Tages danken würde, wenn sie sie von einer Ehe mit Toby abhielt und damit von dem größten Fehler ihres Lebens.

Lochlann saß neben der auf dem Bauch liegenden Zita und presste nach wie vor die Wunde zu. Nachdem der Diener seine Tasche gebracht hatte, konnte er ein dickeres und größeres Stoffpolster vorbereiten und es über der Verletzung mit einem Verband fixieren, bevor er daranging, Zitas Vitalfunktionen zu überprüfen.

»Du bist Alison, nicht wahr?«, fragte Lochlann die Gestalt, die sich in die Ecke drückte, während er arbeitete. »Ich habe Zita auf der Stelle erkannt, da sie deiner Mutter unglaublich ähnelt. Sie muss jetzt ungefähr im selben Alter sein wie deine Mutter, als ich sie kannte. Nach dem, was ich dich vorhin sagen gehört habe, nehme ich an, sie hat dich hierhergebracht, um dich heute Abend in Anwesenheit deiner Zwillingsschwester zu präsentieren.«

»Ja«, sagte Alison kleinlaut.

»Und es ist ihr beinahe gelungen. Ich habe nicht gedacht, dass dieser Augenblick jemals eintreten würde, wenngleich ich ihn seit Jahren gefürchtet habe. Für Mary Anne bin ich froh, dass die öffentliche Enthüllung gescheitert ist. Ich würde ihr die ganze Sache lieber unter vier Augen erklären.«

Zita schlug die Augen auf und starrte Lochlann an, als wäre er eine giftige Spinne. »Ihr Lügen erzählen, meinen Sie. Ihr vormachen, es sei eine Verwechslung gewesen und Sie hätten es nicht mit Absicht getan.«

Lochlann nahm ihre Hände in die seinen. »Nein, das werde ich nicht sagen. Es geschah mit Absicht, möge Gott mir helfen, und ich habe keine Entschuldigung dafür. Ich habe es seit damals jeden Tag bereut, bin aber mit Mary Anne gleichzeitig auch glücklich gewesen. So, jetzt wird nicht mehr geredet, bis du dich vollständig erholt hast. Gott sei Dank ist es nichts Schlimmes, aber du hast eine Gehirnerschütterung und musst zur Sicherheit vierundzwanzig Stunden unter Beobachtung bleiben. Wo seid ihr abgestiegen?«

»In dem Hotel in Ballybrian«, antwortete Alison. »Unsere Tante kommt morgen um elf auch dorthin.«

»Gut, ich bringe euch ins Hotel und bleibe bei euch, bis sie eintrifft. Während wir warten, könnt ihr mir alles über Nell und Dan erzählen und darüber, wie sie zurechtkommen. Ich schreibe nur Mary Anne eine kurze Notiz zur Erklärung.«

Er ging zu einem Beistelltisch mit einer Schreibtischlampe hinüber und setzte sich hin, um zu schreiben.

Zita bedeutete Alison, näher zu kommen. »Sag ihm nichts von Mama«, flüsterte sie. »Er hat kein Recht, das zu wissen.«

»Werde ich nicht«, sagte Alison.

»Er bringt uns zurück ins Hotel, damit wir aus dem Weg sind und er uns im Auge behalten kann, damit dich niemand sieht.«

Lochlann stand vom Tisch auf. »Ja, ich denke, das ist am sichersten. Ich gehe jetzt meinen Wagen holen und stelle ihn an der Seite des Hauses ab. Alison, pass gut auf, und bitte, ich flehe dich an, zeig dich niemandem hier.«

»Er scheint nett zu sein«, sagte Alison, nachdem er das Zimmer verlassen hatte. »Warum hast du ihm nicht erzählt, dass Mama tot ist?«

»Das spare ich mir für einen anderen Moment auf.«

»Wusste Mama von meiner Zwillingsschwester?«

»Nein.«

»Hast du es herausgefunden, bevor sie gestorben ist?«

»Ja.«

»Wie hast du es herausgefunden?«

»Das erzähle ich dir ein andermal.«

»Was gab dir das Recht, dieses Wissen für dich zu behalten?«

»Ich wollte diesen Tag nicht kaputt machen.«

»Er ist sowieso zerstört.«

»Das brauchst du mir nicht zu sagen.« Zita kam in eine sitzende Position hoch. »Ich habe eindeutig keine Gehirnerschütterung. Ich habe nicht fünf Jahre lang in einem Krankenhaus gearbeitet, ohne ein paar Kenntnisse aufzuschnappen. Ich bin nicht in Ohnmacht gefallen. Der Doktor benutzt das als Ausrede, um bei uns zu bleiben und uns von deiner Zwillingsschwester fernzuhalten. Nimmst du jetzt deinen Schleier ab und kommst mit mir in den Saal? Es ist nicht so, wie ich es geplant habe, aber es bleiben nicht mehr viele Möglichkeiten.«

»Nein, das werde ich nicht tun. Mary Anne hat heute schon genug mitmachen müssen. Es wäre grausam, ihr noch mehr zuzumuten.«

»Also denkst du mehr an sie als an mich?«

Alison ließ den Kopf hängen und antwortete nicht.

»Schon gut. Ich habe von dir auch nichts anderes erwartet, nach dem, was du drinnen zu mir gesagt hast. Egal, jetzt muss ich erst einmal auf die Toilette.«

Alison trat einen Schritt vor. »Ich helfe dir«, sagte sie.

»Mach dir nicht die Mühe. Ich schaff es allein.« Zita stand auf und ging ein paar Schritte. »Ich fühle mich ziemlich sicher, und meinem Kopf geht es, von dem Pochen abgesehen, gut.«

Zita faltete das Spitzentuch zu einem Dreieck zusammen und legte es sich so auf den Kopf, dass es den Verband fast vollständig verdeckte. »Du kannst ihn nach den Fotos fragen, die er von dir gemacht hat – Papa hätte gerne Abzüge davon –, aber erzähl ihm nichts über unsere Familie. Lass dir stattdessen von ihm erzählen, wie wunderbar Mary Anne ist. Das sollte euch mindestens zwei Stunden lang beschäftigen.«

69

Zita verließ das Arbeitszimmer und ging selbstbewusst durchs Haus zur Eingangstür, wo sie sich nach rechts, hinunter zum Fluss, wandte.

Sie bog von der verlassen daliegenden Allee auf einen Fußweg ab, der zwischen dem Stall und dem Fluss entlangführte. Dort war das Gelände so zugewachsen und abgeschieden, dass es ein guter Fleck war, um sich bis zum Einbruch der Dunkelheit zu verstecken. Sie bahnte sich einen Weg zwischen ein paar Büschen hindurch und fand einen Flecken Gras direkt am Fluss. Mit einem tiefen Seufzer sank sie am Ufer nieder und schloss die Augen.

Ein Messer zwischen den Rippen wäre nicht so schmerzhaft gewesen, wie Alison sagen zu hören, dass sie eine eifersüchtige alte Jungfer sei und dass niemand sie leiden könne und dass sie sie hasse und sie für eine Tyrannin halte.

Sie blickte zum Dark Waterhole hinüber. Aus dieser Entfernung sah es nicht so trügerisch aus, wie es von der Allee aus gewirkt hatte. Sie konnte erkennen, wo der hellere Ton des flachen, schnell dahinfließenden Wassers der Schwärze der Tiefe wich.

Hier war also Mary Annes »Mutter« gestorben. Eine Heldin, die einer anderen das Leben zu retten versucht hatte. Welch ein Unterschied zu Nells Tod, die von einem Auto angefahren und dann wie ein verletzter Hund oder ein Wallaby zum Sterben am Straßenrand zurückgelassen worden war.

Zita konnte sich vorstellen, dass in nicht allzu ferner Zukunft, wenn Lochlann endlich zu seiner Vergangenheit stehen würde, Alison von der Carmody-Familie aufgenommen werden würde und deren unverdientes Wohlwollen genoss. Sie würde Dr. Carmody »Lochlann« oder sogar »Papa« nennen und ihn bitten, sie zu adoptieren, damit sie sich als Mitglied seiner hingebungsvoll liebenden Familie verstehen und in seinem großen Haus mit seiner Frau und »Tochter« leben könnte. Das hieß, falls Tante Cat nicht vorher mit all ihrem Reichtum auftrumpfte und sie sich als Erste schnappte. Die Zwillingsschwestern würden vielleicht Vergnügen daran finden, Verwechslungsstreiche zu spielen. Vielleicht heiratete Alison sogar William, da Mary Anne mit Toby verlobt war, und wurde eines Tages Lady Blackshaw von Tyringham Park. Es war schon Seltsameres vorgekommen. Was für eine Sensation das zu Hause wäre. Dan hätte noch ein Familienmitglied, mit dem er herumprahlen konnte. Sie selbst wäre die Einzige in der Familie, die als Versagerin dastünde.

Zita starrte ins Wasser, auf dessen gekräuselten Wellen sich das schwindende Sonnenlicht rosafarben spiegelte.

Ihre Hoffnungen für die Zukunft sahen ganz anders aus als die von Alison.

Sie hatte keine Pläne gemacht. Sie hatte nicht über diesen Abend hinausgedacht, der sich nun, nachdem sie so lange darauf hingearbeitet hatte, als Fehlschlag erwies.

Worauf hätte sie sich freuen können? Wieder zu Hause in Sydney zu sein und zu wissen, dass Richie dort und doch für sie nicht erreichbar war und auch Wombat in Redmundo für sie bald nicht mehr da war, wenn er Gretta heiratete. Auch Dan hatte sie verlassen, da er nicht mit ihr Kontakt aufzunehmen versuchte. Die Farm der Familie war weg. Tante Cat würde endlich eine adoptierte »Tochter« haben; Hanna führte ein Leben auf dem Land und produzierte jede Menge kleine Cowboys und Rinderbarone; die Jungs hatten ihre Berufe und inzwischen fast alle eine eigene Familie. Und dann war da noch Nell, deren Abwesenheit alles, was dann noch blieb, in ein fahles Licht tauchte. Der Gedanke, in dieses Leben zurückzukehren, erfüllte Zita mit Überdruss und Abscheu.

Tadhg, Evelyn und Maria würden sie am Dienstag in Dublin zurückerwarten. Ihr Koffer stand dort in dem Spind neben ihrem Bett, das sie für die nächsten drei Wochen reserviert hatte. Die beiden Mädchen würden bald ausziehen, nachdem sie sich in einem Hotel Stellen gesucht hatten, wo das Personal auch wohnen konnte. Der arme Tadhg, der so gerne auswandern wollte, würde zu Hause bleiben, um seinen Vater zu pflegen. Seine Situation glich so stark ihrer eigenen in der Vergangenheit, dass sie seine Frustration am eigenen Leib zu spüren glaubte. Für seine missliche Lage war jedoch kein Ausweg in Sicht, denn sein Vater konnte noch jahrelang leben, und Tadhg war der Einzige im Haus, der kräftig genug war, ihn zu heben.

Sie dachte an Nell, und es gelang ihr nicht, sich ihr Gesicht in Erinnerung zu rufen.

Warum bist du nicht noch einige Monate im Haus geblieben, Mama, bis es dir wieder besser gegangen wäre?, tobte sie in Gedanken. Warum hast du dich auf die Suche nach der fehlenden Tochter gemacht, obwohl du zu Hause acht Kinder hattest, die dich brauchten? Das ergibt keinen Sinn. Papa hätte dich einsperren sollen, selbst wenn du geschrien hättest, um rauszukommen. Er wusste nicht, was er tun sollte. Er war überfordert. Er glaubte nicht, dass du nicht richtig im Kopf warst.

Was für eine Erleichterung es doch wäre, wenn ich nicht

immer wieder über das Gleiche grübeln müsste. Wenn ich den Versuch aufgeben könnte, in meinem Schicksal einen Sinn zu finden. Aufhören könnte, Schuldzuweisungen zu machen. Wenn ich endlich den Wunsch, die Vergangenheit wäre anders verlaufen, hinter mir lassen könnte.

Sie starrte auf das Waterhole, dessen Fläche nun kein Licht mehr reflektierte.

Mama, du wirst mir jetzt ein paar Dankesworte zu sagen haben, weil ich dein verlorenes Baby gefunden habe. Mary Anne ist bezaubernd und selbstbewusst, aber wie könnte sie das auch nicht sein? Wo sie doch im Luxus lebt, nicht einen einzigen Handgriff selbst ausführen muss, einen Haufen Geld hat, Medizin studiert und ihre ganze Familie und ihr Freund sie vergöttern? Wenn alles glattgeht, ist es leicht, nett zu sein.

Vielleicht wärst du nicht verrückt geworden, wenn du gewusst hättest, dass der Doktor sich um sie gekümmert und ihr ein glückliches Leben geboten hat. Mama, bist du von mir enttäuscht, weil ich ihr nicht begegnen und sie auch nicht kennenlernen will? Alles, was sie bei ihrer Geburt zu einer Hogan gemacht hat, muss ihr mittlerweile aberzogen worden sein. Warum sollte ich das also wollen? Was sollte eine reiche Medizinstudentin mit einer armen Dienstmagd wie mir gemeinsam haben?

Warst du zu Hause jemals wütend auf mich? Ist Alison in Ordnung? Hab ich meine Aufgabe schlecht gemacht? Hat es dich geärgert, mir dabei zuzusehen, wie ich alles vermasselt habe? Papa hätte die Farm nicht verkaufen müssen. Du musst böse geworden sein, als du das gesehen hast. Er dachte, ich hätte Schande über ihn gebracht. Er hätte hinter mir stehen sollen, auch wenn ich etwas Unrechtes tat. Und nicht verkaufen und nach Mungindi gehen dürfen.

Ich bin im Augenblick sehr müde. Ich habe nicht einmal die Energie, mich zu bewegen. Ich bin ausgelaugt. Mein Kopf ist müde. Meine Knochen sind müde. Mein Gedächtnis ist müde. Meine Willenskraft ist müde.

Ich lege mich hier hin und höre für eine Weile zu denken auf in der Hoffnung, dass Gott es dir erlauben wird, mir zu sagen, was ich tun soll. Mama, ich kann es nicht erwarten, endlich wieder deine Stimme zu hören.

Nach der dramatischen Verhaftung der Prendergasts kehrte im Saal Ruhe ein. Nur wenige hatten die Hogans bemerkt, und diese waren auf ihre Bekanntschaft nicht sonderlich neugierig.

Manus fiel auf, dass sich Edwina für das, was sie getan hatte, nicht etwa schämte, sondern sich hämisch darüber freute und Leute zu sich rief, um ihnen von den gestohlenen Diamanten zu erzählen und davon, wie sie persönlich die Behörden über die Identität der Diebe informiert hatte.

Etwas später sprach sie mit dem führenden Rennpferdetrainer Irlands und ließ Manus ausrichten, er solle zu ihnen herüberkommen, damit sie ihn vorstellen konnte. Manus tat die rechte Hand bereits weh von den vielen Händen, die er im Laufe des Abends geschüttelt hatte, als die Gäste ihn zu seinen beruflichen Erfolgen beglückwünscht und ihm alles Gute für den Ruhestand gewünscht hatten. Mehrere Trainer hatten ihn mit großzügigen Angeboten zu überzeugen versucht, als Berater die Aufsicht über ihre Betriebe zu übernehmen, doch er hatte abgelehnt, da er an seine eigenen zwanzig Morgen und seine großen Pläne dachte. Er wollte nicht mit dem Besten von ihnen sprechen, vor allem nicht in Gegenwart von

Edwina, die sein Talent im Vergleich zu ihrem eigenen mit Sicherheit kleinreden würde, um sich auf diese Weise bei ihm dafür zu rächen, dass er Toby so offensichtlich William vorzog.

»Bitte richten Sie Ihrer Ladyschaft aus, dass ich einen Termin habe und jetzt gehen muss, um ihn einzuhalten«, sagte er zu einem Diener und verließ das Bankett früher, als er beabsichtigt hatte, um Edwina aus dem Weg zu gehen.

Manus ging auf einen Baum beim Stall zu, der gute Deckung bot und von dem aus er den Fluss überblicken konnte. Vermutlich war es ganz gut, dass er die Veranstaltung verlassen hatte, sonst hätte er womöglich noch zu viel gegessen und getrunken, was seinem Vorhaben, zu Ehren von Victoria und Charlotte eine Nachtwache zu halten, nicht gutgetan hätte.

Er setzte sich auf den Boden, lehnte sich gegen den Baumstamm und zündete sich seine Pfeife an, wobei er überlegte, wie herrlich der Fluss doch aussah, wenn er das schwindende Licht reflektierte, und wie froh er selbst doch war, dem Bankett entronnen zu sein. Er hatte es nur wegen Mary Anne und Toby besucht, und nun hatte es sich zu solch einer Katastrophe ausgewachsen. Sinéad, die gesagt hatte, nur über ihre Leiche würde sie da hingehen, würde am Morgen begierig all die Neuigkeiten hören wollen.

70

Hast du mir gar nichts zu sagen, Mama? Hast du mich jetzt auch verlassen? Hat der liebe Gott dir verboten, mit mir zu reden, weil Er meint, ich soll deinen geschätzten Doktor in Ruhe lassen? Oder hast du aus ebendiesem Grund selbst die Entscheidung getroffen und Ihn nicht einmal gefragt?

Wie erholsam es doch wäre, ins tiefe Wasser zu gleiten, auf den Grund hinabzusinken, in unterirdische Höhlen zu treiben und dann wieder aufzutauchen und mein Gewicht vom Fluss tragen und mich von ihm hinunter ins Meer bringen zu lassen, ohne selbst auch nur einen Muskel dafür rühren zu müssen.

Keine Kämpfe mehr. Meine Seele könnte sich endlich von meinem gemarterten Verstand trennen und ungehindert durch das Universum fliegen.

Mir ist schwindlig. Mama, wie sehr wünschte ich, du wärst hier und würdest mir ein kaltes Tuch an die Stirn halten, wie du es immer getan hast, wenn ich als Kind Fieber hatte.

Das Leben sollte nicht immer so schwer sein, nicht? Ich muss nicht ständig einen Felsbrocken einen steilen Berg hochwuchten. Nichts kann mich daran hindern, zur Seite zu treten und ihn den Berg hinunterrollen zu lassen. Ihn in alles krachen zu lassen, das ihm auf seinem Weg nach unten begegnet.

Ich muss dich wiedersehen, Mama. Du bist der einzige Mensch, der mich trösten kann.

Wenn du nicht zu mir kommst, muss ich nur hinüber zum

Dark Waterhole gehen, und dann werde ich dich endlich wiedersehen. Wir haben so viel zu bereden, Mama. Bitte komm, sobald du kannst.

Manus blickte zum Fluss und entdeckte eine dunkle Gestalt, die sich am Ufer aus einer sitzenden Position in den Stand erhob.

Lieber Gott im Himmel, das passiert doch nicht schon wieder, oder?

Er stand auf und lief, so leise er konnte, halb gebückt auf Zitas taumelnde Gestalt zu. Er erreichte sie, gerade als sie einen Schritt nach vorn ins Wasser tun wollte, und umfing sie mit seinen Armen, ohne sie direkt zu berühren, um ihr keine Angst zu machen.

Als sie ihn bemerkte, sah sie ihm im letzten Tageslicht aufmerksam ins Gesicht.

»Wer hat Sie geschickt?«, fragte sie.

»Ich bin mir nicht sicher, aber irgendjemand hat es getan.«

»Das muss meine Mutter gewesen sein. Sie sehen aus wie der Erzengel Michael. Ich wollte gerade zum Dark Waterhole hinüber, um mit ihr zu reden.«

»Gehen Sie noch nicht«, sagte Manus. Er ließ seine Hände sanft auf ihren Schultern ruhen. »Ich würde zuerst gerne mit Ihnen über Ihre Mutter sprechen.«

»Werden Sie mich führen?«

»Ja. Diese Ehre wurde mir zuteil.«

»Ich bin froh. Ich fühle mich sicher in Ihrer Gegenwart.« Sie lehnte sich gegen ihn.

»Kommen Sie mit«, sagte er und drehte sie vom Fluss weg. »Ich mache Ihnen im Büro des Stalls etwas Heißes zu trinken, und dann können Sie mir alles über Ihre Mutter erzählen. Sie muss eine außergewöhnliche Frau gewesen sein.«

Zita lächelte dankbar. »Das war sie. Und ich würde Ihnen liebend gern von ihr erzählen. Sie lebte ein einfaches Leben und ist jung gestorben, sodass nicht viele Menschen wissen, wie wunderbar sie war.«

»Ich habe einen wirklich bequemen Sessel für Sie zum Ausruhen, während Sie mir alles über sie berichten. Jetzt lassen Sie uns jetzt gehen und Sie versorgen.« Und sobald ich kann, werde ich nach Dr. Carmody schicken, damit er zum Stall herunterkommt und sich diese Wunde an ihrem Kopf ansieht.

Als zwei Stunden verstrichen waren, meldete Edwina sich beim Dezernat für Kapitalverbrechen und zog die Vorwürfe gegen die Prendergasts zurück. Ihr wurde mitgeteilt, das sei auch gut so, denn ein Ermittler des Special Branch namens Quirke sei im Revier in Cork gewesen und habe gesagt, Lady Edwina Blackshaw könne trotz ihres Alters belangt werden, da sie grundlose Beschuldigungen vorgebracht und die Zeit der Polizei vergeudet habe.

Edwina hatte das Gefühl, auch wenn sie angeklagt würde, hätte sich das Ganze gelohnt. Sie hatte erreicht, was sie wollte. Sie war zuversichtlich, dass die öffentliche Verhaftung Tobys guten Ruf so sehr beschädigt hatte, dass er für immer ruiniert wäre. »Wo Rauch ist, ist auch Feuer« war doch eine überaus tröstliche Binsenweisheit, die sie bereits inspiriert hatte und sie wieder inspirieren würde, wenn Toby Mary Anne nicht aus der Verlobung entließ. Sie, Edwina, würde vernichtende Gerüchte in Umlauf setzen, wenn er es nicht tat. In ihrer herausgehobenen Stellung war es einfach, den guten Namen eines Mannes zu vernichten.

Sie musste zugeben, dass Toby einen unaufdringlichen Charme besaß, der sie an Manus erinnerte, als dieser noch jung gewesen war. Toby hatte sich vermutlich den älteren Mann zum Vorbild genommen. Nicht, dass ihm das etwas nützen würde, denn er verfügte über keine Voraussetzungen, die für Mary Annes zukünftigen Partner ihrer Ansicht nach unverzichtbar waren. Diese erfüllte nur William Blackshaw.

Was für eine Geschichte steckte wirklich hinter dem Collier?

Edwina hatte stets geglaubt, die Dienerin Teresa Kelly habe das Collier gestohlen und nach Australien mitgenommen, doch hier hatte sie nun den Beweis, dass die Halskette das Land nie verlassen hatte.

Der Schmuck war so berühmt, dass er sich nicht auf dem offenen Markt verkaufen ließ, ohne dass er erkannt wurde. Die Kette war vor langer Zeit von Hand angefertigt worden, und ihre Existenz war gut dokumentiert. Ihr Design, wie auch das eines dazu passenden Diadems und Armbands, war einzigartig.

Sie würde Toby am nächsten Tag zu sich bestellen und ihn fragen, wo er das Collier wirklich gefunden hatte und ob auch ein Armband dabei gewesen war, und ihm noch einmal die Frage stellen, ob er irgendwelche Saphire gesehen hätte. Die Geschichte mit dem Wohltätigkeitsstand nahm sie ihm nicht ab. Der Verlust hatte sie jahrelang vor Rätsel gestellt, und sie wäre dankbar, wenn er ihr helfen könnte, das vierzig Jahre währende Rätsel zu lösen, bevor sie starb. Sein Geheimnis wäre bei ihr sicher, würde sie zu ihm sagen. Als Gegenleistung würde sie ihm eine Empfehlung für seine Vorgesetzten schreiben, ihre Anschuldigung schriftlich zurückziehen und für seinen guten Charakter bürgen.

71

Wie vereinbart traf Tante Cat am nächsten Morgen um elf Uhr im Dougherty's Hotel ein, wo sie in dem kleinen Zimmer die beiden Mädchen vorfand, die Rücken an Rücken im Bett lagen, sowie Dr. Carmody, der in dem einzigen Sessel schlief.

»So lernen wir uns endlich kennen«, sagte Tante Cat, als er aufgewacht war. »Meine Schwägerin Nell hat immer Loblieder auf Sie gesungen.«

»Vollkommen unverdient«, sagte Lochlann. »Ich überlasse die jungen Damen jetzt Ihrer Aufsicht. Zita hat sich den Kopf angeschlagen und eine leichte Gehirnerschütterung erlitten, aber sie befindet sich außer Gefahr. Ich habe für alle Fälle eine Liste der Dinge geschrieben, auf die zu achten ist. Die Nacht und der Morgen sind ruhig verlaufen. Die Mädchen sprechen weder miteinander noch mit mir, deshalb habe ich die Gelegenheit genutzt, ein bisschen Schlaf nachzuholen. Ich finde allein hinaus. Auf Wiedersehen, meine Damen. Ich hoffe, wir begegnen uns unter anderen Umständen wieder.«

Lochlann nahm seine Tasche und verließ das Zimmer.

»Also, Zita, warum siehst du wie ein verwundeter Soldat aus?«

»Ich bin gestolpert und hab mir den Kopf an einer Tischecke angeschlagen. Ungeschickt von mir. Niemandes Schuld. Es tut mir leid, dass ich deine Pläne, das Haus und den Garten von The Park zu besichtigen, durcheinanderbringe.«

»Sie ist nicht gestolpert«, sagte Alison. »Ich habe sie gestoßen, und das tut mir nicht leid. Sie hat die ganze Zeit gewusst, dass ich eine Zwillingsschwester habe, und es für sich behalten.«

»Aber Dolores ist gestorben«, sagte Tante Cat verdutzt.

»Nein, ist sie nicht«, sagte Alison. »Sie lebt, und es geht ihr gut, und sie heißt jetzt Mary Anne Carmody. Ich sah sie gestern Abend mit eigenen Augen. Laut Zita hat Dr. Carmody sie vorsätzlich gestohlen und gegen sein eigenes totes Baby ausgetauscht.«

»Ist das wahr, Zita?«

»Ja. Er hat Mamas Baby gestohlen.«

»Den anderen Zwilling gestohlen? Mein Herz. Um Himmels willen. Meine Tabletten. Rasch, Alison, gib mir meine Tasche. Eure arme Mutter ... Alison, lauf los und hol mir aus dem Badezimmer ein Glas Wasser.«

»Ich mach so schnell ich kann«, sagte Alison und sauste durch die Tür hinaus. »Bleib ruhig sitzen, Tante, und beweg dich nicht.«

»Als ob ich das könnte, selbst wenn ich wollte. Ich bin in Schockstarre.«

»Tief durchatmen, Tante«, sagte Zita vom Bett her. »Wir wollen doch nicht, dass du ohnmächtig wirst und wir einen Arzt holen müssen.«

»Das ist gerade nicht der passende Augenblick für Witze. Bist du dir in der Sache hundertprozentig sicher?«

»Ja, Dr. Carmody hat es uns letzte Nacht gestanden und sogar zugegeben, dass es vorsätzlich geschah. Das hätte er nicht tun müssen. Es gab keine Zeugen.«

»Wie hast du es herausgefunden? Weiß Dan davon? Wann hast du es Alison gesagt? So viele Fragen. Man stelle sich vor, was der Doktor deiner Mutter angetan hat, die ihn doch für einen Heiligen hielt.«

Alison kehrte mit dem Wasser zurück und blieb stehen, während Cat eine Tablette einnahm.

»Es ist wirklich schwer zu glauben«, sagte Zita. »Ich erzähl dir die ganze Geschichte, sobald wir allein sind, Tante. Ich will dabei nicht ständig Alisons Kommentare hören.«

»Aber Zita, es ist nicht nett, so etwas zu sagen. Was hast du gedacht, als du deine Zwillingsschwester gesehen hast, Alison?«

»Ich bin vor Angst fast gestorben. Sie sieht ganz genauso aus wie ich, bis hin zu den kurzen Haaren. Man würde es nicht glauben, wenn man es nicht selbst sieht. Es war so unheimlich, ich konnte es gar nicht fassen. Aber sie ist ein viel besserer Mensch, als ich es bin. Du hättest all das Lob hören sollen, das der Doktor in seiner Rede über sie ausgeschüttet hat. Ich wette, er ist erleichtert, dass er nicht mich, sondern Mary Anne ausgewählt hat, nach all den Komplimenten, die er ihr gemacht hat. Ich wäre für ihn eine große Enttäuschung gewesen.«

»Sei doch nicht so dumm, Alison«, sagte Zita. »Wenn er dich anstelle von ihr mitgenommen hätte, wärst du Mary Anne und sie wäre du gewesen.«

»Woher weißt du das? Los, Zita, erzähl Tante Cat die ganze Geschichte, denn du weißt ja alles, und sonst weiß es niemand.« Alison ließ sich auf ihre Seite des Bettes fallen, drückte das Gesicht in ihr Kissen und schluchzte. »Wenn du Mama gesagt hättest, dass meine Zwillingsschwester lebt und dass es ihr gut geht, könnte sie noch am Leben sein.«

Zitas Gesicht wurde leuchtend rot. »Das weißt du nicht mit Gewissheit. Was hat es für einen Sinn, über das zu reden, was hätte sein können? Ich fahre zurück nach Dublin, Tante, und ich möchte Alison erst wiedersehen, wenn wir im August das Schiff zurück nach Hause besteigen, und auch dann werde ich nicht mit ihr reden. Nach allem, was ich für sie getan habe, und sie hat nicht eine einzige Sache gemacht, um die ich sie gebeten habe. All die Nächte, in denen ich nicht durchschlafen konnte, als sie ein Baby war, und dann musste ich um sechs Uhr aufstehen und die Kühe zum Melken hereinholen. Und eine Dürre durchstehen, in der all unsere Kühe gestorben sind und wir selbst kaum genug zu essen hatten.«

»Das war alles nicht meine Schuld«, sagte Alison trotzig.

»Das hab ich nicht behauptet. Aber ich denke, es ist Zeit, dass du meine Seite der Geschichte hörst. Ich musste zuschauen, wie du ins Internat abgezischt bist, ohne auch nur einmal daran zu denken, dass ich daheimbleiben musste, als ich selbst dorthin hätte gehen sollen. Und Papa, der das alles wie selbstverständlich und ohne ein Wort des Dankes hinnahm, und von euch kam auch nichts. Die Demütigung, in abgetragenen Kleidern in die Stadt zu gehen, und dass wir wie Waisen aussahen, was wir ja auch fast waren. Von den jungen Männern, die es gab, wurde ich gemieden, weil ich ausschaute wie eine verheiratete Frau mit Kindern, die langsam aus mir herauskrochen. Ich wurde von zwei guten Männern geliebt, die ich hätte heiraten können, aber ich hab es wegen euch Kindern nicht getan. Am Ende hatte ich nicht einmal mehr eine Freundin. Ich habe die Freundinnen in St. Mary's aufgegeben, weil wir irgendwann keine Gemeinsamkeiten mehr hatten und ich mit meinem unterforderten Gehirn nicht mehr mit ihnen mithalten konnte. Ich hatte einen hellen Verstand und konnte ihn doch nie einsetzen. Ich sollte eine Wäscheleine voller Windeln, die im Wind flatterten, spannend finden. Schmuddelige Windeln, denn alles wurde von der roten Erde fleckig, und ich bekam die Flecken einfach nicht raus. Ich musste zuhören, wie Papa jedem erzählte, wie intelligent Kevin und Mick seien und wie erfolgreich Stevie sei und was für ein großartiger Reiter und Geschäftsführer Larry wäre. Es war, als würde man mir Säure in die Ohren schütten, als ich all das Lob über sie, aber kein einziges über mich hörte.«

»Das war alles nicht meine Schuld«, sagte Alison nun nicht mehr ganz so trotzig.

»Das hab ich auch nicht behauptet, oder? Dann in einem Krankenhaus putzen zu müssen, weil ich kein Geld hatte und keinen Rückhalt und keine Qualifikationen und keine Zeit, irgendeine Ausbildung zu machen. Eigentlich hätte ich in dem Krankenhaus Ärztin sein müssen und nicht die Putzfrau, die zuschauen durfte, wie jedes Jahr ein neuer Schwung Krankenschwestern kam und wie viel Spaß sie alle hatten und was sie alles lernten und wie sie mit den Ärzten flirteten, im Schwesternheim wohnten und Freundinnen wurden. Ich hatte auch dort keine Freundinnen. Die anderen Putzfrauen im Krankenhaus waren alle älter und verheiratet und hasteten nach jeder Schicht nach Hause. Ich hab meine freien Tage allein verbracht, bin durch die Stadt gewandert, habe zugesehen, wie sich Menschen unterhielten und miteinander lachten. Und dann kam mir der Gedanke, dass es eine gute Idee wäre, das alles nicht mehr betrachten zu müssen. Mich würde eh niemand vermissen, wenn ich mich im Hafen ertränken würde. Ich hatte keine Ahnung, wo ich in der Stadt Leute kennenlernen sollte. Alle schienen schon jemanden zu haben.

Und Papa redete nicht mit mir. Ich hab nichts Böses getan. Ich hab nur mit einem verheirateten Mann getanzt, der ein wunderbarer Tänzer war, und ich liebte das Tanzen, und es war das einzige Vergnügen, das ich hatte. Aber Papa dachte das Schlimmste und schloss mich aus, ohne mich überhaupt anzuhören. Ich denke, er wäre erleichtert, wenn ich mich ertränken würde.«

»Aber du hättest ihm die Wahrheit sagen können«, sagte Alison kleinlaut.

»Er hätte mir vertrauen müssen. Er hat allzu bereitwillig auf Cheryl gehört. Und dann finde ich am Ende heraus, dass du mich hasst. Ich glaube nicht, dass irgendjemand von euch mich gernhat. Damals wusste ich die meiste Zeit über nicht, was ich tun sollte. Ich hab mich von Tag zu Tag mit Cheryl im Ohr durchgewurschtelt, die mir sagte, ich soll dich schlagen, hart zu dir sein und dir keinen Quatsch durchgehen lassen. Ich hätte nicht auf sie hören sollen. Wenn ich noch mal von vorn anfangen könnte, würde ich vieles anders machen. Ich würde es besser machen, so wie unsere Mutter und Mrs Kendall es gemacht haben. Und dann findest du mich, Tante Cat, und ignorierst mich, weil du Alison lieber hast, weil sie die Hübsche ist und noch jung und du sie zu teuren Kursen anmelden kannst, damit du mit ihr vor all deinen Großstadtfreundinnen angeben kannst, während ich mit zweiunddreißig zu alt bin, um für irgendwas gut zu sein. All das ist kein Selbstmitleid. Es ist die Wahrheit. Worauf soll ich mich noch freuen, wenn ich zurückfahre, mal abgesehen vom Rauchen und Trinken, um mir die Zeit zu vertreiben?«

»Das stimmt nicht«, sagte Alison den Tränen nahe. »Ich hab das, was ich da sagte, nicht so gemeint. Du bist nicht zu alt, um etwas Besseres zu machen. Tante Cat, sag was. Du musst es ihr jetzt sagen, Tante.«

»Mir was sagen?«

»Meine Pläne für dich, und ich wünschte nur, ich hätte dir früher davon erzählt. Meine arme, liebe Zita.«

72

Lochlann kehrte um sechs Uhr ins Hotel zurück, um nach Zita zu sehen, und musste feststellen, dass sie bereits weg war und den Zug nach Dublin genommen hatte.

Es war eine Erleichterung, dass Tante Cat spazieren gegangen war, denn Alison hatte Angst davor, was sie zum Doktor sagen könnte, wenn sie ihn treffen würde.

»Hat sie sich gut gefühlt?«, fragte Lochlann.

»Sie sagte, sie hätte keinerlei gesundheitliche Beschwerden.«

»Dem Himmel sei Dank. Ich werde sie in einer Woche kontaktieren. Ich habe ihr einen ernst gemeinten Vorschlag zu unterbreiten.«

»Sie hat sich geweigert, uns mitzuteilen, wo sie in Dublin absteigt. Sie hat sich immer noch nicht beruhigt.«

»Ich werde sie finden«, sagte Lochlann. »Es ist ja nicht so, dass es in der Stadt vor günstigen Schlafgelegenheiten oder Australierinnen nur so wimmeln würde.«

»Wie geht es Mary Anne?«, fragte Alison. »Ich würde sie gerne kennenlernen.«

»Davon bin ich überzeugt, aber gerade ist kein guter Moment dafür. Sie weiß nach wie vor nichts von deiner Existenz, Gott sei Dank. Sie ist eh schon in schlechter Verfassung, auch ohne mit dieser Nachricht fertigwerden zu müssen. Die Ausstellung und der Tag der offenen Tür waren offensichtlich ein großer Erfolg. Sie hat beides stoisch durchgestanden, während das ganze Dorf über die Verhaftung ihres Verlobten tuschelte. Ich werde Mary Anne von dir erzählen, ich verspreche es. Ich muss nur den richtigen Zeitpunkt finden. Und dann werden wir eine Begegnung arrangieren.«

»Danke. Ich freue mich schon darauf.«

Alison stellte sich vor, dass Mary Anne nach Australien kommen wollte, sobald sie von ihrer wahren Familie erfuhr. Alison, und nicht Zita, würde sich um sie kümmern, da sie ihre Zwillingsschwester war. Sie wäre so stolz darauf, ihr ihre beeindruckenden Brüder und die hübsche Hanna vorzustellen. Mary Anne würde sie alle auf Anhieb für sich einnehmen, sogar Papa, und Alison würde nicht die Spur von Eifersucht verspüren, sondern nur Stolz. Und sie wäre so glücklich wie nie zuvor, da ihr alter Dämon Einsamkeit sie nun nicht mehr foltern konnte.

»Was kann ich tun, um mich mit Zita wieder zu versöhnen?«, fragte Alison, die krank zu Bett lag

»Ihr Zeit geben«, sagte Cat. »Es ist erst eine Woche her. Ihr wird schon noch klar werden, dass du das, was du gesagt hast, nicht so gemeint hast.«

Aber ich habe es so gemeint. Ich hätte es nur für mich behalten sollen. »Was ist, wenn sie nie wieder mit mir spricht?«

»Dann ist das ihre Entscheidung, und du kannst es nicht ändern.«

»Zita hatte diesen Abend seit Jahren geplant und dafür alles geopfert.«

»Noch einmal, das war ihre Entscheidung. Nun hör auf, dir deswegen einen Kopf zu machen, oder es geht dir nur noch schlechter.«

»Meinst du, wir können nach Galway weiterfahren und

Cork fürs Erste sein lassen? Wenigstens könnte ich dort einen Arzt aufsuchen, ohne das Risiko einzugehen, erkannt zu werden, und der könnte mir etwas verschreiben, damit ich schlafen kann. Mir ist vor Erschöpfung die ganze Zeit über schwindlig.« Alisons Augen fühlten sich an, als ob etwas über sie kratzen würde, und ihr Magen krampfte.

»Das ist eine gute Idee«, sagte Cat. »Du wirst rasch wieder die Alte sein, sobald dein Schlafrhythmus sich normalisiert hat.«

Als ob sie je wieder die Alte sein könnte, wenn Zita sie aus ihrem Leben ausschloss.

Hätte ich diese Dinge bloß nicht gesagt, dachte sie. Warum habe ich mich nicht ein einziges Mal bei ihr bedankt oder ihr gesagt, dass ich sie bewundert habe?

Und warum denke ich fortwährend an Mary Anne und William und wünsche mir, ich könnte sie sehen? Dr. Carmody sagte, alle hätten geglaubt, die beiden würden heiraten, aber Mary Anne hätte sich für einen anderen entschieden. William war ungebunden.

»Und wir lassen keine Nachsendeadresse zurück«, sagte Alison. »Wir können später anrufen und fragen, ob Briefe oder Nachrichten für uns gekommen sind.«

»Wenn du das möchtest.« Cat setzte sich neben sie aufs Bett. »Ich habe nachgedacht. Mich gewundert. Weißt du, worüber ich mich wieder und wieder gewundert habe? Ich würde gerne wissen, warum der Doktor nicht gesagt hat, dass seine Frau und nicht Nell Zwillinge zur Welt gebracht hat? Weißt du, deine Mutter hatte keine Ahnung, dass sie Zwillinge in sich trug, und bei der Frau des Doktors hätte es genauso sein können. Es wäre nicht das erste und nicht das letzte Mal gewesen, dass ein Arzt nicht ahnte, dass Zwillinge unterwegs sind. Nell wäre glücklich mit einem lebenden Baby nach Hause gegangen und wäre nicht bei der Suche nach Dolores getötet worden. Mrs Carmody war offenbar ebenfalls glücklich, dass sie endlich ein Kind hatte, das lebte. Denkst du nicht, wenn der Doktor es so gemacht hätte, wäre das klüger gewesen?«

»Ich weiß nicht, was ich denken soll. Ich habe Watte im Hirn.«

»Nach allem, was du durchgemacht hast, überrascht mich das nicht. Ich meine, er hat etwas so Unrechtes getan, dass eine weitere Unwahrheit sein Gewissen doch nicht noch mehr belastet hätte, oder? Darüber zu lügen, welche Mutter Zwillinge zur Welt brachte, wäre in diesem Fall doch das Beste gewesen, wenn du mich fragst. Das ist alles, was ich dazu sagen kann.«

Zurück in Dublin, beichtete Lochlann eine Woche später Mary Anne alles. Sie sagte, für sie sei der Diebstahl das Beste gewesen, das er hätte tun können. Sie nahm jedoch insgeheim an, dass irgendeine Schwester im Krankenhaus für die Verwechslung verantwortlich war und Lochlann nur deren Schuld auf sich nahm. Dann erzählte er es Niamh, die seine melancholischen Rückzugsphasen während ihrer Ehe falsch interpretiert hatte und nun erleichtert die wahre Ursache erfuhr. Sie dachte insgeheim, es sei Charlotte gewesen, die das Baby gestohlen hatte – diese Frau hatte es verstanden, von Menschen, die ihr nicht gehörten, Besitz zu ergreifen –, und dass Lochlann die Verantwortung dafür übernommen hatte, um sie zu schützen. Mary Anne erzählte es Toby, mit dem sie nun verlobt war, offiziell mit einem Ring und einer Anzeige in der *Times*, und sie beide sagten es William, der immer noch über die Begegnung mit einem Mädchen in der Kildare Street rätselte, das er für Mary Anne gehalten hatte, wenngleich er irgendwie das Gefühl hatte, dass sie es nicht gewesen war.

Zu fünft entschieden sie, es niemandem sonst zu erzählen, solange Alison nicht persönlich auftauchte und sie gezwungen wären, ihre Existenz offiziell anzuerkennen.

Lochlann versuchte ein Treffen zwischen Mary Anne und den Hogans zu arrangieren. Er rief in Ballybrian im Hotel an, nur um zu erfahren, dass die Hogans ausgezogen waren und keine Nachsendeadresse hinterlassen hatten. Nach zahlreichen Telefonaten fand er das Hostel, in dem Zita gewohnt hatte, musste aber erfahren, dass auch sie inzwischen fort war.

Im Stillen hoffte Lochlann, die Schwestern seien nach Australien zurückgekehrt, und falls es je zu einem Treffen der Zwillinge kommen sollte, würde es dort stattfinden.

»Könntest du nicht sagen, die Verwechslung sei ein Versehen gewesen, wenn man dich danach fragt?«, fragte Niamh, die sich wegen der Folgen einer öffentlichen Enthüllung Sorgen machte.

»Das möchte ich nicht. Ich war erleichtert, als ich es den Hogans sagte. Es war, als wäre mir eine große Last von den Schultern genommen worden. Aber lass uns darüber erst nachdenken, wenn es so weit ist, und hoffen, dass es nie dazu kommt.«

73

Ein einziger Journalist saß gähnend im Oak Room des Mansion House. Er hatte in der Nachrichtenredaktion seiner Zeitung den kurzen Strohhalm gezogen und musste nun darüber berichten, wie Dr. Lochlann Carmody die Auszeichnung Freedom of the City of Dublin verliehen wurde. Die Berichterstattung über dieses unspektakuläre Ereignis würde ihm kaum zu seiner ersten großen Exklusivmeldung verhelfen.

Er ging die Liste der Personen durch, die vor dem Arzt die Ehrenbürgerschaft erhalten hatten, notierte sich die Namen Charles Stewart Parnell, George Bernard Shaw, John McCormack und Hugh Lane und verglich den Ruhm dieser Männer mit den Verdiensten dieses gewöhnlichen Mannes, der für sein Land Gutes tat, es aber kaum verdiente, in diesen erlauchten Kreis aufgenommen zu werden.

Sein Herausgeber hatte dem Journalisten gesagt, dass er womöglich Glück haben könnte. Die beiden großen politischen Parteien wollten, dass Dr. Carmody bei der nächsten Kommunalwahl für sie antrat, und hatten ihn auch für die landesweiten Wahlen danach im Auge, und deshalb könnten sie einige ihrer wichtigen Vertreter zu der Verleihung schicken, und wenn sie das täten, sollte sich der Journalist auf einen verbalen Schlagabtausch einstellen.

Er las sich die Kurzbiografie des Doktors durch:

Erste Krankenhausstelle bei Kriegsausbruch in Australien. Zurückgekehrt, um in Nordafrika zu dienen, dann Teilnahme bei der Landung in der Normandie am D-Day. Nun in einem großen Krankenhaus als Facharzt tätig. Eine Tochter, Mary Anne, Medizinstudentin. Erste Ehefrau im berüchtigten Dark Waterhole auf Tyringham Park in der Grafschaft Cork ertrunken.

Der Journalist überlegte, ob er eines Tages über den Aberglauben, der die ertrunkenen Opfer des Waterhole umgab, recherchieren und dann einen Artikel darüber um Halloween herum veröffentlichen sollte. Damit würde er zweifellos auf großes Interesse stoßen.

Zum zweiten Mal verheiratet. Keine Kinder aus der zweiten Ehe.

Eine alte Frau im Rollstuhl wurde von einer Krankenschwester hereingeschoben und vorn im Seitengang abgestellt. Der Journalist wollte wissen, wer sie war, und erfuhr, dass es sich um Lady Edwina Blackshaw handelte, Dr. Carmodys Schwiegermutter aus erster Ehe.

Die Würdenträger kamen der Reihe nach herein. Ihnen folgten die Carmodys, die alle an der Frau im Rollstuhl vorbeigingen und sie ignorierten, und das, obwohl sie erpicht darauf schien, mit ihnen zu sprechen. Die Familie nahm auf dem Podium Platz.

Die Tochter war eine Schönheit. Der Journalist hätte sie den ganzen Abend über anschauen können, ohne dass es ihm als Zeitverschwendung erschienen wäre.

Er zählte vier führende Politiker im Publikum und schrieb ihre Namen auf – nicht, dass er sie vergessen hätte, aber gelernt war gelernt.

Die erste Person, die sprach, als alle vorgestellt worden waren, war ein Arzt vom Freiwilligendienst. Er lobte Lochlann Carmody für dessen Organisation des Teams aus Medizinern und Zahnärzten, die ihren Jahresurlaub dafür opferten, kostenlos in Missionskrankenhäusern in Afrika zu praktizieren. Die Geschichten, die er über die Kinder erzählte, die dadurch von Schmerzen, Infektionen und Blindheit erlöst wurden, veranlassten die Menschen im Publikum zu applaudieren und vor Freude darüber zu lächeln.

»Da wir das Privileg haben, in einem Land zu leben, wo jeder Zugang zu medizinischer Versorgung hat, fällt es uns schwer, angesichts solcher Bedingungen nicht wütend zu werden.«

Lochlann sprach als Nächster. Dem Journalisten fiel sein bescheidenes Auftreten auf, und er dachte bei sich, das sei doch mal ein Mann, der sich nicht über seine eigene Wichtigkeit aufplusterte. Er fand es selbst komisch, dass er das so sagen konnte, obwohl er die Person nur ein paar Sekunden lang betrachtet hatte. Vielleicht lag es daran, dass seine journalistische Erfahrung sein Urteilsvermögen geschärft hatte.

Es sei ein Skandal, dass medizinische Dienste wie jene, die das Team anbot, eine Sache der Wohltätigkeit seien, sagte Lochlann, wo doch jeder ein Anrecht darauf haben sollte. Die europäischen Länder hätten die Menschen in Afrika versklavt und den natürlichen Reichtum dort geplündert, um mächtige Reiche zu schaffen, und den Afrikanern zerstörte Gesellschaften hinterlassen sowie einige Straßen, die gebaut worden waren, um auf ihnen Bodenschätze abzutransportieren. Weder er noch die anderen Freiwilligen verdienten eine Anerkennung, aber er nehme die Auszeichnung im Namen der afrikanischen Bevölkerung entgegen, die von der entwickelten Welt so schlecht behandelt worden sei, und in der Hoffnung, damit auf seine Regierung Druck auszuüben, mehr Hilfe für den Bau von Krankenhäusern und deren Personal dort bereitzustellen.

Er schloss mit dem Satz: »Irland gilt als armes Land, doch nach dem, was wir anderswo gesehen haben, ist es so reich, dass viele andere davon nur träumen können, deshalb können wir es uns leisten, großzügig zu sein.« Dann setzte er sich wieder.

Zwei Politiker der Partei Fianna Fáil sprachen aufgeregt miteinander während des Beifalls, der nicht ganz so stark ausfiel, wie es hätte sein können, wenn Lochlann lediglich herzzerreißende und herzerwärmende Geschichten erzählt hätte, anstatt sich über die Übel des Kolonialismus auszulassen, über die alle im Saal bereits Bescheid wussten und unter denen sie selbst gelitten hatten, ohne aber von ihnen bei einem gesellschaftlichen Ereignis hören zu wollen.

Der Journalist machte sich gerade Notizen, als er ein lautes allgemeines Räuspern des Publikums hörte. Er sah hoch und stellte fest, dass die Tochter des Doktors vor demselben Mikrofon stand wie zuvor ihr Vater. Warum reagierten die Leute so? Warum sollte eine Tochter nicht für ihren Vater sprechen? Natürlich war es ungewöhnlich, dass eine Frau das Wort ergriff, aber auch nicht so revolutionär, dass das im Publikum solch ein Grollen verursachen sollte. Er schaute zum Doktor hinüber, um dessen Reaktion abzuschätzen, doch dieser trug keineswegs ein stolzes Lächeln im Gesicht. Vielmehr war seine Miene schmerzverzerrt, als hätte er gerade einen Stich in die Brust bekommen. Neben ihm saß seine Tochter ... Doch stand die nicht da oben vor dem Mikrofon? Mit genauso entsetztem Gesichtsausdruck.

Er blickte von Neuem zu dem Mädchen am Mikrofon, und seine journalistischen Antennen signalisierten ihm endlich eine Sensation.

Die Hand des Mädchens zitterte so heftig, als sie ein einzelnes Blatt Papier auf das Lesepult vor sich legte, dass er Zweifel hatte, es könnte auch nur ein Wort davon laut lesen. Zwei grimmig dreinblickende junge Männer, der eine schlank mit strubbeligen Haaren und der andere breitschultrig mit einer dunklen, bedrohlichen Aura, standen in der ersten Reihe auf und schritten auf das Podium zu.

Sie werden sie sich greifen, ging es dem Journalisten durch den Kopf. Ihre Anwesenheit hier ist offensichtlich unerwünscht, und wir werden bald hören, warum – falls sie es in ihrer Aufregung schafft, den Mund aufzumachen, und die Männer sie sprechen lassen.

Der Arzt gab den beiden jungen Männern mit einer Geste zu verstehen, dass sie sich wieder setzen sollten, und redete eindringlich auf die junge Frau neben ihm ein, wobei er ihre Hand hielt.

Sein Blick auf das Mädchen, das gleich sprechen würde, war nun nicht mehr entsetzt, sondern resigniert, wie der Journalist bemerkte. Das ist merkwürdig, dachte er, wenn die anderen so feindselig sind. Die Ehefrau berührte die Hand des Arztes und drückte sie kurz. Was konnte das bedeuten?

Das Mädchen wartete, bis die zwei jungen Männer wieder ihre Plätze eingenommen hatten. Der mit den strubbeligen Haaren hob seine aneinandergelegten Hände in einer flehenden Geste. Das Mädchen sah es und schüttelte den Kopf als Zeichen, dass sie seiner Bitte nicht Folge leisten würde, auch wenn sie es, ihrem Gesichtsausdruck nach zu urteilen, nicht gerne tat.

Die Tochter des Arztes sprang von ihrem Stuhl hoch und schritt zu dem Mädchen am Mikrofon, um es zu bitten, nicht zu reden.

»Ich tue es für Zita«, war die Antwort der anderen.

Der Arzt trat hinzu, um seine Tochter sanft an ihren Platz zurückzuführen.

Einige Leute im Publikum schwiegen und versuchten über den Lärm hinweg, den die anderen veranstalteten, etwas zu hören.

Ein offiziell aussehender Mann erschien, aber Lochlann hob die Hand zum Zeichen, dass er nicht eingreifen sollte.

»Fang an, Alison«, sagte er schließlich zu dem Zwilling am Mikrofon. »Sag, was du zu sagen hast.« Er fragte sich leidenschaftslos, ob Mary Anne, hätte er sie an jenem Abend im Krankenhaus anstelle von Alison mitgenommen, nun ebenfalls am Mikrofon stehen würde, bereit, die Worte zu sprechen, die ihn gleich überführen und sein Leben zerstören würden, und ob dann Alison neben ihm sitzen würde.

74

Zu Zitas Tagesablauf gehörte es, Tadhgs sterbendem Vater ausgewählte Zeitungsartikel vorzulesen. Sie hatte ihre Hilfe angeboten, nachdem der Vater einen zweiten Schlaganfall erlitten hatte, zumindest für den nächsten Monat, bis sie das Schiff zurück nach Australien nehmen musste. Seit sie das Dougherty's Hotel verlassen hatte, hatte sie keinerlei Kontakt mit Cat oder Alison gehabt, und sie erwartete auch nicht, von ihnen etwas zu sehen oder zu hören, bis sie sich an Bord wiedertrafen. Dennoch fragte sie sich, ob sie und Alison sich jemals wieder versöhnen würden. Sie konnte sich nicht vorstellen, dass sie das tun würden, nach den harschen Worten, die Alison zu ihr gesagt hatte. Was Mary Anne betraf, so wollte sie nach wie vor nicht mit ihr in Kontakt treten, auch wenn sie häufig an ihrer Haustür vorüberging. Sie musste über vieles nachdenken, denn ihre Möglichkeiten, die einst so begrenzt gewirkt hatten, hatten sich in atemberaubendem Tempo erweitert.

Tante Cat hatte angeboten, ihr nicht nur das Medizinstudium zu finanzieren, sondern ihr obendrein eine Summe zu geben, damit sie in den Semesterferien nicht arbeiten musste, um Geld für ihren Lebensunterhalt zu verdienen. (»Du hast lange und hart genug gearbeitet und dir eine Pause von alldem verdient«, hatte Cat gesagt.) Und obendrein wurde von Zita nicht erwartet, dass sie bei Cat wohnte, um die Ausgaben niedrig zu halten, sondern sie konnte auf dem Campus leben, sodass sie am universitären Leben teilnehmen konnte.

Und dann war da noch Tadhg, der mit dem bevorstehenden Tod seines Vaters von seinen familiären Verpflichtungen befreit wäre und immer noch gerne nach Australien auswandern wollte. Er und sie standen sich sehr nah, seit sie bei ihm eingezogen war, um ihm bei der Pflege des Vaters nach dem Schlaganfall zu helfen.

Und dann war da noch Dr. Carmody, der ihr einen »ernst gemeinten Vorschlag« unterbreiten wollte, wie er ihr in jener Nacht, als er über sie und Alison wachte, gesagt hatte. Sie hatte ihn damals nicht gefragt, was er damit genau meinte, weil sie sich nicht dazu überwinden konnte, mit ihm zu reden. Dachte er möglicherweise daran, den Hogans für den Verlust von Mary Anne irgendeine Form der Wiedergutmachung zuteilwerden zu lassen?

Sie hätte den kleinen Artikel auf Seite neun beinahe übersehen, doch das Wort *Australien* stach ihr ins Auge.

Arzt begeht beinahe das perfekte Verbrechen. Aufgedeckt vom australischen Zwilling, lautete die Überschrift, und darunter stand:

Ein Arzt, der die Auszeichnung Freedom of the City of Dublin erhalten sollte, hat offenbar vor langer Zeit ein Kind gestohlen. Infolgedessen wurde die Ehrung nicht vorgenommen.

Man hatte darauf getippt, dass der beliebte Philanthrop Dr. Lochlann Carmody bei den nächsten Parlamentswahlen einen Abgeordnetensitz erringen könnte, doch nach diesen Enthüllungen wird man ihn wohl nicht aufstellen. Er wurde aus dem Ärzteregister gestrichen und wird auch als Koordinator für ein Wohltätigkeitsprojekt im Ausland abgelöst. Er wird mit dem Satz zitiert, er wolle Alison Hogan, dem eineiigen Zwilling seiner von ihm gestohlenen Tochter, nichts Böses. Die junge

Frau hatte ihn auf höchst dramatische Weise bei der Zeremonie vor seiner Familie und den Würdenträgern, die von der Existenz der Zwillingsschwester nichts ahnten, entlarvt. Es gab Versuche, die junge Frau aus dem Raum zu entfernen, doch Dr. Carmody bestand darauf, dass sie ihre Erklärung zu Ende bringen konnte.

Ein erzürntes Mitglied des Stadtrats unterbrach Miss Hogan mit der Frage, was denn Dr. Carmodys Privatleben mit seiner humanitären Arbeit zu tun habe. Ihm wurde das Wort entzogen, und er wurde gebeten, an seinen Platz zurückzukehren. Er verließ unter Protest den Saal.

Eine ältere Dame im Rollstuhl, die Schwiegermutter von Dr. Carmody, wie sich herausstellte, erlitt einen Schwächeanfall und wurde noch vor Ort medizinisch versorgt, bevor eine Ambulanz sie ins Krankenhaus brachte.

Als ihre Zwillingsschwester mit ihrer Erklärung fertig war, kehrte Mary Anne Carmody ihr den Rücken zu. Dr. Carmody weinte, als er vom Tod der Mutter der Zwillinge hörte. Er ging auf Alison Hogan zu und schloss sie in die Arme, was diese allem Anschein nach begrüßte und voller Dankbarkeit zuließ.